有爱的青春陪伴者

图书在版编目（CIP）数据

热火燎原 / 碗泱著. -- 南京 : 江苏凤凰文艺出版社, 2025.7. -- ISBN 978-7-5594-8711-7

Ⅰ. I247.5

中国国家版本馆CIP数据核字第2025H1J223号

热火燎原

碗泱 著

责任编辑	王昕宁
特约编辑	周丽萍
责任校对	言　一
责任印制	杨　丹
出版发行	江苏凤凰文艺出版社
	南京市中央路165号，邮编：210009
网　　址	http://www.jswenyi.com
印　　刷	天津睿和印艺科技有限公司
开　　本	880mm×1230mm 1/32
印　　张	10
字　　数	336千字
版　　次	2025年7月第1版
印　　次	2025年7月第1次印刷
书　　号	ISBN 978-7-5594-8711-7
定　　价	45.80元

江苏凤凰文艺版图书凡印刷、装订错误，可向出版社调换，联系电话025-83280257

目 录
Contents

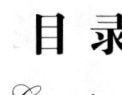

001/ 第一章
"躲我？"

034/ 第二章
威武驰哥霸气转班

058/ 第三章
不出国了

075/ 第四章
桥归桥，路归路

102/ 第五章
重逢

124/ 第六章
领证结婚

165/ 第七章
新婚快乐

目录
Contents

218/ **第八章**
给我个名分吧

240/ **第九章**
全世界都是
他爱她的证据

256/ **第十章**
十八岁想娶的人

288/ **番外一**
运动会

297/ **番外二**
重回汀溪

307/ **番外三**
永恒的爱人

第一章

"躲我？"

　　厚重如茧的云翳缝隙漏出霞光，满墙盛放的蔷薇花被映照得鲜活漂亮。

　　正值放学，汀溪私高的校园门口，人流鱼贯而出，霎时喧嚣一片。

　　云黎站在梧桐树下，斑驳的霞光从少女的指尖跳跃流淌，漾出朦胧的清辉。

　　十六岁的少女，已经出落得足够耀眼。

　　经过的学生跟她差不多大，有不少吹着口哨的男生笑着打量她，更大胆的则直接议论起来。

　　"这妹妹是哪个学校的啊？比咱们级花还漂亮。"

　　"你这话可说错了，岂止是级花，直接可以当校花了。"

　　云黎皱了皱眉，探出去的手回缩，打消了问路的想法。

　　她也是这时候才意识到，除了"沈驰"这个名字，她对他一无所知。

　　云黎是今天下午到的汀溪市。

这也是她第一次来汀溪。根据姨妈的意思，她应该会在这里住上一年。

沈爷爷接待了她。老人家慈祥宽厚，也许是沈爷爷和她的亲爷爷是战友的缘故，沈爷爷格外喜欢她，云黎亦然。

也正因为这份喜欢，云黎才会在沈爷爷让家中司机给沈驰送课本的时候，主动揽下了这个活。

云黎对这里不熟，走错了几段路，导致来到私高的校门口时，已经到了放学时间。

好在还有晚自习，她完全可以将书成功送达。

刚进校门，入眼可见公告栏上贴着几张白纸。走近了，她才发现那是几张检讨书，原本只是随意看一眼，却不想在最中间的一张看到了明晃晃的"沈驰"二字。

字体倒还算好看，不是特别工整的那种，稍微有点连笔，却透露出一股莫名的潇洒。

检讨书很长，她没耐心看前面的内容，直接跳到了最后一行，字迹笔走龙蛇。

　　针对以上错误，我深刻做出检讨：我没错。

云黎叹了口气，继续往里走。

每栋楼面前也没有指引，云黎甚至打算用笨方法，每栋楼挨个看一遍，这样总能找到吧？

经过小花园的时候，一阵嘈杂的喧闹声吸引了她。

树叶被风吹拂着微微飘动。

一群少年正朝着这边走来，最中间的那人尤为显眼。

漫天的晚霞在他身后铺就，绯红热烈的颜色似乎要将他的白衬衫灼烧掉。

少年肩背宽阔，力量感十足，身高得有一米九，气质完胜普通高中生。

"驰哥，今天去哪里玩？"

云黎心间一凛，竖起耳朵，认真地看向前方。

"还玩呢？你爷爷交代我们好几次，得好好学习。"最左边的少年有模有样地叉腰，乐不可支，模仿起沈爷爷的模样，"你们啊，都给我好好学习，听老师的话，一定要把沈驰给我带到正道上来。"

云黎呼吸一室，原来那少年就是沈驰。

云黎好奇地打量着被众人簇拥的少年。也许是她的视线过于灼热，少年察觉到，也望过来，一瞬间两人目光相撞。

也是这时，她才看清楚沈驰的脸——辨识度很高的单眼皮，鼻梁高挺，下颌线清晰利落，侧脸硬挺凌厉，帅得嚣张。

只是他衣服穿得松松垮垮的，将身上的锋芒敛去了几分。

云黎是典型的瓜子脸，脸部线条流畅，皮肤白皙，像是寒冬凛夜里润泽的皑皑白雪。

她此刻紧张极了，恨不得落荒而逃，但克制住了。她提了提手中的袋子："我是来给沈驰送课本的。"

周围终于安静下来，云黎正欲做自我介绍，哪想到沈驰扯了扯唇："来的时候迷路了吧？"

云黎抿了抿嘴，一颗心"扑通扑通"直跳："你怎么知道？"

沈驰"啧"了一声，似是带着轻蔑："都放学了才送到，乌龟都比你快。"

云黎挠挠头，他知道自己是谁？

沈驰走近几步，来到云黎面前。

云黎不解："你干什么？"

沈驰满不在乎地笑了笑："回家呗。"

"沈驰，你知道我是谁？"

"你是谁？"

"我是来沈爷爷家做客的，我爷爷跟沈爷爷是战友。"

沈驰淡淡地"哦"了一声。

反应这么平淡？

云黎茫然然地摸了摸自己的头发："你怎么不说话呀？"

少年白了她一眼："我不是说了吗？'哦'不算说话？"

这个沈驰，似乎比她想象的要冷淡傲慢啊。

云黎长相甜美，人也温柔，从小到大，身边的人都很喜欢她，这还是她第一次遇到这么冷硬的人。

气氛陡然安静下来。沈驰偏头看向她，发现这姑娘的模样，像是受了多大的委屈似的。

他脑海中又浮现出她刚才踮起脚看热闹的模样，这会儿倒老实了。一个小姑娘，初来汀溪，又无缘无故被他怼，这样算是很坚强了。

沈驰没耐心地问："怎么了？"

云黎实话实说，嗓音温柔："我只是在想，沈爷爷让我这个时候给你送书，你肯定是要上晚自习的，怎么我们这就回去了？"

沈驰停下脚步，撩起眼皮看了她一眼，一语道出她的潜台词："觉得我逃课了是吧？"

云黎缓慢地点头。

"怎么，不许我逃课？"

云黎一本正经地道："逃课是坏学生的做法。"

沈驰吊儿郎当地笑起来，喉结小幅度地震动："我有说过我是好学生吗？"

沈建安在家里等候许久，云黎再不回来，他都要亲自出去寻找了。

小姑娘走进来，甜甜地笑了笑："爷爷。"

云黎嗓音甜，人也可爱。老人家都喜欢乖巧懂事的小姑娘，上前一步，笑得皱纹都温柔起来："我们黎黎回来了呀。"

看到她身后跟着个眉眼锋利的少年，沈建安只象征性地批评了几句。

沈驰脸色虽有不悦，却也没反驳什么。

家里的保姆张阿姨做了一桌子的菜，有桂花鲜栗羹、糖醋鲤鱼、龙井虾仁、东安子鸡，还有几个叫不出来名字，看着色泽诱人，令人垂涎欲滴。

沈建安坐在主位。他年轻时驰骋商界，手腕强硬，创造了令人羡慕的商业帝国，如今年纪大了，只想把家业交给儿子，安度晚年。

"你们俩是一起回来的？"

云黎："是的，爷爷。"

"相处得怎么样呀？"

沈驰抢先回答，口气嘲讽："很好。"

云黎的视线从少年锋利的眼，到高挺的鼻和薄薄的嘴唇，再往下，是凸起的喉结和连绵起伏的胸膛，再往下，云黎就不怎么敢看了。

"黎黎年龄比你小，别欺负妹妹，知道吗？"

云黎朝着少年软软地叫了一声："哥哥。"

沈驰眉头皱起，目光里充斥着无语，口气显得有些生硬："我可没凭空多出来一个妹妹。"

沈建安继续说："黎黎要在我们家住很久，沈驰，你这个当哥哥的，可得好好照顾黎黎，有什么好吃好玩的，一定要带着黎黎。"

老人家用歉意的目光看着云黎："黎黎，沈驰这孩子就是脾气臭了点，人不坏的。"

云黎赞同地点点头："我知道的。"

沈驰的父亲接管了公司，常年在外，家里好不容易热闹些，沈建安话多了起来。

"还记得当初呀，我跟你爷爷一起打仗，两人都中了枪，最后就剩一支麻醉，你爷爷硬是让给了我……我到现在都记得，医生给他开完刀，他眼睛血红血红的，脸色白得像纸，做完手术说的第一句话却是问我怎么样了……"

他们是兄弟，是战友，更胜似亲人，可惜云爷爷去世得早。

后来，云黎的父母也去世了，云黎被姨妈乔慧云收养，生活虽然远不如从前富足，但也算平安顺遂。

因为这层关系，乔家一直被沈家照拂，乔慧云夫妇开了家小公司，生意也蒸蒸日上。这不，沈爷爷年纪大了，越发怀念从前，才想着将战友的亲孙女接来住。

沈家别墅有三层，二楼和三楼几乎都空着，沈建安找了间大点的房间让云黎住——与沈驰的房间相隔四个房间。

云黎回房间简单收拾了下行李，将衣服分门别类整理好，床铺已经被家里的阿姨晒得香香软软的。

手机在这时响了。

是姨妈。

云黎怕房间信号不好，赶紧小跑到了露台，这才接通。

乔慧云口气中透着显而易见的不悦："小黎，怎么这么晚才接？"

"姨妈，刚才在房间里，我害怕信号不好。"

"第一天到那边，怎么样啊？"

"这里的人都待我挺好的，做了好多好吃的。"云黎嘴角弯了弯，陡然又想起那个凶巴巴的少年。

乔慧云："你哥想你了。"

"来，打视频电话。"乔慧云将手机拿给周想南。

周想南看到妹妹，笑得眼睛眯成了一条缝，眼神中透着懵懂，憨憨地笑着，双手没有节奏地乱动，只知道不停地重复："妹妹，妹妹，妹妹……南南想妹妹了……"

周想南是个智障儿，如今已经二十岁了，可智商永远停留在三岁的水平。

平时在家里，云黎都会让着周想南，周想南心思纯净，对她一直不错。

"妹妹什么时候回家？"

云黎犹豫了一下:"哥哥,我现在还不能回家。"

乔慧云摸了一下儿子的脸:"你妹妹现在是过好日子去了。"话毕,又若无其事地笑起来。

兄妹二人聊了几句,乔慧云又把电话要回去了。

乔慧云努了努嘴,往四周看了看,突然低声说:"跟你说,我感觉那个沈建安也不是什么好人。

"他们早干什么去了?怎么你都长这么大了才想着把你接过去住?沈建安跟你爷爷一起打仗,怎么受伤的总是你爷爷?你爷爷落了一身病,走得那么早,沈建安就是欠了你爷爷的,怎么这才还债?"

战场上刀枪无眼,再说了,这是老人的选择,她无权干涉,何况这些年要不是得了沈爷爷的恩惠,乔慧云夫妇的生意怎么会风生水起?

乔慧云像个机关枪似的说个没完:"我可是听人说,沈老爷子的孙子顽劣得过分,没有女生敢靠近他。"

听到这话,云黎"扑哧"一声笑了出来。

"沈爷爷的孙子,也就是沈驰,他人很好。"生怕乔慧云不信,云黎声音放得稍微大了些,"真的很好。"

乔慧云无语地翻了个白眼,挂断了电话。

云黎将手机收进口袋,垂着头往房间里走,这才发现沈驰就站在她身后。

晚上风大,她没开免提,乔慧云说的话他估计听不清楚,可她说得那么大声,应该都清清楚楚落到了他的耳朵里。

沈驰回了房间,没骨头似的躺在床上,双臂压在脑后枕着假寐。

他脑海中鬼使神差地闪过云黎的身影,小姑娘穿着白色泡泡袖睡衣,巴掌大的小脸,一双腿又白又直,发现他站在那里时惊讶的模样,看起来又乖又软,直接吓得连句话都不敢说了。

沈驰嘴角倏地弯起一抹浅淡的弧度。

月明星稀的夜晚,云黎先是从行李箱里拿出素描纸和铅笔,画了会儿画,又躺在床上玩了会儿手机,突然觉得肚子空空的,于是下了楼。

晚上客厅灯光打得暗,沈驰半躺在沙发上,专注地看着电视,露出一截冷白的脖颈。他仪态太好,休闲的衬衫撑起薄削平直的肩膀线条,显得气质清冷。

云黎本打算偷偷看下厨房里有没有食物,哪想到看到了沈驰的身影，于是她只倒了一杯水，正准备偷偷离开。

"给我也倒一杯。"轻慢恣意的嗓音缓慢地磨过耳畔，稍微带了点痞气。

"好。"云黎将其中一杯放到了沈驰面前的茶几上。

因为刚才的小插曲，云黎还处在尴尬期，并不想在这里多待，刚挪动脚步准备离开，沈驰却直了直身子，似笑非笑道："躲我？"

被人说中心事，铺天盖地的窘迫将她整个人吞没，她干脆在沙发上坐下来了。

张阿姨端着一份拌饭走了过来："小驰，你要的拌饭做好了。"

沈驰轻瞥一眼："嗯。"

云黎下意识咽了咽口水，拌饭做得太香了，把她肚子里的馋虫勾出来了。

她生怕自己真流口水了，索性站起来，准备离开。

沈驰漫不经心地叫住她："这饭有点多，吃不完。"

云黎这才看向少年面前的碗，用的是那种超大碗，有正常的碗两三倍大。

米饭颜色润泽，盖着一层又一层的肥牛，汤汁油亮，边上还卧着两只吸满汤汁的荷包蛋。

云黎小声问道："那我可以一起吃吗？"

沈驰："嗯，比浪费强。"

第二天早上，司机李叔送他们去上学。

汀溪私高的校领导都格外亲和，很快就给云黎办好了入学手续。

沈驰："我走了。"

班主任阮菲菲过来领云黎去教室。阮老师穿着深蓝色丝绸长裙，身材纤细，脸上化着淡妆，年龄不大，长得格外漂亮。

云黎往窗外一瞥。

沈驰跟着几个少年翻墙头麻利地走了，这也太大胆了吧？

云黎没遇到过这样的人，只觉得一言难尽。

进了新班级，一切还算顺利，阮菲菲给她安排了一个后排靠窗的位置，同桌是个很老实的男生。

阮菲菲让她简单做个自我介绍，她刚一走上台，后排就有不少男生吹起了口哨。

最后面一个理着寸头的少年一条腿大刺刺地伸到了走道里，朝着云黎吹口哨，笑个不停。

云黎回座位时恰好与他对视,觉得他很眼熟,几秒钟就回忆起来了,这不就是沈驰的朋友吗?

刚一下课,旁边的女孩沈江夏就从桌肚里拿出不少巧克力分给云黎,沈江夏是个圆脸爱笑的姑娘:"云黎,我们做朋友吧。"

云黎对她也很有好感,自然不会拒绝,弯了弯眼睛:"好呀。"

下午吃过饭,突然有很多人在议论云黎。

云黎后来才知道是怎么回事,因为她中午跟沈江夏去校外小吃街吃饭的时候,被一个男同学拍了照片,发到了学校大群里,随后又扩展到了贴吧,然后全校一致觉得这姑娘真漂亮。

明灿灿的光影下,云黎穿着纯白的裙子,松软的黑发垂在胸前,眼睛大大的,小腿又白又细,看着又乖又纯。

晚上放学的时候,云黎刚出教室,立马就有不少同学走过来,想要添加她的联系方式。

云黎好不容易走出校门,总算轻松了些。李叔的车就停在不远处,她嘴角漫上一抹笑容,准备小跑过去。

后面突然传来一声轻咳,动静说轻也不轻,周围那么喧嚣,她都清晰地捕捉到了。

是沈驰。

影影绰绰的光线下,他站得不算很直,看着懒洋洋的。

云黎:"你不是翻墙走了吗?"

沈驰倒是没想到她会看到那一幕,脸一黑:"我那是寻找自由。"

云黎:"你怎么不在车里?"

沈驰:"……怕你笨得找不到车。"

都认得车牌号,她好像没那么笨吧。

这时,一个戴眼镜的少年从身后拍了拍她,不由分说地将一个信封交到她手中,然后立刻就跑远了。

云黎拿着信封,有点发愁,丢也不是,拿也不是。

沈驰瞥见这一幕,说:"丢了吧。"

云黎脸皮薄,犹豫一瞬:"要不回家再丢吧。"

"丢了。"沈驰淡声说,"后果我给你担着。"

云黎想起他拒绝别人时干净利落,好像也没什么不好的后果,抿了抿唇,将信封丢到了垃圾桶里。

回到家,沈驰又消失不见了。

这次他消失的速度更快,云黎刚下车,就看不到少年的身影了。

沈建安见她一人回来,连连叹着气:"小驰这孩子真是愁人,要是有我们黎黎一半听话就好了。"

"爷爷，别生气了，驰哥比较有自己的想法。"这个状况下，云黎只能用这样的话术安慰沈建安。

云黎收拾好书包，洗完了澡，九点半就躺到了床上。她又想起什么，将头伸到窗前，小心翼翼地探出去，看到沈驰房间的灯光还未亮起。

她又躺回软乎乎的床上，却翻来覆去，像是有心事似的，怎么都睡不着，又把台灯打开了。

云黎趿拉着拖鞋，打开门，犹豫几番，走到沈驰的门前，敲了几下门，果真没动静。

这么晚还没回来，不会是出什么事了吧？

想了想，云黎打开QQ，给沈驰发了条消息。

这联系方式还是昨天沈建安硬要他们加上的。

云黎：驰哥，你怎么还不回来？

是不是有点逾矩？

云黎想了想，又发了一条消息。

云黎：爷爷看我们放学没有一起回来，似乎有点生气，你还是早点回来吧，在外面待那么晚也不安全。

两分钟过去了，依然没有动静。

云黎思绪乱飞，沈驰似乎手机不离身啊，而且QQ也一直处于在线状态，没理由不回复她，不会是被人揍了吧？

阮老师今天刚交代过，这附近一到晚上就不太安全，时常出现打架斗殴的现象，沈驰那几个朋友看起来也不像是老老实实的人。

云黎：你不会是被揍了吧？

这次沈驰秒回，发了一串代表无语的省略号过来。

云黎后来迷迷糊糊睡过去了，她卧室门没关紧，争吵声一阵高过一阵。她最初还以为自己在做梦，哪想到这争吵是真真切切发生在楼下的。

沈爷爷拄着拐杖敲击地面，发出刺耳的声响："你给我站住！"

云黎握紧了手心，什么动静都不敢发出来，心跳得非常快。

沈驰个子很高，衣服松松垮垮地穿在身上，站在明亮的灯光下，压迫感很强。

少年背对着云黎，云黎看不清他的神色，只听到他嗤笑一声。

"困了，想睡觉不行？"沈驰口气肆无忌惮。

沈建安使劲地用拐杖敲击地面，神色紧绷，下颌抖动，怒气喷薄而出："你倒是轻松，想玩就玩，想睡就睡，怎么就不知道让我省点心？

"你跟你那个叔叔有什么区别？难道这个世界上就没你在乎的人了吗？

"以前觉得你小，我也不太管你，但是你现在已经十八岁了！我们沈家那么大一个公司还得指望你，就你这个顽劣的天性，我怎么放心把公司交给你？"

沈驰勾了勾唇，嘲讽地笑起来："说来说去，还是想让我接管公司，做个傀儡。"

老人家叹了口气："就算你不为着我们沈家的家业考虑，你也得想想你妈妈。"

沈驰听得无聊，本来闭上了眼睛，准备将就着听完，哪想到沈建安提到了那个人。

顷刻间，沈驰怒从心起，转过身，脸色很沉，嘴唇紧紧抿起来，嗓音低得吓人："别提她。"

沈驰这副冰冷到极致的模样令沈建安心惊，想到他毕竟十二岁就没了母亲，父亲忙于工作也不闻不问，说起来，自己也是对不起他的，因此放软了语气："好，爷爷不提了，我知道她在你心里的地位，你现在这么颓废，对得起她吗？

"小驰，爷爷最近总是做梦，梦到你小时候，你智商高，从小就争气，参加多少竞赛都是全国总冠军，哪个老师不夸你是可造之材？怎么现在堕落成这副懒散模样了？

"有空你多学学人家黎黎，你们年龄差不多大，看看人家多乖巧听话！"

云黎房间的门仍旧开着条缝隙，她支棱着耳朵，安安静静听完了全程。

楼下终于没了动静。

一老一少争执了半天也没争出个结果。沈驰的态度也很明显——冷淡，漠视，左耳朵进右耳朵出，他是不可能懂事的。

云黎站在门后，也不知道该不该下去劝劝他，沈爷爷实在是太可怜了。

可真让她劝，她又不知道说什么好。

犹豫间，楼下突然传来一道略带嘲讽的声音："偷听？"

云黎一惊，心"扑通扑通"跳着，脸颊登时热起来。

她一直躲在门后,这都能被发现?

"好玩吗?云黎。"少年一字一顿地叫着她的名字,吊儿郎当地笑着。

可这笑声对云黎来说格外有压力。

躲也躲不住,她耳朵慢慢地变红,按捺住"怦怦"跳的心脏,抚着胸口,还是往楼下去了。

也是这时,云黎才发现沈驰受伤了。

"我想出去来着,没想到碰到你被爷爷……"云黎硬着头皮说了下去,"碰到你被爷爷骂。"

沈驰怒极反笑:"在手机上说我被揍,见面了又说我被骂,没句好话是吧?"

"怎么还没睡?"

云黎的视线定格在他手上,那里破了层皮,伤口狰狞,不过好在血已经干了。

伤口不像刀割的,更像是在地上扭打,被石头之类的钝器不小心擦到的。

"你受伤了。"

沈驰不耐烦地道:"别管我。"

这伤口越看越狰狞,云黎心惊肉跳,眨了眨眼:"疼不疼?"口气中不乏关心。

沈驰的注意力这会儿到了云黎身上,小姑娘微微垂着头,清秀的眉头紧蹙着,一双圆润可爱的眼睛紧紧地盯着他的伤口。

她穿着粉红色泡泡袖睡衣,长发有点散乱,皮肤白得像是泼了层牛奶,光晕打下来,整个人显得软乎乎的。

沈驰忽地笑起来,起了捉弄她的心思:"疼。"

顿了顿,他又说:"快疼死了。"

"啊,有这么疼吗?"

沈驰脸色一沉:"不信我?"

云黎思考了几秒钟,忽然说:"你等我一会儿。"

大概过了三分钟,云黎又从楼上下来了,她手上拿着药膏,还有一卷印着卡通图案的绷带。

看出沈驰眼底的不悦,云黎抿了抿唇,只好劝他:"上次我看了,沈爷爷的医药箱没有绷带,这个是我从家里带来的,凑合用吧。"

沈驰嫌弃得要命:"不用。"

云黎:"你受伤了。"

沈驰懒洋洋地道:"我又不疼了。"

云黎已经把药膏挤出来了,黄澄澄的药膏呈长条状,安稳地立在她的指尖。她原本想着仔仔细细给他上点药,哪里想过他会如此吊儿郎当,顷刻间,她仿佛泄了气的皮球,整个人都没心力了。

沈驰看出小姑娘的反应,不知为何心头一紧,可他的口气仍是傲慢:"这伤口不大,用个创可贴也成。

"医药箱最下层有创可贴,辛苦乖巧又听话的云黎跑一趟,不过分吧?"

明知道他在阴阳怪气,云黎还是帮他从医药箱里找到了创可贴,生硬地将手上挤好的药膏递到他手上。

沈驰歪头笑了笑,将药膏乱抹一通,又不情不愿地贴上创可贴。

创可贴是大号的,贴得歪歪扭扭,不过好歹将伤口遮盖住了。

沈驰百无聊赖地坐着:"调个台。"

这人一副大少爷的姿态,整个人都散发着漫不经心与浑不懔,云黎抿了抿唇:"你不能调吗?"

"手受伤了。"说罢,沈驰懒洋洋地抬起了自己那只贴上创可贴的手。

云黎问道:"你不是还有另一只手吗?"

沈驰慢悠悠地回答:"一只手已经受伤了,我不得好好保护另一只?"

调个台还能伤手吗?

云黎有点无语,但还是拿起了遥控器,问道:"你想看什么?"

沈驰随口道:"找个鬼片吧,解闷。"

说完这话后,他饶有兴致地观察着女孩的反应,就连细微的小动作也被他纳入眼底——

许是因为紧张,她轻轻咬住了像是荔枝果冻般光滑润泽的下唇,的确很可爱。

生活平平淡淡地进行着,云黎渐渐习惯了汀溪的生活节奏。

除了刚来这里那两天,沈驰乖乖跟她一起坐李叔的车去上学,后来少年就自己上学了。

李叔毕竟是沈建安雇来的专职司机,让他单独接自己上下学也不太好,云黎考虑着也像其他同学那样,骑自行车上学。

这件事她没有告诉沈爷爷,她考虑了一下,最后喊了沈江夏周末陪她去买。

道路两旁一棵棵梧桐树拔地而起，枝干粗壮，遮天蔽日，知了的鸣叫声起起伏伏。

"看到了没有？就这条老商业街，卖的东西蛮便宜的，但主要是小吃，卖自行车的只有三四家，我们先去看看，如果不合适再换地方。"

沈江夏将自己的车锁在了一棵大树下，两个女生背着小包，往商业街走。

逛的第一家店是新开的，要价太高，女生脸皮薄，赶紧退出来了。

第二家店的老板爱搭不理，估计是看两个女生年龄小，怕她们不诚心买。

想了想，云黎走进了第三家店。

第三家店更奇怪了，店里压根儿就没人！

不过车子的样式新颖，店铺装修新潮，挂着几幅时尚感十足的少年滑板画，不难看出老板品位不错。

店主估计有强迫症，每辆车子都按照尺寸大小排列，整齐得好像在练兵。

很快，云黎就有了心仪的款式，墨绿色，车筐是木质材料，菱格花纹，深棕色的车把和座椅，车的横梁呈现出浅淡的弧度，看着格外有少女心。

沈江夏也一眼看中了这一辆，再一看价格标签——六百九十九元。

沈江夏放大了声音："老板在吗？我们想买自行车。"

这家店面积不算小，往深处走，里头有一个小小的房间，布置成电竞房，放置了几台电脑。

李鸣和几个少年戴着耳机，正兴奋地联机打游戏，对着键盘"噼里啪啦"一顿乱敲，嘴里时不时冒出一句脏话。

突然，陈远山摘下了耳机，他一掉线，几个少年跟他一队，被他坑惨了，怒目圆睁，连杀他的心都有了。

陈远山："店里那姑娘真漂亮。"

乔安一听这个来劲了："哪个？"

循着陈远山的视线，几个人透过半透明的玻璃往外看过去。

两个小姑娘站在一起，正认真又好奇地打量着自行车，似乎看上了一款，正跃跃欲试呢。

乔安突然清醒，敲了敲李鸣的肩膀："表哥，来生意了，还不快去看看？"

身为一个不合格的店主，李鸣赶紧摘下耳机，一溜烟跑了出去。

云黎没想到店主这么年轻，也没想到他如此不修边幅，趿拉着拖

鞋就出来了。

云黎怯生生地笑了笑:"你好!"

李鸣:"你好,看上哪辆啦?"

云黎指了指面前的这一辆,又不太好意思地问:"老板,能便宜一点吗?"

李鸣替她将车子从里头推出来,自己坐上去,做了个试骑的动作:"这车把可以一百八十度旋转,很灵活,车筐也是纯手工编织的,刹车系统是双系统,安全系数高!一分价钱一分货,这个价格已经很低啦。"

"这姑娘太漂亮了。"陈远山跷着二郎腿,饶有兴致地看向玻璃外,眼睛瞪得直直的。

周子毅也看了过去:"这不是那天偷看我们驰哥的姑娘吗?"

八风不动的沈驰终于放下了耳机,身体略微前倾,看了过去。

陈远山:"居然还讲价啊?估计没什么钱。"

乔安:"应该讲不下来的,我表哥性子拧,没见他给人便宜过,都是按照原价卖的。"

云黎确实讲不下来价。

店主看起来脾气还不错,但是价格方面毫不相让,甚至愿意多送她几个赠品,但车子价格不能变。

云黎悄悄与沈江夏咬耳朵:"夏夏,要不我们去隔壁二手交易市场看看?"

"可是你喜欢这辆车呀。"

"太贵了,我怕钱花得太快了,我姨妈会不开心。"

李鸣也听到了两个小姑娘的对话,觉得这小姑娘真是可爱,可是规矩不能破。

"那谢谢你了,我们再去别家看看吧。"云黎有礼貌地笑了笑,准备离开,谁料一转身,她就对上了沈驰那张帅得嚣张的脸。

沈驰从后面的小门绕出去,又从大门进来。

李鸣也愣住了。

"沈驰,你怎么在这里?"云黎惊叹道。

沈驰懒散道:"巧了吧。"

云黎并没有怀疑,笑着说道:"我过来买自行车,正要去下一家看看。"

沈驰的目光盯向云黎看上的那一辆:"不看看了?"

云黎靠近了他一点，压低声音："这辆有点贵，我想看看别家。"

沈驰："那我帮你讲讲价？"

云黎摇了摇头，刚想说这家店的老板真的不还价，但是她话还没说出口，少年懒洋洋的嗓音已经响起。

"你是这儿的老板？"

在云黎看不到的角度，沈驰和李鸣交换了一下眼神，李鸣赶紧说："嗯嗯，我是！"

沈驰挑了挑眉："一百块卖不卖？"

云黎和沈江夏对视一眼，直接被这人不要脸的程度惊住了，砍价也是要考虑价格成本的啊，一百块钱连一辆二手车都买不到。

云黎的脸微微红了，她实在丢不起这个人，恨不得立刻将沈驰拉出去。

她看向沈驰，少年这会儿态度倒不算冷硬，但双手交叠放在胸前，少年人独有的恣意尽数显露。

谁承想，李鸣也只是犹豫了几秒钟："要不再高一点？"

这是有转圜的余地？

沈驰牵了牵唇："就一百。"

李鸣："那就……卖吧？"

沈驰："谢了。"

口气轻飘飘的，说得极其敷衍，一点也感觉不到谢意。

当这辆自行车交到云黎手中的时候，云黎仍然充满了浓浓的不真实感，标价六百九十九元的车子，居然一百块钱就到手了？

趁云黎不注意，沈驰在微信上给李鸣转了六百块，并备注"谢了"。

沈驰接近一米九的身高，云黎站在他面前，感受到浓浓的压迫感。

云黎将新车停在路边，绿色的小车在阳光下闪闪发光，少女抿唇笑起来："真没想到老板居然愿意卖给我们，今天真是谢谢你了。"

沈驰懒洋洋地看着她，道："光口头表示，会不会没诚意了点？"

云黎想着自己好像没什么可以送给他的，只好说道："那我过几天请你吃饭吧？"

"我说云黎，"沈驰悠悠开了口，带了几分嘲意，"你这个吃饭不会是空头支票吧？"

"我能请得起的，"云黎摇摇头，"毕竟你帮了我这么大的忙。"

沈驰赞许地点头："知道就行。"

云黎："你现在饿吗？"

"不饿，"沈驰掀了掀眼皮，傲慢地道，"如果你非要请的话，我可以考虑考虑。"

云黎跟他相处这么久，早就摸清楚了他的脾性。他虽然看起来冷酷，但其实心地很善良。

云黎笑着，侧脸被日光勾勒出一小片阴影，笑容清甜，微微弯下腰做了个请的姿势："要不今天我请你吃饭？"

沈驰眉峰挑起来，语气却是极其勉强："行吧。"

云黎带的钱并不多，好在买车没用多少，剩下的还能请沈驰吃一顿不错的饭。

这家伙毕竟娇生惯养，便宜的估计也看不上。

这是一条老街，消费都不算高，云黎环顾四周，找了家装修最高档的餐馆，问道："我们要不去这里吃饭吧？"

想起刚才她跟李鸣小心翼翼还价的模样，这会儿又大方了？沈驰不由得嗤笑一声。

少年随手指了指旁边的米线小馆，口气一如既往的懒散："就这个吧。"

说完，他不顾仍处在愣怔状态的云黎，直接大踏步走了进去。

国庆节放假之前，阮老师告诉全班同学，回来之后将会进行月考，提醒大家假期要好好学习。

云黎在原本的学校成绩很稳，一直都排在年级第一名，汀溪私高的教学质量更高，还不知道她能排到什么名次。

放学时，云黎正慢条斯理地收拾着书包，纪朝夕却向她走了过来。

"听说你是沈驰的妹妹？"

按照常理来说是这样，可不知怎的，"哥哥"两个字对云黎来说格外烫嘴。

"是的。"

闻言，纪朝夕笑了笑，高傲地道："我这里有封信，麻烦你假期交给他，一定要亲自看着他读完。"

云黎立刻摇头。

少年那暴脾气她最清楚了，不迁怒于她就是好的了，还盯着他把信读完……

可云黎太乖了，纪朝夕觉得她就是个没有灵魂的花瓶，直接跟自己的小姐妹勾肩搭背蹦蹦跳跳地离开了："拜托了啊。"

云黎叹了口气，将信塞到了桌洞里。

整个假期，云黎都在努力学习，才放假两天就将学校布置的作业完成了，打算利用剩下的几天好好复习，就连沈江夏喊她出去看电影都拒绝了。

再对比一下沈驰，这一周，他有一半的时间不在家。

不过，也比之前进步了。

沈爷爷这几天倒是没骂他。

这天下午，阳光正好，细碎的光斑打下来，绿色铜钱草随风微微晃动着。

云黎搬了张小桌子，在阳台的落地窗边写作业。

窗户开了条缝，凉爽的风透进来，舒服极了。

乔慧云的电话突然打了过来，云黎这才想到，自己好久没联系姨妈了。

心头浮现出几分紧张。

乔慧云的语气不算好："南南都想你了，你在外头享福，也不知道打个电话问问家里。"

"对不起啊，姨妈，我快月考了，所以一直在学习。"

乔慧云嗤之以鼻："考好考差有什么大不了的？不都一样吗？"

云黎愣了愣："当然不一样呀。"

她正想解释几句，乔慧云像是耐心用尽似的，没继续跟她提学习的事情，干脆将电话交给了周想南。

云黎哄了哥哥一会儿，乔慧云才算是露出了个笑脸。

沈驰此时正懒洋洋地躺在沙发上看电视，佯装不在意地说道："你这个姨妈不太友好。"

云黎没开外放，理论上，他是听不到她们聊了什么的，可看他这个结论，又好像什么都知道。

"还行吧，毕竟我是我姨妈收养的，她对我已经很好了。"

沈驰抬眸看向云黎，心里突然一惊，口气也不再像往常那样冷硬了："你家里就没别的至亲了吗？"

"有，还有我奶奶，"云黎叹了口气，"我奶奶对我可好了，但是她出车祸成了植物人，现在还在疗养院躺着。不知道为什么，姨妈不太喜欢我去看我奶奶。"

云黎自己也说不清楚是什么原因，沈驰虽然看起来很凶，可她总愿意对他说一些心底里隐秘的、不为人知的话。

"黎黎，沈驰回来了吗？"

晚上十点，沈建安从卧室出来喝水，正好碰到了来厨房拿水果的云黎。

云黎不敢欺骗爷爷，摇了摇头："还没有。"

沈建安气不打一处来，差点就把拐杖丢了："都批评他多少次了，还是不长记性，真是不让人省心，烂泥扶不上墙！"

云黎害怕沈爷爷气过头再把身子气坏，赶忙安慰："爷爷，驰哥其实已经进步了。"

"哪种进步？"沈建安"哼哼"两声，"从晚上十一点回家到晚上十点回家的这种进步？"

云黎无言以对。

沈建安又招呼来家里的保姆："张姨、李姨，你们把别墅所有的灯都关了！一盏都不许留！我非得管管这臭小子！"

"老爷，园林里那些地埋灯和道路灯都关掉吗？"

"都关掉！"

云黎心头浮起一丝疑惑，为什么要用关灯来惩罚沈驰呢？

也是这时，她才想起来，沈家别墅的灯光似乎常年不灭，理论上晚上客厅的灯该熄灭的，可永远都留着稍暗的壁灯。

趁着张姨关灯的时候，云黎跟在她身后，问出了自己的疑问。

"云小姐，您可能不清楚，小少爷的母亲死于自杀，那次太太将小少爷关在暗无天日的房间三天三夜，小少爷哭喊得嗓子都差点毁掉了。"张姨眼底染上悲伤，"如果小少爷能早点从房间里出来，太太或许就不会去世了……所以从那之后，少爷很害怕黑暗，老爷就吩咐家里的灯要常亮。"

类似于心疼的情绪在云黎心底蔓延开来。

在她眼中，沈驰天不怕地不怕，骄傲放纵，不可一世，哪想到这样的他竟然拥有如此痛苦不堪的回忆。

云黎画了会儿画，晚上十点多躺到床上，将自己行李箱里的那盏夜灯拿了出来。

这是以前的同学送给她的礼物，月亮形状的。

眼看着快到晚上十一点了，沈驰该回来了，云黎便按下夜灯的小开关，灯亮了一下，又按下去，整个房间都被投射起星星的光斑，一闪一闪的，旋转着。

沈驰走到别墅门口，正奇怪怎么灯全灭了，又想起沈建安气急的模样，立刻就明白了。

而二楼的某个角落,灯光悄悄地亮着,像某种秘而不宣的咒语,一闪一闪,照映着归家的路。

按照往常,这个时间云黎该睡了的。

不知为何,他心头浮上一层暖意,燥燥的,在晚风中站了一会儿,手心竟然都有点热了。

他给她发了条消息。

沈驰:没睡?

云黎的心一直没安定下来,自然睡不着,也一直在看手机,下意识要回复的,可又不想太刻意。

她敲了几个字又删掉了。

沈驰:别装了,"正在输入"出卖了你。

云黎:是睡不着。

沈驰突然发了条语音过来,云黎调低声音,点了播放。

少年的嗓音慢悠悠的,还透着点欠揍:"我可没问你为什么没睡。云黎,你该不会是因为等不到我,不舍得睡吧?"

云黎:我就是无聊。

沈驰:无聊你按灯玩?力气无处使?

看样子沈驰已经回来了。

她原本只是担心他害怕,为他留灯,这人怎么还不遗余力嘲笑起自己来了?

云黎叹了口气,绝对不能助长这股气焰,决定不再继续回他。

下一秒。

沈驰:开门。

云黎赶紧穿好衣服,乖乖去给他开门。

"驰哥。"

沈驰"哼哼"了两声,打量着她房间的布置,除了那盏小夜灯,其他地方与平时并无区别。

"那灯怎么来的?"

"同学送的。"

沈驰的目光直白不加收敛,带了点审视意味:"之前怎么不用,偏偏在爷爷下令不让全家开灯的时候用?"

云黎被堵得说不出话来。

下一秒,少年眯了眯眼,又笑了,打量着她:"云黎,说句实话,你是不是暗恋我?"

云黎原本在喝水,听到这话,差点就喷了出来。

沈驰的脸色一下子沉了下去，线条更显得冷硬了。

"你要是不说话，"沈驰冷笑着，"我就当你默认了。"

她哪里是不说话啊？

她眼睛偏圆润，眼白干净剔透，眼珠像是一颗纯净无瑕的栗色琥珀，透露着乖巧。

沈驰的笑容更加放肆，垂下薄薄的眼皮："云黎……"

他伸出修长的手指，从她书桌上的英语书下面翻出几张白纸，纸上画了一幅静谧水乡图，小桥流水人家，还有乌篷船，鱼儿像是画活了一般，游啊游。

"你居然还会画画？"

这时，手机突然响了。

是一个未知号码，来电显示为汀溪市。

云黎接通了电话，打开窗户，站在窗前。这会儿信号不太好，她打开了免提，竟然是纪朝夕的声音。

"云黎，我那个忙你帮我了吗？"

"还没有……"

"什么？你没帮我？"

"你要想送的话，就自己送吧，沈驰就在高三(9)班，隔壁教学楼，下课过去送就行。"

纪朝夕快气死了，直接把电话挂断了。

听着电话里的"嘟嘟"声，云黎轻轻叹了口气。

她转过身，这才发现沈驰正饶有兴致地盯着她看。

"刚才谁打的电话？"

"纪朝夕。"

"哦。"

他又说了句："不认识。"

云黎将事情和盘托出。

沈驰玩味地看着她，突然拉长了尾音："信呢？"

"我感觉借着我们的关系私自把信给你不太好，而且你也未必愿意收，我就直接拒绝了，信在学校。"

沈驰眼底含着淡淡的笑容，整个人的戾气减弱了很多："如果是你送的话，我可以考虑接收一下。"

开学那天早上，云黎刚到学校，沈江夏就抱住了她："黎黎，考场分布图出来了，你居然被分到高三那边的教室去考试呢。"

云黎收拾好了学习用品，赶往隔壁教学楼。

她精准地找到了A203教室，教室里稀稀拉拉坐着几个学生。她正准备往自己考号所在的位置走，却看到教室最后面的长凳上躺着个人，身形有几分熟悉。

熹微的阳光不遗余力地照射过来，少年身量修长，长手长脚的，蜷着腿才勉强在长凳上躺正，兴许是怕日晒，在脸上盖着本书。

长凳上的少年像是感知到了旁人的注视，伸了个懒腰，这么一个动作下来，盖在脸上的英语书便掉了下来。

少年眉眼锋利，透着淡淡的不悦，半躺着也没个正行，那股子懒散劲挡都挡不住。

云黎惊讶得叫出声："沈驰！"

沈驰听出她的声音，慢悠悠地掀开眼皮："没见过帅哥？"

"你怎么还没去考试？"

高三的考场不在这栋楼。

"你猜？"

"你……你得去考试啊。"云黎有点着急了，毕竟这次考试沈爷爷也知道，如果沈爷爷知道他没参加考试，肯定又要生气的。

沈驰白了她一眼："反正又考不了几分。"

"那也不能因为考不了几分就不考吧？你如果不参加考试的话，就一分都没有。"

云黎是真的有点着急了，眼睛瞪得圆圆的，白皙透亮的脸颊气鼓鼓的，像是一条小金鱼。

也不知怎么回事，沈驰很享受看她这个模样。

沈驰好整以暇地看着她："想让我考试？"

云黎疯狂点头。

沈驰佯装思考，托着下巴思考了几秒钟，嘴角弯起一个弧度："那你哄哄我。"

云黎不知所措地看着他，瞳仁清澈，仿佛盛满了月光。

"怎么哄？"

沈驰见她已经上当，就更满意了，拉长了尾音："这就得看你自己了。"

"我……我不知道怎么哄。"云黎看着他那表情越发不正经，索性破罐子破摔了，"我不哄了。"

反正沈驰考不好跟她一点关系都没有，到时候沈爷爷使劲批评他，她也不会有一丝在乎。

云黎瞪了沈驰一眼,回到自己的座位。

正巧这时,考试的预备铃响了,进来的学生越来越多,又过了两分钟,监考老师也进来了。

"同学们,把书包放到讲台上,桌子上只允许放文具,一旦发现作弊,所有科目零分处理。"

大多数同学都起身放书包,云黎也不例外。也是在这时,她才发现,自己后面的位置上坐的是纪朝夕。

纪朝夕散着头发,穿了一条小黑裙,勾勒出完美的腰线。女孩懒散地抬头看了云黎一眼,不怎么和善,但是也没说别的话。

第一场考的是语文,云黎很擅长语文,没一会儿就做完了前面的选择题,稍微检查了一遍,就将答案涂在了答题卡上。

接着,她开始做古诗默写题,然后是综合语言运用、阅读以及作文。

云黎原本以为汀溪这边更发达,教学质量高,自然题目也难,经过这张卷子,她发现好像跟自己以前的学校差不多。

她信心满满,笔下生风。

监考的李老师巡着场,走到她位置旁突然脚步一顿,继而蹲下,然后从她桌子下面捡起一张缩印的小抄。

李老师面容凝重:"是你的吗?"

云黎站了起来:"不是!老师,我没做小抄!"

可这张小抄的确是从她桌子下面发现的,而且还是这次试卷的基础考察内容,李老师疑惑地看看她,明显不太相信她的话。

"这位同学,你要是现在承认的话,我可以给你一次机会。你如果不承认,闹到了教导处那边,可就是全科清零了。"

云黎语气坚定:"那小抄真不是我的,老师您继续调查吧。"

云黎脸色素白,气质又朴素纯净,干净纯澈的荔枝眼充满了灵气。谁也不知道,她其实紧张得要命,心跳如擂鼓。

李老师心里也在打鼓,感觉不是这女生作弊,可小抄又实打实从她位置底下翻出来的。

双方僵持不下,身后却突然传来了一个不悦的嗓音:"吵死了。"

懒散少年玩味的眸光落到了云黎身上,他勾了勾唇,话语里含着淡淡的讽刺意味:"老师,就她那胆子,敢作弊?"

有了沈驰做证,这场闹剧得以收场。

考完第一场,老师带着卷子离开了考场。

云黎打开杯子喝了口水,面前突然罩下来一个人影。

022

少年居高临下地看着她:"又帮了你一次,不谢谢我?"
云黎:"谢谢。"
"还是没点诚意。"
两人离得近,少年温热的呼吸清浅地洒在云黎脸上,好像轻柔的羽毛拂过心间,带来一阵酥酥麻麻的感觉。
"再请你吃饭?"云黎试探地问道。
沈驰挑了挑眉,温热的气息从头顶落下来,口气依旧很凶:"能有点新意吗?"
这时,铃声响了,第二场考试要开始了。
"你去考试吧,沈驰。"云黎突然想到他语文这一科已经是零分了,赶紧将他往外推。
"叫我大名呢?"
"驰哥。"
"再喊一声呗。"沈驰痞笑了一声。
为了让他去考试,云黎狠了狠心,硬着头皮又叫了一声:"驰哥。"
话毕,少年总算满意了,拖腔带调地"嗯"了一声,这才去参加考试。

下午最后一科考完回到教室自习时,云黎却怎么都集中不了注意力,脑子嗡嗡的,闪过的全是跟沈驰的相处日常。
少年只是看起来凶,对她的好却像是春风过境,不知不觉燎原了整片田野。
"上课这么久了,纪朝夕怎么还没来?"阮老师站在讲台上,看着纪朝夕的座位空着,皱了皱眉。
大家小声议论着,都不知道纪朝夕去了哪里。
阮老师正准备发动几个同学出去找纪朝夕的时候,纪朝夕突然就进来了。
女孩脸色苍白,嘴唇紧紧抿在一起,像是被暴雨打湿的花骨朵似的,狼狈得不成样子。
纪朝夕也没打报告,直接往座位上走,坐下之前,她直白的视线投向了云黎。
云黎直觉纪朝夕有话要说。
果真,放学后,纪朝夕就冷着一张脸来到云黎面前,说希望她出去一下,有话对她说。
两个人站在二楼的围栏前,夕阳肆无忌惮地笼罩着大地,漫天遍

野的橘黄色像是古老的油画作品,烟火气息更加浓郁。

"云黎,今天早上考试的那张字条是我放的。"

纪朝夕的声音就这么猝不及防地响起。

说实话,云黎并不意外,那张字条怎么会那么凑巧出现在她的座位下边,没人栽赃陷害简直不可能。

不过因为并没有出现什么难以收场的后果,所以她也就没想着告诉老师。

纪朝夕又说:"因为你没帮我送信,所以我气不过,就一时糊涂做了坏事。我不求你原谅我,只是想跟你道个歉。"

纪朝夕说是道歉,其实也没从她脸上看出多少歉意,估计这人也是骄傲惯了的。

"我不接受道歉。"云黎风轻云淡地笑了,"如果你真感觉到抱歉,请以后弥补吧。"

少女语气坚定,表情淡漠,讲话也不算太客气。纪朝夕直愣愣地看了她半晌。

纪朝夕还以为云黎会直接接受道歉,这事也就过去了,哪想到人家不接受。

这下,纪朝夕有点语无伦次了:"你、你……"

云黎抿了抿唇,淡淡的眼神扫过去,什么都没说就离开了。

联想着发生的种种,云黎连忙跑到高三(9)班的教室,想去找沈驰问个明白,他却不在。

他班里的一个男同学告诉她:"妹妹,驰哥一般都不上晚自习的,早走了。"

纪朝夕回到教室后,见桌子上的书乱七八糟的,越发不爽,心底的气更是憋不住,满腔的怒火差点把书都给撕了。

纪朝夕的嘴唇紧紧抿着。

沈驰多么高傲啊,平常哪见他对什么在意过,可他居然为了她一次小小的、不成功的栽赃陷害,冷着一张脸将她喊到了天台上。

他插着口袋,一副玩世不恭的模样,撩起眼皮淡漠地看着她,眉眼之间满满都是不耐烦。

"警告你——别动云黎,不然小心我对你不客气。"

教室门口一阵喧哗,将纪朝夕的思绪拉扯回来。她绝望地揪了揪长发:"门口那是在干什么?"

李淼淼讨好地笑了笑,连忙小跑着到门口观看一圈,又迅速回来

024

跟她报告："宋谦学长找云黎呢。"

纪朝夕的瞳仁蓦地放大，下意识一拍桌子："找她干什么？"

"不知道。"

云黎也没想到宋谦会过来找她，围观的同学偏偏还那么多，大家都在起哄看热闹，弄得她尴尬得不行。

云黎一心想找沈驰问一问心中的疑惑，急着回家，便也没怎么多搭理宋谦。

一回到家中，云黎发现沈驰不在家。

她拿出手机给沈驰发消息。

云黎：什么时候回来？

好像措辞不太礼貌，云黎想了想，迅速将消息撤回。

云黎：驰哥，你什么时候回来？

沈驰没回复。

过了两分钟，她又发过去几条。

云黎：今天下午纪朝夕跟我道歉了，是你让她给我道歉的吗？

云黎：驰哥，你在不在？

云黎：今天可以不要回来那么晚了吗？

沈驰考完试之后，就和乔安他们玩去了。

乔安发现了一家新开的电玩城，里头的游戏设备都是最新款，几个少年玩到晚上八点多，又去了李鸣的店里。

李鸣让饭店送过来几个菜，色香味俱全。大家大剌剌围坐在桌子边，边吃饭边说笑。

周子毅来得最晚，随口说起学校发生的事："你们知道吗？宋谦那小子今天来我班找云黎了。"

提到云黎，大家的目光也就顺着乔安转移到了沈驰身上，后者一言不发，脸居然黑了。

一向不喜欢聊八卦的沈驰藏了点怒气，目光像是含着千年的冰雪。

突然，少年的手机振动了两声。

他蹙眉点开消息列表，冷哼一声。

谁知对方像是不撞南墙不回头似的，消息一条接着一条发过来。

沈驰嘲讽地勾起嘴角，直接将手机丢到了沙发上。

晚上九点，家中所有的灯又全部熄火了。

沈建安依旧坚持熄灯的规矩，可惜沈驰仍旧晚归，收效甚微。

晚上九点半，云黎估摸着沈驰差不多该回来了，又按亮了小夜灯。夜色中就像多了些闪闪烁烁的小星星。

差不多晚上十点后，云黎果真听到了预想之中的敲门声。

沈驰应该是洗过了澡，碎发随意散落在额前，还带着几分濡湿。此刻，他换了身家居服，气质温和了许多。

少年直接走了进来："云黎，还没睡呢。"

"你怎么没回我消息啊？"

沈驰掀了掀眼皮，此刻的眼神在灯光下稍显锐利："不想回。"

"可是你之前都回的。"

而且回复速度还很快，虽然总是透着不耐烦，但好在也一直帮她解决问题。

沈驰懒散地撩起眼皮，慢条斯理地打量云黎。

他都对她冷暴力这么明显了，她居然不问问理由？

其实沈驰自己也说不清楚，内心就是格外烦躁，非常烦躁，冷静不下来。

他自己也说不清为什么，回到家的第一件事就是冲了个冷水澡，原本打算今晚不理云黎的，却又想到这傻姑娘按小夜灯按钮按了那么半天，手估计很疼吧？

他烦躁地擦完头发，不知不觉就来到云黎房间门口，不过臭着一张脸。

"话说，沈驰，今天纪朝夕给我道歉了，就考试作弊那事，她喊我到……"

沈驰冷着脸，浑身散发着冷戾的气息，言简意赅道："说重点。"

云黎被他这态度弄得一怔，顿了顿才说："我想问你，是你发现纪朝夕动的手脚，然后让她给我道歉的吗？"

沈驰睨她一眼，眉峰冷峻，嘴角缓缓勾起一个嘲讽的弧度，口气依旧算不上好："是。恰巧发现了，恰巧碰上她了，又恰巧让她承认个错误，行吗？"

云黎被他的回答堵得说不出话来。

沈驰皱着眉头，浑身散发着风雨欲来的气息。

她知道自己问不出来什么了，也不清楚这人到底在生什么气，心里有点别扭，干脆说："其实我就是想和你表达一下感谢。"

沈驰白了她一眼："要是真想表达感谢，就少给我惹麻烦。"

周一下午，月考成绩公布了。

汀溪私高的习惯跟其他学校不太一样，将成绩分为红榜和黑榜，红榜上是每个年级的前一百名，而黑榜就是年级倒数一百名。

学校张榜公布成绩，以此激励学生努力学习。

听说榜单已经公布的时候，云黎正在上自习课，心接着就提到了嗓子眼。

下课铃声一响，沈江夏就拉着云黎往公告栏跑，两人站在高二的红榜前一个一个寻找。

云黎没敢靠近红榜，她害怕自己考得不好，紧张得手心沁出了汗，血液几乎都要冻结了。

沈江夏先发现的云黎的成绩："黎黎，你好棒啊，居然考了年级第三名！"

云黎的嘴角这才缓缓地勾起来。这个成绩她已经很满意了，极大程度地证明了自己。

云黎又往旁边高三的成绩栏挪了挪，想知道沈驰的名次。

如她想象的那样，红榜上不可能有沈驰。

黑榜呢？

刚走到黑榜栏，她第一眼就看到了沈驰的名字。

黑榜排名第一。

也就是全年级倒数第一。

全科零分，云黎大脑"嗡"的一声，仿佛有无数乌鸦在她面前飞过。她咬了下唇，只觉得那成绩格外刺目。

趁着课间十分钟，云黎连忙跑到高三教学楼，来到沈驰的教室，好在这次他在。

少年坐姿散漫，百无聊赖，懒懒倚着后面的白墙，那双指节修长、白皙好看的手敲击着手机屏幕。

不等云黎开口，乔安一眼就发现了她，吹了个口哨，隔着几排座椅大叫道："驰哥，你家姑娘来了。"

云黎的心微微一动。

沈驰立刻就放下了手机，朝着她走了过去。

鎏金般的阳光打下来，为少年清越的五官增添一抹柔和的光，挺拔的鼻梁在强烈的光线下拓下一道小小的阴影——

他不笑的时候，五官线条看起来格外冷硬。

"你不是答应我去考试了？"

"嗯。"

"那你怎么会全科零分?"

沈驰抱着手臂,好整以暇地看着她,嗓音中带了点漫不经心的笑意:"我答应了考试,但我没答应你考好啊。"

"你这是狡辩!"

那天她那么努力让他去考试,却依旧换来一个毫不在乎的态度,就用零分回报她?

他答应她考试,她便以为他会认真做一做卷子,哪怕每门课只考五十分,可他现在却这样说。

内心的委屈一阵一阵传来,云黎的情绪绷不住了,喉间酸酸涩涩,眼眶染了点微红。

沈驰看到她泫然欲泣的模样,立刻慌了,他没有安慰女生的经验,却本能地不想看到她哭。

沈驰伸出手蹭了一下她的眼角,嗓音有点不自然,却依旧带着点高冷:"行了,别哭了,我又没怎么着你。"

沈驰往前走了一步,抿了抿唇,缓和了一下神情,继续生硬地安慰:"下次我认真考,成了吧?"

"那你得考好。"

沈驰有些为难:"我保证不了成绩。"

云黎这才小声地"嗯"了一声,也没再说别的,踩着楼梯台阶下楼了。

沈驰心底烦躁得要命,回到教室,数学课代表刚好在发试卷。

"今晚的作业?"

课代表见他主动问作业,格外惊讶地点点头。

沈驰:"给我一张。"

在课代表蓦然瞪大的眼神中,他随手拿了一张试卷,想尝试着写一写,却发现自己一道题都不会。

他干脆把卷子撕掉了。

什么都不会,该怎么写啊?

云黎放学回家后,给乔慧云发了条消息。

云黎:姨妈,我这次考了年级第三名,我还挺满意的。

想了想,她又发了一条。

云黎:不过,我不会止步于此,我想考年级第一,我相信我可以做到。

等了很久,乔慧云都没回复。

夜色浓重，窗外斜着的电线将天空切割成不规则的形状。

朦胧的月光透进来，给桌上的果盘蒙上一层薄而淡的光，里面剩了一颗没吃的苹果。心情不好也需要排遣，云黎干脆拿出画纸和铅笔，继续尝试着画静物。

画了一会儿，她端着杯子下楼倒水，从厨房出来时正好碰到沈驰。

这倒是让她意外了，今晚沈驰居然回来这么早。

"渴了？"少年嗓音清淡。

云黎："嗯。"

"我也渴了。"

他语气依旧高傲。

言外之意——你也给我倒一杯。

云黎抿了抿唇，乖乖照做。

她满脑子都是自己那幅未完成的画，刚要转身，沈驰却叫住了她："我晚上出去玩，正好碰到了抽奖活动，运气还不错，抽中了一条手链。"

少年语气懒洋洋的："送你得了。"

果真，他身后放着一个包装精致的纸袋，里头有个绿色的锦盒，看着还挺不错。

女生都喜欢这种漂亮的东西，云黎自然也不例外，可是无功不受禄。

"不用了吧，你可以留着以后送给别人。"

沈驰抬了抬下巴，模样有几分倨傲："下午我不是把你惹哭了吗？算是赔罪。东西你拿着，我要这玩意儿没用。"

云黎："怎么没用了？"

沈驰凉凉的目光瞥了过来："太幼稚。"

真是暴殄天物。

考虑了几秒，云黎收下了。

"我可以收下，但是我有个条件，"云黎想了想，"你以后好好学习可以吗？"

"我知道你有很多想法，但是沈爷爷真挺不容易的，而且你好像之前其实很优秀。"云黎也不清楚他的过去，只能尝试着这么说，"你那么聪明，稍微努力一下肯定可以的。"

沈驰薄唇抿了抿："我送你东西，你还跟我讲条件？"

云黎弯了弯唇，笑着说："你刚才都说赔罪了，不光要送礼物，有点实际行动会更好吧？"

"我尽量吧。"

云黎回到房间,拆开手链的包装,英文品牌的,是一条墨绿色的四叶草手链。她房间灯光很暗,手链却折射出闪亮的光。

云黎直觉这东西不便宜,上网搜了搜这个牌子,售价五万多一条。

抽奖能送这么贵的东西?哪个商家会这么傻?应该是仿品吧?

想了想,云黎将手链戴上了。

她越看越喜欢,第二天也没取下来,直接戴着上学去了。

课间,云黎接完水,正要回教室,正巧碰到了阮老师。

阮老师手里拿着刚刚统计好的保险清单,笑着招呼道:"云黎,过来一下。帮我把这一摞保险单交到周校长的办公室,就在对面那栋楼的五楼。"

对面是一栋单独的办公楼,平时除了高层领导,很少有人过去,尽管只有五层高,却安装了电梯。

电梯徐徐上升,云黎低头数了数保险单,出电梯的时候没看路,身体不受控制地往前跌,恰好撞进了一个人的怀抱。

是木质香的后调,仿佛小时候闻到的松树味道,带着点辛辣和清冷,格外熟悉。

云黎怕自己摔倒,于是下意识像抓住救命稻草一般拽住了面前这人的衣服下摆,稍微用了点力,于是,她呼吸之间全被这人身上淡淡的香味笼罩。

少年扶住了她,一把拉紧她的手腕。

"沈驰?"她小声惊呼着。

电梯门在这时合上了。

"你来这儿干什么?"

"帮阮老师交保险单,"云黎问,"你呢?"

沈驰双眼微眯,嘴角晕染开一个意味深长的笑容:"办件大事。"

云黎不知道沈驰所谓的大事是什么,也谈不上好奇,这一天就这么过去了。

放学时,她接到了乔慧云的电话。

"黎黎,放学了没?"

"刚放学。"

"你姨父来汀溪出差了,我也带着南南来旅游。我们现在在汀溪公园玩呢。"

"嗯,那我现在过去找你们。"

汀溪公园倒是不远,云黎快速赶了过去。

刚一进去,入眼可见无数棵参天大树,园内繁花似锦,不知名的花灼灼盛放着,风将沁人的香味捎来,只觉得一阵舒爽。

乔慧云带着周想南坐在长凳上,她买了一盒冰激凌,挖了一大勺,周想南笑得像个孩子,张开嘴巴等着她喂。

乔慧云喂了周想南一口,笑了笑,问道:"冰激凌好不好吃呀?"

周想南"嘿嘿"笑着:"嗯嗯!"

"南南爱不爱妈妈?"

周想南迫不及待想吃冰激凌,眯着眼睛,傻乎乎地说:"爱妈妈,也爱妹妹……"

乔慧云有点不情愿:"你这孩子,你妹妹这都去过好日子了,你还这么依赖她干吗?"

说完这句话,乔慧云才注意到旁边背着书包的女孩。女孩皮肤莹润白净,盈盈动人,气质比之前更纯净了,也更亮眼,像一朵素洁静雅的铃兰花。

想到自己刚才说的话,乔慧云脸上浮现出几分尴尬,干巴巴地笑了笑:"黎黎来了啊。"

云黎走过去坐下。

周想南见到妹妹来了,开心得手舞足蹈:"妹妹、妹妹……南南喜欢妹妹……"

他像孩子似的对着云黎撒娇,脑袋使劲往她肩上蹭。

周想南肯定不可能像正常人一样爱干净,袖口有些口水渍,但是云黎也不嫌弃,轻轻抱着周想南哄着。

乔慧云看着二人的互动,心底浮现几分欣慰:"南南,你还吃冰激凌吗?"

"不吃了,不吃了。"

乔慧云将冰激凌往云黎手里一推:"黎黎,吃冰激凌。"

冰激凌只配了一个勺子,还是周想南舔过的,云黎犹豫了下:"姨妈,我不吃了。"

乔慧云冷哼一声,突如其来地大声说:"你嫌弃你哥哥?"

云黎被她的阵势吓到了,顿了几秒钟,颤颤巍巍地摇头:"不是,我习惯不吃凉的了。"

沈驰总爱臭着一张脸管她,现在她都习惯不吃凉的了。

云黎突然想起什么,赶紧从书包里掏出来一个飞机模型,笑着交

给周想南:"这是我给哥哥买的礼物。"

周想南开心得不行,抱着飞机模型玩了起来。他声音大,公园里也有不少私高的学生经过,好奇驻足。

"你手上戴的是什么?"

"沈……"云黎刚想说实话,也不知道为什么,她鬼使神差地将到了嘴边的话咽了下去,"同学抽奖送的,没人要就给我了。"

乔慧云撇了撇嘴,明显不太相信。她生活条件还不错,认识不少奢侈品牌,一眼就看出这手链价格不菲。

"那你送我吧。"

云黎果断摇头:"姨妈,这是我同学送我的。"

"又不值钱。"

"真不能送,姨妈,你要是喜欢,我可以问问我同学哪里有卖。"

乔慧云脸色陡然阴沉,眉头紧锁,冷哼一声,不再说话。

夜幕来临。

一盏一盏路灯渐次亮起来,无边无际的天幕仿佛一张巨大的网,将整个喧闹的世界网罗其中。

晚上八点,云黎背着书包慢吞吞地往家的方向走。

乔慧云于她有养育之恩,她谨小慎微,从小就用力地讨好乔慧云,可还是得不到乔慧云半分温柔,刚刚乔慧云甚至还那样粗暴蛮横地抢走了她的手链。

她是真的很喜欢那条手链,也习惯了每天将它戴在手上,她更加知道,别人送的礼物,是不能轻易给旁人的。

可乔慧云为何不明白这个道理?

乔慧云也可能明白,只是压根儿不疼爱她罢了。

不在乎,就可以肆意伤害。

云黎走着走着,走到了街道拐角处,突然听到一个冷淡又好听的声音:"云黎。"

少年刚刚理了发,看起来干净利索,一双黑眸像是蛰伏在黑暗中的猎手,冷硬锋利又桀骜不驯。

沈驰语气算不上太好:"出去乱跑也不知道说一声。"

云黎此刻心情也算不上太好,讲话也带了点微微的戾气:"我又不是小孩了。"

少年步步逼近:"我给你打电话怎么不接?"

云黎下意识拿出手机,屏幕显示有十几通未接来电,还有很多条消息。

突如其来的愧疚感淹没了她:"我开了静音……"

而后,云黎又说:"我觉得我不会回来太晚,就没给家里说。"

她就像一只狡猾的小狐狸,刻意咬重了"晚"这个字。

月色朦胧,少女脸上细小的绒毛清晰可见,就像一朵小小的蒲公英。

沈驰喉结动了动,动作熟练地帮她把书包卸下来,背到了自己身上,慢条斯理地道:"你这是跟我学呢?不学点好?"

云黎趁机教育他:"你也知道这样不对?"

沈驰语气欠得要命:"但是改不掉呢。"

云黎是真的无语了,气得不行,却拿他没办法。

沈驰闷声笑了笑,总算收敛起了不正经:"成,不闹你了。明天给你个惊喜。"

第二章

威武驰哥霸气转班

云黎晚上差点失眠，辗转反侧也不知道沈驰到底想要做什么。

第二天早晨起来，云黎埋头吃饭，沈驰拉开凳子坐在她旁边，她也没抬头。

沈爷爷盛了一碗稀饭，也拉开凳子坐了下去，表情温和了许多，目光慈爱地看向沈驰："小驰，以后可得好好学习了啊。"

沈驰点头："您就看我表现。"

"爷爷知道，你智商高，要真奋发图强，一般人可超不过你。你得向黎黎学习。"

"我一直向她学着呢，"沈驰略带揶揄的目光看向云黎，"啧"了一声，"可惜，就要点回报，她不同意。"

云黎到学校的时候稍微晚了点，但是也没迟到。

班里今天格外热闹，喧嚣一片。

不少同学小声议论着什么，平时认真读书的学霸也都把书放下了，神情夸张又兴奋。

云黎坐到座位上，沈江夏转过身跟她兴奋地八卦："黎黎，今天咱们班要来一个新同学。"

云黎张了张嘴，惊讶地道："都开学这么久了，怎么还会进来新同学啊？"

沈江夏压低了声音，讳莫如深地说："听说是从高三年级转过来的。"

"高三？这都快高考了，还愿意主动留级？"

莫名地，云黎也很期待这个自愿降级的转班生。

等到晨读过半，阮老师突然来到了教室。她看向教室门口的方向，拍了拍手，面带微笑道："同学们，咱们班今天会加入一个新成员。"

大家都抻长了脖子往教室门口看，可惜看不清楚。

"沈驰，进来吧。"

闻言，云黎霎地瞪大了眼睛，她老实巴交的同桌也惊讶住了。

云黎的心脏像是上了个弹簧，"扑通扑通"快速跳跃着。她呼吸几乎一室，进来的人无比熟悉，果真是沈驰。

少年站在讲台上，一米九的个头显得格外突出，宽肩窄腰，身材笔直挺拔，眉梢锋利，五官偏硬朗，气质冰冷，校服穿得松松垮垮。在熹微晨光的描摹下，他冷硬的轮廓都柔和了几分。

阮老师笑了笑："那沈同学，你找个位置坐下吧。"

班里倒是不缺桌椅，云黎目前坐在最后一排，她后面有两套新的桌椅，靠南最后一排的同学身后也有两套新桌椅。

沈驰斜背着书包，迈着大步朝南边的桌椅走了过去，少年脚下生风，嘴角挂着一丝痞痞的笑容。

没往这边来……云黎心底松了一口气。

少年的脚步在南边的最后一排停住了，而后拐了个弯，绕过了教室最后面的空地，慢条斯理地走到云黎身后，凳子与地板发出刺耳的"刺啦"声，他直接就坐下了。

云黎垂下头读书，没转头看他，倒是有不少女生都压低声音议论着，脸颊飞上两抹红云。

突然，肩膀被一双有力的手拍了一下，霎时，云黎的血液几乎冻结。

云黎眼睫轻轻颤动了下，缓慢地转过身来，仿佛有一个世纪那么漫长："怎么了？"

沈驰将书包随意地丢到桌洞里，扫了云黎一眼："不知道跟我打个招呼？"

关于沈驰转班的理由，众说纷纭，这个消息几乎快炸了。

最开心的莫过于周子毅，他激动得又蹦又跳，还妄想搂住沈驰的脖子，后者一脸嫌弃地将他拂开。

周子毅拉了张凳子坐下："驰哥，你到底为什么转班啊？"

沈驰懒散地靠在椅子上，抿唇笑了笑："秘密。"

下午，云黎刚到教室，同桌李建宇就拿出上午布置的试卷求助她："云黎，这个题我不会做，你给我讲讲呗？"

李建宇安静老实，平时很乐于帮助别人，云黎不讨厌这个同桌。她接过卷子，认真思索起来。

午后的阳光肆无忌惮地洒进来，少女眸色浅淡，在灿烂的阳光下折射出琥珀般的光泽。

云黎将头发扎了起来，有几绺碎发垂落，衬得侧脸更加温柔，白皙秀气的纤长手指正握着笔写写算算。

沈驰来得晚，拉开凳子时看到的正好是云黎给李建宇讲题的这一幕。

"你再验算一遍，这样懂了吗？"

"懂了。"李建宇看向她的眼神充满了赞赏。

沈驰扯了扯领口，烦闷感遍布全身，漆黑的双眸看着二人。

过了两分钟，沈驰没好脾气地伸脚勾了下李建宇的凳子，语气淡淡的："同学，咱俩换个座位。"

李建宇有点怕他："为什么？"

沈驰轻轻扬了扬眉，脸上是掩藏不住的坏："你那边风水好，我喜欢，不行吗？"

多么离谱的理由。

李建宇咽了咽口水，无法理解地看向沈驰。

可李建宇哪敢跟沈驰横，更不敢多问，只"嗯"了一声，赶紧收拾书包，连带着书本一起挪了过去。

就这样，李建宇成了云黎的后桌。

云黎原本想跟李建宇说点什么，可看着李建宇如此惧怕沈驰，她默默闭了嘴。

沈驰将自己的书包放到云黎旁边，试图弄出一点动静。

云黎低头专心致志地写作业，假装没看到他。

沈驰跷着二郎腿，整个人都散发着浑不憷的气息。

云黎依旧不看他。
沈驰忍不住轻咳一声。
云黎还是不说话。
沈驰忍不住了:"云黎。"
"你把人家李建宇赶走了,不想跟你说话。"
沈驰不要脸地笑了笑:"他自己愿意走的,要不你问问他?"
当然得不到答案了,人家怕他都来不及呢。云黎气鼓鼓的,像一条小金鱼。
沈驰双眸黑得发亮,吊儿郎当地道:"我们那叫公平协商。"
沈驰笑容痞坏,眸光玩味地落在她身上,看着就格外欠揍。
云黎气不打一处来:"你……过分!"
顷刻间,沈驰英俊的脸距离她越来越近,在她的瞳孔前逐渐放大。
云黎只好往后躲,可是她身后是一面墙,躲藏的空间实在有限。
少年眉眼锋利,五官落拓,此刻他扯了扯嘴角,眉眼间的锋利削弱了几分,比往常多了几分少年气。
"比如,这样?"
他磁沉的嗓音慢慢传了过来,云黎的耳朵如火烧般滚烫,她快速移开视线,一秒也不想跟他多待。
小姑娘粉嫩的鼻尖似乎因为紧张沾染了细细密密的水珠,透出可爱又晶莹的粉色。
看着女孩慢慢变红的脸蛋,沈驰有些得意,喉结动了动,不多时也"嗤"一声笑了。
上课铃声一响,物理老师走进来,一眼就发现班里多了个同学。趁着大家做题的工夫,物理老师下了讲台问起沈驰转班的原因。
少年扯了下嘴角:"这不是想好好学习嘛。"
老师拍了拍他的肩膀,对他的行为很赞赏:"嗯,很棒,现在醒悟为时不晚。云黎,你成绩好,多帮帮你同桌。"
云黎硬着头皮点点头。
没想到老师一走,沈驰便歪着头,声音压低,显得又磁又沉:"听见了没?云黎同学。"

今天下午,云黎发现班级氛围有点奇怪。
比如,云黎将中午的作业交给组长时,一向和蔼的组长以一种奇怪的眼神看向她。
怎么形容呢?

那眼神带点儿打量，又带着点儿好奇。

总之不太友好，却又明显不想跟她多讲话。

这种奇怪的状态一直维持到最后一节计算机课。

计算机课的教室比较大，上一节课是八班上的，此刻他们还有些人没离开。

计算机老师没来，大家自由活动，沈驰跟另外几个男生直接联机打起了大型游戏。游戏页面血腥，厮杀声不时传来，云黎坐在旁边只觉得聒噪。

沈驰后面坐着几个八班的男生，男生们坐在一起，免不了胡乱调侃。

话题不知道怎么就转到了云黎身上。

"怎么那么多人愿意跟云黎交朋友啊？"

"她长得好看，大家都喜欢她。"

"长得好看有什么用啊，她有个傻哥哥。"

云黎恰好听到这一段，她背对他们站着，男生们都没看到她，可她心跳速度加快了许多。

"她那个哥哥可傻了呢，看着得二十几岁了，居然还吃手指，还不停地吐口水，恶心死咯。"

"我感觉云黎估计也脏兮兮的吧？毕竟家里有个傻子。"

男生的语气饱含着满满的轻蔑，尤其是抬起了头，高昂着脖子，嘲讽意味都要蔓延出来了。

云黎站在不远处，将男生的话听得清清楚楚。

突然，"砰"的一声，一只鼠标不轻不重地砸在了那男生头上。

沈驰懒散地倚靠在皮质座椅上，浑身透着一股戾气，脸色也沉得要命，嗓音带着点骇人的凉意："闭嘴。"

男生被砸蒙了："驰哥，你没看咱们学校的论坛吗？今天下午都传疯了。"

沈驰口气很差，下一秒几乎要挥拳："再乱说试试。"

云黎小跑着回了教室。

大家都在专注地玩电脑，没人发现她离开了。

教室里没人，灯也没开，天色稍晚，天边弥漫着一层淡淡的雾气。

她快速打开手机，看了眼学校论坛。

最顶部的帖子已经飘红，显示出"热"。

楼主先是发了几张照片，都是那天她在公园和周想南见面的情景，不过做了些处理,刻意突出了她喂零食给周想南吃,周想南傻乎乎地笑着,她温柔地揉了揉周想南的头。

楼主只说了一句话。

△这就是大家的女神。

无一例外,大家都在骂云黎。

云黎不理解,难道因为自己的哥哥智力残疾,就活该被辱骂吗?

想到这里,云黎的眼眶微微湿润。她拿出纸巾来擦,哪想到眼泪像是洪水开了闸,怎么都止不住。

沈驰就是这时回到教室的。班里只有他们两个人,安静得落针可闻。

沈驰没说话,只是霸道地将椅子往里挪了挪。

云黎也往里。

沈驰依旧往里。

云黎往里。

沈驰还继续挪动。

可里面已经没有空隙了。

云黎手心沁出了汗,声调不自觉地拔高了些:"你烦不烦?"

似乎想不到她居然会生气,沈驰愣了一瞬,直接气笑了:"凶什么?看不出来我在哄你呢?"

这时,云黎的电话响了。

云黎走远了一点,与沈驰拉开了一点距离,这才把电话接通。

电话是乔慧云打来的。

"黎黎啊,你们学校论坛的帖子我看到了。"

云黎的心打起鼓来。

"别人骂你哥哥傻,你就不知道反驳吗?我看那帖子都几百条回复了,你就能看得下去?"

"姨妈,我也是刚刚才知道这件事……"

乔慧云打断了她,冷哼一声:"你就在那学校读书,我就不信你还能不知道?

"归根到底,你就是没把你哥哥当家人罢了,如果有人骂你死去的爹娘,我不信你能坐视不理。

"要我说,你爸妈也不是好人,好人能参与那缺德项目?"

云黎拳头攥紧:"姨妈,不许你说我爸妈!"

远远地,沈驰注意到云黎脸色不太好,赶紧走了过去。

云黎温柔惯了,向来不怎么反驳大人,乔慧云愣了一下,也意识

到自己有点过分了,说:"姨妈也没别的意思啊……话说,你什么时候回家?"

当初听沈老爷子的意思,她估计要在这里住上一年,正好读完高二。

乔慧云:"你毕竟是我养大的孩子,我这心里也舍不得你,尽量还是早点回来吧。"

"对了,你那手链我还挺喜欢的,谢谢你送我啊。"

周想南在旁边笑了,接了一句:"坏妈妈,明明是妈妈抢了妹妹的。

"嘿嘿嘿,妈妈把妹妹的手链抢走了,妈妈卖掉了,妈妈骗人,嘿嘿嘿,妈妈骗人。"

周想南虽然脑子不太清醒,但好在口齿还算清晰。

乔慧云解释道:"黎黎,你别听你哥哥乱说啊。"

云黎想到那天被抢走手链的情形,气得浑身发抖,好不容易正常的眼眶又微微泛红。

沈驰在旁边听得清清楚楚,脸色逐渐冷下来,不等云黎说话,他直接抢走了手机。

"原来是你把她的手链卖了,怪不得她那天情绪不太好。"沈驰眉心紧蹙,语气冷硬又带着威慑力,"我呢,会给她买更贵的手链,希望你不要再来打扰她了。"

说完,他直接将电话挂了。

"你怎么这样跟我姨妈讲话?"

沈驰不以为意:"谁让她不尊重你?我够客气的了。"

云黎想了想,好像也是,沈驰平时比这凶多了。

"那手链是真的?"

"嗯。"

她有点儿不解,喃喃道:"抽奖能送这么贵的吗?"

沈驰嗤笑一声,语气有点儿凶:"我跑断腿亲自挑的,还以为你这个小白眼狼不喜欢。"

其实沈驰早几天就发现那手链从她手上消失了,他还以为她不太满意,想着过几天给她买条更好看的。

云黎:"我很喜欢的,但是下次别送这么贵的礼物了。"

沈驰"嗯"了一声。

云黎:"谢谢。"

沈驰舌尖顶了顶脸颊,笑容欠欠的:"先答应着,具体能不能做到就不一定了。"

眼看着放学时间快到了，云黎收拾好书包，将桌洞里今晚学习要用的书和本子拿出来。

沈驰一眼就看到了她的素描本，上面画的大多是些楼台水榭，江南水乡。

少年"啧"了一声，随意拿起一幅端详起来："话说你这画画得真不错，有考虑发展一下特长吗？"

云黎叹了口气："其实我爸妈还在的时候，我一直在学画画，后来他们去世了，我姨妈不太支持我发展特长。"

云黎隐隐有种感觉，乔慧云好像也不支持她一直念书。

沈驰若有所思。

晚上八点多，云黎在房间里洗完了澡，刚吹完头发，突然收到了沈驰的消息。

沈驰：下来。

沈驰：有人来，穿整齐点。

云黎有点儿纳闷，今晚沈驰居然在家。

不过怎么说呢，好像最近这段时间，他外出的频率没之前那么高了，沈爷爷脸上也露出了久违的笑容。

云黎将刚刚穿上的睡衣脱了下来，换了件规规矩矩的毛衣，配了条黑色长裤。

她下了楼，一眼就看到坐在沙发上的沈驰。

沈驰旁边坐着一个年轻男孩和沈爷爷，那年轻男孩戴着眼镜，格外有书卷气，几个人正开开心心地说着什么。

看到云黎下楼，沈爷爷赶紧抬手招呼她："黎黎，过来。"随后热情介绍道，"这是云黎。这个呢，是中央美院的研究生，也是我为你们请来的家教。"

云黎大脑有点儿蒙，愣了一瞬："家教？"

沈爷爷："今天小驰跟我说，他和你都对画画很感兴趣，想让我请个家庭教师。爷爷开心啊，这小子之前最抗拒老师了。

"所以我这一高兴，今天就给你们请来了刘老师。

"刘老师可是很优秀的，爷爷就不多说了，你们聊一聊吧。"

沈爷爷笑着离开了，将客厅留给了几个年轻人。

刘老师了解了一下他们的绘画基础，又简单介绍了自己的履历，

讲了一些美术常识，他为人风趣幽默，倒是很好相处。

毕竟时间太晚，所以今天就没上课，他们只是敲定了下次正式上课的时间。

客厅里又回归到万籁俱寂。

刘老师离开后，云黎问道："你是真想学美术吗？"

沈驰瞥她一眼："你看我像有艺术细胞吗？"

云黎："你不光没有艺术细胞，也没有学习细胞。"

沈驰的脸沉了沉："云黎，你是被我惯坏了吧？"

晚上，云黎睡前又看了眼手机。

她本以为那个帖子的热度该降低了，没想到反而又高了一层。

又有知情人士爆料跟帖。

△啊，偷偷发几张照片。这个云黎真的不简单，她跟沈驰没有血缘关系，却住在一起。

几张照片都是二人在别墅门口的背影，熟悉他们的人一眼就能认出来。

大家也都跟帖回复。

△顶楼主，这个云黎可真是个心机女！

这时，沈江夏发来消息。

沈江夏：黎黎，你看到论坛那些回答了吗？

沈江夏：我想骂一骂他们，忍不了了，呜呜呜。

云黎干脆把手机关掉，不理会这些负面消息。

这一夜，她睡得倒还算好。

第二天一早，她刚一醒来，就又收到了沈江夏的消息。

沈江夏：黎黎，你快去看论坛，居然有友军呢！现在这些女生都快嫉妒疯你了，居然有人替你说话，哈哈哈！

云黎多少也有点好奇，点开了论坛，发现一个刚注册的新用户在跟帖回复。

△那也得是沈驰心甘情愿让她攀。

大家很疑惑。

△层主，你咋回事？

然后大家发现，这位层主网名就只有一个"C"。

△别告诉我层主就是沈驰……

家里阿姨已经准备好了早饭，云黎下了楼，盛了一碗香菇鸡肉粥，拿了一根油条慢吞吞地吃着。

沈驰递了一个水煮蛋过去:"别吃油条了,没营养。"

云黎皱皱眉:"我不爱吃水煮蛋。"

她能接受鸡蛋的其他做法,最不喜欢吃的就是水煮蛋,可偏偏水煮蛋营养价值高,家里阿姨做早饭时总爱准备这个。

沈驰冷冷睨她:"你瘦得我一只手都能拎起来。"

看他表情冷下来,云黎心里也有点发怵,不情不愿地接了过来。

沈驰看不惯她慢吞吞的模样,又将那水煮蛋拿过来,剥了皮才递给她。

云黎轻轻咬了一口,食之无味,刚吃了一口就有点噎,有种想要干呕的感觉。

她仅仅吃进去两口就花了很长时间,沈驰怀疑她这个速度下去,估计得迟到。

少年冷哼一声,又将她的鸡蛋夺了过去,转身进了厨房。

大概两分钟后,他又走了出来,水煮蛋却消失不见了。

少年手上多了一只碗,碗里面放着切开的四瓣鸡蛋,里面放了辣椒油和肉末,拌开了,看着垂涎欲滴。

云黎没见过这样的吃法,一时有点呆住。

"这是?"

沈驰轻轻蹙眉:"拌鸡蛋,尝尝。"

云黎咽了咽口水,仅仅尝了一小口,就被这道菜的美味程度折服。

肉末和辣椒将鸡蛋的腥味中和掉,鲜香可口,美味无比,她三两下就吃光了。

沈驰得意地哼笑一声。

云黎笑了笑,问:"我之前没见过这个吃法,你是跟谁学的啊?"

沈驰脸色一秒钟沉下来,凉凉地讽刺道:"吃完上学去。"说着就先出发了。

云黎背好了书包,准备往外走,沈建安问:"小驰走了?"

"嗯。"

"这小子还算说话算数。"

云黎不理解。

沈建安叹了口气:"这小子想转班,我答应的条件就是必须坚持天天上学,不能逃课。"

原来是这样,可云黎仍旧觉得转班太荒谬了。

沈建安又说:"小驰说想努力了,想着奋斗一下考个好学校,再加上他也想和他那个好朋友一个班,叫什么周子毅?"

云黎点点头。

沈建安的笑容里含了几分揶揄:"也可能不只是这个原因,孩子长大了,有自己的想法,我这把老骨头能做的就是支持你们,让你们每天都快快乐乐的。"

"对了,黎黎,刚才那个拌鸡蛋,小驰的母亲以前经常做给他吃,后来他母亲去世,他就再也没这么吃过鸡蛋了。"说到这里,沈建安的脸上染上了几分惆怅。

老人悠长的叹息如同长风飘过。

云黎上学的一路都在想着沈爷爷的话,心底也浮现出了细细碎碎的感动。

沈驰对她的好都是实打实的,她也想对沈驰好一点。

下午第二节课,老师让同桌互相交换改试卷,其他人都交换完了,可云黎手里仍旧拿着自己的。

她抬眸看了一眼沈驰:"我们也换吧?"

沈驰抿了下唇:"不用了吧。"

然后,她就看到沈驰手下压了一张白卷。

云黎:"你怎么没写?"

沈驰喉结动了动:"都不会做。"

这次沈驰真没骗人,初来新班级,他也不想将之前懒散的做派都带来,也想着好好改变一下自己。昨天晚上,他也真的想做做题,可这张数学卷子他的确一道题都不会做,看天书似的。

课后,云黎叹了口气,说:"你不会做的题太多了,我得从最基础的给你讲起。你说你都知道请美术家教了,其实你应该请个辅导学习的家教啊。"

"不请了,"少年淡定地扯了下唇,"这不是有现成的吗?"

缓了两秒钟,云黎才反应过来他指的是自己。

趁着课间,云黎拿出上课讲完的试卷,从第一道题给他讲起来。

毕竟高中试卷难度不低,经常会牵扯到以前学过的东西,所以云黎就立刻帮助他温习之前的功课。

"你听明白了没有?"

"听明白了。"

云黎又圈出类似的题,可沈驰却怎么都做不出来。

沈驰:"这题怎么不一样?"
云黎又仔细研究了下这两道题:"一样啊,考的都是三角函数。"
沈驰:"这数不一样,一个是三十度,一个是四十五度。"
云黎彻底无语了:"这就是换汤不换药啊,我把定理都给你讲完了,你代进去就可以做的。"
沈驰瞧着她的认真样,也收敛了下自己的玩世不恭,踏踏实实地做题。

她讲了半天,口干舌燥,觉得有些疲乏,干脆趴在桌子上闭眼休息一会儿。

窗外鸟雀啁啾,温柔的风透过半开的窗户挤进来,带来一室舒缓。

云黎侧颜弧度明媚漂亮,睫毛浓密,肌肤是细腻的奶白色,宁静的眸子闭着,粉嫩的唇微微抿起,看着又乖又纯。

她呼吸浅淡,安安静静地趴着,看起来像是睡着了。

一阵风吹过,云黎有一绺头发随风晃动,在阳光下闪着金光。

沈驰将笔放下,有点愣怔,鬼使神差地抬起手,而后将那绺头发压了下来,直到妥帖地垂在她额角。

少年轻轻勾起嘴角,就连他自己都不知道,此时的他是何等温柔。

周子毅从教室外蹦蹦跳跳地走进来,一进来就大喊:"驰哥!"

沈驰做了个"嘘"的动作。

周子毅凑过去,小声说:"驰哥,你交代我的事查清楚了,那个帖子是纪朝夕跟江浩泽两个人合谋发的。

"那几张你跟云黎在家门口的照片,也是纪朝夕偷拍的。我问他们了,都承认了,如今证据确凿,你说怎么办?"

沈驰略一沉吟。

这时,班长突然走到云黎的座位旁:"云黎,班主任找你呢。"

云黎一个激灵醒了过来,身子一抖,揉着眼睛迷迷糊糊道:"啊,哦,我知道了,马上去。"

她吸了吸鼻子,还带着点鼻音,表情有点无辜。

少女的长发有一绺被压得有点弯,再加上走路速度快,整个人看起来单薄又瘦弱,那绺不听话的头发看着像是飞起来似的,有点滑稽,却又透着点呆萌。

沈驰"啧"了一声,笑了。

其实叫云黎的并不是阮老师,而是乔慧云。

乔慧云笑得比较和善:"黎黎,你姨父来这边出差,我顺道过来

看看你。"

云黎张望着脑袋到处寻找:"哥哥呢?"

周想南向来离不开人,乔慧云也不会放心把他留在家里,哪想到这次居然没把周想南带在身边。

乔慧云笑着摸了摸云黎的头:"黎黎,你学校论坛那些人说我们南南,我怎么还敢把他带来啊?"

对于一个母亲来说,最残忍的莫过于看到自己的孩子被辱骂。想到这里,云黎有点愧疚:"姨妈,对不起。"

乔慧云爱怜地笑了笑:"你也是我养大的孩子,在我心里,你跟南南同等重要。"

"黎黎,走吧,我带你去找你姨父,他也想你了。"乔慧云牵着云黎的手往外走,语气柔和了许多,"咱们去吃顿饭。"

云黎一愣:"姨妈,我还要上课呢。"

下节课就是物理课,云黎原本以为乔慧云只是来看她一趟,却不想竟然是要带她出去。

乔慧云冲着她笑了笑:"没事,我跟你班主任请过假了,你跟我走就行。

"你学习这么好,难不成还差这一节课?"

云黎想了想,也是,很久都没见姨父了,既然姨父有意请她吃饭,她也没有拒绝的道理。

她想回教室收拾一下书包,乔慧云拒绝了,说:"很快就会把你送回来的。

"过来,上车。

"黎黎,你喜欢这里吗?"

今天的乔慧云格外温柔,云黎也就放松了戒备,嘴角挂着甜甜的笑:"挺喜欢的。"

"那你想南南吗?"乔慧云尝试着问。

云黎沉默了一瞬。

自从她来到姨妈家,跟她接触最多的莫过于周想南,周想南虽然智商比较低,但是对她一直很好。

相同的,周想南特别黏云黎,无论是周末,还是其他假期,她都不像同龄人那样可以出去跟朋友玩,或放肆地挥洒自己的青春。

她像是一只被限制自由的鸟,囚禁在一个并不怎么华丽的鸟笼里。可她也从未抱怨过,毕竟是周家给了她一个家。

而来到汀溪,她才发现,原来她也可以交到很好的朋友,也可以被人发自内心地疼爱。

云黎定了定神："想哥哥。"

但是更喜欢自由。

"沈建安对你怎么样？"

"对我很好的。"

"那个沈驰呢？"

云黎思考几秒："对我也很好，他看出我喜欢画画，还请了家庭教师。"

"你还画画？"

乔慧云突然拔高的嗓音让云黎想起了那些压抑在心底、不愿想起的细节——

那大概是五年前的一个夜晚，乔慧云在公司加班，将周想南托付给云黎照顾，那天周想南格外听话，也不打扰她，她便安静地画画。

哪想到，乔慧云回到家发现周想南发烧了，周想南本来智商就有问题，所以乔慧云格外注意保护他的脑子。世界顷刻间变了天，她朝着云黎怒吼，满腔怒火地质问，说了好多好多难听的话，暴露出来的只有暴躁和刻薄。

云黎那一刻只剩无助。

她愿意照顾周想南，但是不想承担乔慧云带给她的莫须有的情绪压力。

云黎瑟缩了一下："姨妈，我挺喜欢画画的，不会影响学习。"

车越开越远，云黎走神了一小会儿，等她抬头时，猛然间发现乔慧云已经载她远离了商业区，立交桥交错纵横，车声轰鸣，四周的建筑带着浓浓的冷淡气息。

云黎呼吸一窒，只觉得车内气息逼仄，宛若闪着寒光的利刃贴近了她的脊背。

"姨妈，咱们不是要去找姨父吃饭吗？"

乔慧云干巴巴地笑了一下："是啊。"

云黎压根儿放松不了警惕，这路况越看越熟悉，不就是那时候她出了机场，来汀溪走过的路吗？

"这是去机场的路？"她的心一抖。

乔慧云打着方向盘："嗯。"

"我们去机场干什么？"

乔慧云笑了一声："当然是回家啊。

"云黎，你是我们周家的孩子，当年其实应该给你改姓的，是我

想着给你们云家留下血脉。你得永远记住我们的养育之恩,现在你也该玩够了。

"跟我回家吧,云黎,你哥哥很想你。"

乔慧云一字一顿,慢声细语,每句话都像是绵里藏针,口气看似温和,实则强势嚣张。

云黎抗拒地摇头:"不,我不回去,之前就讲好了要在这边住一年的。"

"不,你必须回去。"

乔慧云笑了声,用眼神示意了一下。

云黎顺着她的视线看过去,这才发现乔慧云包里装着两张机票……看来她早就准备好了。

"可是我还没有跟朋友告别,也没有跟沈爷爷告别……"

更没有跟沈驰告别。

云黎越想越焦虑,她不知如何是好,拉上车门把手。

下一秒,乔慧云直接把车门锁上了,口气也生硬了一些:"黎黎,你必须回去。"

还有不到一公里就到机场了。

云黎眼泪夺眶而出,甚至想要跳窗。

她的大脑飞速转动着,然而乔慧云的车速更快,很快就到了机场入口。

乔慧云下车后一把拉住了云黎,硬扯着她往候机大厅走。风吹起云黎的长发,风里的凉气有几分刺骨。

云黎还在试图跟乔慧云商量:"姨妈,我知道我要回蓝亭,蓝亭才是我的家。

"但是真的不是现在,我们就这么走了,沈爷爷会生气的。"

乔慧云停下脚步,突兀地笑了一声,拿出手机,强行塞到她怀里:"你打,你现在告诉沈建安,你自己愿意跟我回去。"

云黎咬了咬唇,却犹豫了。

倘若她真的按照乔慧云的话术说,沈建安那边肯定没有问题,毕竟他真的很开明,可她不想走。

此刻,云黎的脑中都是那个桀骜又叛逆的少年。

她想到,在他晚归的时候,她总要为他点亮一盏灯,若是她离开了,没有了亮光,他的黑暗恐惧症犯了怎么办?

云黎越想越不能走。

乔慧云见她愣神的模样,抱着手臂笑了一声:"既然你不肯打电话,那就跟我走吧。"
"黎黎,你想想,你在周家住了那么多年了,我们几时亏待过你?
"当然,姨妈是对你严厉过,可是哪个为人父母的不严厉?你总不能因为在这里过了几天好日子就不认我们了吧?你得知道,古话说得好,棍棒底下出孝子。
"而且你想想你奶奶,我们可是无条件供养着你奶奶,疗养院的费用可不低……"
奶奶是云黎的软肋。
她怔了几秒钟,觉得乔慧云的话也不是没道理。
随后,一道冷硬的男声响起:"站住。"
云黎转过身。
少年五官精致,下颌线条凌厉分明,英俊的脸庞陷在忽明忽暗的光影里,完美到无可挑剔。
沈驰冷笑一声:"没看出来吗?小姑娘不愿意跟你走。"
还很少有人用这般奚落又嘲讽的语气跟乔慧云讲话,乔慧云硬着头皮回他:"那也跟你没关系。"
乔慧云虽然年龄大,可依旧被少年强盛的气势镇住,她低声问云黎:"这人是谁?"
云黎压抑住自己想笑的心情:"这是沈驰。"
乔慧云心神一凛,内心多了几分忌惮,但也不愿表现出来。
少年浑身都是低气压,就连云黎也感觉到一股刺人的寒凉。
乔慧云犹豫了一下,抿了抿唇,语气温和许多,态度来了个一百八十度大转弯:"我带着自己的孩子回家,有什么错吗?"
"起码你得让爷爷知道一下吧?据我所知,你家里那个快倒闭的公司,要不是我们沈家撑着,啧……"沈驰懒洋洋地站着,欠欠地说,"沈建安可是个老古董,我平时都不敢得罪他,劝你还是小心点。"
涉及家里的公司,乔慧云不得不谨慎:"真的?"
沈驰淡声道:"真。"
于是,乔慧云拨通了沈建安的电话,小心又谄媚地问好,冗长的铺垫之后,她才说出打电话的目的。
过了几秒钟,乔慧云把手机给了云黎。
云黎:"喂。"
沈建安的声音一如既往的和蔼:"黎黎,你现在想回去吗?"
云黎抬眸看了一眼沈驰,少年眸色依旧犀利,看起来却是云淡风轻的样子。

她不假思索道:"不想。

"我想住这里,我喜欢这里。"

乔慧云又重新接过电话,面露难色,老爷子都开口了,她也不得不放人。

云黎心中的巨石终于落下。

最后,在云黎离开之前,乔慧云把她喊到一边,偷偷说了几句话。

云黎抿了抿唇,犹豫了一会儿后点头。

此时此刻,太阳即将下山,熔金般的光芒落到少年眼底,削弱了几分他身上浑然天成的痞气。

沈驰挑了一下眉梢:"跟我回家?"

云黎笑眼弯弯地走近他:"驰哥,我们回家。"

周一,再见到同学,云黎无端觉得亲切了许多。

同学们不知道在她身上发生了多么惊险的事情。

周子毅笑呵呵地跟她聊天:"云黎,周五下午你干吗去了啊?把我们驰哥急得……啧啧啧。"

这会儿沈驰不在教室。

云黎想了想:"有点事出去了,不过很快就回来了。"

顿了顿,她又问:"沈驰很着急吗?"

周子毅摸着下巴认真回答:"嗯,上课铃响了你还没回来,驰哥直接冲出去了。"

"他跑出去找我了?"

"嗯,别的同学也没你的消息,然后驰哥跑到监控室调监控了,他好像是查到了一个车牌号。"

周子毅挠了挠头,记得也不太清楚了。

云黎轻轻"哦"了一声。

通过这个细节,她明白了沈驰为什么那么准确地跑到机场找她。

中午放学的时候,云黎收拾了一下桌面准备出去吃饭,哪想到沈江夏拉着她:"黎黎,你跟我们走呗。"

"去哪里?"

原来,今天周子毅家的连锁餐厅又开业几家,他们几人要去捧捧场。

周子毅做东,请大家吃饭。

云黎有点儿犹豫,她本想着出去随便吃点,吃完了回来写会儿作业的,可看着沈江夏真心真意苦苦哀求,她一心软,就答应了。

路上，沈江夏和她聊起班里的八卦。

"黎黎，你发现没有，今天纪朝夕和江浩泽都没来。"

云黎随意地"嗯"了一声。

最近天气昼夜温差大，生病的人挺多，可能他俩只是生病请假了。

沈江夏停下脚步，讳莫如深地说："我刚才去老师办公室，听到了一个八卦。"

见沈江夏如此神神秘秘，云黎的好奇心也被勾了起来："什么八卦？"

"纪朝夕和江浩泽要出国了，从今天开始，就不会来学校了。"

云黎有点蒙，怎么突然就出国了？

沈江夏继续说："我听老师那意思，说是三天之内就送出国。"

"出国看着光鲜亮丽，但是谁愿意背井离乡啊，尤其他们俩学习成绩挺不错的，参加高考也能考上国内一流大学。"

云黎的思绪却飘飘忽忽，飘到了不知何地的远方。

还记得周五下午，她教沈驰做题，迷迷糊糊好像听到周子毅来找他，貌似也提到了这两个人。

这些事情，会有什么联系吗？

云黎来到周子毅家的餐厅，发现包间里坐的不止他们班的人，还有几个看起来嚣张放肆的少年，女生也都光鲜漂亮。

云黎随便找了个位置，和沈江夏一起坐下。

阮澄长得很漂亮，留着齐肩黑发，五官小巧精致，化着淡妆。让云黎惊讶的是，这样的天气，她居然穿了一条黑色吊带长裙。

她好像人缘很好，好几个男生围着她转。

阮澄问道："驰哥还来吗？"

周子毅笑了笑："他中午好像要去买什么东西，不过他说他会来的，可能稍微晚一点点。

"怎么，你们到底是我的老朋友吧，驰哥不来，难不成你们就不想来了？"

沈江夏低下头悄悄告诉云黎，这几位都是周子毅去年参加国际夏令营认识的，平时玩得比较好，才介绍给了沈驰认识。

阮澄眨眨眼睛，嗔笑着看向周子毅："毅哥，沈驰为什么突然降级转班啊？"

周子毅挠挠头："不太清楚。"

阮澄又说："我看到你们学校的热帖了，大家都太闲了。

"大家无聊就无聊吧,居然有个网名叫'C'的人好像还挺支持他们,回复了句'那也得是沈驰心甘情愿被她攀'。"

阮澄差点就翻白眼了:"沈驰忙得要命,哪有空看这种奇奇怪怪的论坛,要是被沈驰发现了,还不得气死?"

周子毅咽了咽口水,很想帮沈驰澄清一下:"那个……"

这时,韩啸突然大声说了句:"驰哥来啦!"

果不其然,沈驰刚好站在包厢门口,手中拎着一个商场专柜的纸袋,脸上没有笑意,多了点冷淡气息。

"驰哥,这边坐啊。"最开心的莫过于阮澄,她热情得像一只花蝴蝶。

沈驰淡淡地睨她一眼,却在周子毅旁边落了座。

阮澄讪讪一笑。

服务员敲敲门,将饮料送了进来,沈江夏拉起云黎的手:"我们给大家发一下饮料吧?"

云黎点点头,然而站起来的动作太猛,地面又有点滑,她的脚崴了一下。

周子毅看她这模样,赶紧让她坐着休息,自己起来分饮料去了。

沈驰担忧地皱起眉。

少年几乎没犹豫,冷着一张脸站起来,朝着云黎走过去。

"我看看。"

阮澄不可思议地轻轻"啊"了一声,有点搞不清楚状况。

包间内人不少,少年这举动也弄得云黎格外不好意思,她摇了摇头:"没事的。"

沈驰直接在她面前蹲了下去。

灯光洒了下来,少年鼻梁高挺,眉目深邃。

云黎下身穿的是黑色直筒校服长裤,少年单手将她的长裤往上撸,露出一截纤细白皙的脚踝。

沈驰单手握着她的脚踝,温热的指腹按在细腻的肌肤上,手腕轻轻发力,转了转。

少年骨节分明,指尖滚烫。

"疼不疼?"

云黎小声说:"不疼。"

然而被他按动过的地方却带来一阵细小的战栗,电流似的,引得酥酥麻麻一大片。

从阮澄的角度来看,她虽然听不清二人具体聊的什么,但是能感觉到二人的关系绝对不简单。

可她又不能发作出来，只低声问旁边的男生云黎是谁，男生都不知道。

"黎黎，你要去厕所吗？"沈江夏小声问云黎。

在学校里，她们都保持着一起去厕所的习惯，云黎想也没想就站了起来。

从厕所回来的时候，两个女生站在包间门口，正准备推门进去，不知道是谁又提起了论坛的话题，阮澄的语气有几分不屑："你们谁能帮忙删帖吗？"

"删什么帖？"

阮澄刷着手机："我看到那个网友C的发言就烦，什么啊，还沈驰甘情愿让她攀。"

"沈驰，你没有看那个网友C的发言吗？"

少年骨节分明的手里攥了一罐可乐，垂眸笑了一下，似乎有些漫不经心。

"看了。"

听到他肯定的回答，阮澄更兴奋了，像是鼓起的气球似的，接着这个话题聊起来："被人那么编派，那你估计要被气坏了。"

沈驰勾了下唇，淡淡地开口，口气还有点欠："不好意思，并没有生气。不巧，网友C就是我。"

阮澄的脸色肉眼可见地变青，腮帮略微鼓起来，像只受了气的小仓鼠。

两个人在外面也不能待太久，被人看到了只会更尴尬，趁着这会儿气氛还算正常，沈江夏拉着云黎走了进去，回到了之前的位置。

阮澄的眼里除了沈驰没旁人，清高得要命，因此看也没看云黎一眼。

"云黎，你们总算进来了啊。"

周子毅几人的视线却牢牢地黏在云黎身上，一路追随着她回到座位。周子毅突兀一声大喊，更是将矛盾集中到她身上。

此刻，云黎觉得还是当个透明人更好。

云黎嘴唇抿成一条线，恨不得用力捶自己几下，更恨不得原地消失。

不承想，周子毅又继续喊道："你们女生真是磨磨叽叽，上个厕所至于要十几分钟？"

他这人实在看不透事,气得沈江夏直接给了他几拳,打完了还不解气,又掐了几下。

周子毅倒是咬牙受着,只是被打完之后仍然一脸蒙,甚至觉得沈江夏没事找事。

"干吗呀你!"

沈江夏气鼓鼓的:"我没事。"

旁人的喟叹落入她耳畔:

"啊,这就是云黎?"

"确实还挺漂亮的。"

与此同时,阮澄的质疑声响起:"你是云黎?"

云黎嘴唇启动了动,字音好不容易才从嘴里发出来:"是。"

阮澄打量起她。

从公正的审美来看,云黎长得还算漂亮,属于一眼望过去就能被注意到的小美女,皮肤好,白皙,脸还小,眸色是浅淡的琥珀色,在灯光下折射出一片澄澈。

阮澄语气不善:"不过是个书呆子罢了。"

而后,阮澄背上包,摔门而去,有几个人也追随她出去了。

包间里剩下的几个人都是汀溪私高的学生,大家相互都比较熟悉,眼观鼻鼻观心,一时间都有点蒙。

下午,沈驰没去上学。

晚上九点多,沈驰还没回来,沈爷爷叹了口气,直接拄着拐杖回房间休息了。

云黎也有点生气,本以为沈驰答应自己好好学习了,哪想到依旧这么玩世不恭。

到了晚上十点,沈家别墅的灯光全部熄灭,一轮冷月悬在半空,晕染开点点光华,周围映出一圈银色的弧光。

云黎洗完澡躺在床上,依旧留着一盏小夜灯。

沈驰的消息突然发了过来。

沈驰:还没睡吧?

手机猛然一振动,她内心涌起奇怪的感觉,心脏"怦怦"直跳,正准备回复,突然又想起少年高高在上的模样。

果然,沈驰又发来了消息。

沈驰:一定没睡。

沈驰:我还没回去,你肯定舍不得睡。

他依旧非常自恋。

云黎喝了口冷水，看着屏幕，却不回复。

沈驰：我今天下午有场比赛，不过呢，对手太有实力。

这消息一发出来，立刻勾起了云黎的好奇心。

云黎：拿了第几？

沈驰：当然是第一。

云黎：恭喜。

沈驰：这会儿我在庆功宴，我马上就回去了。

随后，他拍了张庆功宴的照片给她。

云黎放下心，摁灭了手机。

她原以为沈驰今天只是逃课出去玩，哪想到人家参加比赛去了，这也算是正事。

云黎不由得思索起白天发生的事情。

她想不到"网友C"居然是沈驰。

那个账号是刚刚注册的，也就是说，在她被人瞧不上、用轻蔑的话语攻击时，沈驰第一时间挺身而出。

想到这儿，她又打开论坛，哪想到那个帖子已经消失不见。

云黎在床上翻来覆去，想起今天在包间内少年的话语，只觉得浑身滚烫炽热，像是发了烧似的。

等到沈驰差不多快回来的时候，她坐起来，按动小夜灯开关，灯光一闪一闪的，直到她亲眼看着那道黑色的身影进了别墅。

过了大概一分钟，云黎的房间门被敲响。

是沈驰。

他捎来一身夜霜的寒凉，脊背笔挺如松。

借着半明半暗的灯光，少年好整以暇地打量她："果真还没睡。"

云黎眸子清凌凌的，窗外的月光仿佛映入其中："嗯，睡不着。"

沈驰痞笑道："是见不到我睡不着吧？"

云黎无语。

幽暗的光影落在少年的眉峰，衬托得他眉眼更加深邃好看了。

"得，"沈驰勾唇笑了，"不逗你了。"

他像模像样地挺了挺身，将玩世不恭收敛了些。

看到少女展露出的明媚笑颜，沈驰挑了挑眉，懒洋洋地笑了："有东西给你。"

云黎这才发现他手中拿了个袋子，很熟悉，是下午去包间吃饭时他提的那个。

"打开看看喜欢吗？"

云黎好奇地打开，是一只粉色的电话手表。

粉色的圆圆的表盘，还挺可爱。

"怎么无缘无故买这个呀？"

沈驰吊儿郎当地站着，笑道："这不是怕你走丢了嘛。"

云黎这才反应过来，应该是因为乔慧云突然把她带走，把少年吓到了。

沈驰知道她是好学生，不会随时随地带着手机，但是手表却可以戴。

云黎心底突然泛起无边无际的细微感动。

沈驰给手表开了机，又强硬地把自己设为一号联系人，一系列动作行云流水。

云黎撇了撇嘴："沈驰，你很幼稚。"

沈驰漫不经心地睨着她："谁让你不省心？"

云黎心中熨帖，很小声地说："我不需要多省心，反正身边总是有你。"

少年冰冷的嘴角漫上一抹笑意，带了些宠溺意味，竟然还有几分不自在。

第二天下午放了学，云黎去书店买了几本书，她先是给自己挑了几本要用的参考书，即将交钱的时候，又看到柜台上摆着许多新进来的辅导书，上头的标题明晃晃的——《0基础学物理》。

这套教辅编写得倒是挺不错，有条理，理解起来也简单，里头还有不少连环画，更有助于吸引那些不爱学习的同学的注意力。

她不由得想到了沈驰，于是问老板价格。

报价比她想象的要高，价格几乎是她买的书的两倍了。

她手里的钱有限，因此有点犹豫。

正准备离开时，后悔之情不自觉弥漫了整个胸腔，云黎索性咬咬牙："老板，我要那两本。"

哪想到买完书，刚走出书店，云黎就在门口碰见了一位不速之客，那人穿着酒红色的裙子，长鬈发，复古妆容。

云黎本想装作没看见直接掠过，阮澄却直接将双臂撑开，挡住了她的去路。

云黎："你做什么？"

阮澄一双眼睛直直瞪着她："谈谈。"

云黎不觉得自己跟阮澄有什么好谈的,直接拒绝了。

阮澄却不依不饶,一副不聊就决不罢休的模样:"跟我聊聊吧,不然我今天就不让你走。"

云黎有点儿想笑:"我想走就走,你管不了这么多吧?"

阮澄不怀好意地说:"你知道沈驰快出国的事情吗?你们关系这么好,那么他肯定不会瞒着你这点小事吧?"

第三章

/

不出国了

今晚,云黎有美术课。

依旧是美院的刘老师为她上课。

这节课进行了不锈钢单个静物训练,为此,刘老师专门带来了一只不锈钢水壶。

"仔细观察一下这只水壶的特点。"

云黎托着下巴,想了想:"反光很强烈,嗯,得注意一下高光的形状,周围要暗一点,还要注意黑白反差对比。"

"很棒。"

刘老师夸赞道,又补充了一些知识点,然后就指导云黎开始作画。

"我提到的细节你都注意到了,亮部和暗部之间的跳跃性你完成得特别棒。"

"说真的,云黎,"刘老师认真地看向她,"你想好要不要参加艺考了吗?"

灯光下,少女诚实地摇摇头,眼底投下如小扇一般的阴影。

她喜欢画画，恨不得一天二十四小时有二十三小时都在画画，可乔慧云会同意她参加艺考吗？

上完课后，云黎给沈驰发消息。
云黎：驰哥，你去哪里了？
云黎：你什么时候回来呀？
消息刚发出去，她就迅速撤回了。
沈驰很快就要出国了，她还能管他到几时呢？
出国的日子也未必自由，不如就让他放肆潇洒一段时间吧。
月光如轻纱笼罩，云黎躺在床上，心头泛起无奈的惆怅感。
她迷迷糊糊的，几乎睡过去时，又被人吵醒了。
有沈驰的声音，也有一道低沉又陌生的男声。
云黎轻轻打开门，果然，这声音是从楼下发出的。
穿着西装的中年男人坐在沙发上，双腿交叠，梳着大背头，虽然脸上已经沾染了岁月的痕迹，可气势凛然，威严令人发怵。
"沈驰，你长这么大了，还不知道让爸爸省心吗？"
这是沈严，沈驰的父亲。
沈驰站着，手背青筋凸起，脸色也不好看，却一言不发。
沈严继续说："今天竟然让我逮住你在路边不回家。"
沈驰耐心用尽，冷着一张脸："那你呢？你是沈家公司的掌权人，还不是在咖啡馆跟女人调情？"
沈严眼睛蓦然瞪大，他想不到儿子居然会说出这样直白的话："你……什么时候看见的？"
沈驰冷嗤："寒假我和周子毅路过你公司外边的咖啡馆，透过窗子就看到了。"
沈严叹了口气："你别多想，我不会给你找后妈的。"
顿了顿，他又叹了口气："沈驰，你别总是这个态度对我讲话，你不该恨我，你妈是自杀的。"
其实云黎也不想偷听别人讲话，只是声音太大了，再加上她担心沈严的脾气太大，会伤害到沈驰。
她突然想起家里保姆对她说过的话——沈驰的母亲死于自杀，把沈驰关在房间里三天三夜出不来，当他能出来的时候，母亲已经不在这世界了。
"她真的是自杀吗？"沈驰嘴角勾起嘲讽的弧度。
沈严忽然从沙发上站了起来："你怀疑我？"

"我为了沈家的颜面,池湘出轨也没提离婚,这绿帽子戴头上还不够格?"

"池湘出轨"四个大字像一把大刀悬在沈驰头顶,锋利无比,窥见所有人森然不堪的面容。

沈驰嗓音淡淡的:"你口口声声为了沈家的颜面,我妈是沈家的面子,我也是。"

沈严最受不了这叛逆、桀骜不驯的儿子,怒不可遏,真想一巴掌扇过去!

他努力控制着自己的情绪:"沈驰,我把话撂这儿了,这学期上完了你就出国!少在我眼皮子底下碍事。"

云黎突然间瞪大了眼睛。

原来出国是真的,而且是沈驰的父亲安排的。

"我不出国。"不难听出,沈驰现在非常烦躁。

"不去也得去!"沈严说,"我直接把你学籍注销,我看你不出国还能去哪儿。"

沈严背过身去抽烟。

沈驰也一言不发。

眼看着父子俩之间的气氛越来越紧张,云黎推开门,站在门口,想要下楼劝劝架。

可是,她该以什么立场去呢?

让她站在沈严的角度,说服沈驰出国,她做不到。

明明很简单的一件事,可她就是做不到。

她自己也不明白为什么。

她正犹豫着要不要下去,沈驰一眼就看到了她,神色稍敛,轻轻冲着她摇了摇头,示意她别下来。

云黎又重新回到房间,并把门关上了。

这会儿楼下安静下来了,只是诡异的安静更让云黎焦躁不安。

安静也只是一瞬。

"咚"的一声,似乎是什么东西狠狠砸向地面,紧接着就是物件碎裂的声音。

沈严愤怒到了极点:"给我到外面罚站去,不许你进家门,我看你能不能想清楚!"

云黎从门缝里往外看去。

沈严将沈驰赶了出去,房门锁上,气得下颌都在抖,然后摔门,回到一楼自己的房间。

客厅空无一人，奢华绮丽的吊灯都仿佛在颤抖。

云黎推开窗户，果然看到沈驰站在门口。

无星无月的夜里，乌云蔽日，迷离得像是老电影里的场景。

少年只穿了一件灰色毛衣，很薄，冷风吹起，肩胛骨撑起一道弧度。

沈驰站姿并不笔直，他单手插兜，看着无所畏惧。

云黎担心他冷，又不敢直接下去，干脆在窗口处挥着手，喊他的名字。

或许是风太大了，沈驰没听到。

云黎干脆将大灯关掉，打开小夜灯，一下一下地按动着开关。

沈驰猛然抬起头。

云黎尽量放大声音，又生怕惊动沈严。

"驰哥，快下雨了。"

"没事，我不害怕。"

夜色浓重，她需要很努力才能看清他的口型。

云黎干脆给他发消息。

云黎：天气预报说等会儿真的有雨。

沈驰：没事，我在屋檐下呢。

沈驰：听话，睡你的觉。

云黎放下手机，重新看向天幕。

细小的雨滴"噼里啪啦"落下，像是弹奏着一场恢宏的钢琴曲，很快，雨帘如幕。

她跑到沈驰房间拿了件外套就往外走，心脏突突直跳，像是做了回小偷。

云黎轻轻打开门，一眼就看到了懒散站着的沈驰。

"驰哥，回房间吧。"

"不回。"

"叔叔肯定不知道下雨，要不然他肯定让你回去了。"

"不用管他。站就站，我不怕他，绝对不妥协。"

也是这时候，云黎才明白，沈驰所谓的不妥协，意思是不向出国妥协。

眼看着雨势越来越大，云黎担心得不行，赶紧帮他把衣服披上。

沈驰倒是没拒绝，由着她去。

沈驰揉了揉她的长发："你回房间去，听话，不要受凉了。"

云黎扯了扯他的衣服下摆，不自觉地嘟起了嘴："你不走，我也不走。"

她站在这里,颇有不达目的不罢休的架势。

沈驰笑了,啧啧感叹:"你挺横啊,云黎。"

云黎挺直身板,表情严肃起来:"我真的不走。你能站一夜,那我也能。"

过了两秒钟,沈驰轻轻叹了口气,敲了下她的脑袋,妥协道:"算我败给你了。"

云黎指了指别墅旁边的小屋:"驰哥,我们去那里躲雨吧?"

沈驰不解。

云黎眨了眨清凌凌的眸子:"叔叔说不许你进家门,可是没说我们不能去杂货间躲着呀。"

说是杂货间,毕竟是别墅旁边建的小屋,环境也差不到哪里去。

别墅花草很多,经常得请人伺候,这个小房间就是为工人准备的,基础设施一应俱全,而且每天也有人打扫。

偶尔,云黎也会在这个小房间看看书。

刚一进去,他们就闻到一股清新的柠檬香气。房间里有两张小床,还有一张直排沙发和一张餐桌。

灯火葳蕤,沈驰微微皱眉打量着周围的环境,又低下头用刷子简单清理了下床铺。

云黎看他这模样有点想笑:"你还挺讲究的。"

"男人哪那么多事,"沈驰掀了掀眼皮,细心帮她把床上用品整理好,"还不是怕这里环境太差,你睡不着。"

云黎坐到其中一张床上,问道:"驰哥,叔叔想让你出国?"

风雨潇潇,吹得树木张牙舞爪,刚打开窗户,冷气就翻涌而来,裸露在外的皮肤迅速起了一层鸡皮疙瘩。

可沈严没有立刻关上窗户,他担忧地看向房檐处,没人。

再看看别墅旁边的小屋,灯光已然亮起。

识时务者为俊杰,还好,这小子没他想象的那么倔。

沈严终于安下心,叹了口气,也躺下去休息了。

云黎没好意思把这个话题继续下去。

"驰哥,可能你爸爸也是好心吧,他不是因为讨厌你才把你送走的,他可能觉得你……"云黎有点儿为难,不知道该如何表达,"可能觉得你学习不太好,考不上好的学校……"

沈驰嗤笑一声："难道出国就能一劳永逸了？"

"起码能让叔叔觉得他的孩子不比别人的差，而且以后你家里那么大一个企业也需要你。"

"没兴趣。"沈驰态度冷淡。

"你看起来很讨厌你爸爸……"

沈驰倒是不避讳跟她谈起家事："你刚才听到了吧？"

云黎点点头："嗯。"

"还有些事情你不知道，"沈驰说，"是他和别人暧昧在先，他却口口声声说是逢场作戏，让我妈不要在意。"

说完，少年冷哼一声。

云黎愣住了："你怎么知道的？"

沈驰陷入了久远的回忆里。

他从小就生在一个幸福的家庭，母亲池湘温柔体贴，知书达理，给了他最周全的爱。

想来沈严和池湘是因为相爱才结的婚，所以给他取名沈驰。

后来，他慢慢长大了，可是家里的争吵却变多了。沈严在外应酬，经常大半夜才回家，每次池湘多说几句，沈严就会说是为了这个家。

直到有一次，池湘在沈严的衣领上发现了一个口红印，她忍着，什么都没说，甚至在心里无限给他开脱。再后来，她无意间撞见沈严吃下了一个女人喂给他的小蛋糕。

池湘当然大闹了一场，在沈驰的记忆里，那个温婉美丽、只爱穿旗袍的女人第一次歇斯底里，眼泪怎么也收不住，狼狈得不成样子，可最后只换来一句"逢场作戏"。

沈驰说："我妈当然不服气，为了激发我爸的占有欲，我妈故意找人暧昧，可我爸依旧觉得无所谓，甚至觉得自己宽宏大量，但同时，他开始冷暴力。

"后来，不知道是谁把我妈和别人的照片发了出去，我妈受不住流言蜚语就自杀了，但是我爸一滴眼泪都没流。

"这些年过去，他依旧立深情人设，不婚不娶，外头人都以为他这辈子只爱我妈一个。可我知道，他早就烂透了。"

这是沈驰第一次向云黎坦白自己家不为人知的秘密。

云黎一直不敢问他的家事，生怕触碰到他的逆鳞，没想到，他自己和盘托出了。

云黎心底泛起一阵心疼："驰哥，阿姨拿别人的错误惩罚自己，你又何尝不是呢？不要被仇恨冲昏了头脑。"

雨声终于停歇，云黎伸手打开窗户一角，一丝凉气灌了进来。

夜幕如同倒挂的海，远处楼宇的点点灯火如今夜缺失的星辰。

云黎闭了闭眼，新鲜空气将她团团包裹住。

她心头突然涌上一股莫名的冲动："驰哥，你以后好好学习吧！"

沈驰皱了皱眉："我这还不算好好学习？"

"你只是按时来学校，不逃课而已，这些都是最基本的，你还没能保证每节课都认真听，还要做课堂笔记。不光这些，你基础也不太好，还得补习一下高一学过的内容。"

沈驰的脸肉眼可见地变黑了，眉头蹙起："麻烦死了。"

"我想，叔叔之所以非得让你出国，就是因为你成绩太差了。如果你成绩能好起来，我想他不会为难你的。"

沈驰没反驳。

"那从现在开始，你努力学习可以吗？"

"好，我答应你，前提是云老师要亲自教学。"

第二天早上，云黎起来时，沈严已经离开去公司了。家里风平浪静，像是什么都没发生过似的。

刚走到学校，云黎就拿出了那本《0基础学物理》，以及《0基础学数学》，递到了沈驰桌上。

"驰哥，你欠的知识点有点多，咱们暂时不能按照课本上的顺序学，干脆用这本书吧。"

沈驰"啧"了一声，笑了，关注点很奇怪："这题目有点侮辱人了吧？"

云黎将书往他那边推了推："本来就是事实呀。"

上完体育课，周子毅哼着歌从后门进来，手里提了一个袋子，他拿出一瓶甜牛奶放到云黎桌子上，又拿出一瓶给了沈江夏。

云黎："谢谢。"

周子毅抬脚勾过一张凳子坐下："驰哥让我买的，不用谢我。"

云黎确实最喜欢喝甜牛奶。

她晚上总喜欢喝一杯甜牛奶再睡觉，没想到沈驰却记住了。

他观察力倒是很强。

正好，沈驰回来了，刚打完球的少年额发有几分濡湿，身材瘦削，一层薄薄的衣衫下，肌肉起伏明显，拉开自己的凳子坐下了。

"话说，驰哥，我记得你之前说过你要出国？"周子毅挠挠头，"这怎么没动静了？"

沈驰勾唇笑了："不去了。"

"啊？说不去就不去，你家老爷子能放过你？"

沈驰嗤笑一声："管他呢。"

他这话说得风轻云淡，可云黎知道，表面的平静之下有多少波澜壮阔。

"云老师，给我讲题吧。"

"你现在可以做这一页的练习题了，我等会儿看看你的正确率怎么样。"

沈驰点点头，收起不正经，一只手压着题册，另一只手转着笔，思考起题目。

他一边思考一边写，傍晚的余晖透过窗户洒到少年身上，为他的发丝添了一层亮闪闪的金边。

云黎偷偷用余光看他。

少年鼻梁高挺，像一座小山峰，下颌线条流畅分明，嘴角紧紧抿着，肩膀宽阔，已经有了成年男人的轮廓。

他当真是上帝的杰作，得是多么偏爱才能雕琢出如此精致的五官。

"云老师，"沈驰勾唇笑了，"看够了吗？"

沈驰眼瞳深处是满满的意味深长，他直接将笔放下，饶有兴致地看着她。

云黎有几分尴尬，没想到会被抓包，心"扑通"直跳。

"我没偷看。"

沈驰"哦"了一声，手撑着椅子，微微俯身打量着她："那就是正大光明地看？"他又拖腔带调地笑了，"没事儿，你怎么知道我不许你看呢？"

云黎清了清嗓子："做完了吗？我检查一下正确率。"

沈驰哼笑一声，倒是没再纠结这个话题，将题册递了过去。

云黎压了压"怦怦"的心跳，强迫自己集中精力检查题目。

过了几秒钟，她笑了笑："还不错，都做对了。"

"我们现在再学习下一小节……"云黎将书翻到下一页，然而话还没说完，就被少年淡淡的嗓音打断了。

"不学了。"

"为什么？"

"得劳逸结合，"沈驰不紧不慢地说道，"马上就到放学时间了，去玩吗？"

云黎摇摇头:"不去。"
沈驰:"行吧。"
少年背起书包就去找周子毅了。
班长突然来找云黎:"云黎,阮老师找你。"
云黎原本打算收拾一下书包回家,见状,赶紧往班主任的办公室走去。

看到云黎过来,阮老师笑了笑:"云黎,老师找你有点儿事。
"咱们学校的官网你看过吗?之前学校一直也没好好维护,校领导觉得这是咱们学校的门面,还是得认真弄一下。
"学校想着找两个外形气质比较好的学生拍摄一组宣传照片,到时候挂到官网上,多有面子。
"说实话,咱们班长得漂亮的女生不少,但还需要成绩好,品行端正,我想到的就只有你了。怎么样,你有兴趣吗?"
云黎想了想:"拍摄这个会很麻烦吗?"
如果浪费很多时间的话,她害怕会影响自己的学习。
阮老师说:"不会的,我先把你报上去,具体结果还得等学校通知。不过拍这个不麻烦的,简单化个妆,也就一会儿的工夫。"
云黎点点头,索性答应了。

晚上九点半,沈驰还没回来,别墅的灯光准时熄灭。
云黎叹了口气,为了沈驰白天的一句话,她还专门把那本《0基础学物理》带回来了。
云黎百无聊赖地翻看着手机,手机突然响了。
沈驰:马上回来。
沈驰:在路上了,等我。
顷刻间,少女的眉梢跃上一缕欢喜。她不知不觉想到了白天低头垂眸认真做题的沈驰,心柔软下来,一股神奇的感觉徐徐蔓延开,像是无边无际的春花越过枝头,沿途盛放。
云黎拿出铅笔和素描纸,也不知怎么回事,心里涌起一股冲动,依靠着白天的记忆,将沈驰画了出来。
少年五官硬朗,英俊又高冷,很有辨识度,属于在帅哥中最出类拔萃的那一个。
云黎浅浅地勾勒着,就连她自己都未发现,在画沈驰的时候,她嘴角微翘,如品尝到蜜一般。

沈驰眉目英俊，鼻梁很高，像一座小山丘，单眼皮狭长，还有点单薄，冷冷看人时，眼神带着锋芒的英气。

不知不觉，线条就勾勒得差不多了，云黎满意地看着手中的画，忍不住笑了笑。

她桌上有个小夹子，里面夹的都是她的画作。

云黎原本想把这幅也夹进去，脸颊突然一热，仿佛这一幅画成了某种程度的违禁品。

又仿佛做了什么见不得人的事情，想要将它藏起来。

心跳突突的。

想到等会儿沈驰会进来，鬼使神差地，云黎将这幅画折了起来，折成一架纸飞机的模样，状似随便地放到了书架上。

"干什么去？"

门没关严，云黎听到外面传来爷孙二人的对话。

"这不是云黎答应给我辅导功课嘛。"

"总算知道学习了啊？不过也不要太晚了，别打扰妹妹睡觉。"沈建安的笑声传来。

"放心。"少年低笑了一声。

随后，门被敲响了。

沈驰说："本来今天我晚上八点就要回来的，谁想到周子毅跟沈江夏吵起来了，乔安非拉我当和事佬。"

其实这会儿才晚上九点半，也算不上晚归，沈驰却在跟她解释晚归的原因。

云黎说："咱们现在就不耽误时间了，来，继续白天的课，往后学习。"

说罢，她拿出辅导书。

沈驰也还算听话，配合地拿出了中性笔。

"你看一下这个新的概念，奇函数指的是……"

窗户开了一点缝隙，裹挟着咸湿气息的风透进来，吹拂在他们年轻的脸颊上。

幽暗浓郁的夜色中，月亮像是泡在波光粼粼的水中的一片倒影，硕大而模糊。

沈驰学习还算配合，除了偶尔会问一些比较刁钻又奇怪的问题。

不过云黎对知识的掌握并不仅仅在表层，针对他的提问，她全部能解答。

沈驰又做完了两页新的习题。

"不错，这次都做对了。"

今天总共学习了一个单元的数学，云黎想着换个科目学习，于是拿出了英语课本。

从必修一开始，她一个单词一个单词教给沈驰读。

她竟然发现沈驰的发音比她还标准，而且读过的单词过一会儿让他再读，他依旧会。

学习英语的过程比她想象的顺利无数倍。

她起了疑惑："沈驰，你会音标，对吗？"

少年单手插在口袋里，百无聊赖的模样，丢了个口香糖放嘴里："不然呢？"

云黎干脆不教他读单词了，又拿出了一篇英语阅读理解。

她想着先让沈驰尝试着翻译，哪想到少年皱眉看了几秒，竟然将全文都翻译出来了。

"对了，今天阮老师喊你什么事？"

云黎便把拍摄宣传照片的事说了。

沈驰陷入了深思。

云黎伸手在他面前晃了晃："想什么呢？"

"这宣传照我也想拍。"

"啊，你形象好像不合适吧？"

沈驰闲闲地笑了一声，不咸不淡地说："还不允许人改邪归正？行了，这照片我拍定了。"

他往后倚了倚，模样有几分倦懒，不动声色地扯了下唇，淡淡笑着，狭长漆黑的眸子往书架的方向看去，一眼就看到了那只纸飞机。

最基础的折法，看着有点简陋。

"云黎，你还爱折纸飞机啊？"少年喉间荡着淡淡的笑意。

云黎的心一紧，要真被他看到纸飞机里的内容，那可怎么办？

她立刻站起来，想赶在沈驰之前把纸飞机藏起来，大不了"毁尸灭迹"。

哪想到，少年长臂一捞，不费吹灰之力就把纸飞机攥在了手心。

"你……你还给我！"

二人有身高差，力量悬殊也大，云黎压根儿抢不过。

沈驰眯了眯眼，一看就看出她的紧张，甚至少女光洁的额头也冒出了细细密密的汗，肉眼可见的心跳加速。

"这么紧张这飞机啊？"沈驰似笑非笑地看着她，模样染上点痞坏，"那我必须得看看了。"

云黎站了起来，踮起脚尖去够纸飞机。她这焦急的模样，更是将沈驰的顽劣心态激了起来。

她想方设法拽住了沈驰的袖口，然而少年双手一碰，直接将纸飞机传递到了另一边。

"给我行吗？"云黎急得不行，睫毛颤抖着，气鼓鼓的，不知道如何是好。

沈驰拉长了声音："真着急？"

少年抬了抬眉梢："这里头有秘密？"

云黎的心直打鼓，还从没遇到过这么着急的情况。

她只能强行让自己镇定下来，压抑着"怦怦"直跳的心脏，生怕被他看出破绽。

"一个纸飞机，还能有什么秘密。"

沈驰用一贯漫不经心的口气说："那我可要拆开看看了。"

空气静默了一瞬。

沈驰将纸飞机拿到眼前，伸出食指要拨弄那纸飞机时，云黎闭了闭眼，生怕可怕的一幕会来临。

少女细弱如萤虫的声音响起："求你了，沈驰。"

云黎那双清凌凌的眸子仿佛沾染了雾气，润润的，看上去很可怜。

沈驰盯了她的眸子半晌，眼底浮现几分无奈。

他到底还是将纸飞机还给了她。

经过刚才的一番挣扎，云黎的脸红扑扑的，像是涂了漂亮的胭脂。

她赶紧将纸飞机扔到抽屉里，小声说："谢谢。"

第二天课间，云黎上厕所的时候，隔壁班的女生小声聊着天，聊天的内容是关于沈驰的。

"我刚才去办公室的时候碰到沈驰了，他居然想要当咱们的校园代言人！"

"什么代言人？"另一个女生没反应过来。

"把照片挂到官网上，好像老师说要在全校选择两个同学。我就是想不通沈驰为什么要去？"

云黎接完水，回到教室时，沈驰正趴在那里，与一道需要做辅助线的数学题展开拉锯战。

阳光倾洒，他浓密的睫毛在英俊的脸颊上打下淡淡的阴影，薄唇紧紧抿着，模样有点冷酷。

她尝试着问道："驰哥，你找阮老师去了？"

沈驰将笔放下，狭长的眸子直勾勾盯着她看，笑了一声："我还能说话不算话？"

"那老师怎么说？"

"答应了。"

校园代言人已经敲定了他俩，学校联系好了影楼，本周末去拍。

周末，二人在影楼的贵宾室坐下，少年往软皮沙发上一靠，妥妥的桀骜不驯的模样。

今天云黎穿了件粉红色的卫衣，领口白嫩的肌肤尽数展露，衬得她下巴尖尖，脸颊白生生的，脸颊上还有一对可爱的小酒窝，看起来格外乖巧。

沈驰笑着拽了下她的帽子，压到她圆圆的脑袋上，又恶作剧般地打了个结。

他们按照造型师的意见换上了校服，简单弄了下发型，来到拍摄基地。

这地方造景很美，仿真高中操场。

他们只用了半个小时就完成了拍摄。

"好了，你们可以回去了，剩下的就交给我们，大概一周之后能出来最终效果。"

闻言，两人一起去更衣室换回衣服。

云黎和沈驰并排走着。

应该是有意等她，沈驰的步伐迈得并不算大。

寒风凛冽，撩起少年的裤管，那双腿遒劲修长，笔直有力。

其实沈驰穿校服的次数并不多，他这人玩世不恭，即使穿了校服也总是松松垮垮的，将正儿八经的衣服穿出浑不惮的气质。

可是今天，他将衬衣的扣子扣得整整齐齐，拉链也拉得平整，整个人熨帖又干净，只是眉眼之间的桀骜依旧存在，看着也依旧嚣张不好惹。

阳光洒落在少年的肩头，少年脊背挺拔。云黎偏头看着他，不自觉走了神。

"你把衣服穿平整了还挺好看。"

阳光在她眼底投射出细碎灵透的光芒，仿佛里面有一颗颗小小的星辰。

沈驰眼底的笑意浓了些："我哪天不好看？"

她迈起大步，不再理会身后不要脸的人，快速朝着更衣室走去。

云黎换回了自己的衣服，出门时，恰好看到沈驰在和影楼经理讲话。

经理："沈同学，你们这校服真好看，你俩穿着很有青春感，很出片。"

闻言，沈驰若有所思，唇畔撩起一抹笑意，然后扬了扬眉："今天拍的照片，可以到时候把底片发给我一份吗？"

"云老师，这题怎么做？"

这天课间，一道欠欠又好听的声音响在云黎耳畔。

最近沈驰学习倒是自觉多了，或许尝到了一些甜头，他做题的正确率快速上升，上课睡觉的频率也降低了很多。

一切都在朝着好的方向前进。

云黎把题接过去，思索了一分钟，给沈驰讲了出来。

"云黎，你脸色不太对啊。"少年眉心紧紧皱着。

"啊，有吗？"

"很苍白。"沈驰定了定神，仔细观察着她，"你好像发烧了。"

说罢，他直接探手到她的额头上试了试体温。他热爱运动，体温常年比常人高些，饶是如此，还是感觉到女孩的额头烫得惊人，像是摸着煮熟的鸡蛋。

"你发烧了。"沈驰再次说道。

云黎摇了摇头："可是我好像不难受。"

也不知道是不是心理作用，在沈驰说完这话之后，她似乎真觉得脑子蒙蒙的，仿佛一台年久失修、运转缓慢的机器。

"快去请假，回家。"

毕竟生了病，云黎回去后躺在床上，感觉大脑昏昏沉沉的，头和脚好像都变得不像自己的了。

微信消息突然响了。

是乔慧云。

这段时间乔慧云格外安静，云黎的心也收获了久违的宁静。

此刻收到消息，她眉头下意识地蹙起。

乔慧云：黎黎，这段时间过得怎么样？

云黎：沈家人都对我挺好的。

乔慧云显然不是和云黎闲聊，回复也简明扼要。

乔慧云：你别忘了我们的约定就行。

乔慧云在奢望什么呢？

她有哪一次是发自内心地关心过自己？那些虚伪的寒暄也只是为了引出她的意图罢了。

云黎心头像是坠了一块石头，沉甸甸的，原本就不适的身子像是散了架似的，仿佛吞下了一颗酸橙，晕染得五脏六腑都酸涩起来。

正当这时，门被敲响了。

沈驰一只手端着药碗，另一只手提着个塑料袋，里面是陈医生给云黎开的药。

云黎穿着睡衣，撑着床铺坐了起来，倚在床头处。

那药黑漆漆的，一大碗，一看就很苦，这会儿她心里也苦，不太想吃药。

云黎无意识地将嘴嘟起："我过一会儿再吃吧。"

或许是生病的缘故，她的嗓音多了几分温软，像是被月光浸泡过，有了点撒娇的意味。

沈驰扯了下唇，一把拽住了云黎的手腕，低沉又懒洋洋的嗓音倏忽而至：

"我还是第一次这么伺候人。

"听话点。"

云黎没想到沈驰直接给她请了一个星期的假。

她想着，不就是个普通的小感冒吗？不至于吧？

然而事实却并非她预料的那样。

到了第二天，她仍高烧不退，体温白天勉强能降下来，一到晚上就又奇怪地烧上去。

按理说，这个时候都应该快康复了。

她本身也不是娇弱的性格，即使发着高烧也能安然入睡，不过脸色酡红，睡得很沉，像是喝了高度数的烧酒。

"去医院看看。"沈驰定定地看着她。

云黎摇摇头，嗓音带着刚睡醒的沙哑："我觉得我快好了。"

沈驰："你前天也是这么说的。"

云黎哑口无言："可是我不想去医院。"

"云黎，"他直呼她大名，"我好歹比你大，多吃了一年的米和盐，总比你有生活经验吧？我还能害你？"

沈驰那双狭长而直白的眸子盯着她，让她有点发怵，她叹了口气，也知道逃无可逃："好吧。"

两人到了急诊室，一个女医生接待了他们。女医生简单问了几句基础情况之后，给云黎开了几个检查的单子，让她排队做检查。

云黎先是做了影像检查，接下来还有个血常规。

两人取了检查报告重新回到了医生诊室。

女医生推了推眼镜，看了几眼检查报告就放到了一边，短暂思索的这几秒钟，她明显发现看似桀骜不驯的少年比女孩要紧张得多，女孩一直面带笑容，文静乖巧，惹人爱怜。

女医生看向沈驰："你不用紧张，她身体没事。"

沈驰皱眉走上前，拿起检查报告："那这几项指数怎么偏高了？"

女医生笑了笑，指了指其中几项："她现在发烧呢，这几项肯定要高一些。"

沈驰"哦"了一声，又指了指另一张纸上的转肌酶："这个呢？"

医生沉思几秒："是经常熬夜吗？"

沈驰看了她一眼，眉心微蹙："经常熬夜？"

的确是这样，他时常晚归，云黎担心他怕黑，总会留一盏小灯等着他。

"这次生病，之所以几天都没好转，和熬夜有很大关系。她原本作息应该挺规律吧？现在突然改变，所以免疫力下降了，病毒就趁机入侵了。

"你以后得督促她早点睡觉，恢复作息才是最重要的事。

"先去输液吧，回家之后养一养身体。"

出了诊室，沈驰明显情绪不佳，沉着脸，一言不发，薄唇紧紧抿着，整个人冷硬又凌厉，比窗外寒凉入骨的冬风还要萧索几分。

进了输液室，里面温度开得很高，沈驰直接把外套脱掉了。云黎也想效仿，收到的却是少年带着锋芒的目光。

少年为她排队，排到她的时候，依旧皱着眉帮她挽起衣袖，动作比刚才温柔了许多。

不知道是不是自己的错觉，云黎感觉这次的针头比刚才要粗很多。她脸色苍白，嘴唇动了动，想说自己害怕，可瞥到身旁冷着脸的少年，硬是将话憋了回去。

护士正为她擦碘伏，明晃晃的灯光照下来，晕出一片淡淡的光影。沈驰眼底晦色正浓，她探不出任何情绪。

准备工作做得差不多了，针头离她越来越近了。

云黎只觉得眼前突然覆下一片阴影，将她的视线遮挡得严严实实。她蒙蒙地眨了眨眼，这一小块黑色的狭窄空间，竟然莫名地将她心底

的恐惧驱散掉了。

她嗅着熟悉的清淡气息,后知后觉这是沈驰的外套。

他竟然看出了她的恐惧,将外套罩到了她头上。

与之一同传来的是少年好听又带了点沉哑的嗓音,滚烫的呼吸似乎落在她耳畔——

"别怕。"

第四章

桥归桥，路归路

云黎总算康复了。

这天，她回到学校，沈江夏偷偷问道："黎黎，你这次怎么病这么久呀？"

"嗯，一直有点低烧，所以就没来。"

"我想去看看你，你怎么不让我去？"

"这不是怕传染给你嘛。"

"沈驰来了。"

已经上晨读几分钟了，差不多也该是他到的时候了。

云黎往里挪了挪，也没抬起头，随着板凳摩擦地面的声响，只觉得那股强势的气息往下落了些。

她目光往下，只看到少年劲瘦有力的脚踝、白色的板鞋，还有一截深蓝色的校服裤沿，视线往上延伸，便是少年修长的腿。

他的穿着向来简单大方，不过很少穿校服。

近来他穿校服的频率提升了许多。

云黎脑海中蓦然闪现二人去拍摄校园宣传片，那位经理笑着说过的话——

"你们这校服真好看，你俩穿着很有青春感。"

好像自那之后，沈驰来学校总会老老实实穿校服。

是她的错觉吗？

云黎赶紧驱赶走脑中乱七八糟的想法，开始读单词。

沈驰突然出声："读错了，是 N 开头，不是 T。"

云黎没回应他，只默默重新将单词读了一遍，声音越发小了，生怕他再揪出来自己哪里读错。

沈驰感觉到她的抗拒，低笑了一声。

大课间。

云黎照常没出去玩，低下头默默做着前几天刚买的试卷。

她心跳如擂鼓，永不止息，快要震耳欲聋。

此时，教室里，走廊里，校园里，无一处不热闹，可她仿佛被隔绝在了一个密闭的空间里，能听到的，只有自己几乎要跃出胸腔的心跳声。

"云黎，阮老师叫你。"

班长的声音将她拉回了现实世界。

"老师，有什么事情吗？"

阮老师正在写教案，闻言抬起头，微笑着说："云黎，你姨妈跟你沟通过要转学的事情吗？"

云黎怔了下，大脑瞬间空白："没有。"

她双眸慢慢地垂下去，嘴角露出一抹苦笑。

云黎知道自己快回家了，原本可以悄无声息地回去，不需要惊动老师，毕竟她在这里没有学籍，只是借读。

现在，老师也知道她马上要走了……

阮老师问道："云黎，你不想走是吗？"

云黎没说话。

阮老师提议："其实不走完全可以的，你在这里读书，最后回你的家乡参加高考就行，你应该也相信我们学校的教学水平。"

云黎喉咙干涩得不成样子，此刻她很想大哭一场，宣泄情绪，可她不能。

如今的她，已不是一个小孩子了，她不能将自己封闭在蚕茧般的世界里，而是要生出强大的翅膀，面对疾风骤雨。

阮老师:"虽然我跟你姨妈就打了那一次电话,但我感觉她态度挺强硬的,你的监护人是她……"

剩下的话,就是从私人角度给出建议了。

阮老师缓缓地拍了拍云黎的肩膀:"要不你们再商量商量?这半年时间,我觉得你挺快乐的,而且你真的很优秀,要不你考虑考虑,还是继续在这里读书,我可以帮你,我相信沈家也能帮上忙。"

身后突然传来轻微的"咔嚓"声,或许是风吹的声响。云黎警觉地往后看去,却只看到一片茫茫的雾气。

下午,沈驰没来学校。

云黎本以为今天他不会来了,哪想到他赶在放学之前回来了,可最后一节课是自习课。

阮老师给大家放了一部励志电影,经典的《阿甘正传》,云黎没看过,正津津有味地看着。

沈驰脸色阴沉,整个人染着风雨欲来的气息,"砰"的一声拉开凳子坐下,带着戾气似的。

周子毅小心翼翼地问云黎:"驰哥怎么了?"

云黎轻轻地摇了摇头,她也搞不清楚状况。

转眼间,放学铃声响了,急着回家的同学都收拾起了书包。电影还有一会儿才结束,也有部分同学依旧抬头看着电影。

沈驰压根儿没看电影,却也没走。

云黎偷偷瞄了一眼少年的侧颜,发现他眉头微微蹙起,眼神冷淡,没什么情绪,下颌线凌厉分明且冷硬,很不好惹。

这时,一个同学从教室外走了进来:"沈驰,周主任找你呢。"

沈驰甚至看都不看那个同学一眼:"不去。"

云黎小心翼翼地看了眼沈驰,没说话,只觉得此地不宜久留,赶紧收拾起书包,将今晚学习要用到的书和卷子装了起来,然后起身。

可沈驰身子后仰,整个人倚靠在后面的桌子上,几乎没有空隙能让她走过去。

云黎下意识想让他挪动一下位置,嘴唇动了动,又闭上了。

她干脆将书包背好,伸出手推了推后面的桌子,桌子倒是不重,轻松推出了一小片空隙,正想继续,面前突然罩下一片阴影。

沈驰居高临下,一双漆黑没什么情绪的眸子直勾勾地盯着她。

云黎下意识闭了闭眼,只觉得扑面而来的都是少年清冽的气息。她的心仿佛变成了一节节火车,轰隆轰隆驶过一个个隧道。

教室里没什么同学了，只剩下前排几个同学还在专注地看着电影。

沈驰沉着脸，唇线紧紧抿着，音色带着点微哑："云黎，你还挺能忍啊。"

云黎丈二和尚摸不着头脑。

"你怎么不问问我怎么了？"

云黎快傻了，机械般开口："你怎么了？"

"我倒想问问你怎么了……你真可以。"沈驰冷嗤一声，"你马上要走的消息，打算最后一个告诉我？"

云黎脑海中立刻闪过一幅画面——

在阮老师的办公室，她听到门口传来的动静，想来便是沈驰。

原来，沈驰是因为这件事生气。

少年的眼底依然燎原着一片怒火。

云黎重新说了一遍自己这学期结束之后就离开的事情。

"我肯定会告诉你的，只是……"云黎说不下去了。

沈驰话语中透着冷意："你以为我生气是因为你没提前告诉我？"

云黎眨了眨眼，瞳孔漆黑又湿润："不然？"

沈驰依旧黑着脸，冷冷地开口："我生气是因为你要走。"

云黎缓缓地垂下头，沉默不语。

她不知道这种情况下还能说什么，他们仅仅相处了半年时光，不知道为什么，总觉得好像认识了大半辈子，仿佛后半辈子也可以一起走过。

沈驰："阮老师说了，沈家可以帮你想办法。"

云黎抿着唇，顿了顿才说："我走了之后，还会记得你这个好朋友的……"

沈驰舌尖顶了顶上颚："我稀罕你记得？"

第二天，沈驰还是不怎么搭理云黎，不过情绪倒是正常了许多。

两个人似乎变成了最普通的同桌。

距离期末考试只剩下十天了，云黎的心算不上紧张，反而有种莫名其妙的宁静。

"这节课考试！期末之前物理模拟考，大家拉开桌子！"课代表走过一条条走道，向大家宣布这个消息。

同学们都自觉地拉起了桌子。

可沈驰像是没听见似的，动也不动。他这样影响不到其他人，只会影响云黎。

"驰哥，拉桌子了。"

沈驰脸上有几分倦色，冷冷"哦"了一声，才勉强将桌子往外拉了一点。

上课铃响了，老师站在讲台上，把卷子发了下去。

整场考试沈驰都很安静，低着头默默做题，没有小动作，更没有像往常一样睡觉。

云黎抬眸看了他一眼，他的卷子写得满满当当的，还算认真。

她心头浮起一丝欣慰，那个顽劣逃学的少年总算走上了正轨，自己没白来这一趟。

即使她离开了，他应该也能继续好好学习吧？

没什么遗憾了。

她这样想着，心头依旧不舍，嘴角扯出一抹苦笑。

趁着大课间，云黎将自己要走的消息告诉了沈江夏，也算是提前做个道别。

沈江夏眼圈都红了，抱着她摇了几下，不过也很快接受了现实："黎黎，我没事的，谢谢你陪伴了我半年，这半年我超级开心的，你回到家也要开开心心的。我努努力，争取和你考同一所大学！"

下午快放学时，物理课代表将老师改完的卷子发了下来。

发到沈驰的时候，课代表都愣了，还以为自己发错了，再三确认之后，的确没发错。

周围不少同学都来围观沈驰的试卷，眉眼中充斥着羡慕。

周子毅闻言也赶了过来，捧着沈驰的试卷，双眸瞪得大大的："啊……驰哥，你怎么进步这么大？你不会是抄的云黎的吧？"

沈驰睨他一眼，冷冷地瞪他："不能盼我点好？"

周围很热闹，云黎也偷偷地将视线投射了过去。

八十八分，很高了。

云黎基础很好，从小到大都是佼佼者，这次也不过考了九十六分。

放学时间一到，人群作鸟兽散，大家都背上书包纷纷往教室外走。

沈驰却没有任何收拾书包离开的意思。

这次云黎没有挪动后面同学的桌子。

"驰哥，放学了。"她嗓音轻轻的，垂下漆黑的眼睫。

沈驰站在她面前，黑眸里压抑着浓重的情绪，如同乌云席卷，毫不怜惜地一把将卷子抓起来，淡淡开口："不祝福我？"

云黎将书包带子整理好，勾起一个笑："嗯，你考得很好，以后

会考得更好的。"

虽然她嘴上讲的都是祝福的话,可两个人之间的氛围格外奇怪。

沈驰薄唇动了动,眸色深不见底,忽然冷笑一声:"我考好了,你会不走吗?"

风从很远的地方吹来,少年的背影寥落又孤单。

他看着小姑娘离开的身影,默默叹了口气。

云黎回到家时,沈驰还没到家,也不知道做什么去了。

"黎黎,你哥哥呢?"沈建安问她。

听到老人家的问话,云黎的第一反应是打开手机,想看一看QQ里有没有留言,然而消息列表空荡荡的。

云黎抬头对着沈爷爷笑了笑:"爷爷,我也不知道。"

饭菜还有一会儿才做好,平时这个时间,沈建安一般都会在后花园休息,云黎隐隐觉得今天他有话要说。

沈建安拄着拐杖在沙发上坐下了,老人家慈眉善目,也示意她坐下来。

"黎黎,你是真的想回家吗?"沈建安直视着她。

云黎展颜一笑:"爷爷,您都问了我好几次了。"

沈建安点点头:"爷爷当然知道,问你那么多次,是想再确认一下,不想你受欺负。"

云黎赶紧说:"不会的,爷爷,没人能欺负我。这半年以来,谢谢您的照顾。"

沈建安爱怜地看着面前的小姑娘,说起来,他心疼云黎有自己孙子的一部分原因。他心疼自己的孙子小小年纪失去了母亲,自然而然会将爱投射到与他经历相似的人身上,为此,他一直热心于公益事业。

可云黎那么小就失去了双亲,这种痛苦无从想象,可小姑娘勇敢坚韧,出落成如此美好的模样。

沈建安叹了口气:"谢我什么呀,这都是应该做的,我只恨自己做得不够多。

"你的父母、你的家庭,都有我该尽的一部分责任。"

云黎有几分诧异,理论上,沈建安并不欠他们什么,毕竟他只是爷爷的战友。

沈爷爷又说:"我知道你姨妈性格不太好,也是个不好惹的,你走的时候,我得好好交代一下她,要对我们黎黎好一点。她要是敢对你不好,你就给爷爷打电话。"

吃过晚饭,沈驰还没回来,云黎看了几次手机,也没等到他的消息。

突然,手机一响,云黎有几分激动地打开锁屏,接着,失望涌上心头。

沈江夏:黎黎,这边有个户外音乐会,你要不要来玩?

沈江夏:黎黎,你来嘛,这都快离开了,玩一会儿好不好?

云黎:好吧。

随后,沈江夏甩过来一个定位。

去之前,云黎其实还想问问沈驰在不在那里,也不知道为什么,自从知道要离开后,她每次面对沈驰都有几分心虚。

"黎黎,我在这儿。"沈江夏看到了云黎,冲她招手。

今晚这里有场乐队演出,干冰机不断制造着迷离烟雾,鼓手和贝斯手密切配合,不断将舞台推向新的高潮。

歌曲旋律嗨到爆炸,韵律越来越紧凑,人群都尖叫出声,重金属音乐声不时响彻耳边,云黎的心情也好了一点。

"你怎么带她来这里了?"

沈江夏正在玩手机,身穿黑色冲锋衣的少年陡然出现在她面前。他身上仿佛沾染了冰雪,凌厉的下颌陷落在影影绰绰的光线里,嗓音低沉,可以听出几分不悦。

沈江夏有点紧张,还有点局促,讲话也语无伦次:"黎黎快走了,我就是想领着她玩一玩……"

"驰哥?"云黎蒙蒙地揉了揉眼睛,不相信眼前看到的人,还以为自己在做梦,"你怎么来了?"

"不许我来?"沈驰挑眉看了她一眼,"被坏人带走了怎么办?"

"还有夏夏呢。"

沈驰不喜欢这里热闹喧嚣的氛围,直接将云黎带走了。

沉默了好一会儿,少年沉沉的声线响起:"云黎,你真的不能留下吗?"

云黎的手僵着,没动,她这会儿思维转动的速度很慢,可她太明白了,沈驰是在请求她。

是的,请求。

少年眉眼低垂,撑着最后的那一点傲骨。他们何其熟悉,她总能第一时间感知他的情绪。

"驰哥,我可能没跟你讲过我家里的事情吧?太久远了,我都不想提,也习惯了把这些事憋着,毕竟我现在还挺幸福的,是吧?

"我小时候过得特别幸福，我爸爸妈妈可疼我了，从小我就是班里打扮得最漂亮的女孩子，好多男生排着队在我们教室后面的窗户偷看我……"

闻言，沈驰脸色一沉，明显不悦的情绪弥漫开来。

云黎"嘿嘿"笑了一声，便转移了话题："我从小就聪明，那时候老师总夸我，说我将来能有大发展。我爸爸看网上说，孩子最好的出路是出国发展，他也想把我送出国，就急着发展事业，想给我攒很多的钱。

"其实现在想想，出国的钱肯定也是够的，他可能是觉得我习惯了众星捧月的日子，想让我出国后继续当小公主吧。后来，或许是过于急功近利，他跟人合作，被人骗了，加入了一个不合格的建筑项目，他日夜不停地监工，可努力了，但其实那一批材料都是不合格的，再加上他那些年太劳累，身体本来就差，免疫力不行，就得了癌症。

"查出来的时候就是晚期了，没多久我就没有爸爸了。"

哪怕这件事已经过去了好多年，云黎如今已经长成大姑娘了，可提到"爸爸"，仍然忍不住啜泣。

云黎眼眶红红的，努力控制着自己的情绪，可眼前的迷雾像是散不去似的，眼泪大滴大滴地砸在地面。

沈驰嗓音低下来，安抚着她的情绪："过去了，云黎，都过去了，以后都是好日子。"

"驰哥，你爸爸好凶，可我羡慕你有爸爸。"云黎哽咽着，"后来，我妈妈伤心过度，没多久也去世了。我奶奶因为连续失去了两个亲人，意识模糊出了车祸，现在还在疗养院躺着。"

寥寥几句话，概括出她惨痛的人生，这不是一般人可以想象的痛。

"我像个烫手山芋似的，没人愿意收养我，我身上也没有钱，甚至我爸爸还欠了一大堆钱。所有人都嫌弃我，没有人要我，我像个废物一样……"

云黎那时候想不明白，为什么平时对她亲亲抱抱举高高的人，一到出事了就墙倒众人推，还有最亲的外婆一家，对她拒之门外。

沈驰愣了愣："那时候，爷爷……"

云黎又继续说："沈爷爷应该不知道我家出了这样的事情，后来知道了，一直帮扶我姨父的公司，所以现在我们家生活得还不错呀。

"姨妈愿意收养我，那时候，她就像一道光一样照在我身上。她还愿意支付奶奶的医药费，费用很高，对我来说像个天文数字。你可能觉得她对我不好，经常凶我，但其实，这些年我也没受委屈，生活品质跟之前也差不多。"

周想南对她也很好，有什么都想着她，把她当妹妹疼爱，姨父每次出差回来也会给她带喜欢的礼物。

她的人生是很惨，比一般人都惨，可老天爷对她也不薄，让她拥有了好多幸运。

比如，沈驰。

"驰哥，我没法不走。"云黎嗓音轻轻的，"而且，我也想我奶奶了。"

时间在慢慢流逝，云黎以为会迎来沈驰的怒火，以为他会生气、会歇斯底里，没想到，少年格外平静，平静得好像碗中的水，像是在叙述最寻常的答案。

沈驰神色稍顿，低叹一声："好了，云黎，我更希望你能开心。"

她说了那么多，沈驰大概明白了。

在她就像墙角青苔照不到光的人生之中，乔慧云在某种程度上就是她的救赎。乔慧云的爱或许病态，可也是真真实实地爱着她，她也理应回报那个给了她爱的家庭。

她本来就只是被收养的孩子，如今乔慧云因为她的离开失去了安全感，她就有义务抚平伤痛。

如果离开能更让她心安和开心的话，他尊重她的选择。

少有的正经之后，沈驰又恢复了之前的痞气，也不管云黎是否在听，他漆黑的眸子攫住她，像是带了蛊惑一般的嗓音落入她的耳畔，掷地有声："不要觉得自己像个废物。

"没有人要你，我要。

"云黎，我视你为珍宝。"

期末考试如期举行。

考场安排随机分配，云黎和沈驰分到了同一个考场。她向来积极，考试也是早早出发。

考试一共持续三天，最后一天的时候，云黎早上起来，发现自行车爆胎了。

她蹲在瘪掉的车胎前，嘴角露出一抹苦笑，马上要走了，连车子都抛弃她了啊？

于是，沈驰载她上学，等考完最后一场，他们再一起回去。

放学的铃声响起，老师将卷子收上去，云黎抓紧时间收拾好书包，回教室取走自己的东西。

沈驰说在停车区等她。

时至傍晚,天色昏暗,少年身材宽阔挺拔,脸在影影绰绰的光线下看不清晰,只依稀可见下颌轮廓凌厉,整个人写着"嚣张"二字,极为显眼。

"驰哥,回家了。"

沈驰的背影莫名有几分寂寞,转过身,"哦"了一声。

云黎坐在沈驰的车上,一路车水马龙,灯光从二人的身上渐次滑落。

"对了,这几天考试,你考得怎么样?"

沈驰轻笑一声,嗓音散漫:"一般般。"

"啊,我以为能考得很好的。"

沈驰口气有点儿欠:"数理化什么的,也就接近满分吧。"

云黎不由得轻笑起来。

"驰哥,停一下。"

她眯了眯眼,看到不远处的新商场开业,门口似乎摆了舞台,有几个有名气的歌手助阵,大幅海报张扬浮夸,一下子吸引了她的眼球。

舞台前已经站满了人,他们压根儿挤不到前方去。歌手正在台上唱着歌,气氛嗨翻天,大家鼓着掌,小声跟唱。

人潮拥挤,云黎刚踮起脚,就差点儿被人挤倒,好在沈驰在一旁护着她。

沈驰皱了下眉:"很想看?"

云黎:"嗯。"

主要这会儿唱的是她小时候最常听的歌,和着熟悉的旋律,像是回到了小时候。

沈驰轻笑一声,微弯下腰,动作利索地将她抱了起来。云黎还没反应过来,只觉得微妙的触感滑过心间,像是过了电流似的。

少年将她举起来,放在自己的肩膀上。

小姑娘眉眼弯弯,梨涡浅浅,笑得温柔,以这样的姿势听完了整首歌,没有了遗憾。

旁边也有年轻的男女,跟他们一样,挤不到队伍前面去。

"你看那个男生多好啊,都把女生抱起来了。"

见大家都很羡慕自己,云黎突然有种想哭的冲动。

有沈驰在,她仿佛是最耀眼、最受宠爱的女孩子。

再也不会有人比沈驰对她更好了。

脑中仿佛过电一般闪过这个想法,可有了这个想法之后,她想哭的欲望就更强了。

再也不会有人比沈驰对她更好。

可她马上就要离开沈驰了。

云黎以为可以等到领了通知书再回去，哪想到，乔慧云估计是问了阮老师考试的具体时间，考完的第二天，就为云黎订了机票。

云黎临走那天，沈爷爷让家里阿姨做了一大桌她爱吃的菜，毕竟一起生活了半年，感情很深，当然彼此都不舍。老人家不停地交代着什么，云黎也都笑着回应。

她不太喜欢离别的气氛，因此不想让自己看起来太悲伤。

只是席间，沈驰一言不发，仿佛与他们处在不同的空间，冷漠得出奇。

沈建安："小驰，你也不知道说几句话？"

沈驰依旧不吭声。

吃完饭，李叔送云黎去机场。

李叔走在前面，将云黎的行李箱放到了车后备厢。云黎偷偷看了眼身后，没有看见沈驰。

云黎上了车，刚要关闭车门的时候，一道力量挡住了她。她先是看到了一只骨节分明的手，青筋凸起，结实有力，力量感喷薄欲出。

"李叔，我也去。"

这天风和日丽，可能是中午的缘故，高架上堵得水泄不通，到机场的时候，距离起飞时间不足半个小时了。

李叔帮云黎把行李箱拿下来，云黎道谢之后，就准备拉着行李箱往航站楼里走。

沈驰依旧在车里，一言不发。

云黎默默叹了口气，透过车窗玻璃看进去，少年逆光而坐，碎发落到额前，气质蓬勃又野性，眼底情绪浓郁。

她取好机票，拉着行李箱往里走，来到服务大厅托运行李。

这时，她身后突然伸出了一只手——沈驰接过了她的行李箱。

云黎下意识一笑，嘴角弯弯，清凌凌的眸子像是被水洗过一般澄澈："驰哥，你跟过来啦？"

少年不冷不热地"嗯"了一声。

云黎："我以为你不会来。"

沈驰面不改色："在家也是闲着，出来就当看看风景了。"

这人还是心口不一，云黎早就习惯他这个性格了，不会计较什么，

只说:"反正我是希望你能来的。"

对她来说,汀溪最重要的人、最难以割舍的人,就是沈驰了。

如果他真的不来送送,云黎想,自己或许会遗憾一辈子。

云黎偏头看向航站大楼外面,明亮如镜的落地窗前,阳光热烈耀眼,给人一种晒得地面发烫的错觉,可其实,外面冷得过分。

云黎想了想,说:"驰哥,我又不是永远不回来了,何况现在通信那么发达,我肯定会给你发消息的,或者打电话也行。"

"只要你不烦我。"

沈驰哂笑一声,嘲讽道:"天天管我管得连点自由都没有,总算能舒服几天了。"

云黎张了张嘴:"驰哥。"

沈驰冷冷地看着她:"喊我干什么?"

云黎笑了笑,声线柔和又透着淡淡的落寞,叹了口气:"不知道为什么,总觉得喊一声就少一声了。"

她莫名其妙,情绪纷乱,好像完全没有以后了似的。

汀溪和蓝亭虽然距离远,可如今交通那么发达,即使乔慧云会阻挠,可等她再长大一点,不就完全获得自由了吗?

少年喉结缓缓滚动了一下,无奈地挑了挑眉:"说这不吉利的话做什么?你就要回到自己的家了,开心点。"

云黎嘴角扯出一个柔软的弧度:"嗯,开心点。"

机场广播已经在提示她安检了,不能再浪费时间,云黎紧紧盯着面前的少年,难以掩盖的不舍从心底不断冒出头来。

她艰难地笑了下:"驰哥,多多保重,照顾好爷爷,我走啦。"

"性格别那么软,知道吗?"少年具有冷感的嗓音突然落下。

云黎一愣。

沈驰敛了敛黑眸,继续没好气地交代:"不要人家让你帮什么忙就帮,成天好心泛滥,做事情之前仔细掂量掂量,做人自私一点,凡事为自己想总没错。还有,你那个姨妈要是欺负你,就给我打电话,我不相信我们沈家还收拾不了她。"

云黎抿了抿唇,千言万语都堵在心头,却不知道先说哪句最好,最后,只化成了一句最简单的:"嗯。"

沈驰掀了掀眼皮,继续说:"要真有人敢欺负你,你就说你是沈驰的人。"

云黎"扑哧"一声笑了出来:"驰哥,我是在蓝亭读书,我们那里又不是你的地盘。"

沈驰这才察觉到自己这话说得有点自大了，不自在地抵了抵舌尖，淡淡地道："成，进去吧。"

云黎点点头，往前走了几步，拼命隐忍着不回头，脚步却又忍不住放慢。

她想让时间的流逝再慢一点。

"云黎。"

隔着几步远的距离，熙熙攘攘的人流中，广播在播报航班信息，少年呼唤着她的名字。

云黎奇怪地转过身去，还未站正，只觉得少年陡然逼近，浓浓的压迫感扑面而来。他五官冷戾，正目光灼灼地盯着她——这才是她熟悉的沈驰。

少年的眸子沉得像是要将人拖入无尽的深渊。

"不许看别人，不许跟别人单独出去玩，更不许偷偷喜欢别人，真遇到问题了第一时间要想到我，看到我的消息要回复。"

几个小时后，飞机降落，周忠和乔慧云开车过来接云黎，前者接过她的行李，热情地欢迎她："黎黎，欢迎回家。"

乔慧云"哼"了一声，脸上虽有嫌弃，但也有抑制不住的快乐："早就该回来了啊。"

周忠拉开车门让云黎上车："别听你姨妈乱说，你回来她开心着呢，提前一个星期就开始买你喜欢吃的东西，我不让她买，怕放坏了，可是她非得买。

"放坏了一些，昨天又买了新的，你回家看看冰箱就知道了，她疼你还来不及呢。"

云黎看向乔慧云，淡淡地笑了笑，客气道："谢谢姨妈。"

乔慧云却没再说什么。

云黎坐在后排，汽车平稳地行驶起来后，她忍不住打开手机，点开她和沈驰的对话框。可新消息一条也没发来，淡淡的失落感仿佛水雾弥漫开，她不自觉地垂下头。

到家正好是傍晚。

乔慧云夫妇住在蓝亭市中心的小区里，房价大几万一平方米，有一百六十平方米，几年前买的，也算是很新的房子。

当初周忠做成了一笔大生意才能全款买下这套房子。

云黎特别喜欢这套房子的布局，当初刚搬进来时，她兴奋地转着圈圈，这会儿再看，竟然一点惊喜感都没有了。

周想南正在客厅南面玩球，他个子不算高，加上反应不太灵敏，玩球的模样格外滑稽。球"啪啦"一下就滑跑了，他小跑着追球，球滚啊滚啊，滚到了云黎脚下。

云黎笑着将球捡了起来，挑了挑眉。

"啊，妹妹回来啦，妹妹回来啦！"周想南只有三岁的智商，不会准确表达，只知道不停地重复这句话。

"南南，我给你准备了礼物，想知道是什么吗？"云黎眼睛一眨，赶紧从姨父手里接过行李箱，将周想南往屋里带。

周想南开心地蹦跳起来，跟在云黎身后。

周忠叹了口气，拉了拉妻子的手，小声说："小云，别生黎黎的气了，你看兄妹俩感情多好。"

乔慧云身心俱疲，眼皮耷拉着，显得老了好几岁。她倚靠在丈夫的肩膀上，得到安慰般地闭上了眼。

兄妹两人在房间里玩耍，你追我赶，乒乒乓乓的嘈杂声不时从厨房里传来，锅里"噼里啪啦"的，烟火气十足。

乔慧云做了一大桌子的菜，果真，大多都是云黎爱吃的，摆得满满当当，色香味俱全，随着空气飘散到楼道。

"开饭啦，兄妹俩出来吃饭！"

晚上，云黎心头思绪杂乱。

沈驰还没给她发消息。

理论上，沈驰该发消息给她的。

云黎甚至怀疑自己的手机坏掉了，尝试了一下各种功能，都完全正常。

月明星稀的夜里，她倚在床头，秀气的眉头皱起，在对话框里来来回回打字，却始终发不出去一个字。

她不知道自己该说什么。

过了一会儿，心绪宁静了些，一天的舟车劳顿，云黎在疲惫中缓缓沉睡。

临近年关，周忠的公司业务很忙，乔慧云每天都去帮忙，云黎负责照顾周想南。

家里请来负责看护周想南的阿姨总算得了空闲，笑吟吟的。

而沈驰就好像断联了一般，一条消息都没给云黎发过。

荒谬的想法丛生，云黎甚至觉得自己好像都没认识过那个离经叛道的少年，跟他的那些过往，只是庄周梦蝶，虚无一场。

回过神，她敲了敲自己的脑袋……

今天是汀溪私高领成绩的日子。

云黎倒是不好奇自己考了第几名，只是觉得有了成绩这个借口，沈驰该联系她了，毕竟他的成绩都是她手把手带出来的。

手机提示音"嘀嘀"响起来。

是沈江夏。

沈江夏：黎黎，恭喜你呀！这次你考了年级第一名！

比上次又进步了，不过云黎不太关心这个。

云黎：还可以。

沈江夏：领成绩你不是没来吗？大家都问我你干什么去了，可舍不得你了。

云黎怅然一笑，敲下"沈驰"二字……又迅速删掉。

沈江夏：说起来挺奇怪的，沈驰也没来领成绩，我还以为他跟你一起走了呢。

云黎：啊，驰哥没去领成绩吗？

沈江夏：一上午都没见到他，我也不知道他考了多少分，听阮老师那意思，应该考得蛮好的。

沈江夏：他这几天有联系你吗？反正周子毅这几天也没见到他，喊他出去玩也不接电话。

云黎：没有。

除了刚到家那天，沈爷爷给她打来了电话问候，再无其他了。

聊天结束后，云黎抱着手机发了一会儿呆，消息提示音又响了起来。她还以为沈江夏还有话要说，哪想到是沈驰发来了消息。

漫天的欣喜涌上心头，缺失的那一部分立刻被填补完整，云黎嘴角浮现出笑意，逐渐加深，再加深。

沈驰：真把我忘了？

少年的一条消息仿佛惊雷般乍响，云黎控制着欢喜的情绪，立刻敲字，哪想到沈驰又打了电话过来。

他吊儿郎当的嗓音传了过来，慢条斯理的，有点儿欠："你把我忘了？"

云黎还未开口，他又自顾自地说："我不允许。"

格外恣意霸道。

"驰哥，你也没联系我呀。"

沈驰"啧"一声，笑了，腔调散漫："是你抛弃了我吧？我不得

找点面子?

"可惜,没忍过三天。"

"是我没出息。"

云黎嘴角悄悄上扬,客厅里格外安静,可她还是怕被发现,压低了声音,显得更加温软:"我没抛弃你,只是回家了而已。"

云黎回到卧室,打开小台灯,倚靠在床头前,嘴角犹如窗外的月牙一样弯起来。

她问:"驰哥,这几天你有预习新课吗?"

沈驰"啧"了一声:"预习什么新课,我是高三转过来的。"

"你虽然都学过了,可学得不好啊,那些东西对你来说都是新知识,还是得预习。"

"怎么跟个小老太婆似的?"

"我年纪轻轻的,怎么可能像老太太啊?"她小声反驳。

少年低沉的笑声传了过来:"离我远了,觉得我拿捏不到你了是吧?信不信明天我就赶过去?"

云黎赶紧放低姿态:"不用了,驰哥,你说什么就是什么,我听着还不行吗?"

沈驰"哼"了一声,正经起来:"你家人对你怎么样?"

云黎想了想:"还不错。"

这几天生活得还挺愉快,已经是种进步了。

只是她并不开心,心底空落落的,像是失去了什么最重要的东西一般。

但这样的话她不会对沈驰讲,怕他担心。

"就一声还不错?"

"那你还想让我说什么?口述八百字小作文吗?"

"倒也不是不行。"

"那我就多说一点吧。早上我起来做了会儿题,正确率还蛮高的,就心满意足地收了起来,又陪着哥哥玩积木,没想到啊,我居然输给他了,唉。"小姑娘的嗓音温柔动听,絮絮叨叨,好像让时间的流逝都变慢了。

"今晚姨父、姨妈回来得晚了一点,我们都吃完饭了。姨父从路上给我打包了我爱吃的烤鸭,我卷着春饼吃的,吃了大概有十张吧,撑得我肚皮都圆鼓鼓的。姨妈说我最近胖了点,可能是看着我爱吃,把剩下的烤鸭都放冰箱了,说明天继续热热给我吃。"

沈驰眼睛微微眯起来,找了个舒服的位置躺好,手机就放在耳畔,整个人都松弛下来。

莫名的轻松感溢满全身。

云黎说完之后,少年挑了挑眉,将手机拿近了一点,痞笑着说:"你这说了半天,也没提一句我。"

云黎一愣,她倒真没想到沈驰还有这么奇怪的脑回路:"啊?我们现在又不住一起,难不成我讲每一件事的时候还都得带上点咱俩的回忆?"

"嗯,带。"

云黎老实说:"难度挺高。"

沈驰说:"录个视频过来,我看看你的房间。"

这要求也不过分,云黎没挂断电话,打开了相机,将房间里每个角落都拍了个遍,立刻给他发了过去。

那头沉默了三十秒才重新开了口:"还凑合,比我想象的要好一点。"

云黎想了想,说:"我这才想起来,还没问你期末成绩呢?"

沈驰也因为她的笑意心痒痒的:"问我成绩啊?你猜。"

云黎最讨厌玩猜猜猜的游戏,"哼"了一声:"我不想猜,你直接告诉我不行吗?"

沈驰笑声低缓。

与此同时,云黎的房门被敲响了,在无比寂静的夜色中格外明显,犹如平地炸响惊雷。她猛一哆嗦,将电话挂断了,甚至都没听清楚沈驰说了什么。

是乔慧云在敲门:"大家都睡觉了呢,别打电话了,安静点。"

"好的。"

云黎的心"扑通扑通"直跳,明明她把声音压低了,明明她什么都没做错,为什么还是像做贼一样紧张?

乔慧云没进来,脚步声越来越远。

云黎心里的害怕渐渐缓解,平躺在床上,五分钟后,心绪才逐渐平静下来。她再次看了眼手机,发现就这一会儿的工夫,沈驰给她发了个少信息。

沈驰:怎么突然挂了,信号不好?

沈驰:云黎,干什么呢?没网了吗?

沈驰:别开玩笑,赶紧接电话。

沈驰:算我求你了行吗?回个信。

那头的焦虑显而易见,曾经什么都不在乎、如风肆意的少年,如今变了样。

云黎嘴角漫过一丝笑容,赶紧回复。

云黎:刚刚上厕所去了,网络不好。

第二天一早,云黎又收到了沈驰的消息。

沈驰:早安。

沈驰:起床了吗?

恢复了联系之后,云黎觉得整个人的精气神都充足了,也逐渐恢复了元气,眼角眉梢都含着笑意。

吃早饭时,乔慧云盯着她,眼神越发沉重,却一言不发。

云黎无意间触及她的眼神,像是做了什么亏心事似的,手猛然一抖,拿着的包子都差点掉了。

云黎一直等着乔慧云批评她,可乔慧云什么都没说。

过了一会儿,乔慧云终于叫她了。

"黎黎。"

云黎手心沁出点汗:"姨妈。"

"南南这几天肠胃不太舒服,他昨晚都吐了,吃饭的时候你看着他一点,别让他乱吃零食,也别吃凉的东西。"

"行。"

乔慧云目光深深地看向云黎:"还有……"

云黎心里莫名一激灵。

然而,乔慧云却说:"你白天别光顾着玩手机,看手机对你眼睛也不好,除了学习,就是帮着照顾好你哥哥。"

云黎笑了笑:"我知道的。"

"还有个好消息忘了告诉你了,医生那边来了电话,说你奶奶最近好很多了,清醒的时间越来越长,照这样下去,再过不久就可以出院了。"

云黎没反应过来:"啊?奶奶居然快好了?"

一瞬间,她差点被欣喜冲昏了头脑,激动得大笑了起来。

"嗯,所以我们着急让你回来也是想让你去看看奶奶。等过了年吧,你姨父带你过去看看。"

奶奶目前住在一家设施齐全的疗养院,那里有最专业的医生,环境清幽,保姆式服务,最适合养身体,因此远离城市,设在城郊。

晚上,云黎把这个好消息分享给了沈驰。

沈驰也笑了一声,独属于少年人清冽张狂的嗓音响起:"恭喜啊,云黎，得偿所愿。你打算什么时候去看奶奶？"

云黎愣了下："姨父应该年后带我过去。"

因为有了上次的教训，云黎格外注意把门关好，纵使笑也不敢太大声，还谨慎注意着周围的动静。

沈驰笑了笑："我明后天去找你玩，行吗？"

云黎："不用。"

沈驰又说了一遍："我明天下午去找你。"

云黎赶紧拒绝："不行的，我姨妈公司很忙，我得照顾我哥哥。"

突然，门又被敲了几下。

云黎赶紧说："驰哥，我有点困了，想先睡觉啦。"

乔慧云打开门，做了个手势，带着云黎进了家里的书房。

书房的窗户没关紧，风从缝隙中灌进来。寒气未歇的夜晚，云黎身体一惊，敛下眼睫，脚步放轻了些。

灯光之下，是一张不苟言笑的脸，乔慧云正襟危坐，像是有什么大事要说。

云黎的心提了起来，睫毛颤抖了几下："姨妈。"

乔慧云冷冰冰地看着她，将她的每一寸表情都收纳眼底，缓缓开口："你又在跟沈家那小子打电话？"

云黎低下头，没反驳。

她毕竟住在家里，乔慧云又养了她这么多年，她那点心思乔慧云怎么会不明白？

乔慧云脊背挺得笔直，嗓音拔高了几度："云黎，你知不知道，你跟谁玩，都不能跟沈驰一起玩！"

"为什么？"云黎不理解。

她只知道，沈驰是对她最好的人，他也是最好的少年。

乔慧云像是早有准备似的，从抽屉里拿出一份泛黄的报纸。

报纸非常老旧，报道的正是当年云黎父亲死亡的事件。其实死亡的不止云黎的父亲，还有其他因为吸入过多致癌物也得了绝症的人，占用了很大的版面，图文并茂，看着触目惊心。

而这次报道的诉求便是恳求合作方将拖欠的工程款归还。

云黎只看了一眼就将头扭了过去，眼眶红红的。这太残忍，如烈火灼心，她到现在都不敢直视。

说起来，这份报道还是姨父跑腿才完成的，大家都想着有了舆论压力，可能对方就能及时将欠款填上，再追究赔偿。

"姨妈，我不想看……"云黎将头转到一旁。

乔慧云脸上笑意冰冷，逼迫她抬头："云黎，你仔细看看，我们是向哪家企业要钱？"

乔慧云的手指直指报纸上面的一行字——沈氏集团。

云黎一顿："哪个沈氏？"

她的心像是被凿开了一个大洞，"呼啦呼啦"往里灌着风，铺天盖地的声响席卷了这世界。

乔慧云的嗓音冷至冰点，带着浓浓的恨意："你以为沈建安让你去他家住，真单纯因为你爷爷的关系？你爷爷死了那么多年，哪有那么大的面子？"

"他不过是年轻时候做了亏心事，想要弥补罢了。"

云黎缓缓蹲下来，只觉得心脏抽痛："姨妈，我不相信沈爷爷会做这种事。"

尽管乔慧云把证据摆在她面前，可她还是不相信那样慈善、和蔼、温和的沈爷爷会如此没有良知。

乔慧云轻蔑地笑了一声："云黎，你年龄还小，肯定没有姨妈眼光长远。他是什么人我最清楚了，靠什么发家大家都心知肚明，不过后来他把公司洗白上岸了，可真能当这一切不存在？"

云黎摇着头，不停地摇着头，逼着她接受她难以接受的现实，实在是太难了。

"实在不行，你上网搜搜吧，大家那些年打官司的存根都还在，你搜搜看，所有人是不是跟沈氏要钱。"乔慧云语气放轻了些。

云黎还是不肯相信。

这些年，她从未走出过父母惨死的阴影，一直回避着任何与之有关的细节，因此从未上网搜过。

她知道父亲的公司是被人骗了，也知道对方很坏，一直没给父亲赔偿款。可她不愿意回想任何细节，每每想起，情绪都难以控制。

她睫毛不受控制地颤抖，大脑嗡嗡作响，像是无数只蚊蝇在她耳畔飞来飞去。

突然，她想到一个细节："姨妈，既然沈爷爷那么坏，您为什么还愿意把我送到那里？"

乔慧云眸中闪过一丝促狭，情绪突变，但很快就消失不见："胳膊拧不过大腿，沈家欠了我们的，为什么不好好利用这点资源呢？

"你姨父的公司当初差点儿倒闭，是沈建安拉了我们一把，不过，这也是应该的。"

云黎的眸光缓缓地黯淡下去。

她明白了，终究是她与沈家有仇恨，周家只是恰巧收养了她。

乔慧云嘴里说着恨沈家，可当周家有难，还是会第一时间抱沈家大腿，这可能就是所谓的商人重利吧。

乔慧云兴许有些尴尬，缓了几秒，苦口婆心道："云黎，这些事毕竟都过去了，姨妈也不愿意让这件事打扰我们平静的生活。

"姨妈就想，我们一家四口人，永远幸幸福福在一起。

"只有我们是一家人，永远的一家人。"

这个夜注定难熬。

夜色无声无息地氤氲开来，明月高悬在漆黑的天幕之上，如同明镜，带着模糊的光晕。

云黎整夜没睡，她抱着手机，疯狂地搜索。当年爸爸的案子涉及很多机密内容，用手机无法查看，她又打开电脑，一条一条地看，整个人如同疯魔一般。

可无论看了多久，得到的结果都是与沈氏有关。

那些得重病员工的家属所告的人，无一例外都是沈建安。

沈驰是沈建安的亲孙子。

原来，那么早的曾经，命运之线就已经将她和沈驰紧紧地捆绑在一起了。

云黎倚在床头，抱着膝盖，无声地痛哭起来。

第二天清晨，云黎起床，长长的睫毛遮盖住漆黑的瞳孔，可她眼底的乌青提示着她整夜未眠。

乔慧云拍了拍她的肩膀："以后不要再想着汀溪了，那里原本就不是你的家，我已经为你办理好了手续，等过了年，你还是回原来的学校去。

"把过去的一切都忘了吧，就当是做了场梦。"

手机响了几声，云黎揉了揉眼睛，发现是沈驰发来的消息。

沈驰：早安。

他还发了几张试卷的照片过来。

她一眼就认出来少年潦草匆匆的字迹。

沈驰：我昨夜睡不着，随便写了几张。云老师，怎么样，没让你失望吧？

沈驰：还没起床？

云黎收回视线，将手机摁灭，继续慢吞吞地吃着包子。

乔慧云语重心长地道："云黎，沈驰出生在金字塔尖，即使有个丧尽天良的爷爷，可他依然享受着我们普通人无法享受的优待。你是个普通的孩子，姨妈能给你的也有限，你才是真的一步路都不能走错。"

云黎垂下头："我知道的，姨妈。"

吃完饭后，乔慧云夫妇就去上班了。云黎打开电视机，找到《猫和老鼠》，陪着周想南一起看动画片。

周想南一会儿玩球，一会儿又乖乖坐下看电视，没一会儿，嘴巴又馋了，求着云黎给他找点零食吃。

云黎也都照做了，整个人像是失去了魂魄似的。她眼眶发热，昨天夜里几乎将眼泪流干了，这会儿像是失去了什么，心里空荡荡的。

手机不停地响。

"妹妹，手机响了。"

"嗯。"

周想南不理解，迷茫的眼睛眨啊眨："妹妹，妹妹，为什么不看手机？"

如果要不到答案，周想南会一直问。

迫于无奈，云黎叹了口气，打开手机，想也不用想，依旧是沈驰发来的消息。

她这边风雨倾盆，可少年那边依旧是风和日丽。

沈驰：怎么还不回我消息？

沈驰：再不回，我可打电话过去了啊。

云黎将手机摁灭，开了静音。

傍晚，乔慧云夫妇回到家中，一家人一起吃完饭。

云黎做了会儿题，拿出手机搜索不理解的题目时，发现来自沈驰的未接电话已经有几十通了。

短信、QQ里也全是沈驰发来的消息。

云黎闭了闭眼，用尽全身的力气才堪堪敲击出一行字。

云黎：沈驰，别给我发消息了，我们以后不要再联系了。

理智告诉她，她应该恨汀溪，应该远离汀溪的一切，可沈爷爷对她的好都不是装出来的，少年炽热的善意更是将她融化，她恨不得永远待在沈驰的庇佑之下……

她又想到自己的父母。

云黎双手紧紧地握着手机，攥到指节发白也没松开。

她又何尝不痛？

发完消息后，一颗心像是陡然被扎了下，细细密密的痛感蔓延开来。

可这痛还未持续几秒钟，沈驰的电话就直接打了过来。

她拒接。

沈驰的电话再次打来。

她再次拒绝。

她实在是没有力气跟他说什么，也不想和任何人讲话，只想这样默默坐着，如同受伤的小动物，暗自疗伤。

沈驰：发生什么了？

沈驰：你是遇到什么难事了吗？还是你那个姨妈又找你麻烦了？

后来，沈驰就没再发消息来了，云黎的心也逐渐平静。

到底是她胆小了吧，没勇气面对一切，只敢当个逃兵。可是没有人能逃一辈子，她之后还是要给沈驰一个交代的，只是她到底该如何说呢？

实话实说吗？

依照沈驰的性子，即使她实话实说了，他也未必肯放过她，那该怎么办呢？

云黎翻来覆去，怎么都睡不着，最后穿着拖鞋走出卧室，从医药箱里拿出几颗安神药服下，才勉强睡了个好觉。

第二天早上醒来，阳光晴好，昨夜她忘记拉窗帘了，刺目的光线铺天盖地涌进来，是难得一见的好天气。

明晃晃的光线让她头晕目眩，她深吸一口气，想到昨晚发生的一切，赶紧拿起手机，想着给沈驰发条消息，告诉他，过去的一切终究过去了。

然而，沈驰的消息已经提前发了过来，就在半个小时之前。

沈驰：我在你家楼下，我等你一个小时，你要再不下来，我就砸你家门了。

她还以为自己看错了，汀溪与蓝亭相距甚远，沈驰这是连夜乘飞机赶过来的？

云黎揉了揉眼睛，来不及思考太多，视线定位在"砸你家门"四个字上，瞳孔遽然放大……

这事沈驰当然做得出来。

她的心脏不受控制地突突直跳，赶紧简单洗漱一番，换了衣服下楼去了。

影影绰绰的阳光下,沈驰依旧英俊得过分,皮肤白皙,没有瑕疵。少年眉骨偏高,鼻梁高挺,像一座挺拔的小山丘,线条冷硬。无论是皮相还是骨相,他都是万里挑一的。

他穿着薄薄的冲锋衣,将拉链拉到下巴处,遮住下颌的凌厉线条,站姿笔直,双眸漆黑深沉,没有情绪。

云黎刚从楼道出来,他一眼就看到了她,快步朝她走了过来。

"云黎。"

这两天发生了太多事情,云黎原本设想了很多要对沈驰说的话,可两人一见面,她竟然不知道从何说起,话到嘴边变成了一句:"你怎么来了?"

"你给我发那消息什么意思?"

"你坐了一夜飞机吗?"

"不扯这有的没的,"少年掀起眼皮沉沉地注视着她,"就问你那消息什么意思?"

两人之间很少有这样冷冰冰的氛围。

"驰哥,我应该是最后一次这么叫你。"云黎笑了笑,"我想,我们不是一个世界的人,你应该永远待在象牙塔里。我只是个普通的女生,我们的家庭不一样,成长历程不一样,未来人生也不一样……"

少年口气冷硬地打断她:"是你姨妈又对你说什么了吗?"

云黎抬眸看他,嗓音格外平静:"我姨妈对我很好,你看我,又胖了几斤,手腕都粗了一点。"

沈驰皱眉,紧紧地盯着面前的小姑娘。她穿着漂亮的白色棉服,衣领将脖子捂得严严实实,肌肤依旧白里透红,看着气色很好。衣服应该是新买的,质感很不错。

一种强烈的不安冲击着沈驰的心脏,来的时候他设想过无数可能,可小姑娘眼睛透亮,状态良好,俨然不是开玩笑。

"那到底发生什么了?"

云黎口气平淡:"我就是想好好念书了,汀溪的一切对我来说就好像黄粱一梦,我们不是一个世界的人,也该到此为止了。"

"我不让你好好念书了?"少年几乎咬牙切齿,"云黎,你期末考了年级第一,这样的成绩,还不满意吗?"

说到这儿,沈驰突然想到了什么,从口袋里拿出一张纸。

"云黎,这是我的期末成绩单,你不是想看吗?"

"我不想看。"她拒绝。

沈驰摇了摇头,不相信,强硬地将成绩单塞到她手中。

哪想到，云黎看也不看一眼，就将成绩单揉成一团，毫不怜惜地砸到了地上。

旁边恰好有一小片水泊，薄薄的纸页被风一吹，就卷到了水泊里，墨水缓缓地氤氲开来，沾染了淤泥，看不清字迹，泥泞不堪。

云黎说："一直以来，你总是打扰我学习。"

沈驰愣了愣。

浑不懔的少年低下头，兴许熬了夜的缘故，嗓音略微沙哑："云黎，我改。"

云黎的世界观几乎要被震碎。

"为了你，让我做什么都愿意。"

沈驰一向骄傲，高高在上。在她心中，少年本就应该像月亮一样高悬在天空，光芒万丈，永不坠落。

可这样的他，居然愿意为她改变。

"不用了，我现在只想过好自己的生活。"云黎转过身，一字一句如同泣血，"沈驰，就这样吧。"

"我不打扰你还不行？"沈驰强迫自己冷静下来，眸光隐忍克制，"要不，高考之前，我不联系你，等高考完了，我再找你？"

他真的在认真思考着解决方法。

其实云黎压根儿没想过两人的对话能到这里，按照沈驰的脾气，他早该发飙离开了。

谁用这种态度对待过沈家少爷？

"不用了，你这样的话，我会更讨厌你。"

"云黎，我不同意。"

小姑娘好笑一般地看向她。

湿漉漉的寒气渐渐入侵骨髓，可比寒气更凉的，是她无情又冷漠的话语。

"沈驰，朋友之间分崩离析不是很正常的事情吗？哪还需要你的同意？

"你没必要自寻烦恼。"

说完这话，云黎转身就要走。

可沈驰的心理防线已然崩塌，双眸冷得像是碎了冰似的，单手握拳，攥到骨节发白，心疼得几乎喘不过气来。

他的手像是钢铁一般坚硬，紧紧地抓着云黎的手腕，云黎拼命挣扎也挣扎不开。

云黎放弃挣扎，视线深处是他手背凸起的青筋。

少年轻声乞求着:"云黎,别走,行吗?"

沈驰像是失去了所有的骄傲,傲骨尽碎。

云黎闭了闭眼,嗓音艰涩地开口:"驰哥,别再来找我了。"

"你之前为什么对我那么好?"沈驰仍旧不敢相信面前发生的一切,声线沙哑。

云黎沉默了几秒钟。

刻意延长的沉默,像一场蓄谋已久的凌迟。

"我从小就失去了父母,最清楚怎么在别人眼皮子底下过活。我在你家对你的好,全都是为了讨好沈爷爷,只有这样,沈爷爷才会对我家好。

"如今,我回来了,我不需要汀溪的一切了,你回去吧。"

沈驰一字一顿开口:"那我对你来说,算什么?"

少年眼底的怒意一层一层加剧:"你把我当作随意丢弃的玩具,想扔就扔了?"

云黎闭上眼,轻声说:"是。"

后来,云黎再也没敢回忆那个清晨。

那个本该惬意明媚的清晨,变得支离破碎。

她失去了勇气,没敢再多看一眼少年的身影,转身,步伐坚定地离去。

可她每一步都像是踩在棉花上,身体失去了支撑,软得出奇。每往前走一步,她的眼泪就多掉下来几滴。

痛楚无休无止地蔓延开来。

那么好那么好的沈驰,用点点滴滴的行为构成她人生一幕一幕难以忘记的瞬间——

哄着她多吃饭的沈驰、给她请美术家教的沈驰、带她去看病的沈驰、听她话愿意认真学习的沈驰、将她托举起来看演出的沈驰……

他们拥有过半年美好的回忆,一帧一帧的,像是电影般在她脑海深处放映。

可偏偏,为什么是他?

云黎闭上眼,满脑子都是那个离经叛道的少年,少年清俊的脸庞、漫不经心的声调、挺拔的脊背、脸颊凌厉又好看的线条……每一寸,她都那么熟悉。

此后,他们只会越发遥远。

昏黄的路灯将她的身影无限拉长。她迎着风走,眼泪夺眶而出,永无止息似的。

那首耳熟能详的老歌怎么唱的来着?

——时光的背影如此悠悠,往日的岁月又上心头……南北的路你要走一走,千万条路你千万莫回头……

他们的故事在此刻已经是结局了。

第五章
/
重逢

六年后。

"是啊,可笑的是,我到现在都不知道那次期末他到底考了多少分。"

那年发生了太多的事情,云黎将自己从回忆中抽离出来,胸腔憋得几乎喘不过气来。

今天,云黎到闺密周心言家里做客,要不是周心言帮她连载的漫画找灵感,主动问起她年少时有没有喜欢过什么人,她绝对不会主动讲这些。

毕竟这些事都过去六年了,六年时光辗转而逝,什么都在变,早就物是人非了。

周心言激动得不轻,感叹许久:"黎黎,真没想到你会有这样的过往啊。"

云黎笑了笑:"这好像也没什么吧。"

周心言摇着头,打量着面前的女孩。女孩扎着低马尾,头发又黑又直，巴掌大的脸，奶白色的皮肤细腻，一双盈盈杏眸，长相好看又温柔。

她看过云黎高中时候的照片，比起当年，现在的云黎脱去了稚气，多了几分淡定与从容，有种遗世独立之美，像天边皎洁又带着一丝清冷的弯月。

二十二岁的云黎，比起当年更加漂亮、耀眼，属于只在人群中站着就会让人移不开视线的存在。

周心言笑着："主要是一直不谈恋爱，我以为你没喜欢过男孩子，没想到……对了，你们后来还有联系吗？"

"有过。"

其实后来，沈驰又找过云黎一次。

那时候，她已经拉黑了他所有的联系方式，他又直接来蓝亭找她。

那晚暴雨倾盆，狂风肆虐，云黎从床上爬起来关窗户，发现了一个伫立在雨中的身影。

闪电雷鸣不断，少年全身早已湿透。

她害怕沈驰出事，赶紧趿拉着拖鞋撑着伞下楼去了。

见到云黎下来，少年毫不意外，眼底蔓延开一片红，像是哭过。

或许站了太久，他嗓子干涩，哀求一般地说："云黎，我可以忘记上次你说的话，我只求你，不要和我成为陌生人好吗？"

少年高大的身躯逐渐弯下来，卑微又带着恳求的嗓音低哑得过分。

像是有什么东西在无形之中撕裂开了，云黎的心"怦怦"直跳，她多么想不顾一切奔向他。

可她不敢，开弓没有回头箭，既然开了头，隔着那样的仇恨，他们再也回不到从前了。

云黎嗓音冷冰冰的，甚至没有任何起伏："沈驰，拾起你的尊严，不要找我了，你这样，只会让我更加瞧不起。"

然后，她看着少年在雨幕中逐渐走远。

一道道闪电在上空劈过，像是拖着长尾巴的耀眼流星。

这场雨像是永远不会停止，没有尽头。

像他这样骄傲的少年，应该是第一次被震碎傲骨吧？

云黎苦笑："没有后来了，可能他到现在还恨着我吧。"

也不一定。

爱的对立面是恨，没有爱，哪来的恨！

沈驰的世界精彩纷呈，哪里记得住她这样可有可无的小人物？

他们或许只是两条直线，偶然相交，之后却会延伸至彼此都看不到的远方。

周心言也被代入了情绪，眨眨眼，叹息不已："你伤害了人家的心，会睡不好觉吗？"

"伤人八分，自伤十分，最开始的日子，我不比他好过。"

云黎最开始是睡眠障碍，一夜醒八次，还经常做噩梦，再后来，她大把大把地吃药，过了一年多病情才好转。

云黎垂着头，睫毛扑闪了几下，显得整个人更加娇小。

周心言看着脆弱的女孩，有些心疼，往她的方向挪了挪，揽着她纤细的腰，像只小动物似的传给她温暖："黎黎，可是这一切都不是你的错，凭什么一切都要你承担啊？"

"没关系，"云黎乐观地笑了笑，"这些都熬过去了。我们现在都很好，不是吗？"

其实最开始，周心言和云黎是网友，两人在大一认识，那时候两个人都刚刚签约了国内最大的漫画平台——漫步 App。

不同的是，周心言主攻少女漫，而云黎主攻热血漫，两人从最开始分文不赚到如今小有名气，也算是彼此扶持，从漫漫长夜走到天光微明。

云黎刚刚大学毕业，毕业后就留在了南城，租了个一居室，全职画漫画，不过漫步 App 单独跟她签了特殊合同，要求她每周坐班两天。

周心言身为全职画手，在家也无聊得要命，不过她家里有钱，干脆在南城买了套洋房，暂时定居了。

窗户没关紧，陡然传来了轰隆隆的声响，震耳欲聋，两人从沙发上站起来，踱步到落地窗前，看向窗外。

这声响由远及近，风驰电掣，带起的尘土遮天蔽日。

原来是一支摩托车队，约莫十几个人。

这里是全新开发的楼盘，地方相对偏僻些，也因此这附近有条赛车专用车道。

走直道的时候还好说，两个红衣车手领先，身体放平，几乎与地面平行，摩托车轰隆着疾驰而过，像一股烟似的。

然而最惹人注目的莫过于穿着黑色赛车服的男人，男人穿着偏紧身的赛车服，身材线条感好到过分，脚踩一双赛车靴，野性又张狂。

只看了一眼，就让人移不开视线，心跳加速。

周心言拍了拍云黎的肩膀："黎黎，你看那个人，宽肩窄腰的，好看死了，那双腿也好直，真有力量感。"

她指的方向不算明朗，云黎伸手指向前方："你说的是那个第一的车手吗？"

"不是，"周心言激动地"啊"了几声，抓紧了云黎的手，"不对，就那个穿黑衣服的，马上就是第一名了。"

果不其然，在弯道超车中，黑衣车手可谓是神一样的存在，身体重心靠前，捏紧前刹，直接来了一招半自动漂移，把所有人都看傻了。

他速度惊人，风驰电掣一般超过了其他的摩托车，快到只留下了一道黑色的卷影，轮胎几乎与地面擦出了火花。

男人霸道超车，之前领先的两名选手差点摔倒。要知道，赛车玩的就是速度与激情，喜欢赛车的人，早就将生死置之度外了。

超车之后，黑衣车手领先，可惜他并没有格外谨慎，反而晃了晃脖子，整个人莫名透出一股懒散的痞气，虽然看不清脸，骄傲与张狂却实打实地展露出来了。

他还挑衅一般地压制着红衣车手，后者不敢过分加速，躲也躲不开，只能屈居第二名。

对于这番操作，云黎目瞪口呆，如果红衣车手绝地反击，这两人可都得摔出车道了，就不怕出事吗？

"啊，刚才那个男人真的好像我C神啊。"

"C神是谁？"

"Cloud啊，你不知道吗？"周心言看傻子一般地看向云黎，"国内新锐传奇车手你都不认识？"

云黎的视线依旧紧紧追随着那道黑色的身影，野性蓬勃的身姿荷尔蒙爆棚，让人移不开视线。不知道为什么，她总觉得有点眼熟。

她有点心不在焉："不认识。"

摩托车队的速度太快了，眼睛都反应不过来，最前方那道黑色的身影很快就消失不见。

"这么有名气你都不认识啊？C神是咱们国家赛车手里的传奇人物呢！

"你知道C神参加的那些比赛难度系数有多高吗？有个被称为世界上最艰险的拉力赛，需要穿越荒漠、泥地、草丛、岩石等复杂地形，很多专业的车手也无法完成，可是C神做到了，还得了冠军！"

提起自己的偶像，周心言滔滔不绝："要不你搜索一下C神的视频，网上有很多剪辑的夺冠视频，超级燃，不过你小心点，可不要爱上他哦。"

云黎不以为意地笑了笑。

周心言看她一眼:"就知道你不信,算了。"

"话说,你以前喜欢的那个男孩不也喜欢摩托车吗?"周心言不解,"你应该很了解摩托车啊,可是你连 C 神都不认识。"

云黎眼睛弯出一点笑意:"近乡情怯罢了。"

正是因为知道那是沈驰喜欢的领域,所以她才龟缩在安全的地盘,不敢涉及。

她害怕看多了这些,会忍不住想要回头找他。

可她这样的人,哪里配得上他?

周心言突然想起来一件事:"你不是跟公司定制了一个有关赛车的热血漫吗?准备得怎么样了?"

云黎摆了摆手:"别提了,还没灵感呢。"

周一早上,云黎去漫画公司上班。

这个班上得很自由,不需要打卡,只需要每周一、周二稳定坐班,来公司其实也没别的事,就是画漫画,偶尔开开会。

云黎有一间属于自己的办公室,格外安静,不被人打扰。

这里有属于她自己的画画装备,跟在家连载一样自由,有时她心静不下来,哪怕不是周一周二,也会来公司画漫画。

云黎喝了杯水,冥想了一会儿,顺了顺大纲,捋清楚思路,拿起数位笔,对着屏幕画了起来。

没一会儿,门被敲响了。

是雪飞,她的责编,也是热血漫部门的主编。

"云 SS,"雪飞叫云黎的笔名,"恭喜啊,《斗兽》这段时间一直在收入榜第一。"

见她干脆把画笔放下了,雪飞拉了张凳子坐下,向上推了推眼镜。

其实雪飞年龄并不大,长得也很漂亮,只是资历丰富,常年穿着一身黑色西装,便显得格外严谨冰冷。

"一转眼,我们云黎都变成一个成熟的画手了。"

还记得云黎当初胡乱注册了笔名,很随性地连载漫画,数据自然不好看,可雪飞很看好她,还说她未来一定有一方天地。

云黎自己都不信,哪想到转眼之间真的实现了。

"话说,有关摩托车赛的连环少年漫你考虑得怎么样了?给的价那么高,说明投资方很看好你啊。"

"要不你就把合同签了吧,稳赚不赔。"雪飞循循善诱,"你给你奶奶买了房子，手里不是没钱了吗？这是个大好机会，得好好把握住啊。"

被投资方看上，称得上一件幸运又骄傲的事，可云黎一向是对自己要求很高的画手，摩托赛事她压根儿不了解，这对她来说是一个全新的领域，她很害怕自己会搞砸，也不愿意仅仅为了金钱就接受这份挑战，所以格外犹豫。

雪飞又说："你知道我们明年年初有个漫说计划吧？入选漫说计划有很大可能卖出影视，收入至少百万。"

涉及机密，雪飞看了眼四周，凑近云黎，放低了声音："你如果肯合作这个漫画，据内部消息，漫说计划一定有你的名额，为什么不试试看呢？"

每个作者都想卖出影视版权，不只为了钱，也是想以另一种载体记录自己的作品。

云黎可耻地心动了。

雪飞从包里拿出一张票，拍在了桌上："合同我一会儿给你拟出来，这是咱们国内最有名的 AT 俱乐部举行的庆功宴，你先去那里感受一下氛围。

"参加这个庆功宴的大多数都是国内有名的赛车手，这次是给 C 神庆功，兴许看了之后，你就有灵感了呢？"

闻言，云黎觉得有点好笑："飞飞，难道参加个庆功宴，我就能来灵感啊？"

想得没错的话，庆功宴主要是吃吃喝喝，看一些表演之类的，跟赛车好像关系不大。

雪飞笑着做了一个"嘘"的手势："你这可就是圈外人了，你不知道这个票有多值钱，直接炒到几万块钱一张了，我也是找了很多关系才弄到的。"

云黎不理解，一张庆功宴的内部门票有这么厉害？最火的演唱会门票也没这么夸张吧？

"因为大家在赌呀，C 神刚刚夺了冠军，应该会在庆功宴露脸。要知道，这些年 C 神从没露过脸，想找一张他的照片比登天还难，不得趁这个机会凑凑热闹？"

"这么说吧，"雪飞拍了拍云黎的肩膀，笑容温和，"你就当白吃白喝一顿，长点肉也是好的。"

云黎正在连载的作品叫《斗兽》，是一部典型的少年热血漫，受

众群体大都是男性,世界观磅礴出色,人设立体出彩,想象力更是天马行空。

大家都以为《斗兽》的作者也是男性,对此,云黎从没澄清过。

她笔名"云SS",的确看不出是男是女。

云黎固定每周更新三话,到时间了直接甩画稿,几乎不与读者互动,保持着高度的神秘感。

不过,她还挺喜欢翻看评论的。

△啊啊啊,异兽怎么到了绝地空间了?快反击快反击!想到得等到后天才能看到剧情,我就焦虑得想撞墙!

△有没有好奇云大到底是男是女的?

△这还用问吗?肯定是男生啊,哪个女生会写这种打打杀杀的东西?

突然,周心言甩来了一条新闻链接。

△C神拒绝加入国外最厉害的HLC卫星车队,对方开出一亿美金的筹码挖他,却被拒绝。

一亿美金……

云黎倒吸一口凉气,这得几辈子才能赚到这么多钱啊?不对,几辈子都赚不了这些。

配图是一张年轻男人获胜的照片,男人戴着头盔,一身黑色骑行服配黑色骑行靴,肩宽腿长,身材比例好到出奇。男人在摆手,手臂线条起伏,很性感,却又透出一股莫名的懒散,荷尔蒙几乎要从屏幕中溢出来。

头盔将男人的脸遮挡得严严实实,可云黎有一种感觉,男人摘下头盔,一定能迷晕大批少女。

隔着屏幕都觉得这人气质不凡。

周心言:怎么样,我C神很帅吧?

周心言:再给你分享个视频。

她分享的是一个时长五分钟的剪辑视频——Cloud的精彩超车瞬间做成的一个短视频。

云黎一眼就认出了C神,如果说别人是玩赛车,那么他简直就是玩命。

摩托车的引擎声震耳欲聋,在那样的黄土沙漠中,极其恶劣的骑行条件下,他一次次完成高难度挑战,穿过一条条崎岖不平的小道,完成一次次超越,可谓是风驰电掣,惊心动魄。

仅仅看了几分钟视频,云黎的心都快从嗓子眼跳出来了。

云黎：嗯，挺帅的。

周心言：我没听错吧，你居然还会夸男人帅？除了你喜欢过的那个人，我可从没听你夸过异性啊。

云黎突然间意识到一件事，赶紧敲字，发了过去。

云黎：言言，C神和昨天那个穿黑色赛车服的摩托车手真的好像啊。

如出一辙的不要命，从内而外散发出的自信张扬，嚣张狂妄到不可一世。

周心言：我觉得也挺像的，不过，C神好像不是南城人啊，不可能突然出现在南城吧？

云黎不经意垂头，看到了放在桌角的门票。

庆功宴就在明晚举行，地点是南城北郊的一处度假别墅……她更加确定昨天见到的那个男人就是C神。

不知道为什么，云黎突然有点期待这次庆功宴了。

气派的大门前，两位穿着统一制服的门童负责检验门票，云黎将票递过去，门童检验身份过后，就放她进去了。

外面就已经足够恢宏，里面又是另一番光景。

院子里亮着璀璨的灯火，一眼望不到尽头，淡淡的月光像轻纱似的笼罩着别墅，与瑰丽绚烂的灯光相互辉映，构成了一幅光怪陆离的声色图，处处都是金钱堆砌出来的高级感。

里面不止一栋楼，高矮不一，但都是古堡风格。沉沉夜色中，这些高矮不一的楼宇仿佛欧洲中世纪的大城堡。

一位男服务生经过，给来往的宾客发放面具。他走到云黎面前，礼貌地问道："小姐，选一个面具吧？"

男服务生解释道："这次庆功宴比较特殊，C神会出现，为了避免不必要的麻烦，所以要求全体男士穿统一的西装，并且所有人都戴面具出场。

"不过据可靠消息称，今天活动的最后会有全场摘面具环节哦。"

云黎点头："好。"

随后，她选择了一张蕾丝面具，在入场之前直接戴上了。

她没参加过这种类似于假面舞会的庆功宴，也有些好奇，打量着周围。

手机突然振动，"嗡嗡嗡"响个不停，是奶奶打来的电话。因场太吵，她干脆找了片僻静的地方，专心接电话。

初秋的傍晚,热气还未完全消散,天幕中星星忽闪,给黯淡得仿佛蒙了层雾的天穹增添了一抹亮色。

奶奶声音温柔:"黎黎呀。"

奶奶的身体六年前开始慢慢恢复,到如今可以独居,定期去医院检查身体就可以了,中间经历的艰难以及耗费的时间与精力不必言说,好在一切都在好转。

"你都毕业这么久了,天天一个人窝在房间里画画有意思吗?"

云黎清甜的嗓音透着些俏皮:"我觉得挺有意思的。"

"我跟你爷爷当年十八岁就结婚了,那时候他还在打仗,保家卫国,也没耽误我们结婚。你都二十二了,是不是得考虑考虑自己的终身大事了?"

"找男人有什么用啊?"身体有点痒,似乎有蚊虫叮咬,云黎弯下腰,挠了几下自己的小腿,又跺跺脚,试图将蚊虫吓退,"是图男人不刷牙还是不洗澡啊?"

"你这孩子……"奶奶无奈地叹着气。

云黎"咯咯咯"地笑了起来。

身后陡然传来一声轻嗤,极为浅淡,几乎无法察觉。

奶奶兴许听到了她这边的动静,知道她在忙,挂断电话之前说:"明天休息对吧?黎黎,来家里,奶奶给你做好吃的。"

云黎将手机收进包里,转身去看,却什么都看不到,呼吸间却萦绕着一股冷幽幽的松木冷香。

走进内场,里面布置得更加辉煌漂亮,鲜花点缀的长桌,数不尽的甜品台,还有各类酒水。内场中间搭建了个很大的舞台,舞台旁边就是舞池区,水晶吊灯折射出钻石般的美感,跟酒吧的布局有点像,不过要比酒吧奢华多了。

男男女女都跳着舞,热闹得出奇。

云黎对跳舞不感兴趣,就很随意地坐到了休息区,找了张看起来舒适的天鹅绒沙发坐下,又给自己切了一块小蛋糕,口味还真是不错。

随着一阵阵喧哗,舞池中央跳舞的人都停了下来。在华丽璀璨的灯光映照下,主持人在台上简单介绍着此次 AT 俱乐部夺得的耀人成绩。

"恭喜 C 神在前段时间举行的达喀尔拉力赛上获得世界总冠军,以及在 FIAGT(跑车系列赛)大奖赛中,作为史上唯一一位入围的华人赛车手,一举击败所有的白人选手,拿到了奥地利、荷兰、美国、挪威的分站冠军,当然也是世界总冠军!"

掌声更加热烈了!

"欢迎C神上台给我们讲几句。"

云黎身处休息区,这附近还算安静,几乎没人打扰,反而相对更加清晰地看到了男人的身形。

全体男士都穿着同样板型的西装,没什么辨识度,可这西装穿在那人身上却显得板型挺括,质地优良,但不刻板,还透出几分随性的吊儿郎当。

他不习惯穿西装——云黎莫名这么觉得。

或许是从他的气质中读出了一种熟悉的散漫与野性,不带任何绅士感,世俗禁锢不住,又格格不入。

C神比视频中要好看,尽管戴着一张金色的面具,却遮挡不住男人的英俊与利落。

他身形落拓,宽肩窄腰,下颔线分明,张狂恣意,目离经叛道。

"我没什么要说的,"男人轻笑一声,漫不经心地开口,"发挥得还可以吧。"

众人哗然,人群里发出断断续续的讨论声,艳羡最为明显。

"这叫还可以?"

"C神可还是一如既往的低调啊,都一路走到世界总冠军了!"

男人又说:"我希望我们中国赛车越走越远,能出现第二个、第三个……第无数个冠军。"

台下不知道是谁笑着开玩笑:"那万一打败了C神你呢?"

男人喉咙里荡出一声低沉的笑,声线带着狂妄气息:"我想,这个人未来十年不会出现。

"如果有,欢迎挑战。"

云黎蹙眉,越看这男人越像她记忆中的某个人。

她垂头思考着,任由思绪乱飞,乌黑的长发散落在肩膀上,面具侧面露出来的皮肤白皙通透,显得楚楚动人。尽管她不说话,坐姿随意,仍旧吸引了不少人追逐的目光。

"小姐,喝杯酒吧。"一个年轻男人朝着她走了过来。

云黎摆摆手,拒绝:"不用了。"

这里的人都举着酒杯,推杯换盏,谈笑风生,聊的还都是她听不懂的专业名词,她在这边好像成了一个异类。

C神已经下了台,却依旧被一群精英似的人物簇拥起来,趁着这个机会问东问西。

云黎若有所思。

到底是不是他？这世界上怎么会有这么像的人？而且记忆中的他也很喜欢赛车。

"这位小姐，一个人啊？"

有个戴着鸟面具的男人朝着云黎走了过来，男人身材微微发福，中等身高，看不清具体的长相，可云黎一眼就注意到了男人眸中闪过的属于商人的市侩精明。

"不如咱们一起聊聊天？"

云黎摇摇头："不太想聊。"

"聊聊呗，我看你打扮得也不像这地方的人。你有什么特别的爱好吗？"男人的声音里多了几分促狭和暧昧。

云黎打扮得太素了，只是一条普通的月白色裙子，到膝盖处，不长不短，勾勒出柔美的身材曲线，露出一截匀净白皙的小腿。

而其他的年轻女孩各个打扮出众，礼服隆重华丽，脂粉气息厚重。

"只是聊聊天，又不做别的。"说罢，男人递了杯酒来。

云黎冷着脸拒绝了，换了个位置坐下。

男人尴尬又生气，指责了她几句，最终还是走开了。

这时，主持人说："好了，我们的晚宴已经进行到一半了，现在，就是大家摘下面具的时刻。"

灯光暗下去，云黎不假思索地摘掉了面具。

几秒钟后，灯光重新亮起，她的视线在重重人影里搜寻，想要找到那个熟悉的身影。

心脏像是被人用一条细绳缓缓勒住，呼吸逐渐变得艰难，她迫不及待想要确认。

然而，那道身影却莫名消失不见了。

鸟面具男人再次走近，递过来一张黑色的烫金名片："美女，认识一下吧，这是我的名片。"

男人那张肥硕的脸上显露出猴急之意。

云黎继续拒绝，嗓音冰冷，毫不客气："不需要。"

"我看你也就是个大学生，应该条件很一般吧？你不如跟我交个朋友，我们有空可以出来一起玩。"

话还没说完，男人的手就搭在了云黎的肩膀上，还不轻不重地揉捏了一下。

难闻的酒气传了过来，云黎也不想将事情闹大，正准备直接转头离开。哪想到，突然有一股力道踹上男人的后腰，将男人踹飞了。

与之一起的还有那个熟悉的、低沉的、冷漠的嗓音，掷地有声。

"滚出去。"

原本没人注意到这出闹剧,可因为沈驰的出现,仿佛突然按下了暂停键,所有人都不敢继续大声玩闹,只安静地品酒,陡然的寂静蔓延开来。

离得近了,云黎终于确定,这就是沈驰。

阔别六年未见的沈驰。

没想到他们居然以这种方式重逢了。

她压抑住心头的悸动,缓慢地抬起眼,像是融进了慢镜头,好久才聚焦。

光影晦暗处,男人一只手漫不经心地插着裤兜,云黎清晰可见男人皮肤冷白,下颌线条凌厉。

记忆深处的那张脸,眉骨硬朗,单眼皮,高鼻梁,骨相和皮相同样优越。此后,她再也没见过那样令人惊艳的长相。

交错的灯光照射在男人脸上,那张没什么情绪的脸一下子鲜活起来,冷感,气场压人。

沈驰叫来服务生,把那人赶走。

危机解除。

其实云黎并没有把那个男人当回事,哪怕没有沈驰,她也照样能脱身,毕竟这么多人在场,男人不敢怎么样。

云黎望进沈驰眼底,眼睫如蝶翼颤动了几下:"谢谢。"

沈驰眸中照例没有任何情绪,像完全不认识她。

可两人毕竟有过那么一段过往,若说完全不记得她这个人了,简直不可能。

云黎做不出来装作不认识对方,心跳如擂鼓,嘴角却强硬地扯出一个略带尴尬的笑容:"这些年不见,你过得好吗?"

她设想了很多种回答,例如"不认识你""关你什么事",抑或压根儿不理她。

她都接受。

她种下的果,理应全盘接受。

云黎唯独没有想到,影影绰绰的灯光下,男人淡淡地笑了,笑意却不达眼底,情绪冰冷,嗓音温柔又凉薄——

"尚可,自然比不上冷心冷肺的云小姐。"

周心言收到了云黎的微信,很震惊。

周心言:你的意思是,C神就是你当年喜欢过的男生?

云黎：嗯。

周心言连续发过来十几个表情包，个个都是小人在屏幕中滚动着，足以表达她的惊讶。

周心言：亏我那天还跟你科普半天，现在觉得我好傻啊。

云黎：这有什么傻的？我确实不知道他一直在玩赛车。

六年前，云黎强行让自己与沈驰分开，过程痛苦无比，就像是戒断反应，没少受折磨。

那时候，她忍不住想要知道他的消息，哪怕只是简单的动向也行。可她忍住了，拒绝关注与他相关的一切，包括赛车比赛。为了彻底隔绝，她甚至强行与沈江夏断了联系。

说起来，她也是对不起沈江夏的。

周心言：怎么样，C神是不是颜很正？

沈驰的长相自然无可挑剔，整个人呈现出一种更加成熟的英俊，透着股桀骜又迫人的劲，这种气质特别迷人，属于荷尔蒙爆棚，让女孩一眼就心动的类型。

周心言：那……要不要把他重新追回来？

AT俱乐部。

AT俱乐部由沈驰一手创办，聚集了国内的顶级摩托车赛车手，每场赛车比赛，光是赞助费就有上千万。都说AT身后有一棵粗壮的资本大树，靠着实力与资本在名利场杀疯了，硬是冲出了一条血路。

赛车手都以能进AT为荣。

沈驰双腿交叠坐在真皮沙发上，思绪放空，也不知道在想些什么。茫茫的灯光打下来，男人的睫毛覆下一片阴影，细看，嘴角却挂着点淡淡的笑意。

"C神，抽根烟吗？"

裴耀笑着递了一根烟过去，凑近沈驰，却被后者挡了回去。

沈驰"啧"了一声："喊什么呢？你小子也跟着瞎喊？"

裴耀是AT年纪最小的赛车手，十八岁就跟着沈驰混了，不过也在国内的一些比赛中取得了不错的成绩，被媒体评为"年度新锐摩托车手"，开始崭露头角。

"哦哦，驰哥。"裴耀知道，沈驰在兄弟们面前到底是谦虚的，干脆换了称呼，"不抽烟吗？"

"咱们这行压力大，得靠着烟酒排遣压力。"裴耀抽烟抽得正带劲，一根接着一根，兄弟们都劝他少抽一点，可他实在是烟瘾太大了。

沈驰："不抽。"

周子毅一拳打了过去："驰哥嫌烟味大，你抽烟离他远点。"

那年高考，周子毅成绩较差，只调剂到了一所三本学校，大学四年更是什么都没学到，父亲想让他去家里的公司上班，当个管理层，可惜他不乐意，干脆跟着沈驰干，在俱乐部负责后勤工作。

他身为俱乐部的合伙人，收入一直很不错，可谓是年纪轻轻就过上了养老生活。

沈驰脸上挂着淡淡的笑，笑着看二人闹腾，双腿依旧交叠着，却不说话。

云黎第二天一早就去了趟奶奶家，近来连载到了后期阶段，剧情格外庞杂，光是脚本她都反复修改了数次，更别提画画勾线润色什么的了——她一向对自己要求非常高。

用雪飞的话说，就是严格到变态的地步。

一大清早，奶奶就做了一大桌子的菜，全是云黎爱吃的，估计老太太五六点钟就开始忙碌了。

看着奶奶身体恢复得越来越好，云黎心头浮上感恩的情绪。

"您做这么一大桌子菜，累得不轻吧？"云黎清凌凌的双眸中闪过一丝担忧，赶紧上前为老人家捶捶背，捏捏腰。

云奶奶笑着任由孙女动作，力度不算大，确实也舒服。

"你这个小姑娘呀，就知道讨奶奶喜欢，难道你以为这样就可以逃避掉相亲吗？"

云奶奶别有深意似的看向云黎，眼睛含笑："这次，奶奶给你物色了一个特别好的男孩子。"

"我这才大学毕业一年，您老人家怎么这么着急呀？"

从云黎大四开始，奶奶就开始为她张罗相亲对象了。

"谁叫你追求者那么多，却一个都不愿意，奶奶不得想想办法？"云奶奶也唠叨，"你呀你，天天蹲在家里画画，也不出去社交，年轻人就得多认识新人，这样……"

云黎淡定地补充了后半句："这样才能脱单是吧？"

云奶奶赞许似的点头。

云黎只觉得离谱："您这交朋友的目的也太不单纯了吧？脑子里有这种想法，人家谁还愿意跟我交朋友呀？"

云奶奶捏了捏小姑娘的脸蛋："就我们家黎黎的颜值，愿意的人

得排到巴黎去。"

"哪有那么夸张!"

奶奶的声音低柔下来:"我呀,也没别的意思,就是想找个人照顾照顾你。"

云黎明白奶奶的意思。

那年她与乔慧云决裂,奶奶的病虽然有很大好转,但复健也是一笔大支出,可她靠着各种兼职,拼命省吃俭用,硬是撑了下来。小姑娘活得太累了,奶奶毕竟是上年纪的人了,觉得有个男人照顾她才能放心。

隔代人的代沟自然小不了,云黎理解,眉目温柔了些,慢慢与奶奶讲道理。

云奶奶不为所动:"这次我给你物色的男孩比你大四岁,会疼人,而且还在大学教书,绝对靠谱。"

云黎很想说,靠不靠谱,看的从来都不是职业,而是人,不能戴着有色眼镜看待任何职业。

可她什么都没说,想着去一次也行,去完这一次,先稳住奶奶再说。

"好,我去。"

云黎这边同意后,对方主动邀约,今天上午十点见面。

其实她也同意速战速决,干脆就答应了。

时间比较紧迫,云黎也没打扮,在奶奶家吃过饭之后就赶往了对方定下的咖啡馆。

对方说会在进门的第一个位置等她。

对方叫董维奇,今天上午没课,来得很早,穿着一身板正的西装,五官到不了帅的地步,坐姿比较端正,长相也是典型的周正派。

他一眼就看中了云黎,他相亲也有十几次了,还是第一次遇到这么漂亮的相亲对象。

他觉得云黎不只是长相好看,温柔知性的气质更是一流,简直是梦想中的妻子。

"云小姐,不好意思,突然邀约,没打扰您的工作吧?"

"我是自由职业者,时间比较灵活,没打扰的。"

董维奇一愣:"哦哦,我之前听说您是画师,还以为是去画室工作的那种。"

"没,我在网上连载漫画。"

董维奇眉头皱了起来:"啊,在网上画画啊?没个正经单位吗?"

话不投机半句多。

云黎默默在心里下了定论，抿了一小口咖啡，思考着该如何脱身。

另一边，董维奇其实也在打量着云黎。她的工作他不太满意，可长相太漂亮了，带出去估计很有面子，相亲多次，他早就明白了鱼与熊掌不可兼得的道理。

干脆忍忍吧。

董维奇想了想，尽量让自己的声音听起来礼貌得体："云小姐，恕我直言，你这个颜值水平，还用得着相亲吗？"

初秋的午后，阳光恒久不变地折射着光芒，光影碎了一地，纵横交错。

同一家咖啡馆，另一边，沈驰和裴耀刚谈完生意。毕竟是国内顶尖的俱乐部，明明是乙方，却可以牵着甲方的鼻子走，这才是雷霆手段的沈驰。

沈驰将利润抬到最高，合作方也被迫同意，而后还赔着笑脸，反复客气地道谢。

"驰哥，我们走呗。"

沈驰一动不动，裴耀奇怪地看过去，却发现男人那双狭长漆黑的眸子正盯着对面，情绪炙热却又克制，眸色很深，像是猛兽紧紧盯着自己的猎物。

他那掩藏不住的占有欲以及侵略感，令裴耀为之一抖。

对面应该是一对年轻男女在相亲。

男人戴着黑框眼镜，看着倒还算老实，不过长相实在不敢恭维，毕竟身边有沈驰这种拥有顶级颜值的人物。

女人就漂亮多了，穿着条黑色带亮片的连衣裙，乌黑的长发散落在肩后，粉嫩的嘴唇紧紧抿着，肩胛骨漂亮得出奇，身材也好，皮肤白皙透亮，桌下的一双腿像是羊脂玉，白腻得出奇。

裴耀不禁有些感慨，这么漂亮的女人，何必想不开要与这种男人相亲呢？

等等……

驰哥这是怎么了？是认识这个女人吗？怎么情绪转变得这么快？

"驰哥……"

裴耀一肚子的问题还没问出口，沈驰就嗤笑一声，冷着一张脸，迈着大长腿朝着那对年轻男女走了过去。

面对董维奇并不怎么礼貌更不得体的话,云黎的大脑已经在飞速运转,思考着该如何反击。

突然,一道阴影笼罩在她面前,压迫感极强。

那人单手插兜,薄薄的眼皮凌厉又透着点天然的冷感,压抑住眼底汹涌的情绪,淡漠着开口:"她这个颜值水平实用不着相亲。"

云黎无法掩饰内心的惊讶,张了张嘴。

沈驰怎么也在这里?

董维奇笑了笑,态度还算友善:"这位先生,英雄所见略同啊。"

他兴许觉得尴尬,又转而夸赞起云黎的容貌:"我一见云小姐倾心,聊起来更是如清风拂面,真是舒服啊。"

云黎没出声。

沈驰却冷笑了一声,话锋一转:"不过,这小姑娘可会始乱终弃。"

董维奇更是丈二和尚摸不着头脑,突然理不清楚对面男人的身份了。根据气质来看,应该身价不凡,本以为是友军,现在看,又似乎有点奇怪。

董维奇:"你是?"

沈驰气定神闲地笑了笑,语气懒洋洋的:"不巧,我就是她的前男友。"

云黎愣住了。

沈驰到底在讲什么?她怎么大脑昏昏沉沉,搞不明白眼前的状况了?

董维奇倒吸一口凉气。

面前的男人气质矜贵,衣着考究,光是看黑色外套,就知道布料非常考究,绝对价格不菲,跟他肯定不是一个阶层的人。

怪不得长这么漂亮还出来相亲,原本压根儿就不是他想要的贤妻良母啊。

董维奇立刻站起来,夹起公文包,脸色差了几分:"云小姐,就先失陪吧,今天我们就到这里了,我们恐怕并不合适。"

讨厌的相亲居然阴错阳差之下被沈驰搅黄了,云黎脑袋里嗡嗡作响,纷乱无比。

她搞不清楚沈驰的出现是为了什么。

故意搅黄这次相亲,报复她?还是只是习惯性的打抱不平?

"你在相亲?"

"嗯。"

原本云黎以为沈驰还记恨着当年的仇恨,会忍不住嘲讽她几句,哪想到，沈驰扯了扯领口，不羁的野性和痞气展露出来，不紧不慢地开了口："考虑考虑，不如直接结婚，跟我。"

"你在开玩笑吧？"

其实当年的事情，云黎完全搞清楚真相之后，知道是自己对不起沈驰。

她自以为做了很正确的决定，反而弄错了一些事，把沈驰狠狠伤害了。

她曾经想过弥补，但是那个时候事情已经过去了两年，她一边兼职，一边兼顾学业，还要赚钱给奶奶治病，压根儿分身乏术。

可她清楚，自己是对不起沈驰的，她欠了他很多，甚至余生都不能弥补。

"你是想找我报仇？"

闻言，沈驰眉头微微蹙起，笑容却充满了不屑："那是小孩子的把戏，哪个成年人这么幼稚？"

云黎明显有点不太相信："那你是……"

沈驰嗤笑一声："云黎，你不用把自己想得那么重要，我们充其量也只相处了半年，那半年时光，相对于漫长的一生来说，也仅仅只是二百分之一，谁会天天纠结这二百分之一？"

听到这话，云黎心底缓缓弥漫起失落，像是被人兜头浇了一桶凉水，酸涩感哽在喉中。

原来，他真的一点都不在乎自己了。

沈驰按捺住内心的情绪，淡定地将话说完："你知道我现在很忙，事业也很成功，到了这个年龄，家里长辈催得急，迫不得已要寻找一位合适的结婚对象。"

"是沈爷爷催你吗？"

空气骤然冷凝，沈驰嘴角紧紧抿起，顿了一会儿才说："爷爷两年前去世了。"

云黎的心好像被猛烈地敲击了下："怎么回事？"

"因病去世……"显然，沈驰不愿意多聊这个话题，"结婚是我爸催得急。"

提起沈驰的父亲，云黎脑海中立刻浮现出那个强硬专横的中年男人，总是强迫沈驰做他不喜欢的事情。

云黎："你和你爸的关系……"

沈驰肩月落扎懒散，慢悠悠地回答："还可以。"

沈驰偏头，不紧不慢地开口："云小姐似乎很关心我？"

119

云黎的手机这时突然响了,她赶紧按了挂断,也顺便提起包和沈驰道别,想要逃离这个是非之地。

"沈先生,你的提议,我会认真考虑一下的,如果我想清楚了,给你打电话。"这话说完,她就匆忙离开了。

室外的阳光灼烧得地面滚烫,像是快要被烤化了似的,云黎找了处阴凉的屋檐下站着,跺了跺脚。

她实在不知道该怎么跟沈驰继续对话,几年的时光过去,男人多了一层霸道强势,再也不是那个处处宠着她、惯着她的少年了。

云黎手足无措,只好先行离开。

是雪飞打来的电话。

"签约的事情,你考虑得怎么样了呀?"

发生了太多事,云黎有点迷糊,思考了几秒钟才想起来雪飞指的是跟投资公司合作制作题材为摩托竞赛的少年热血漫。

讲真,她压根儿就没思考这个事,一边是面对奶奶的催婚,一边又是跟沈驰重逢,她能保质保量更新就不错了,哪有那么多时间再去思考其他问题。

云黎也懒得思考了,毕竟对方开的价太高了,至少是她目前为止给价最高的一笔稿费,而且她目前也确实缺钱。

"我签。"

说完这话之后,云黎松了口气。将全新的漫画连载提上日程,应该能减少很多胡思乱想吧?

雪飞激动得掩饰不住:"你这个选择绝对不会出错,我这就为你准备合同,你现在有时间吗?来公司签合同吧。"

云黎打车到了公司。

雪飞早就等在接待室了,将打印好的厚厚一沓合同递给云黎。云黎简单看了几眼稿酬相关的条款,赶紧签上了自己的名字。

"哇哦,你居然不仔细看看具体细则?"雪飞拿着中性笔敲了敲桌子。

云黎坦荡地笑了笑:"都合作那么多次了,信得过你们。再说了,给我那么高的价格,怎么都是我占便宜,应该是对方要谨慎点才对。对了,飞飞,这个投资公司怎么莫名其妙就看上我了啊?"

漫步 App 是国内最大的漫画 App,里面几乎聚集了所有漫画界的大佬,虽然目前云黎人气很高,可充其量只能算得上新秀,比起老牌漫画家可就差得远了。

雪飞说："我听说那边的老板是你《斗兽》的铁粉，可能老板看中你的想象力，觉得你最有潜力吧。"

对方给的时间还算宽裕，这几天，云黎会完结掉《斗兽》这一季的连载，开始准备全新的摩托车竞赛题材。

目前为止，她还是个门外汉，需要查的资料太多了，还不知道提交的大纲和脚本能不能让对方满意。

稿酬虽多，有没有命拿到就是另一回事了。

雪飞走了之后，云黎托着下巴继续思考人生，接待室的门却突然被敲响了，走进来一个栗色长鬈发的年轻女孩，跟云黎差不多大的模样，眉眼漂亮，长相明艳，身姿娴娜。

"你好呀，"女孩笑着跟云黎打招呼，"我叫夏苏叶，笔名一梦朝天，你应该知道我吧？"

云黎点点头。

一梦朝天比她画漫画早两年，一直都是男频的扛把子选手，订阅在网站上属于上层水平，网上人气也高，对方最新连载的一本和《斗兽》同期，两者火热水平不相上下。

"你好呀，SS，我挺喜欢你的《斗兽》，一直都有偷偷追哦。"夏苏叶捂着嘴，不好意思地笑了笑。

云黎没想到，一梦朝天原来是个这么漂亮的女孩子："谢谢。"

夏苏叶单刀直入："我们交个朋友吧，我挺喜欢你的作品的。"

想到还没跟奶奶汇报本次相亲的情况，云黎又回了奶奶家，奶奶住的地方距离云黎租住的一居室不远。

云黎拿出钥匙打开房门，没想到一眼见到了张梁，年轻男人穿着干练的夹克，戴着黑框眼镜，正陪着奶奶做针线活。

两个人没发现云黎进来了，正兴高采烈地聊着天。

"奶奶，现在年轻的小姑娘都喜欢什么呀？我上次送了个银手镯，被拒绝了，你说，会不会送银手镯不太合适？"

奶奶笑着看向张梁："你呀，还不如直接问我黎黎喜欢什么？"

云黎收回视线，默默叹了一口气。

张梁是南城本地人，就住在这个小区，他在互联网公司当程序员，对云黎一见钟情。

云黎拒绝无数次，未果。

上次，张梁买了个银镯子非得让她收下，气得她推搡半天才勉强让他拿回去，哪想到现在明里暗里又在嘲讽她物质，可惜奶奶一点都

没看出来，不然奶奶早把张梁赶走了。

云黎轻咳一声，意思是自己已经到家了，让张梁收敛一点。

张梁眼前一亮，赶紧放下手中的针线，主动上前，接过了云黎背着的链条包。

"你怎么在这儿？"

张梁尴尬地笑了笑："我今天休假，陪奶奶做会儿针线活。"

云黎口气算不上好："这是我奶奶，不是你奶奶。"

云奶奶心地善良，一直以来都温柔待人，对张梁印象也不错，语气严肃："黎黎，怎么讲话呢？"

张梁也生怕云黎挨了批对自己更加排斥，赶紧说："奶奶，云黎没别的意思，您别批评她。"

云黎也没再说话，去厨房倒了杯水。

奶奶随后也进了厨房，看她一眼："今天相亲怎么样？"

"不好，那个人就想找个贤妻良母，我不适合，而且还瞧不起我的职业，就不欢而散了。"

"贤妻良母怎么了啊？哪个女人不都是从叛逆走向贤妻良母？你以后有了孩子就知道了。"奶奶不以为意，"人家可是正经好大学的研究生啊，怎么可能瞧不起你的职业，估计是不懂你的职业吧？"

云黎耸了耸肩："奶奶，那就当是我的问题吧，既然您孙女有这么多问题，您就放弃吧，我暂时真的不想找对象。"

云奶奶沉默了几秒，朝云黎勾勾手指，压低了声音："黎黎，你不会是还没忘记手机里的那个人吧？"

云黎的心突然一紧，赶紧移开视线，不让奶奶发现自己眼底的几分不自然。

"怎么可能……"

微妙的气氛蔓延开。

客厅里还有客人，云奶奶三两下把水果切好，端了出去。

"张梁啊，咱们是邻居，邻居之间走动也是应该的，但是你以后可得注意，不要带东西来了啊。"

张梁扶了扶眼镜，笑容有几分不自然："奶奶，都是水果之类的，不值钱的，再说了，孝敬您老人家也是应该的。"

"你要再带东西来，我可不让你进家门了。"

"行，奶奶，"张梁笑了笑，"我以后争取以非邻居的身份登门。"

张梁早就感觉到了云黎不欢迎他，想到这里，干脆起身："奶奶，时间也不早了，我先走一步，改天再来看望您。"

"不用来了，"云黎冷幽幽地看了他一眼，"我马上要结婚了。"

张梁压根儿不信，只当她在开玩笑，在决定追她之前，他早就打听好了，这些年云黎一直单身，身边追求者众多，她却一个都看不上。

"黎黎，你刚才是故意骗张梁的吗？"张梁走后，奶奶一边收拾着果盘，一边若无其事地问云黎。

"你没必要骗张梁啊，我看出来了，张梁这小伙子很老实，对你也是一片痴心，他不懂哄女孩开心，你得多多担待，多给他机会啊。"

云黎闭了闭眼，只觉得疲惫无比，往沙发上靠了靠，温和又平静地说："奶奶，其实我已经结婚了。"

奶奶一惊："什么？"

云黎自己也不知道，自己为什么这么冲动。

兴许是被唠叨得太烦了，一气之下就编造出自己已经结婚的消息。

因为只有这样，奶奶才不会继续逼她相亲。

老人家拉着她聊了半天她的"老公"，她又拼命找出一堆自己隐婚的理由，奶奶好半天才接受，高兴得疯了。

她回到自己家，嗡嗡的声响总算消失不见了，可紧绷的神经依旧没有丝毫松懈，躲过了这一时，该怎么躲过一世？

云黎反复做了几次深呼吸，拿出手机，拨通了一个号码，尽量用平静无波的嗓音开了口。

"沈驰，你上午的提议我考虑好了，什么时候领证？"

沈驰勾唇笑了，嗓音郑重又低沉："带上户口本，就现在。"

事情发展得太快，云黎的大脑有点反应不过来。被催婚似乎是他们这一代人逃脱不开的命运，就连沈驰这样出类拔萃的青年都不例外，可她没想到，结婚这件事居然来得这样快。

打完了这一通电话后，云黎有种很神奇的感觉，就像是等待多日的雾霾天气终于晴朗，拨云见日，窥见天光。

所有的美景都朝她涌来，目不暇接。

其实，身为成年人，她早就明白，很多事情并不是结婚就能解决问题的，可她还是想尝试一下。

万一，命运的转折就从此刻开始了呢？

第六章

领证结婚

谁也不知道,沈驰等这通电话等得眉头紧锁,整整一天没有吃饭。

他把手机铃声调到最大,无论躺在床上,还是半倚在沙发上,都坐立难安,有好几次,他都怀疑自己幻听了。

然而当铃声真的响起,男人薄薄的唇染上笑意,这才慢条斯理地接起。

电话挂断之后,他的笑容更深了,很快就又恢复成原本懒散的模样,没骨头似的靠在沙发上叫来了周子毅:"今天给俱乐部每个成员发十万元奖金。"

他又突然想到什么:"对了,有西装吗?"

周子毅摇头:"咱们是赛车俱乐部,除了车手服还是车手服。话说,你要西装干什么啊?"

沈驰挑了挑眉:"办件大事。"

周子毅早就习惯他这神神秘秘的样子了,就像前几天,非得大张旗鼓搞什么庆功宴,压根儿就不符合他的性格。

之前的庆功宴不过都是俱乐部内部简单庆祝一下，兄弟们乐呵乐呵得了，这次非得搞这么隆重，南城的商界名流几乎都到场了。

驰哥那么注重隐私的一个人，居然也到场了，后面还非得摘下面具，也不怕暴露身份。

"那你现在给我弄一身新的去，半个小时之内必须拿到。"

云黎简单梳洗打扮了一番，刚收拾好，手机里就进来一条短信。

沈驰：到了。

沈驰今天穿了西装，却没正儿八经地扣好扣子，领口随意敞开，显出几分随意感。

云黎拉开车门坐了进去。

沈驰掀了掀眼皮，表情有几分怠懒："云小姐，似乎不太守时。"

说完，男人没急着启动车子，屈起指节在她面前敲了敲。

云黎问道："话说，你没谈对象吗？"

她实在是想不到沈驰这个层次的人居然还会随便拉一个人结婚，缓了这么久，到现在还有种浓浓的梦幻与不真实感。

"事业忙，没时间，"沈驰嗓音磁沉，微扬着眉梢，"主要理由是，她们都配不上我。"

"那我……"

沈驰扯了扯嘴角，傲慢道："我们起码熟悉，还算合适。"

天边的夕阳仿佛被涂抹了一层颜料，是澄澈的橘色。

民政局下午五点下班，两人赶到那里的时候刚好四点半，前面还有三对夫妻，沈驰过去排了号。

两个人在等待区找了位置坐下，沈驰双腿交叠，身体放松，微微后仰，俨然一副少爷做派。

别的情侣都有说有笑的，只有他们无比尴尬。

云黎看向假寐的男人，也知道他未必想理自己，干脆拿出手机，对着登记处拍了张照片，发给了周心言。

发完之后，她又刷了几眼朋友圈，嘴角抿出淡淡的笑意。

突然，男人略带揶揄的嗓音响起："云小姐好兴致啊，还有五分钟就结婚了，这个节骨眼还在玩手机。"

"那不然干什么？"云黎眨了眨眼，有些奇怪地看向他，"跟你聊天吗？"

"想好了？"沈驰不咸不淡地问，"结婚了可不能反悔。"

"想好了。"

"云黎,婚姻可不是儿戏。"

手机振动,是雪飞打来的。

除非急事,雪飞一般都是给她发微信,应该是有要紧事,她赶紧起身:"我先出去接个电话。"

"云黎,你没在家画连载?"雪飞微微疑惑,"听你那边似乎还挺吵的。"

婚姻登记处人来人往,汽车的引擎声再加上人们的讲话声,自然无比吵闹。

云黎咽了咽口水。

她该怎么说?难道说自己跟重逢了几天的男同学在领证吗?

云黎直接转移话题:"飞飞,有什么事吗?"

"咱们平台最近联合投资公司搞了一个漫画交流活动,去水榭山庄住几天,吃喝玩乐都免费,每个编辑手里有五个名额,活动就在后天,我帮你报名啦。"

漫步 App 身为国内最大的漫画平台,背靠资本不差钱,这种活动每年都有两次,去年云黎也很心动,只可惜不够格,今年其实也很勉强,雪飞偏爱她,才将机会给了她。

挂断电话之后,云黎生怕晚了点,加快步伐进门,发现沈驰已经站起来了。

男人的脊背像一张紧绷的弓,薄唇紧抿,黑眸低垂,看着情绪似乎不太好。

刚才不还好好的吗?

"我……"

她想解释一下自己出去接了个工作电话,哪想到沈驰一把攥住了她的手腕,略微强势地将她往自己那边拽。

男人力气大,手劲儿有点狠,加上他常年握车把,掌心微微粗粝,摩挲在她白嫩细致的肌肤上,像是溅出星火,微微发烫。

细细密密的痛感蔓延开,云黎的心跳好像漏了一拍:"怎么了?"

"临阵脱逃?"沈驰居高临下地看着她,目光里是十足的压迫感。

两人靠得近,沈驰的热气喷在云黎的耳郭上,充斥着暧昧,云黎能直白地感受到男人胸腔的起伏。

可能因为自己出去得太久了,他们叫的号已经过了,沈驰误会她想逃走。

云黎另一只手翻出了通话记录给他看,解释道:"是我编辑打来的电话，谈了点工作上的事。"

沈驰这才将她松开，看了她一眼："到我们了。"

两个人先去拍了登记照，就在旁边的拍照房间随便拍了一张，再拿着照片去登记处填表，默不作声，安安静静，只能听得到笔尖"唰唰"的声音。

工作人员看出来二人不够亲密，在盖上钢印之前，问了句："你们是自愿结婚吗？"

沈驰："是。"

云黎："是。"

工作人员放心地笑了笑，递给他们一人一张结婚证。

"恭喜你们，你们是我们今天登记的最后一对夫妻，祝你们百年好合，白头到老。"

沈驰转头睨了一眼云黎，锋利的眸子微微眯了眯，笑容多了些，这才对工作人员说了一声："谢谢。"

两人出门，天色已经完全黯淡下来，灰蓝色泽的穹顶映照出浅浅的月牙剪影，像是澄澈的猫眼石，雾蒙蒙中透着层晶亮。

云黎垂着头走路，微信里多了一条好友验证，叫"一梦朝天"。

原来，夏苏叶要加她好友。

加了微信可能就要深交了。

她一边低头走路，一边点了通过，备注好名字。

两个人同在一个频道连载，同在一个公司坐班，又都住在南城，生活中也免不了有交集。

夏苏叶长相讨喜，云黎倒还挺喜欢她。

沈驰不咸不淡的嗓音响起："谁？"

"工作上的同事。"

同事的话，是男是女可就不一定了。

沈驰脸色一沉，伸手招了把云黎的脸蛋："云黎，我现在是你丈夫。"

云黎解释道："是女生，同一个网站的，她想跟我交个朋友。"

两人重新回到了沈驰车上，男人的身影高大，笼罩着她娇小的身躯，车内淡淡的柠檬香气飘入鼻息，缓解了她内心的紧张。

她后背有点僵硬，整个人也不太自在，耳朵热得厉害，原本想着回去的时候各走各的，突然想起来还有些事需要交代一下。

"沈驰，我之所以想要结婚，是为了我奶奶。你知道，我奶奶是

我在这个世界上唯一的亲人,对我非常重要。"讲这话时,她语气里透着微微的紧张,"你也是为了你的家人,这一点我们不谋而合。

"所以,我的要求是,除了双方的家人,不公布结婚的消息。"

沈驰嗤笑一声,直呼她的大名:"云黎,我,你还拿不出手?"

果然是一如既往地高傲。

云黎摆了摆手:"不是,你可太拿得出手了,我同事朋友要是知道我嫁给了C神,估计得羡慕死我。"

这话还算受用,沈驰得意地"哼"了一声。

"就是因为这样,我才心虚。我是普通人,靠着那点所谓的灵感混口饭吃,我们之间的身份肯定是不对等的,所以目前我不想公开。"

沈驰口气散漫不羁:"成,答应你。"

小姑娘抿着唇,等待着他的答案,闻言,笑意很快就丝丝缕缕地荡漾开,清凌凌的大眼睛里仿佛映着星光般,漂亮极了。

沈驰"啧"了一声,又问:"婚礼办不办?"

"肯定不办了。"云黎与他对视,不知道该怎么表达,有些无奈,"以后有机会的话再办吧。"

她又补充了一句:"对了,为了公平起见,如果你有了喜欢的人,一定要及时告诉我,我立刻退出,会协助你办理离婚手续。"

沈驰的喉结缓缓滚动了一下,眼底情绪翻涌,咬了咬牙:"云黎,我结婚可不是奔着离婚去的。"

"啊,我只是在想,以我们目前的关系,想拥有真感情几乎不太可能,未来这么长,谁也不敢保证以后会发生什么,而且我这个条款完全是给你放水。"

沈驰很会抓重点:"你的意思是,你不会主动提离婚?"

云黎眨了一下眼睛:"是这样。"

她很宅,生活圈子也小,老人肯定也希望她的婚姻长长久久,哪怕为了老人,她也不能轻易离婚。

她只是觉得将沈驰这样光芒四射的人捆绑在自己身边有点过分了,所以才特地多允诺他免责条款。

沈驰垂眸睨她一眼,嗓音愉悦了许多:"成,我也不离婚。"

"这么有信心?"

他就这么自信未来漫漫人生中,不会遇到心动的人吗?

沈驰理所当然道:"搞事业太忙,没工夫谈情情爱爱,幼稚。"

"但是该尽的心也得尽,你呢,毕竟是我老婆了,对我用点心,知道吗?"沈驰的唇微不可见地往上勾了勾,还伸手摸了一下云黎的脸蛋。

男人的指腹稍显粗粝，相蹭的瞬间像是带了电流一般。云黎的睫毛颤了颤，能听见自己如擂鼓的心跳声。

云黎尽量让自己平静些，脸上无波无澜，轻轻点了点头。

很奇怪，隔了那么多年，两个人对彼此的了解都是一片空白，可云黎莫名其妙依旧不排斥沈驰的触碰。

沈驰又说："手机号码我们上次已经留过了，有事情就给我打电话。"

"行。"

不过云黎觉得，她应该没什么事值得给沈驰打电话。

"我的微信号也没变。"

当年为了断绝自己的念头，云黎特地把沈驰的微信删除了，后来少年多次添加她，她都没通过……想起这个，她还有点不好意思。

云黎抬起头，声线有点温暾："你的意思是，还添加微信吗？"

"我是觉得没这个必要，"男人懒散地掀开眼皮，欠欠地开了口，"但我看你还挺急切，那就加。"

说罢，沈驰已经行云流水一般把微信二维码拿出来让云黎扫描。

云黎赶紧也拿出手机，快速面容识别，一次还没成功，后面添加的过程就显得有点手忙脚乱了。

"加好了。"云黎说。

沈驰漫不经心地看她一眼，傲慢地说："我这人工作忙，没事别给我发消息。"

云黎点点头："我连载也挺忙的，接下来还有个大任务，应该没时间聊天。"

"行啊。"

沈驰终于发动了车子，一路车水马龙，灰蓝色的天幕低低垂着，霓虹灯的光晕与月光的光晕糅杂成一团，交错纵横的道路无比拥挤，烟火气息浓郁。

云黎本以为沈驰会送她回家，哪想到他驱车来到了一家高级餐厅，在最顶层，落地窗旁，能将整个城市辉映的灯光收入眼底。

沈驰点了几个菜，又将菜单交给她："看看有什么想吃的。"

云黎坦诚地说："我想吃的你都点过了，别的就不需要了。"

他甚至连甜牛奶都点了一份，她每晚都习惯喝一杯甜牛奶。

沈驰"啧"了一声："口味跟我还挺相似。"

云黎迟疑了几秒："难道不是因为你了解我的口味吗？"

沈驰懒洋洋地道："早忘了。"

结账的时候，沈驰刷了卡。

云黎视力还不错，一眼就看到了接近五位数的账单，不禁瞠目结舌。一顿饭，简直比金子还贵？

两个人虽然结了婚，可说起来依旧是陌生人的关系，她不愿意白吃白喝，出了门，主动说道："刚才的饭钱我们AA吧。"

说完，她拿出手机准备转账，却见沈驰摆着一张没情绪的臭脸，冷声说："不用了。"

"好像还挺贵的，AA下来是四千八对吗？"

说着，云黎打开两人的微信聊天页面，准备转账过去。

"云黎，"沈驰冷嗤一声，口气高冷，"你欠我的可多了去了，要不要算个总账？"

她确实欠他良多，甚至这辈子都还不完。万一真把他惹急了，他列出来个账单，她岂不是自找麻烦？而且，为了给奶奶买个小房子，她已经花光了全部的积蓄。

云黎犹豫了一下，舔了舔唇，不自然地开了口："那我分期还，行吗？"

对上沈驰漆黑深沉的眸子，云黎的心跳漏了一拍，只听见男人慢悠悠带着点揶揄的声线再次传来。

"我们结婚了，我的都是你的，不用替我省钱。

"再说了，我还差你这一点？"

沈驰将云黎送回了家。

下车之前，云黎鼓起勇气看向沈驰："另外，关于当年的事情，我想解释一下。"

这个秘密已经烂在了心里，她很想解释清楚，可又觉得解释了也不能怎样，反正带给沈驰的伤害是实打实的。

没必要却又有必要，她在二者之间反复横跳，最终还是决定解释。但是回应她的是男人平淡的声线，毫不在乎似的："不用了。"

晚上，云黎更新完新的一话，终于可以闲下来舒舒服服地泡个澡，疲惫的身体变得轻松、舒畅。

卧室里，香薰机扩散出丝丝缕缕甜淡的香气，能助眠。

她当年抑郁症康复之后，睡眠质量勉强还可以，不过还是长期使用助眠的香薰，生怕梦魇找上她。

离开之前，沈驰的话是什么意思？

不需要她的解释，那就是压根儿没把当年的事情放在心上？

微信消息提示音不断传来，她这才想起周心言的消息还没回复。

周心言：快给我播报最新消息，和C神领证有什么新的体验吗？

周心言：你不会是去洞房花烛了吧？几个小时没动静了啊。

云黎：没！我现在在家呢，断网画画。

身为云黎最好的朋友，周心言当然清楚，云黎一旦开启工作模式，就几乎不会看手机了。她佩服云黎的专注力与耐力，也许这就是云黎进步飞快的原因。

周心言：开门，我在你家门口。

云黎脑海中闪过几个硕大的问号，赶紧穿上拖鞋为周心言开门。

"吃烧烤吗？"周心言提着美食诱惑她，"来点夜宵啊，黎黎。"

周心言盘腿坐上沙发，自顾自吃了起来，一边吃一边八卦："话说，你们怎么突然要领证啊？"

云黎实话实说，从相亲遇到奇葩说起，周心言听得那叫一个震惊："所以，他就想和你结婚？"

云黎耸了耸肩："对。"

"话说，黎黎，你有没有考虑过，C神和你结婚，是因为多年来对你念念不忘？"

"不可能。"云黎秒答，"你是言情小说看多了吧？"

周心言连连摇头："不是的。拜托，他可是C神啊，想和他交往的女孩可以绕地球三圈了！"

云黎脸上浮现出几分无奈："能不能不叫他C神？咱们喊他大名好不好？"

"哎哟，"周心言做了个鬼脸，冲着她吐吐舌头，"这才刚刚领证，就护夫心切了啊？"

两人插科打诨了一会儿，不知不觉就到了晚上十一点多。太晚了，周心言就没回去。

月明星稀的夜晚，两个女孩穿着同款粉色的睡衣平躺在一起，云黎这才想起一件事来："对了，后天水榭山庄举行的作者交流会，你去吗？"

周心言在少女漫界是炸裂般存在的画手，微博更是圈粉无数，接了不少商业合作，赚得盆满钵满，编辑手里名额不多，自选肯定是她。

云黎本来也默认周心言会去，想着两人可以一起出发，正好有个

131

伴，可是后者摇了摇头："不去，我得回趟家，我爷爷住院了。"

肯定还是家事比较重要，云黎也就没说什么，默默把灯关了："照顾好爷爷。"

均匀的呼吸声从旁边传来，云黎还以为周心言已经睡着了，哪想到，周心言冷不丁问了句："黎黎，你闪婚是冲动，还是为了弥补曾经的遗憾？"

"黎黎，你喜欢他吗？"

女孩清甜的嗓音在夜色中格外清晰，也像是一把小锤子似的敲击着云黎的心脏，天光云影之间，让她混乱的大脑猛然清醒。

第二天一整天，手机都很安静，沈驰没给云黎打电话，也没给她发消息。

似乎两个人只是随手结了个婚，而后又恢复了陌生人的关系。

临近傍晚，奶奶打来电话，问东问西，话题离不开沈驰，似乎老人家还是不太相信孙女已经结婚了。云黎无奈，只好从抽屉里拿出结婚证，拍了张照片过去。

奶奶玩微信还算利落，很快发来消息。

奶奶：原来是真的啊，小伙子真帅气，跟电视上的明星似的，怪不得你看不上奶奶给你介绍的。

奶奶：什么时候把这小伙子领回家吃顿饭？

云黎：他现在很忙，我这会儿也签了新合同，得过段时间了。

云黎不得不敷衍奶奶。

漫画交流活动。

云黎拉着行李箱入住，刚登记好，身后就传来一个好听又明朗的女声。

"云黎！"

云黎转过头，是穿着漂亮旗袍的夏苏叶。

夏苏叶朝云黎眨了眨眼睛，明亮的瞳孔里像是住了一轮湿漉漉的小月亮："咱俩一间房吧？"

不等云黎回应，她就告知前台小姐姐："轻奢双人房就行。"

这次活动说是漫画交流，其实只有两次象征性的会议，其余时间全部在这里吃喝玩乐，吃喝住宿平台全包。

两个人简单收拾了一下行李，盘着腿坐在床上聊天。

"云黎，你的漫画好棒呀！"夏苏叶赞叹着，"我一开始也想画这个题材来着,但是大纲怎么都弄不好,你怎么会有那么多灵感?"

两个人讨论了一会儿漫画,夏苏叶突然问道:"你来的时候,看到一辆白色布加迪吗?"

"没看到。"云黎对豪车品牌也不太了解。

"天啊,那车帅死了啊,六千多万呢,得是什么人才开得起啊?"夏苏叶猛掐自己大腿,脸蛋都涨得红红的,"车里还坐了个男人,那才叫一绝!

"那眉眼、鼻子、嘴唇,真是形容不出来,身材也好得过分,简直太帅了啊!说实话,我这几年都没见过这么英俊的人了。"

夏苏叶喝了杯冰水,勉强冷静下来,看了眼手表:"云黎,这会儿有个饭局,你去吗?"

"什么饭局?"

"这个饭局肯定不是所有作者都可以去的,我认识一个投资人,说可以领我们过去,里面大佬可多了,兴许可以结交一些人脉,有利于我们卖影视呢。"

云黎垂下眼睫,尽管雪飞说漫说计划一定有她的名额,可不知道为什么,影视版权这种事,她还是想也不敢想。

她们赶到的时候正巧是晚上七点。

人还没到齐,云黎找了个角落坐下。云黎本以为夏苏叶会挨着自己坐,没想到前者一进去就直接找到了认识的一个老板。

"云黎,你先在那里坐,有什么需要叫我呀。"夏苏叶打扮得婀娜多姿,朝着云黎嘟了嘟红唇。

包厢内的投资商以及总裁都聊着自己听不懂的话题,云黎轻微皱着眉,想要逃走,却好像没有机会了。

"你跟夏小姐一样,也是漫画作者吗?"旁边一位年轻男人笑着看向云黎。

云黎点点头:"对。"

男人扶了扶金丝框眼镜,细小的动作间,西装上残留的烟草气息飘散过来:"我挺佩服你们这些画漫画的,想象力那么丰富,可比写小说厉害多了。"

"还行吧,载体不同,各有优点,不过我倒是觉得会写小说更不容易,画画是可以通过系统培养出来的,写东西就不一样了。"

男人笑了:"你还挺谦虚的。我姓徐,经营一家建材公司。妹妹,你是单身吗?"

云黎不知道该怎么回答,原本跟沈驰约定好的,不公布已婚身份,

可面前的男人明显对她有好感，在这里，她不想惹来任何追求者。

这时，门口传来不轻不重的喧哗声，进来了个身材高大的男人，与此同时，几位老总都站起来迎接。

"C神来了！"

"我的天，居然真的来了，本以为他看不上我们这次的小活动呢，可得好好把握机会。"

云黎脑子里一蒙，进来的男人不是沈驰又是谁？

沈驰肩膀平直宽阔，短发干净利索，眼皮薄薄的，压抑着一片漆黑深沉，领口微微敞开，露出一截瘦削的锁骨。

进来之后，男人直接在主位坐下。

云黎恰好就在他旁边，可沈驰看也没看她一眼，靠在椅背上，坐姿懒散，透着股浑然天成的痞气。

"C神，俱乐部这一季度的服装广告代言定了吗？要不要考虑考虑我们？"

如此直白的推销方式，让云黎瞠目结舌。

沈驰摆了摆手，笑着说："今天只是小聚一下，不谈公事。"

那几个老板也都理解，想着能在沈驰面前刷一下存在感也是好的，起码比不熟悉的强。

菜已经上齐了，云黎默默夹菜吃饭，不理会乌烟瘴气的场合，这些人一个比一个谄媚，她才不参与。

夏苏叶一眼就注意到沈驰，这样吸睛的男人，任何女人都舍不得放过，何况还是投资商那边的大人物。

夏苏叶握紧了拳头，为自己加油打气，端着酒杯袅袅婷婷地走了几步，来到了沈驰面前，笑容甜腻得都能滴出水来："C神，真没想到居然能在这里见到你，我是你的小粉丝。"

沈驰心不在焉地道："谢谢。"

话虽客气，可眼底一片冰冷。

夏苏叶也不放弃，端着酒杯笑着说："这杯酒，我敬您。"

沈驰直接挡了回去，声线冷漠："不必了。"

夏苏叶讪笑了下，尴尬地坐了回去。

兴许是看到夏苏叶主动敬酒，那位建材公司的徐总也得了灵感，他倒了杯酒给云黎："云小姐，我最佩服您这种漫画家，我也敬您一杯。"

沈驰位高权重咖位大，不喝谁的酒没事，可云黎觉得自己只是一个卑微的小作者，而且目前这位徐总也没坏意，她不知道怎么拒绝，心想要不就喝了这一杯吧。

此时，沈驰凉凉地嗤了一声，笑道："徐总，我记得你好像有未婚妻吧？"

云黎的脊背一僵，却见沈驰不咸不淡的视线打量着她……原来，他早就看到她了。

徐总有点下不来台，脸色青一阵红一阵的，最后咬了咬牙才说："是，我未婚妻在南城。"

哪想到，沈驰居高临下地睨了男人一眼，语气欠揍得要命："而且，就你这个年龄，追求这小姑娘好像不太合适吧？"

徐总："沈总教育得是，我刚才没考虑明白，自罚三杯！"

三杯高度数白酒"咕咚咕咚"一饮而尽。

云黎有点蒙。

沈总？

沈驰也是公司的总裁吗？

她怎么没听说过？

大家很快又聊起别的话题，就连徐总都似乎没把这件事放在心上，快意地闲聊着，有两个男人还抽起了烟。

包厢内喧哗声震天，云黎轻轻咳嗽了一下，她不想引起任何人的注意，脊背起伏的动作很小。

沈驰淡淡地瞥了她一眼，顿了几秒，慢悠悠地开了口："大家把烟掐了吧。"

"沈总是不喜欢烟味？哎，这习惯好啊，年轻人就得学会养生，不然到了我这个年龄，落下一身病。"

"行，咱们都把烟掐了，打造无烟环境，文明聚会，从我们做起！"

"话说，沈总，您是一直不抽烟吗？"

"不懂事的时候也抽过，"沈驰言简意赅，"后来就戒了。"

"烟可是很难戒的啊，我尝试了几十次都失败了，沈总是怎么做到的啊？"

"也没什么难度，"沈驰侧头，视线笔直地睨了云黎一眼，风轻云淡地说，"那时候喜欢了一个人，那小姑娘不喜欢烟味。"

沈驰随意哼笑一声，似乎聊这个话题还挺投机。

一个男人感叹着，突然想到了什么，又问道："对了，沈总，我听说您是您那一届的高考状元？"

"您够厉害啊，学习能力强，人长得帅，现在事业还这么成功！"中年男人马屁不断，"我家有个不成器的儿子，今年读高二，死活不

肯学习。沈总,您有宝贵的经验可以交流一下吗?"

沈驰懒散地往座椅后面靠了靠,下颌微抬,修长的指节执起酒杯,看透明的酒液在灯光下晃动,嗤笑了一声。

"当时那小姑娘学习好,我就跟着学了。"

那男人本意是想让沈驰分享学习经验,哪想到沈驰一张口又是"虐狗"。

尤其是夏苏叶,她握着酒杯的那只手指节泛白突出。

"不过,您能成为状元,肯定是底子好啊,要不然也不可能一口气成功。沈总,您原来在学校也得是前几名吧?"

沈驰嘴角淡淡扯着,嚣张得要命,伸出一根手指比画了下。

"哇,您原来就是年级第一?"

沈驰扬了扬眉,淡定地道:"倒数第一。"

"我的天哪,从倒数第一到高考状元,这中间都经历了什么啊?得是多么强大的爱意支撑!"

云黎仔细观察着大家的表情,这会儿表演的成分很低了,毕竟在座的人都经历过高考,当年应该也都考出了不错的成绩,可又有谁能成为状元?

一个年轻女漫画家大着胆子开口:"沈总,现在呢?您和那个小姑娘怎么样了?"

沈驰漫不经心地笑了笑,慢悠悠地从西装内侧口袋里掏出了什么东西。

沈驰直勾勾地盯了云黎几秒,而后慢慢收回视线,面不改色地说道:"现在,她成了我太太。"

他白净修长的手指夹住了个红本本,正是他们的结婚证。

大家你一言我一语,夸赞声不停。

云黎闭了闭眼,若不是因为她是当事人,真快信了。

他们之前的感情哪有这些人说的那么好啊,就是很知心的朋友,中间隔了六年的空白怎么不提?

如果真像大家想的那样,沈驰那么喜欢她,怎么会领完证就不理她了?

沈驰永远都是话题中心人物,大家原本还生怕大佬过于高冷,哪想到聊起天来也很随性,问题就多了起来。

"沈总,我听说原本您不打算参加这次活动的,我刚才看到您还很意外,是什么导致您改变了主意啊?"

沈驰扯了扯领口,声线磁沉:"这回也是巧了,我媳妇儿在这附近出差。"

"原来还是为了沈太太啊。"

大家对沈太太到底是何许人更好奇了，但没有人敢直接问出这个问题。

云黎埋头吃饭，注意力看起来完全不在周围的人身上，她身旁的徐总悄悄跟她说："现在的大企业家都喜欢卖宠妻人设，似乎这样才能更让大家信任他的人品。"

"是吗？"

"你还是太年轻了，以后你就会了解了，反正我在外面也都是卖这个人设。"

云黎原本不想多说什么，犹豫了几秒，还是没忍住替沈驰说了话："可是，像C神这个咖位的，应该不需要取得大家更多的信任吧？"

徐总尴尬地笑了笑，没再说话。

"沈总，你这么疼自己的太太，以后如果有了孩子，会不会疼爱孩子超过太太，导致太太吃醋啊？"

"这我倒是从没担心过。"沈驰嗓音如常傲慢，他的骄傲是从骨子里散发出来的，眉眼间少年气十足。

年轻男人追问："为什么？"

"办法多的是，"沈驰嗤笑一声，"请十几个育儿嫂照顾孩子，而我负责照顾我老婆。"

"十几个？我的天。"

"都赶上一个足球队了啊。"

又有人八卦："沈总，您这么疼爱自己的太太，您太太是不是也这么爱您呀？"

云黎有点哭笑不得了，本来还以为精英人物会一直谈论高级话题，哪想到来来回回也离不开情感那点事，而且八卦的重心还都是沈驰和她。

她本人不在这里还好，偏偏就坐在沈驰身旁，笑也不是，皱眉也不是。

云黎偏头看了一眼沈驰。

男人挑了挑眉，情绪似乎还挺愉悦，嗓音淡淡地回复："没事儿，她不需要做任何事，我疼她就够了。"

云黎找了个机会上厕所，又简单补了补口红，想着动作慢一点才好，远离吵得她耳郭生疼的人声鼎沸之地。

如果沈驰不在，兴许她还能自在一点。

她刚补完口红,奶奶就打来了电话,她正好没事干,顺手就接了起来。

"黎黎,你怎么不在家呀?"

云黎喉咙一哽:"奶奶,我出差了。"

说完后,她无比自责,自己出来这一趟,又得好几天,居然忘记告诉奶奶一声了。

奶奶说:"哦,我炖了点排骨煲给你送来,却发现你没在家。"

云黎狡黠一笑:"那等我回去了,奶奶重新给我做。"

"黎黎呀,我突然想起来,你这都结婚了,两个人还是得住在一起好,不然慢慢地也就散了。"

云黎搓了搓手,愣了一会儿才编造出哄骗奶奶的理由:"他工作比较忙,全世界各处跑,而且我也住不惯他的大房子。奶奶,您知道,我创作最需要熟悉的环境,所以我暂时住在自己家。您放心,我们感情很好,您老人家不用担心。"

"我相信我孙女,但是孙女婿对你好不好,我就不知道了。"

云黎耐着性子回答,嗓音温温柔柔:"他对我很好的,这次我出差他也陪同,刚刚有人给我劝酒,都被他挡住了。您放心,奶奶,他爱我,我也爱他的。"

毕竟是在卫生间门口,也不方便打太久电话,没一会儿云黎就将电话挂断了,刚要迈步前行,却发现前面三米处站了个男人。

糟了。

云黎的心重重一跳,脸颊瞬间热起来,恨不得找个地洞钻进去,可她还是得硬着头皮解释:"刚才……"

刚才她说了什么来着?

——"他对我很好。"

——"您放心,他爱我,我也爱他的。"

云黎张了张嘴,却发现沈驰摆了摆手,一脸"我都明白,什么都不用说"的揶揄模样。

"算你有点良心。"沈驰掀了掀眼皮,冷声说。

"我奶奶一直催我结婚,这个你知道的,她很关心我们的婚姻生活,所以我只能这么骗骗她。

"你、你别介意……"

闻言,沈驰收回视线,脸色却变得更沉了,语气淡淡的:"云黎,心里想什么别藏着掖着,憋久了对身体也不好。"

云黎有点傻傻地站着:"什么意思?"

"刚才在包厢内，"沈驰睨着她，漆黑的眼神直勾勾地定在她身上，意味深长地笑了笑，"我简单数了一下，你偷看我大概得有十几次。"

对于这个数字，她完全陌生，自己好像并没有故意看他。

只不过因为沈驰是核心人物，他讲什么话，所有人的视线都会被吸引，而她只是随大流而已。何况，如果他讲话的时候不看向他，那岂不是不尊重？

云黎摇了摇头，神态自如地道："大家都看向你，我就跟着看了。"

"承认就好。"

"沈驰，你也是来上厕所的吗？那我先进去了。"

说完，云黎就想走，沈驰却一把拽住了她，挡住了她的路。他身形高大，几乎将灯光都遮住了。

云黎想换条路，可沈驰也挪了方向。

她躲避一分，他就追赶过来一分。

云黎绞尽脑汁，原本想着趁他不注意，从他的臂弯下穿过去，哪想到力度没使对，反倒被绊了一下，她一把揽住了男人劲瘦有力的腰部。

清冽的呼吸喷洒下来，她直白地感受到那股温热的气息直直地掠过了自己的鼻尖。

沈驰深沉的眸子染上了几分愉悦，依旧是懒洋洋吊儿郎当的语气，含着点磁沉，格外好听。

"知道说不过我，改投怀送抱了啊？"

云黎回到包厢时，正逢夏苏叶挨个给大家倒饮料。

橙汁汩汩倒进杯中，云黎轻轻说了一声："谢谢。"

夏苏叶抬起头看她，手顿了下，"哟呵"一声："黎黎，你的脸怎么这么红？刚才你干什么去了啊？"

"去了趟卫生间，"生怕被人误会，云黎赶紧解释，"可能跑得比较急。"

"C神也去厕所了，你在路上遇到他了吗？"

云黎淡定地道："没有。"

沈驰进门之前接了个电话，是俱乐部打来的。国际赛事快开始了，俱乐部成员没日没夜地训练，身为领军人物，这个节骨眼正需要他主持大局，哪想到他不声不响跑出去了。

副队长邓渊问道："驰哥，你什么时候才能回来呀？这边可就等你了。"

男人口气欠欠的:"回不去。"

"啊?你是被拐骗了?不对啊,驰哥,就你那身板和实力,只有你拐骗别人的份吧?"

沈驰的笑容变得轻慢:"别说,还真拐骗了个人。"

邓渊:"谁?"

"我媳妇儿。"

这通电话邓渊开的是外放,大家都在食堂吃着饭,不少人悄悄听着老大的动静,听到这四个字之后直接瞳孔地震。

今天折腾了一天,从早到晚,云黎一点儿工作都没做,良心有点儿不安。

首先,《斗兽》这一季连载已接近尾声,后面的剧情更加重要,若是不谨慎,就会被读者扣上"烂尾"的帽子,脱粉不说,还可能会连累她后续的发展。

还有摩托竞赛题材连环漫画的事情,这才是她心头的最大麻烦,目前还没有灵感,该怎么办啊?总不至于约定的日期到了,连个大纲都交不上吧?

她突然想到了沈驰。

沈驰不就是这行里最厉害的人物吗?现在两个人的关系总比陌生人强上不少,让他帮这点小忙,应该不至于不乐意吧?

想到这里,云黎的心稍微放下了一点。

这一夜睡得还算安稳。

第二天上午,所有作者集合去参加培训。

所谓培训,就是上面的领导请了些专家,讲解了一些主旋律知识。

夏苏叶疯狂摸鱼,一边玩着游戏手指翻飞,还能抽出时间跟云黎聊天。

"黎黎,你是单身吗?"

云黎还没开口,又看到夏苏叶点点头:"肯定是,咱们这一行,都那么宅,去哪里认识男人啊。"

"你居然没有对C神心动,他为你挡酒了,你居然没点感觉?"夏苏叶疯狂戳着手机里的小人,"你不觉得C神帅得惨绝人寰吗?"

云黎点点头:"嗯,挺帅。"

夏苏叶撇了撇嘴:"话说,你知道C神其实有个白月光吗?"

云黎蒙了一瞬:"没听说过。"

夏苏叶聊起八卦滔滔不绝:"听说C神曾经很喜欢这个女孩。"

想了想，云黎问道："这个白月光他是什么时候认识的？"

夏苏叶耸了耸肩："具体的我就不知道了，毕竟我跟C神不熟，不过，这个白月光肯定不是C神的老婆，因为我听他们聊起这个八卦，好像是这几年发生的事，C神跟他老婆高中相识，后来不就领证了吗？对不上号。"

"哦。"云黎垂下了脑袋，只觉得一颗心沉甸甸的。

"也不知道具体情况，可能跟他老婆分开过吧，中途爱上了别人。不管怎么样，C神帅死了啊。我还有个疑惑，为什么C神给自己取名Cloud啊？"

Cloud。

云。

云黎姓氏的英语。

夏苏叶一开始就觉得沈驰这个名字取得很奇怪，为什么不是太阳，不是月亮，更不是风，偏偏是云？

下午，云黎没跟随集体去参加活动，一个人憋在房间里断网画了一下午的画，又简单回复了一些读者关于剧情的评论。忙完之后，她往窗外一看，太阳早已落山，万千灯火已经亮起。

一旦工作起来，时间总是过得飞快。

手机重新开机，堆积了不少微信消息，有夏苏叶喊她参加活动的，也有周心言例行发来的消息。

回复完之后，云黎发现短信也堆了好几条。

这个年代了，除了广告和快递，估计没人发短信了吧？

居然是沈驰。

沈驰：下午怎么没见你？

沈驰：干什么呢？

沈驰：这么能睡？

十几条消息。

最后一条的发送时间就在五分钟之前。

沈驰：C栋顶层1808房间，密码1234。

云黎：忙着画稿子呢，我就不过去了吧。

几乎下一秒钟，沈驰的电话就打了过来："云黎。"

男人的嗓音带着微微的磁性与颗粒感，混杂着电流声，听得人耳朵酥酥痒痒的。

云黎欲盖弥彰似的解释："我还没做完工作，而且去你那边可能

不太方便。"

毕竟参加这次活动的人很多,不光是画手,还有很多投资人,以及漫步App的高层领导。

"躲我呢?"

云黎赶紧说:"没!"

沈驰冷嗤一声:"给你五分钟,再不过来我就去你房间找你。"

"你住B栋302房间对吧?"他的嗓音听起来平缓无威慑力,甚至淡淡的,可每个字实质上都透着威胁。

云黎闭了闭眼,到底妥协了:"行,我去。"

对面传来男人好听又愉悦的轻笑声,格外刺耳。

沈驰住的房间跟云黎的不在一栋楼,他那栋楼都是接待高级宾客的,从外围看去就透着奢华。

进门之前有层层门禁,得输入密码。沈驰这密码最是好记,她刚输了一半,就听到一阵小动物的呜咽声。

她输入密码的手立刻顿住了,一贯的警觉性让她观察起四周。

夜色偏暗,视野算不上好,云黎观察了一会儿,才从隔壁的草丛里发现了一只流浪狗,身后还跟着两只小狗,应该刚出生不久,毛还没长全,怯怯地眨着一双亮亮的大眼睛打量着云黎。

云黎这才发现,原来大狗受了伤,两条腿都挂了彩,伤口倒是没再流血,但是疤痕又深又长,走起路来一瘸一拐的。

大狗对她格外警觉,大叫了几声,想要将她赶走。

云黎从包里掏啊掏,还真找出来几包牛肉干,是她买来充饥的小零食。她赶紧撕开包装,喂给大狗和小狗。

云黎进楼之后,先去找了前台小姐,询问了一下流浪狗的情况。

前台说:"这狗是我们之前一个保洁阿姨喂养的,后来她辞职了,狗没带走。这狗我们赶也赶不走,是影响您休息了吗?"

"没有,"云黎赶紧说,"小动物没人照看也不行啊,你们这里有人负责吗?"

前台遗憾地摇了摇头:"我去找一下我们经理吧,看看能不能给它提供一个住所。"

从她的话语里,云黎感觉到这事情大概率没人管,能给小狗提供住所就不错了,更别提吃喝了。

她叹了口气,一直到打开沈驰的房门之前,都在想着这事得怎么处理。

输入密码的同时,门忽然被打开了。

沈驰穿着银灰色的家居服,露出大片肌理分明的胸膛,宽肩窄腰,线条明晰。他皮肤冷白,青色的血管蛰伏在皮肤之下,有种过分野性而疯狂的力量。

为了掩饰尴尬,她张了张嘴,说出口的话没经过大脑思考:"你这密码设置得还挺简单。"

男人同她对视,嘴角那抹不易察觉的笑意酝酿得更深了些:"是挺简单,这不是专门为了你嘛。"

"原本密码挺复杂的,"沈驰挑了下眉,"怕你记不住。"

"我智商应该还可以。"

闻言,沈驰"啧"了一声。

云黎反应过来:"你怀疑我智商?"

"是挺怀疑,"沈驰喉结微微滚动了下,"你智商但凡高一点,当年能舍得离开我?"

男人炙热的目光朝着她投射过去,慢条斯理地叩了下面前的桌沿:"到底落我手里了啊,云黎。"

他们曾经也只是相处了小半年,纵使感情再深,随着时间的流逝,也都该散去了,何况夏苏叶说了,沈驰后来遇上了更加喜欢的女孩子,那个女孩子才是他的白月光。

云黎不自觉地垂了下眸,声音也低了下去:"沈驰,你找我过来有什么事吗?"

男人面容冷硬,嘲讽的声音响起:"没事就不能叫你了?"

"你来这里是因为出差吗?"

"不然呢?"

如果是出差的话,肯定有很多工作要忙。她思忖几秒钟,故作淡定地站了起来:"那你肯定还有别的事,我要不就先走吧。"

沈驰不悦,眉头皱了起来,这小姑娘怎么这么想躲着他?他有这么可怕吗?

他修长有力的手臂挡住了云黎的去路,面无表情地扯了下嘴角:"吃个饭再走。"

"我可以回去吃,"云黎很客气,"总是麻烦你也不好。"

"云黎,都一个结婚证上的人了,"沈驰居高临下地睨她,伸手不轻不重地勾了下她的鼻子,优哉游哉地开了口,"你还跟我说麻烦?"

男人眉宇张扬,透着散不尽的痞气,动作也没有丝毫怜爱,甚至勾完鼻尖之后还蹭了下她的脸蛋。

云黎叹了口气:"好吧。"

沈驰应该早有预谋,否则怎么会在她坐下五分钟之后叫的餐就到齐了。

服务员推着餐车,将每一道制作精良的菜式整整齐齐摆在了餐桌上,有龙井虾仁、盐酥虾、茄汁大虾,就连汤都是虾滑菠菜汤。

总共六菜一汤,其中三道菜都是大虾。

云黎从小就爱吃虾,还记得第一次去沈家别墅,沈建安无意间让厨房准备了龙井虾仁,她爱吃,没忍住多夹了几筷子……想必,就是那时候,沈驰记住了她的口味。

"先生、小姐,请慢用。"

沈驰双腿交叠,扬了扬眉:"叫错了。"

服务员没反应过来:"啊?"

沈驰一板一眼地纠正:"应该是先生、太太。"

"抱歉。"服务员赶紧改口,"请慢用,先生、太太。"

这个节骨眼,微信提示音响了,是夏苏叶发来的消息。

夏苏叶:黎黎,你怎么不在房间啊?我给你打包了晚饭,等了你好一会儿还不见人,你不是在画画吗?

怕她担心,云黎趁机与沈驰拉开距离,直接站了起来,回复消息。

云黎:我有点事出去了,晚饭也在外面吃好了,不用担心我。

过了几秒钟,夏苏叶发来了好长好长的消息,应该是提前编辑好的。

夏苏叶:救命,有个大瓜你吃不吃!

夏苏叶:咱们昨天饭局上那个张总你记得吗?这人也是刚结婚两三年,都知道他为人正直,与老婆恋爱长跑十年才结婚,其实,他居然在结婚之前已经预支了自己二十年的工资,意味着如果他老婆跟他离婚,一毛钱也拿不到。听说这人的婚前协议特别苛刻,明显就是防着女方的!

夏苏叶:黎黎,你说这些有钱人怎么那么不靠谱?

云黎陷入了深思。

张总的身价比起沈驰可差远了,毕竟那天这位张总也抢着给沈驰敬酒,各种谄媚,甚至都轮不到他。

可是她跟沈驰结婚,没有任何协议书,沈驰什么都没提,就带着她领证去了,好像比她还急着结婚。

在一旁吃饭的沈驰也注意到了她的不对劲,正想说什么,他双眸无意识往下一看,嗓音顿时冷了下来:"云黎,你这微信不对啊。"

他冷不丁笑了一声："怪不得不回我消息，原来没用自己常用的号加我。"

云黎的大脑轰隆一声，犹如火车过境。

糟了，又误会了。

云黎仰着头，睫毛微微颤动了下："其实之前这个号我也常用，后来我开始画漫画，就专门建了个号加网上的朋友，谁知道用着用着，漫画成了主业，这个号就不常用了。

"那天加你的时候我恰好登了小号，我真没别的意思。"

沈驰淡淡"哦"了一声，狭长又饱含深意的眸子一眨不眨地盯着她，满脸明晃晃地写着"你以为我会信吗"。

"我就这么见不得人？"沈驰居高临下地睨着她，薄唇动了动，凉凉地道，"身为你的合法对象，微信都不配添加？"

云黎疯狂咽着口水，努力保持住声线的平稳，不让自己露怯："我真不至于不加你，我刚才说的都是真的。"

小姑娘眼神真诚，焦急得额头都冒出了细细密密的汗，小心翼翼地道："我那时候真的恰好切换了小号，那我现在加你行吗？"

沈驰挑了挑眉，慢条斯理地摸了下她的头："那加吧。"

加完好友之后，云黎认认真真给沈驰改了备注，而后随手切换到小号，这才发现沈驰给她发了不少消息。

是因为她没登录，所以没看到他的消息，他迫不得已才给她发了那么多短信轰炸。

"对了，沈驰，"云黎又想到刚才夏苏叶发给她的八卦，"我听说那些有钱人结婚都会签一堆婚前协议什么的，怎么我们什么都没签过啊？"

"怎么，还怕婚后我分你的钱？"

"没……"她赶紧摆手，诚实道，"我自己几斤几两最清楚了，你肯定没有图谋，咱们的收入财产都不对等，我这样会占你便宜的。"

男人"啧"了一声，目光变得揶揄："你占我便宜还少了？"

云黎脸颊登时一热。

两个人所说的占便宜压根儿就不是同一回事。

"我是觉得不公平，怕你吃亏……"

淡淡的光影勾勒出男人硬朗的侧颜，沈驰忽地回头看她，两个人的头差点撞到了一起，他的嗓音带着微微的痞气："我觉得就这样最公平。"

星月低垂,夜深雾浓,幽冷的月色无声无息地蔓延开来。

晚上十一点,云黎半点睡意都没有,翻来覆去,也不想打扰夏苏叶睡觉,将动静降到最低。

夏苏叶呼吸声均匀,正处于熟睡之中,云黎突然想到无人救助的小动物,干脆在手机上下单了小房子以及一些吃的东西。她专门找的本地卖家,这样明天就能送到。

她百无聊赖地翻着手机,不自觉切换到了微信页面,点开了沈驰的朋友圈。

沈驰的朋友圈仅半年可见,她能看到的只有一条朋友圈,是沈驰拍了张天空的照片,配的文字格外简单。

重新开始。

这天空格外眼熟,透过照片的一角,那奢华别致的房子正是北郊的别墅。

她在网上查询过AT俱乐部的相关内容,前几年一直在意大利发展,今年刚刚迁回国内。

事业方面重新开始,沈驰指的应该就是这个。

他的微信号没有变,甚至头像也还是当年那个古板的黑色头像。一瞬间,云黎觉得他们之间的六年光阴没有被偷走,按照当年的轨迹走下去,他们原本就应该这样……顺利地结婚。

只是可惜,少了最关键的恋爱环节。

她又想起白天夏苏叶提起的白月光,叹了口气,心口倏然收紧,喉咙也干涩得要命。

什么都不要再多想了,好好睡一觉才是正经事。她关上手机,也关闭了自己胡思乱想的大脑。

第二天醒来,云黎和夏苏叶结伴到楼下餐厅吃早餐。

两个人随便要了几样,混合着吃,夏苏叶最爱八卦,一边吃一边指着不远处一个正端着餐盘找座位的年轻姑娘。

"看到了没,那个人叫唐梦,你认识吗?"

云黎摇摇头。

"她特别勤奋,笔名是一串英文字母,没啥特殊含义,'Y'开头的,我也不会背,你想起来了吧?"

云黎不太关心圈内事,在大脑里快速搜索,还真想起来这么个人物,真的特别勤奋,更新量是她的三倍,可惜数据越来越糊。唐梦虽然年纪不大,但进圈比较早,早些年漫画市场还没这么卷,她有个热血漫红了一把,还卖出了几个小版权,可惜后来越来越没热度了。

"那她怎么有机会参加这次活动?"

夏苏叶小心看了眼四周,低声耳语:"你别告诉别人啊,她的票是我帮忙弄来的。

"她数据太差了,只能靠微博那点人气接广告赚点钱,她不甘心,所以想来这边结交点人脉。"

"唉,可惜啊,年纪轻轻却被市场淘汰了。希望我过几年不会被淘汰。"夏苏叶惆怅道。

"不会的,"云黎说,"你很有想象力,只要不断读书,不断思考,灵感也会源源不断的。"

吃过饭后,两个人结伴去听今天上午的讲座,这也是最后一场讲座,之后就都是一些年轻人喜欢的活动。

今天讲座大厅附近格外热闹,旁边有一座恢宏繁华的小型阁楼,门厅前似乎有什么活动,穿着漂亮礼服的侍者用红丝绒托盘端着红酒,正为大家讲解着什么。

夏苏叶拉着云黎凑了过去,望了一眼,就看到门口的宣传栏,那上面说后天晚上将会举行一场珠宝拍卖会,此刻则是将参与拍卖的珠宝全部实拍展览出来。

"哇,这些宝石真的好漂亮!"夏苏叶指着第一排做成薄荷叶形状的铂金项链兴奋不已,"这条好好看啊,我第一次见到可以将宝石做成薄荷叶形状的,真别致。"

她看上的那条项链呈现出漆漆的微光效果,奢华又靡丽,一看就知道价格不菲。

"你喜欢哪个?"夏苏叶看向云黎。

云黎无奈地笑了笑,喜欢哪个有什么用,毕竟这种拍卖产品是标准的上流人士才买得起的。

云黎指着那枚莫桑比克红宝石戒指说:"这枚戒指吧,我喜欢颜色浓烈一点的首饰。"

色泽浓艳的红宝石镶嵌在样式简单的铂金指环上,形成强烈的反差,宝石完美无瑕,展露出细碎堆叠的光感,令人挪不开视线。

"沈总,您对拍卖会很感兴趣?"

身后传来一个男人的声音,格外恭敬小心。

云黎的听觉格外敏锐,身体陡然一僵,这人对所谓的"沈总"如

此敬重，不是沈驰又是谁？

"不对劲啊，怎么碰到 C 神这么频繁？"夏苏叶奇怪地挠了挠头，"我早就听过他的名字，想了好多办法混进商业局，只是想见他一眼都见不到。"

云黎："可能他也受邀参加这次活动了吧。"

夏苏叶"嘿嘿"笑了笑："那就说明我运气好。"

进门之前，云黎转身看了眼不远处的男人，他身材修长，今天应该没有商务活动，穿了一件黑色冲锋衣，气质凛冽。

云黎赶紧收回了目光，不让沈驰发现她。

两人走进集训大厅，今天讲课的老师已经在台上等着了。两人来得比较晚，只有第三排还有两个位置，两人赶紧挤了进去。

坐下之后，云黎才发现自己旁边就是夏苏叶上午议论过的唐梦。

许是要听课的缘故，唐梦戴着黑框眼镜，脸上没化妆，朴实无华，书卷气息很浓，还笑着跟云黎打了个招呼。

"你好，我看过你的作品，很喜欢。"唐梦上下打量着云黎，"你年龄应该蛮小的吧？"

云黎温和地笑了笑："我刚大学毕业。"

"听说你被选中漫说计划了？"唐梦扶了扶眼镜，"好羡慕你呀，入选这个差不多就是能卖出去影视了，我提交了好几个作品都没通过。"

云黎没想到消息会传播得那么快，尴尬地笑了笑，也不知道该说什么。

"其实明年年初才开始漫说计划，现在我也不敢保证。"

"没有，都知道你签了合同，就等于十拿九稳了。唉，这个合同我争取了很久都没签上。"唐梦眼睫下垂，"我可能真是老了，跟不上时代了。"

云黎赶紧说了几句安慰的话。

其实云黎压根儿不擅长安慰别人，何况如今她风头正盛，这个圈子不小，创作氛围也算不上很好，说什么话都有可能被人刻意解读，这也是她很少交作者朋友的原因。

云黎也没敢跟唐梦聊太多，毕竟台上还有负责讲课的老师，被人发现可就尴尬了。

她环顾全场，似乎只有唐梦一个人在认真听课，还相当配合地做了笔记，时不时整理一下碎发，方便更加细致地书写。

傍晚，赶了一下午稿子的云黎筋疲力尽，坐在餐厅吃着饭，夏苏叶继续滔滔不绝。

"云黎，我刚才又吃了个大瓜！"

"什么？"

"就我刚才去找客房服务，啧啧啧，羡慕哭了。客房服务小哥哥跟我说，疑似沈驰老婆昨晚出现了，他给他老婆点了好多菜，还拜托小哥去买他老婆最爱喝的甜牛奶！"

吃瓜吃到了自己头上，云黎不是专业的演员，实在不知道该作何反应。

"云黎，你怎么愣住了？被甜到了？

"不过怎么说呢，仔细品一品，也未必一定是老婆，可能是白月光也说不定，我得仔细观察一下沈驰的行踪了，看看他的背后到底是哪个女人，让人酸死了！

"对了，君恒集团你听过吗？"

"听过，是一家投资公司吧？"云黎依稀记得，好像上个月漫步App主页挂出了与君恒长期合作的协议。

"这个公司超级厉害，你那个合同不就是跟君恒直签的吗？"夏苏叶说，"当然，重点不是这个，据说君恒的老板才二十几岁，两年时间完成本科学习，又前往哈佛大学进修，拿到了双学位，而且长得特别帅，身边没有女人。"

夏苏叶咂咂嘴："这个老板一直珍藏着自己前任的照片，听说是一个特别好看的小姑娘。"

手机来电的声音打断了二人的对话，云黎的心往上提了提，本以为是沈驰，自己马上就要暴露身份了，还好是周心言。

"黎黎，你猜猜我在哪里呢？"

周心言因为爷爷住院，没参加这次活动，可听着对面女孩可爱俏皮的声音，怎么想也知道她爷爷身体应该没事了。

"你回南城了？"

"没！"云黎猜不到，周心言得意扬扬的，"我就在鹿酒吧。"

云黎思考了几秒钟，这名字怎么这么耳熟呢？

对了，就在水榭山庄的旁边，也算是为来这边旅游的人提供了一个娱乐场所。

"啊，你怎么到江城来了啊？"

"你过来，跟你细说。"

酒吧里人声鼎沸，穿过鎏金繁复的花式地毯，东拐西拐，才到了酒吧的正厅。

云黎被金属音乐吵得耳朵疼，各色灯光胡乱变化，一派声色犬马的新世界。

"黎黎，我在这儿！"

云黎嘴角绽开一个大大的笑容，穿越重重人流挤了过去。

周心言坐在吧台上，给她留了个位置。

"知道你不能喝，给你要了杯度数最低的。"

"谢谢。"见到知心好友，云黎脸上的开心也显而易见，"你怎么跑这里来了啊？"

"中途转机。我想着来江城找你玩玩也挺不错，脑子一热就来了。"周心言原本就率性，想做什么就做什么，自由得很，"说说看，这几天有没有发生什么好玩的事儿。"

云黎想了想，干脆把与夏苏叶最近八卦的事情，以及枯燥无味的学习，还有那场乌烟瘴气的饭局都说给她听了。

周心言眼皮垂了下去，轻轻敲打了下云黎的头："一个关键词都没有讲，笨黎黎。"

云黎苦笑着，这才明白过来："原来你是为了沈驰才过来的呀？"

周心言狡黠地笑了笑："身为 C 神骨灰级粉丝，肯定要摸清楚他的一举一动呀，看见他社交软件 IP 是江城，一想，他肯定找你来了。"

"没，我看他还挺忙的，你知道我俩为什么结婚，"云黎眉宇间也浮起一抹淡淡的哀愁，"反正肯定不是为了我来的。"

"可是我还是觉得 C 神绝对是长情的男人啊。"

"你拿出点证据？"

周心言想了一会儿："就比如他的微博吧，背景图万年没换过，现在看还挺土的，好像是几本什么书……"

云黎笑了笑："这能说明什么呀？可能他就只是懒得换吧。"

毕竟像沈驰这种火出圈的赛车手，压根儿都不需要维系自己的微博粉丝，随便发一发东西都有迷妹愿意买单。

云黎端起酒杯猛喝几口，烈酒入喉，灼得喉管几乎要烂掉了。这一大口下去，冲击力太大，她白嫩的脸颊都被烧红，却莫名有些楚楚动人。

"黎黎，你喝错了！"

云黎这才反应过来，自己竟然拿了周心言的高度数洋酒。

她有一句没一句地跟周心言闲聊着，压根儿不知道自己前言不搭后语，眼神迷离，小脑袋一歪，几乎快倒下了。

周心言默默叹气。

沈驰今晚格外烦躁。

他给云黎发消息不回，打电话也不接，直接玩失踪了是吧？

他躺在床上假寐，头脑清醒，半点困意都没有。

有几个老总喊他参加什么篝火晚会，里面又没他媳妇儿，参加那无聊活动干什么？

手机突然响了。

是一个陌生的号码，不过来电显示为江城，他眉心一皱，到底还是接了。

"喂。"

"C神，你来鹿酒吧一趟呗。"

"你谁？"

"我是周心言……"

完全陌生的名字，沈驰懒得闲聊，嗓音是一贯的漫不经心："不去，挂了。"

周心言扯着嗓子"哎"了一声，这才想到自己跟偶像打电话过于紧张，扯了半天没说到重点："我是云黎的好朋友，你老婆在这里，喝醉了。"

对面的人几乎立刻回答："马上过去。"

过了十分钟，沈驰就赶到了，周心言正晃荡着长腿百无聊赖地喝着酒。

云黎趴在吧台上，眨着一双大眼睛，明显不谙世事的模样，冲着来往的人甜甜一笑。

她长得漂亮，醉酒给她白皙的脸颊敷了一层天然的胭脂，白生生的手臂胡乱挥舞着，晃得人晕乎乎的。

沈驰目中无他，径直走到喝醉的小姑娘面前，缓缓掀开眼皮，清俊的眉头轻蹙。

周心言就坐在旁边，她本无意花痴自己好友的老公，可沈驰一走过来，她眼睛几乎都看直了。

沈驰在赛场上无与伦比的自信与实力碾压了一个个国际大腕对手，这股非凡的气度已经一绝，再配上这张"惨绝人寰"的帅脸，简直是行走的何尔蒙。

沈驰看她一眼："谢了。"

周心言赶紧说:"不客气。你应该知道我是谁吧?我是跟黎黎一起画画的朋友,认识四五年了。"

沈驰淡声说:"听过。"

周心言生怕沈驰怪罪自己,情绪有点激动:"我过来这边旅游,想着喊黎黎出来玩,我知道她不能喝酒,但是没想到她拿错了,把我那杯度数高的喝掉了,然后……就这样了。"

沈驰问道:"找到住处了吗?"

周心言差点儿没反应过来:"什么?哦,我还没找,想着等会儿去对面的连锁酒店凑合一晚。"

男人低下头,骨节修长的大手揽过小姑娘的后腰,毫不费力地将她拦腰抱起来,稍微调整了一下姿势,将人横抱在怀中。

在抱着云黎离开之前,沈驰又说:"去水榭山庄住吧,报我名字就行。"

"啊,不用这么麻烦的,我自己找地方就可以。"

"我想,黎黎明早醒来,也希望有你陪着。"男人平稳又有力度的声线缓缓传来。

原来是为了云黎呀!

周心言有点羡慕自己朋友的好运气了,忙应了一声:"好,那就谢谢了。"

宁静暗沉的夜晚,天空是漂亮的银蓝色,霜浓月淡,温柔的秋风像是藤蔓似的往人的胳膊上攀爬,最是舒适。

原本云黎还在沈驰的臂弯里乖乖躺着,沈驰也叫好了车,等在酒吧侧门,然而这小姑娘却不老实了。

她原本一直睡得迷迷糊糊的,这会儿酒劲像是醒了一半,两条腿晃荡着,吵着闹着要下来。

"我要下来,我不要坐车,放我下来。"

"听话,"沈驰靠近她,捏着她的下巴轻佻地笑了下,"再吵我就把你丢掉了啊。"

云黎却好像一点儿都不怕,他的威胁对她半点用处都没有,继续闹着脾气:"我不要坐马车,我要下去。"

得,这小姑娘把他的臂弯当成马车了。

这一刻,世界仿佛按下了暂停键,风也吹得慢了,树影被拉得好长好长。

两人的身影连在一起,像是相系而生的并蒂莲。

云黎缓慢地抬起了头，挠了挠，眼睛蒙蒙的，仿佛刚刚从睡梦中醒来，琥珀色的瞳仁里折射出温和无害的美丽。

沈驰起了逗弄她的心思，笑了一声："认识我吗？"

"不认识。"她处于半醉状态，能正常回答问题，可正确率就得看运气了。

沈驰的下颌线条缓缓绷紧："我是沈驰，你男人。"接着欠欠地笑了一声，"还不认识我？"

云黎盯着他看了半晌，思考这件事让她头疼欲裂，干脆就不再思考，摇头晃脑地说："我只知道有个大坏蛋就知道欺负我，十几岁的时候欺负我，现在长大了还是欺负我。

"这个大坏蛋讨厌死了。"

沈驰愣了下才反应过来小姑娘口中的大坏蛋指的是他，无奈地叹了口气。他都恨不得掏出一颗心来讨好她了，这小白眼狼心里居然是这样想他的？

云黎微抬起眸子，盯着男人薄薄的唇。

她从小就喜欢画画，这一爱好简直刻进了骨子里。面前人的唇比漫画男主的还要标志，薄唇、淡粉、棱角分明，看着就秀色可餐……有点想亲。

"你的……你的唇形真好看啊，"云黎声音发颤，有点结巴，"我是在做梦吗？"

只有梦里才有这么好看的男人吧？

不对，这好像是沈驰。她想起来了，这就是沈驰。

真奇怪啊，沈驰怎么进入她的梦中了？

她猛地一战栗，慢慢踮起脚尖……

在梦里强吻他似乎不过分，反正这个梦只有她一个人知道。

可云黎又不敢。

她胆子小，即使在梦中也不敢胡作非为。

在她即将松开他的时候，沈驰居高临下地睨着她，瞳孔越发幽深了些，接着，男人猛地扯了下她的手腕，硬生生将她的手再次搭在了他的脖颈上。

她大脑一片空白，而后置之死地而后生般咬上男人的喉结，吮吸了一会儿。过了几秒钟，听见男人的轻笑声，她才意识到自己好像找错地方了，又眯着眼睛向上摩挲着，吻上男人薄薄的唇。

"云黎，别克制自己，想亲就亲，过了这个村就没这个店了。"

沈驰搂住了她的腰，帮助她稳住身形，指腹在她的脸颊上不轻不

重地揉了几下。

"再亲狠一点儿。"

原来梦可以如此真实。

云黎悄悄地睁开眼睛，能看见男人忘情地吻着她，带着缱绻又火热的温度，彼此呼吸交缠。

她整个人几乎被他压制住，鼻息之间飘散开的都是男人身上清冽好闻的气息，又有安全感。

疏星、朗月、微风，全部的全部，都沦为了他们的陪衬。

月色静谧，悄无声息，只剩下他们接吻。

云黎喝了酒，身体原本就热，这会儿更加燥热了，颈侧的皮肤被男人的吐息弄得酥酥痒痒的，像是淋了一场酣畅淋漓的暴雨。

"沈驰，你到底喜不喜欢我啊？"云黎长相清纯干净，在月色的映照下，湿漉漉的眸子显得更加明亮，脸颊两侧的小酒窝深陷着，"不然，为什么要跟我结婚呢？"

"我不相信你没有别的选择，肯定有更漂亮的女孩，对不对？"小姑娘一双圆圆的杏眼望着沈驰。

"你到底为什么要和我结婚呀？"云黎眼神迷茫，脑袋乱动着，整个人看起来焦躁不安。

沈驰漫不经心地勾了勾唇，大掌在她的头顶揉了揉，动作却格外温柔，而后吊儿郎当地笑了笑："喜欢。"

不只是喜欢，是喜欢得快要疯掉了。

是哪怕被放弃一万次，用尽手段、不顾一切仍旧想要得到的人。

沈驰又想起了那些往事，当年云黎狠心说了分开之后，他仍不死心，不断拨打她的电话，却一次一次被挂断，无论他重拨多少次，回答他的只有忙音。

他不要尊严了，为了她，他可以抛弃一切，牺牲一切。有她在身边的时候，他清清楚楚察觉到自己在活着，是个人；没了她，他仿佛只是行尸走肉，为了生存而狠狠地活着。

可云黎从未接过他的电话，一次也没有。

如今，她成了他的妻子，会对着他笑。他这一生，也别无所求了，反正他会努力，总有一天，让她喜欢上他。

回到房间，沈驰用脚勾着门，将门关上。

他小心翼翼地将云黎平放在床上，俯下身子帮她脱掉外套和鞋子，盖好被子，又贴心地掖了掖。

他打电话给客房服务："你好，我需要一份醒酒汤。"

那头立刻应下了，没多久就把醒酒汤送了过来。

沈驰端着一盅醒酒汤，闻了下味道，还不错，紧皱的眉头缓缓松开。他特地交代要尽量做得甜一点，符合小姑娘的口味。

他把碗放下，小心翼翼地将云黎扶起来，让她半倚在床头，舀了一汤匙醒酒汤，慢慢地喂给她喝。

这东西毕竟不是好喝的饮料，甚至连白开水都比不过。云黎皱着眉头将头转到一边，不太配合。

沈驰舌尖抵了抵上颌，笑了一声，却莫名觉得此刻的云黎多了几分懵懂可爱。

他笑了一声，也不管她能不能听进去，自顾自地说："来，听话，喝完了就让你睡。"

沈驰这次直接将碗递到云黎唇边，想着她或许能自觉点，咕咚咕咚几口就下去了。

哪想到，这次她更不听话了，浅浅地抿了一小口眉头就深深蹙起，变本加厉，直接吐了他一身。

黑色的衬衫混杂着醒酒汤，其实颜色并不明显，看上去只是洇湿了一片，只是醒酒汤里放了不少料，有桂圆、红枣等，这些东西与他平整的衬衫混杂在一起，狼狈得没法看。

"败给你了。"沈驰无奈道。

小姑娘舒服地翻了个身，嘴里哼唧着什么。

他凑近去听，却什么都听不到。

云黎一翻身，领口开了些，里面的白色蕾丝打底衫领口较低，露出半抹圆润，勾得人心尖痒痒。

男人"啧"一声笑了，大拇指摩挲着她的唇，嗓音透着几分低哑："暂时放过你。"

第二天早晨，云黎醒来，却发现自己身处完全陌生的环境。这里比她的房间大了很多，宽敞又豪华，阳光肆无忌惮地洒进来，一室明亮。

宿醉令她头疼欲裂，她难受地皱了皱眉，等再次睁开眼睛，才发现这房间有点眼熟。

思绪缓慢地转动，她掀开眼皮仔仔细细观察了一圈，已经有了一个大胆的猜想——

她猛然掀开被子坐直身体，头像是炸了一般，视线向下，这才注

意到两米多宽的大床上还躺了个人。

昨晚到底发生了什么？

云黎晃了晃脑袋，怎么也想不起任何细节，记忆似乎就停留在跟周心言出去喝酒，她好像不小心喝了周心言的那一杯，后来……就没有后续了。

难道沈驰出现了？

不管有没有发生她担心的事情，此地都不宜久留。她看了眼熟睡的男人，小心翼翼地将被子掀开一角，准备穿上衣服逃之夭夭。

哪想到，在她即将穿上拖鞋的时候，身后一双手臂搂过了她的腰肢，带着灼人的力度。

云黎一激灵，连转身都没了勇气。

"头还疼吗？"许是因为刚睡醒，沈驰的嗓音有几分低哑，却也是说不出的低沉动听。

她快速摇了摇头："不疼。"

本以为这段对话到这里就结束了，哪想到，沈驰手臂使了点劲儿，硬生生将她托举起来，而后强硬地让她坐在了自己的大腿上。

云黎失去了借力，手掌撑在男人坚实的腹肌上，能触摸到巧克力似的纵横分明的肌肉。

"既然不疼了，那我们来回忆一下昨晚的事。"沈驰慢条斯理地笑了笑。

云黎这会儿哪还有心情跟他聊这些啊，她耳尖被烧得红红的，疯狂想往后躲。

她莫名干渴得厉害，嗓子几乎要冒烟了，知道武力值拼不过，很小声地同他商量："你能不能先放开我？"

"成。"

总算被放开，重获自由的云黎第一时间穿好衣服，去洗手间用冷水洗了把脸，过了好几分钟，脸上的潮热才勉强散去。

沈驰也穿好了衣服，洗漱完毕，双腿交叠，整个身子半陷进了沙发里，偏头看向她，眉梢挑了下："云黎，昨晚的事……"

云黎睫毛颤了颤："沈驰，昨晚我跟言言去酒吧了。"

她诚实地将自己还记得的细节和盘托出："我平时不敢喝醉，我朋友们也都知道我不能喝酒，所以昨晚本来就只想着喝点果酒，没想到我不小心把言言的喝掉了……

"如果发生了什么不好的事情，或者我发酒疯了，也请你见谅，不要怪我。"

她缓缓地低下头去，满满的愧疚感将她胸腔填满，鼓足了勇气才断断续续将这些话说完。

沈驰站了起来，瞥她一眼，慢条斯理地踱步过去，凑近了些，将她堵在墙角，声线暧昧又勾人："云黎，可是你昨晚搂着我脖子吻我的时候，可不是这么说的。"

"啊？"

"我老婆玩得还挺野啊。"

男人凸起的喉结处还真有一片深红色。

力度一定轻不了，肯定把沈驰弄疼了。

她愧疚地说："对不起……"

沈驰"啧"了一声，指尖不轻不重地在云黎的鼻头点了几下："亲都亲了，道歉有什么用？"

她考虑几秒钟："要不你说个数额，我给你赔偿？"

云黎现在没存款，不过这个月连载收入高，下个月月初就能取出来。她也知道沈驰非比常人，毕竟这人为了瓶甜牛奶都能斥资一万，也做好了男人狮子大开口的准备。

沈驰懒散地笑了一声："咱们现在是夫妻，财产呢，也是共有的，你拿我们共有的钱给我补偿，我不接受。"

云黎思考几秒钟，又说："要不然我请你吃饭，再给你买份礼物，正儿八经地道歉。"

沈驰微微凑近她，嗤笑一声："你当我是小孩？"

云黎无奈："那你想一个解决办法吧。"

沈驰思忖几秒钟，慢悠悠地开了口："古语有云，缺什么补什么，那么在如今社会，那就是欠了什么还什么，对吧？"

云黎："对。"

男人轻笑着，目光一寸寸掠过她的脸，逐渐变得玩味和直白："那你说说看，你昨晚欠了我什么呢？"

云黎："欠了你一个吻。"

莫名地，空气燥热得厉害，小姑娘的脸颊染上漂亮的胭脂色。

沈驰的语气欠揍得要命："我这人也不喜欢别人欠我东西，总想着赶紧把事办了。"

他神采飞扬地笑了笑："既然这样，那我可就亲回去了。"

云黎的心跳飞快，像是小鹿疯狂撞击着胸膛，在沈驰的脸逼近之前，她落荒而逃了。

其实沈驰的逻辑没问题，她欠了人家一个吻，沈驰也可以亲回去，

同样给她留下一个红痕，这样两个人就扯平了。

可为什么，她总觉得哪里不太对劲？

如果是没有预谋地亲一下，应该还好，可沈驰缓慢地踱步过来，她还要等待着他亲吻……这可比杀了她还难受，度秒如年。

至于欠的债，以后再说吧，反正也不是第一次欠他东西了，日子长得很，以后再还债吧。

云黎回到房间时，夏苏叶正对着镜子化妆，用粉扑小心翼翼地沾了点粉往脸上拍打着。

见云黎进来，夏苏叶朝她努了努嘴，指着门口的几个包裹说："这都是快递送来的，都出来旅游了，还这么爱购物啊？"

云黎笑了笑，这些东西可不是给自己买的，都是给楼下的流浪狗的生活用品。

她将这些东西都放进了小房间，关好了门，打算晚上找时间再去照顾一下小狗。

"云黎，你干什么去了啊？夜不归宿，哦，肯定是找帅哥去了。"夏苏叶拖腔带调地开了口，话语中带着浓浓的揶揄意味。

"没有，我一个朋友来找我玩，我去她那边睡的。"

夏苏叶挑了挑眉，半信半疑地笑了笑，没再发问。

云黎走到书桌前，打开数位板，又拿出电容笔，冥想了几分钟准备工作，发现夏苏叶还没化妆完。夏苏叶每天都不嫌麻烦化着精致的妆容，但今天比平时还要用心。

"是有什么活动吗？"

夏苏叶说："今晚城堡里有场宴会，很多大佬都会过来。"

顾名思义，城堡就是水榭山庄，一栋类似城堡的大房子，典型的西欧中世纪建筑风格。

夏苏叶没多久就出去了，云黎不明白，明明夏苏叶自己也有连载任务，并且每周更新四话，为什么感觉比她时间宽松很多？

云黎坐在电脑前忙活了一整天，总算存了点稿，累得头晕眼花，恨不得一头扎到床上。

她刚看了一眼手机，有沈驰的未读消息。

沈驰：画完了吗？

沈驰：晚上带你出去兜风。

以上两条消息都是一个小时之前发的，兴许见她太久没回复，五分钟之前又发来了一条。

沈驰：好歹吱一声。

云黎刚想回复他的消息，正思考着该如何拒绝掉，周心言的电话直接打了过来。

"黎黎，呜呜呜……我被欺负了，你快来。"

周心言被欺负的地点就在所谓的"城堡"，然而云黎到的时候，事情已经被摆平了，是沈驰摆平的。

周心言性格直，嘴巴不饶人，她微博粉丝多，一向路见不平一声吼，再加上在App收入榜高居不下，因此得罪了不少人。

一个叫Candy（辛迪）的女作者看不惯她，阴阳了几句，大概意思是说，活动都没邀请她，她怎么好意思参加的。

周心言小脾气噌噌噌就上来了，她跟Candy原本就有仇，两个人当场吵了起来。

她脾气大，Candy脾气更大，后者甚至直接上手了，正好沈驰经过，说了几句公道话，才将这件事摆平。

见Candy道歉，周心言见好就收，前者没好意思继续在这里多待，找了个借口就狼狈地离开了。

周心言对云黎竖大拇指，艳羡之情明晃晃地写在脸上，悄悄与云黎咬耳朵："还是你老公好使。"

"啧啧啧，大佬就是牛，羡慕死了。"

云黎不太敢看站在不远处与另外几位西装革履的男人交谈的沈驰，男人自信卓绝，脊背笔直，只是表面看着漫不经心。

她视线投射过去，沈驰好整以暇地回看向她，眉心微动，还眯了眯眼。

云黎的心一紧，突然想到自己还没有回复沈驰的微信消息……这也不是第一次了。

此刻，人家又帮了她的朋友，只感觉有点对不住他。

唐梦大老远地跟云黎打招呼："黎黎，我们玩真心话大冒险呢，你玩不玩呀？"

云黎询问了一下周心言的意见，二人便朝着那边走了过去。

唐梦与夏苏叶，以及另外几个年轻人围坐在沙发上，策划着玩一场真心话大冒险。

云黎和周心言刚坐过去，沈驰恰好也从他们旁边经过，男人被一群精英式的人物众星捧月般簇拥在中间。

他穿着一件黑色衬衫，五官冷峻又凌厉，长相出众，尤其是身上

那股野性又冷痞的气质透着点勾人。

云黎的视线也投了过去,一眼就看到男人好看的脖颈线条,以及喉结那道红色的咬痕。

夏苏叶也不知道从哪里壮的胆,挺了挺胸脯,声音仿佛沾了江南的烟雨,柔婉又娇媚:"C神,要不要和我们一起玩真心话大冒险?"

她旁边的年轻男人叹了口气,轻轻推了她一下,有点指责的意味:"C神怎么会陪我们玩这种过家家的小游戏啊,你怕是自取其辱。"

然而,沈驰脚步顿住,勾唇笑了笑:"行啊。"

夏苏叶愣愣地看向大家,还以为自己听错了,过了几秒钟才反应过来,开心得都快疯掉了。

"快给C神让个位置!"

这是由四个中排沙发围成的局,位置已经坐得差不多了,大家你挤挤我,我挤挤你,纷纷想给沈驰让位置。好巧不巧,云黎旁边空出来了点位置,沈驰挑了挑眉,直接坐了过去。

男人像煞有介事地问道:"我坐这里,云小姐不介意吧?"

云黎:"不介意。"

周心言拼命挤眉弄眼,添油加醋地笑着:"C神,你跟我们坐一起玩游戏,你太太会介意吗?"

"放心,"沈驰饶有兴致地挑了下眉,目光直勾勾地看向云黎,"我媳妇儿大度得很。"

夏苏叶拍手,举了举手中的红酒瓶,开始讲解游戏规则:"好啦好啦,大家安静一下,这个游戏大家都玩过,对不对?

"咱们这次游戏规则跟之前一样,等会儿我们开始转瓶子,瓶口对准谁,谁就必须选择真心话或者大冒险。如果都不想选的话,那就喝一杯高度数白酒。不过,如果连续三次转到同一个人,那么我们就开始全员大冒险!"

她晃了晃手中的抽题箱:"大冒险的题目都在这里,从这里抽就可以了。"

游戏正式开始。

第一局就抽到了云黎。

之后,云黎开始转动酒瓶,却没想到一下子转到了沈驰那边。

沈驰掀起薄薄的眼皮睨她,用气音说:"故意的?"

这男人这么自恋,肯定觉得她是想借此问他问题,她大脑快速转动,想找一个简单的问题。

然而,夏苏叶疯狂给她明示:"问点刺激的啊!"

云黎轻咳一声，看向身侧的男人。

男人牵了牵唇，依旧是不正经的语气，慢悠悠地说："云小姐随便问。"

云黎："你今天发生了什么开心或者不开心的事情吗？"

夏苏叶看她的表情似乎想要杀人，都快吼出来了："黎黎，你浪费个这么好的机会，气死我了！"

沈驰坐直了些，下颌线条紧绷："我今天原本喊我媳妇儿出去玩，却被放鸽子了，挺不爽——"

男人拖着尾音，一股子懒散的痞劲儿散发出来："至于开心的事情，那就是跟大家一起玩游戏。"

大家纷纷笑起来。

周心言脸上闪过促狭的笑意。

沈驰可以啊，不开心是因为云黎放他鸽子，开心又是因为可以跟云黎坐在一起玩游戏，话里话外都在发糖，这糖她嗑了！

下一轮由沈驰转酒瓶，瓶子慢悠悠地转了个圈，转了足足两圈才停下。瓶口停在了云黎与周心言中间，原本大家还在纠结到底是谁输了，哪想到原本已经不动的瓶子突然被风吹了一下，对准了云黎。

沈驰双眸沉沉，思考了两秒钟，而后闷笑一声，掷地有声地问："云小姐，你有没有后悔过放弃你的前任？"

夏苏叶："啊？黎黎居然有前任？我居然不知道！"

何青青："天哪，C神你是从哪里得知云黎有前任的啊？我们都没听她提起过。"

沈驰："正常情况下，这个年龄，谁没有过前任？"

云黎认真思考了几秒钟，脸色有点不太自在，原本她想着要不直接一杯白酒灌下去，又想到自己醉酒的德行只会影响他人，干脆喝了一大杯凉白开，不自然地清了清嗓子："后悔过。"

沈驰淡笑了一声："要我说呢，既然还有遗憾，那就得把前任追回来，毕竟人生的遗憾总是要一件一件弥补的。云小姐，懂吗？"

"谢谢你的建议。"

"希望下次见面，能听到云小姐的好消息。"

"好。"

游戏还在继续进行着。

云黎再次被抽到了。

她这次被问到的题目是"说一件你生活中遇到的小确幸"。

这个题目倒是很友好，云黎托着下巴认认真真思考了几秒钟才抬

起亮晶晶的眸子,眼神温和地看向大家。

"我记得我大二画画还赚不到钱,买设备的那些钱都是我咬着牙攒下来的,那时候我奶奶生病了,我又得做兼职,要不然奶奶的医药费我也付不起。"

回忆着过往,云黎垂下头,颓然地笑了一声:"就是那个晚上,我做完兼职走回宿舍的路上,想到还没凑齐的手术费,觉得自己的人生失败极了,坐在学校图书馆下面的长椅上哭了一场。"

所有人都没想到,云黎还有如此艰难的时候。

她一向不与人深交,家世藏得深,别人只觉得她长相漂亮,似乎运气也不错,来网站仅仅两年多就有了不错的成绩,还被选入了漫说计划。原来那么多不为人知的委屈的过去,只能在深夜无人的时候,打碎了牙往肚子里咽。

沈驰拿着酒杯轻轻晃动着,下巴微收,心口像是被一根刺紧紧地扎着,泛起密密麻麻的痛感。男人沉沉地看着云黎,像是酝酿着什么不知名的情绪。

原来那时候她哭泣是因为没钱。

他用尽心思想要守护的人,却受了那么多的委屈。

"然后,我再次抬起头的时候,面前站了个小男孩,小男孩手里拿了一束花,说要送给我。

"我当时觉得很奇怪,一个三岁左右的孩子,怎么会送花给我呢?会不会是他拿了大人的?我把花还给他,可小孩死活不肯要。

"后来,我把那束花拿到了宿舍,发现里面有个小牌子,上面写着'SS'。"

夏苏叶"啊"了一声,瞳孔里满是震惊和意外:"那束花不会本来就是送给你的吧?"

云黎轻笑着摇摇头:"不会的,这两个字母很常见,只是巧合,就是这么一个小幸运治愈了我。"

大家都沉浸在云黎讲述的故事里,气氛有点沉重,她格外不好意思,赶紧拿起酒瓶进入了下一轮。

这次转到的是沈驰。

"C神,你为什么取名C啊?"何青青挠挠头,"有那么多英文字母,而且那么多单词可以使用,是有什么特殊含义吗?"

沈驰倒是没避讳回答:"那时候我的论坛名为C,所以后来就继续用了。"

论坛?

云黎想到在汀溪私高的时候，当她被所有人误解，沈驰是论坛里唯一一个为她说话的人。

他说，云黎从不攀附权贵，是沈驰求着、心甘情愿让她攀。

云黎眼眶有些濡湿，一颗早就千疮百孔的心不断下沉。她握紧掌心，指甲几乎要陷进肉里。

何青青又问："那为什么取名Cloud啊？中文意思是'云'，这个有什么特别的意思？"

沈驰笑了一声，嘴角绽开一抹弧度："要想知道，除非下一局再赢我一次。"

大家都发出遗憾的叹息声。

云黎忐忑不安，她害怕沈驰会赢，生怕男人真的会说出那个她想了无数次的答案。

——因为她的姓氏。

后面的几局，沈驰运气都很好，一次都没有被转到。

云黎只顾着思考自己的一摊子事，心思没怎么用在游戏上，等思绪回笼时，看到夏苏叶鼓掌，激动得面容绯红："哈哈哈，这次青青连续被转到三次，所以我们全员要进行大冒险呀！"

何青青有些担忧："啊，全员大冒险？不会是玩刺激的吧？"

夏苏叶闭起眼睛，伸出细长的手臂，在抽题箱里抽到了大冒险的题目——关灯，全员接吻。

"全员接吻？不是吧？我身边是老徐啊，我不要跟老徐亲亲。"何青青"呜呜"地捂上了眼睛。

老徐也是漫画作者，身宽体胖，为人慷慨乐观，女作者们都和他关系很好。

老徐拍了拍何青青的肩膀，安慰道："没关系，我们可以借位，我不会勉强你的。"

几个女生趁这个机会赶紧拿好了纸巾，准备一会儿隔着纸巾接吻，这样既能完成大冒险，心理上还过得去。

夏苏叶狡黠地眨了眨眼，跟侍者打了个招呼："三秒钟后关灯。"

云黎还没反应过来这次大冒险的题目，灯就已经彻底灭了，城堡里一片漆黑，伸手不见五指，她从没见过如此漆黑寂静的夜晚。

大家都心照不宣地闭嘴，静得都能听见彼此的呼吸声。

云黎手足无措，想找纸巾，又鬼使神差地觉得这次沈驰肯定会放过她。

熟悉的气息已经逼近，男人滚烫的指节像是带有千斤重，紧紧将

她搂住,所掠之处皆带来炙热与滚烫,轻而易举弄得人心跳加速。

两人靠得那么近,云黎碰到了沈驰坚硬的胸肌。

她再次抬头,似乎看到了他漆黑深长的双眸,大脑瞬间一片空白,心跳快到几乎要跃出胸腔。

在男人的唇舌彻底将她侵占之前,擦过耳边的只剩下一道撩人又暧昧的嗓音——

"云黎,合法夫妻,接吻不过分。"

第七章

新婚快乐

这个吻并没有持续太久。

十几秒钟之后,灯就重新亮了起来。

大家已经全部归位,或紧张地整理着衣襟,或正襟危坐,或小心翼翼地看着对方,不敢抬头。

"好了,刚才的感觉怎么样?"夏苏叶好奇地问大家。

何青青:"感受就是……这辈子都不想玩这个游戏了,呜呜呜。"

夏苏叶环顾四周,发现大家的表情都有点报然,因为一次莫名的亲吻大冒险,似乎氛围全部改变了。

只有云黎淡定地坐在那里,头发温顺地垂下来,整个人有点蒙蒙的感觉,仿佛从没动过一般。

夏苏叶眯了眯眼,好奇地盯着他们:"你们俩不会是没亲吧?没亲的话是要挨罚的哦。"

惩罚是喝一杯酒。

云黎生怕沈弛说什么,趁他不注意,赶紧端起一杯酒一饮而尽。

烈酒入喉，灼烧着她的喉管，她又猛地喝了一杯凉水才勉强缓解。

喝完之后，云黎又去洗手间洗了把脸，让自己清醒一点。

或许只有她自己清楚，刚才沈驰的那个吻是那么火热，几乎想要将她拆骨入腹。

游戏进行到这里就结束了，云黎匆匆离开，去楼上拿了快递，赶紧到了后山。

临近夜晚，温度骤降，小狗们还等着她。

云黎蹲下来，亲手为它们搭建了狗窝——是简单的迷彩样式，做了保暖加厚处理，可拆卸，她特地买了最大号的。

她也生怕影响山庄内的环境，特意寻了一处几乎无人的偏僻屋檐，将狗窝搭建在了那里，又带了一些狗粮喂给它们。

云黎又从包里拿出所剩无几的牛肉干，全部喂给了它们，这次大狗一口都没舍得吃，全部留给了小狗们。

她引导着三只狗往狗窝的方向走。

临走之前，她又放了一些狗粮在狗窝旁边，这样小狗们饿了可以直接吃。

做完这一切之后，她准备离开时，大狗突然追了过来，咬住了她的裤管，扭动着短短的脖子，用力摇尾巴，仿佛急切地想要诉说什么。

云黎温柔地笑了笑，蹲下身去摸了摸它的头："你是舍不得我走吗？"她抿唇，笑容更深了，"没事的，我每天都会来看你们，还会给你们买很多很多好吃的，把你们娘仨都喂得白白胖胖。"

她摸着大狗身上软乎乎的毛，狗狗也格外配合地闭上了眼睛，很享受似的。

"你倒还挺有爱心啊。"身后传来一个不轻不重的男声，带着微微的戏谑。

一听就知道是沈驰。

只是云黎没想到在这里居然都能碰到他，这一天都见他好几次了。

"沈驰，这么晚你还不回去休息？"

男人轻易就听出面前这小姑娘在给他下逐客令，嗓音冷淡："没，我精力旺盛。"

"我精力不太好，"云黎站了起来，温暾地笑了下，明显很想躲避他，"我得回去休息了。"

沈驰向前一步，高大的身躯挡在她面前，罩下一大片阴影，嗓音霸道："站住，上去陪我吃个饭。"

云黎尝试着同他商量:"我还不太饿,要不你自己吃吧。"

"吃个饭的要求都不答应?"

云黎无奈,只得跟着他走。

刚进房间,沈驰就拿出准备好的解酒药,又端给她一份解酒汤。

云黎全部喝光之后,才意识到自己这次喝了酒,好像反应不是太明显。

"怎么这次头不晕?"

沈驰轻笑:"度数不高,再加上你醉酒好几次,身体快免疫了。"

说着,男人不轻不重地敲了下她的鼻梁。

服务员这时上了菜,满满一桌子,色香味俱全,再加上刚才的醒酒汤和解酒药,云黎明白这一切都是他预先安排好的。

她奇怪地看向沈驰:"你这么有信心能把我喊上来?"

沈驰伸手在她面前的桌子上敲了敲,提醒她该去洗洗手,准备吃饭了。

"有啊。"沈驰舌尖顶了顶上颌,"如果这点信心都没有,我不白活这么多年了?"

望着面前可口的饭菜,云黎意识到,这段时间自己占了沈驰不少便宜。

虽然沈驰有点半强迫的意味,可这些好处也都实打实地到了她这边,她被喂养得小肚子都快鼓起来了。

她小声说:"沈驰,我看网上好多夫妻的工资都是由一方保管,要不然,我把我工资的一半转给你?"

沈驰嗤笑一声:"你是觉得我赚得太少了吗?云黎,你上网上少了吧?"

"什么意思?"

沈驰意味不明地笑了笑:"我看到的版本可不太一样,我看网上说,不能给男人留太多钱,否则,男人有点钱了会变坏。

"所以,我劝你要开始管理我的收入,最好让我每个月把收入都交给你。

"还有我名下的房产、股份,都更名过户给你。"

云黎赶紧摇摇头:"本来咱俩身份就不对等,你要这样的话,我估计更睡不好觉了。是我的就是我的,不是我的,我也不会惦记。"

沈驰脸色一黑:"你没把我当成你男人?"

"没有,"云黎怕他生气,不自觉地坐下眯了眯身子,"沈驰,你可能不知道,你的身份、收入,对于我们这些普通人来说,实在是太吓人了,

如果你把收入都交给我,我会……自惭形秽。"

毕竟沈驰一天的收入赶得上她一年的,他一个月的努力,可能她这辈子都赶不上。

她这话说得认真,沈驰看着小姑娘正经的神色,也被打动了,伸手夹了一筷子虾仁,情绪好了很多。

"那这样吧,收入我就不给你了。"沈驰将云黎爱吃的菜往她那边推了推,又用吸管捅开一瓶甜牛奶,"我名下的不动产过户给你。这样这段婚姻你也有了保障,如何?"

原来他还是没打消这个主意,云黎头脑发蒙地问:"我能问问你,名下有多少房产吗?"

沈驰皱着眉头想了一会儿,依次说出了几个高档别墅区的名字,而后又说:"我可能记不太清楚了,得回去查查房本,应该得有一柜子吧?"

云黎的脸涨红了:"那我不能要的,太多了。"

"你什么都不要,也太好养活了吧?"

云黎茫然地眨了眨眼睛,想起了久远的曾经:"我确实比较好养活,最穷的时候,一百块可以过两个星期。"

沈驰眸色深了些,没说话。

那应该是她漫画事业还没起步的时候。

"不过也没那么难,有一个很好心的企业一直资助我,我大学一直有奖学金,只是那时候恰好奶奶需要动手术。"

那个大企业一直一对一帮扶她,给钱特别大方。

沈驰抬手点了下她的鼻尖,嗓音温柔下来,很宠溺似的:"没关系,以后你有老公了。"

"对了,咱们之前说的结婚协议你拟得怎么样了?"

看沈驰散漫的态度,云黎猜测应该没有进度,所以只能主动催促一下。

沈驰放下筷子,目光深深地看向她,语调傲慢地说:"没拟。"

云黎:"嗯……"

她就知道会是这样。

他又风轻云淡地补充了句:"懒的。"

沈驰眉眼平添一抹愉悦,嘴角轻扯,笑容缓缓荡漾开来,掀起薄薄的眼皮看向她:"对了,你搬过来跟我一起住吧。"

这个要求也不过分。

而且听他的意思,也只是住在一起,应该不会勉强她什么。

"行,我答应。"

沈驰吃得差不多了,把筷子放下,用餐纸擦了擦嘴,又说道:"对了,还有个事,得提前给你说一下。

"沈江夏你还记得吗?"

云黎点点头:"当然记得。"

不只是记得,提起沈江夏,云黎只觉得无比亏欠。明明当年对方是自己最好的朋友,她却为了完全切断与汀溪的联系,也慢慢地和沈江夏断联了。

沈驰说:"她后来跟周子毅谈了恋爱,再后来两人又因为什么事分了。

"最近她不是回国了嘛,也在南城,周子毅拜托你帮帮忙,说点好话。"

云黎惆怅道:"可是,我跟夏夏也很久都没联系了。"

沈驰拍了下她的肩膀:"你也别太当回事,毕竟呢,每段感情都有自己的定数。

"咱们再怎么努力,也得看周子毅的造化。"

临睡之前,云黎突然想到自己今晚忘了一件重要的事。

交大纲与脚本的日期临近,她还没跟沈驰讲,想请教他一些摩托车赛事相关的知识。

毕竟现在的读者要求越来越高,不能天马行空胡编乱造,要合理想象,摩托竞赛这个领域距她太过遥远了。

想了想,云黎给沈驰发了条微信。

云黎:那个,有个事想找你帮忙。

她正犹豫着如何说下去,沈驰就秒回了。

沈驰:答应。

云黎:可我还没说是什么事……

沈驰:任何事都答应。

沈驰:这是给沈太太的特权。

"沈太太"三个字看得云黎耳朵热热的,她讶异地看着聊天框里的消息,只觉得一颗心起起伏伏,飘落不定。

云黎的嘴角浅浅地弯起来,慢悠悠地敲字。

云黎:我最近和一家公司签了个新的漫画连载,是摩托车赛事题材的少年漫,我对这方面不太了解,想请你帮帮忙。

沈驰:就这事?

云黎想起他似乎经常出差，又马上打字。

云黎：你好像比较忙，可能会耽误你一些时间。

沈驰这次回了条语音过来，在夜色的烘托下，咬字清晰，尾音拉长，依旧是欠欠的腔调："我情愿被你耽误时间。"

云黎不自在地攥紧了手心，好像被撩到了。

云黎：还有个事。

云黎：今天咱们不是关灯接吻了吗？之前你说我欠你的债，是不是可以还清了？

她忐忑不安地等待着男人的回复，心"怦怦"直跳，耳朵热得像是被火烤过似的。

沈驰：那次是喉结，这次是嘴唇，同一处地方才作数。

意思是以后他也会亲吻她的脖颈，弄出一道红痕，才算是扯平。

云黎：可是你这次也吻我了呀。

说不清哪里不对劲，她就是觉得不太公平。

沈驰：那你可以亲回来。

沈驰：随时欢迎。

云黎：……

沈驰：你似乎意见不小？再这样的话，那我可要使用我其他的权利了。

云黎：没意见！

本以为沈驰不会再回复了，哪想到消息又慢悠悠地发了过来。

沈驰：忘了说，体验感不错，还没亲够。

沈驰：晚安。

漫画交流会结束后，云黎又回归到了原本的生活。

《斗兽》第一季已经在收尾阶段了，高居收入榜前三不下，读者的评论越来越多，从开始的个位数评论，到如今每更新一话至少上千条评论。翻天覆地的变化，云黎早已经习惯，甚至都有点木然了。

这会儿，她在公司坐班，存稿完这一季的最后一话，长舒一口气。这个结局给读者留下了充分的悬念和遐思，大家应该会满意。

她翻了一下评论区。

△啊啊啊，SS你真的好会画！好想知道性别！是男生吗？别告诉我是软妹！

△好担心啊，这一话给我看震撼了，邪王掉入魔窟庵了，一夜飞流快去救救他！

云黎抿唇笑了笑。

没人能想到吧，她压根儿不是科班出身，她大学读的是工科。

她当然想参加艺考，学自己喜欢的专业，可是高三那年，她手里压根儿没什么钱，撑不起艺考高额的费用，咬咬牙就放弃了。

长远来看，艺术类专业也烧钱，她一个穷学生，全靠自己养活自己，还得照顾奶奶，去哪里弄那么多钱啊。

不过她大学绩点优秀，跟老师关系也好，学校特地允许她跟随美术系的学生一起听课。每次上课她总会坐在艺术教室后排，比本班学生听得还认真。

功夫不负有心人，现在总算有了收获。

办公室的门突然被敲响。

是夏苏叶。

夏苏叶笑着凑过来："你还在画？"

云黎简单收拾了下工具："刚完结第一季，得准备新的大纲了。"

"黎黎，你没发现我今天有什么不同吗？"

云黎一直在思考新漫画的事，听到夏苏叶狡黠又带着俏皮的声音才抬起头，认真地打量起面前的女孩，这才发现夏苏叶白皙的脖颈上居然戴了一条新项链，那项链越看越眼熟。

薄荷形状的吊坠散发着淡淡的光泽，办公室打光效果好，整条项链散发出柔润的奢华感，贵气十足。

"这不是那天拍卖会你喜欢的那条吗？"云黎惊喜地说。

夏苏叶挑了挑眉，她妆容细致，也一直在网上立美女画家的人设，全身上下无一处不精致。

"对啊。"

"你参加拍卖会了？"

夏苏叶抿了抿唇："这是张总送我的。"

云黎下意识皱眉想了一会儿，这位张总，她好像认识，是一个略微肥胖的中年男人。

云黎不太确认地问道："你们谈恋爱了？"

夏苏叶拍了一下她的肩膀，无所谓地笑了笑："为什么非得是恋爱的关系呢？"

可如果不是恋爱的关系，谁会平白无故送一条大几十万的项链？

对方都有家室了，夏苏叶还愿意跟这样的人交往？

夏苏叶笑着问道："是不是很羡慕我？"

云黎当然一点都不羡慕,也不愿意说违心的话,便转移了话题。

夏苏叶的表情也算不上好看,或许因为没从云黎这边得到想要的答案,两人又聊了一会儿别的话题,她就离开了。

等到快下班的时间,夏苏叶又过来了。

"云黎,你暧昧对象在楼下等你呢!"

云黎愣了愣,她哪来的暧昧对象?只有一个结婚对象沈驰。可如果是沈驰的话,夏苏叶肯定会认出来,也不会用这么平淡的语气。

她奇怪地说:"没有啊。"

夏苏叶挑了挑眉,满眼都是"别装了,我知道你害羞"。

她微抬下颌,笑着赶云黎走:"你快去吧,别让人家等急了。"

到了楼下,云黎才发现原来是张梁。

张梁穿着件Polo衫,戴黑框眼镜,风尘仆仆的,看这模样也是刚下班。见到云黎,他欣喜的情绪几乎溢了出来:"云黎,好久没见了啊,这段时间我去看你奶奶了。"

云黎冷着语气说:"我奶奶不需要你看。"

"我看她一个人孤孤单单的,也没别的意思,就陪她绣绣花。"张梁尴尬地摸了摸后脑勺,"我公司发了个福利,我身边没有其他认识的女孩,就把它送给你吧。"

云黎这才发现他手里提了个牛皮纸袋。

张梁赶紧把包装袋拆开,又把包装盒扔到旁边的垃圾桶,原来是一只带着"LV"标志的女包,简单时尚的款式。

这估计是他自己买的礼物,又怕她不肯接受,才硬说是公司福利。

"我不需要,你拿回去吧。"

张梁直接把包塞云黎怀里,用不容置疑的语气说:"云黎,这就是个免费的小礼物,咱们也算是朋友,没必要搞得那么生分吧?"

"咱们算哪门子的朋友?"小姑娘缓慢地抬起头,温和的嗓音中却带了一丝坚定,皱着眉头,毫不掩饰自己的嫌弃。

张梁被她的目光刺到了,缓了几秒钟,木木地说:"我们认识也有一段时间了,我一直都觉得我们还算是朋友。"

一辆低调的白色布加迪停到了路边,云黎记得这辆奢华的车,看了过去,只见车窗缓缓下降,一只线条分明的手搭在了窗边,指节修长,透着一丝天然的冷感,劲瘦的手腕上戴着一块价格不菲的腕表。

她的心跳快了些,想要赶紧结束这一出对话。

"即使是朋友,我也不会接受这么贵重的礼物。"

说罢,她将包很随便地塞给了张梁,转身就走。

兴许张梁听出了她的退让,他赶紧笑着又将包重新塞到她怀中:"真的只是公司福利,你收下吧,你收下我才开心。"

为了切断云黎的后路,他塞完包之后干脆快速跑走,速度很快,云黎压根儿就追不上。

云黎望着手中的包,拿也不是,走也不是,愁得皱起眉。

几秒钟后,布加迪鸣笛一声,她没办法思考太多,只好硬着头皮上了车。

沈驰情绪不太对劲,凌厉的脸陷在阴影里,漆黑的眸子低垂。

男人的手漫不经心地打着方向盘,抿着薄唇,一言不发。这几天温度适宜,车里压根儿不需要开空调,可云黎莫名觉得自己如坠冰窖。

"你怎么来我公司了?"

沈驰"啧"了一声,不答,反而冷冷地回了一句:"小姑娘出息了啊。"

"什么?"

沈驰将视线投射到云黎膝盖上的女包上,轻笑了一声,明显压抑着情绪,嗓音冷淡:"追求者还挺多。"

云黎深吸一口气,解释道:"我没有给他任何暧昧的信号,他跟我奶奶住一个小区,一来二往就认识了,经常陪我奶奶绣花做手工,不知道怎么回事,莫名其妙想跟我谈恋爱。和你重逢之前,我就认识他了。"

沈驰嗓音冷了下来:"你的意思是,我出现的时机还不对了?"

"没,我没那个意思,我就是将时间线跟你报备一下。"云黎琥珀色的眸子里写满了真诚,"我肯定不会做任何对不起这段婚姻的事情,你放心,基本的道德我还是有的。"

沈驰笑了一声:"不太放心呢。"

云黎尴尬地笑了下,轻声开口:"可是我很相信你。"

"我是被甩的那个,有点应激反应不行?"沈驰傲慢地皱了下眉,眼神凉凉地看向她。

好像也是这个道理,当年的事情对沈驰伤害肯定不小。提到这件事,云黎就理所当然地内疚起来。

"那我就努力给你点安全感。"她垂下眸,嗓音清甜。

沈驰忍不住勾唇笑了,语气也不再那么重:"那这么着,你把这包丢了吧。"

一听他说要把包丢了,云黎下意识将包护紧,还紧紧地盯着,却

发现有些不对劲——这包好像是假的。

她原本对奢侈品都不太了解，只是认识品牌 Logo（商标），可她认识了夏苏叶，夏苏叶很喜欢各类奢侈品，光是这种奢侈包就有一柜子，经常无意间跟她谈起各类品牌。

这段时间下来，云黎拥有了基本的鉴定能力。

Logo 不对，大概率是假的，再加上谁家的 LV 包包要用如此朴素的牛皮纸袋？

想想就更不对劲了。

"我得还给他。"云黎笃定地道。

沈驰还以为她爱惜这个包，不舍得丢，眸色漆黑，话语间多了几分咬牙切齿的意味："丢了。"

"不能丢。"

"多少钱？我补给你。"沈驰睨她一眼。

云黎摇头："真不能丢，这个包好像是假的，也可能他买东西的时候被骗了。这种包很贵，我明天要还给他。"

"十倍补偿。"

云黎依旧拒绝。

"一个假包都舍不得丢啊？"沈驰抬手拽了下领口，露出凸起的喉结，脸色阴沉，嗤笑一声，"那怎么当年对我说不要就不要了？"

车子行驶得越来越远，云黎渐渐察觉到不太对劲。

等到沈驰将车停到了地下车库，她才意识到，沈驰带她来到了市中心的奢侈品购物广场。

这地段寸土寸金，是城市的地标，里面的专柜展台全部是奢侈品牌，进去一趟，不消费个几万块钱是出不来的。

云黎反应过来的时候，沈驰已经冷着一张脸将她从车里拽了出来，他身上低调好闻的松木香气完完全全将她包围。

沈驰牢牢地抓住她细嫩的手腕，让她逃无可逃。

下来得太过突然，云黎差点跌倒，勉强抓住了沈驰的手臂才找到了一个支撑点。

沈驰按下电梯，牵着她的手走了进去。

云黎抬起头问他："带我来这里干什么？"

沈驰深深凝视着她，却一言不发。

商场里富丽堂皇的装修迷乱人眼，到处弥漫着高级香水的味道，奢靡至极。

等进去LV专柜，云黎才彻底明白他的用意。

沈驰迈着大长腿，周身气息冰冷，对销售员说："我要你们这里最贵的包。"

"可是有很多……"销售员被男人的大手笔消费惊住了。

"把整个店包下来也行。"沈驰漫不经心地开了口，表情有点儿显而易见的惫懒，"我叫人过来取。"

"沈驰，你真的莫名其妙，"出了店门，云黎气不过，甩开男人的手，与他拉开一点距离，"你知道那些包要多少钱吗？随便一个就要三四万，你随便买买就要几十万。"

"我还以为要多少呢，"沈驰淡淡笑了一声，勾了一把她的脸蛋，语气带着股懒散的痞劲，"还没我一辆车贵。"

"可是那也很浪费。"云黎不太喜欢他这种做法，情绪不太好。

"媳妇儿都看向别的男人了，买包哄一哄不过分吧？"他痞里痞气的嗓音带着点野性，眼神揶揄地看向她。

"沈驰，我跟那个张梁真的一点关系都没有，刚才你可能没看清，"云黎这才意识到沈驰产生的误解很深，赶紧认真解释一番，"是他强行塞给我的，而且塞完他就跑了。我看到你的车了，心里有点紧张，所以也没敢追他。

"我并不想接受这个包，而且这个包有可能是假的，万一我把包丢了，后期他再讹诈我怎么办？"

"我都说了，我替你还啊。"见小姑娘老老实实解释，沈驰心软了些，抬手捏了下她的脸蛋，嗓音里多了几分冷戾，"他要敢敲诈你，我打断他的腿。"

云黎"扑哧"一声笑了。沈驰身高接近一米九，怎么一遇到事情，心智还是像个孩子？

云黎坚定地摇头："这是我和张梁之间的事情，跟你没关系，而且我欠你的已经够多了。"

"还有刚才你说十倍赔偿他，凭什么呀？我那么讨厌他，凭什么将你辛辛苦苦赚到的钱赔给他？"意识到自己用词不当，云黎下意识捂嘴，眨了眨眼睛，修改了用词，"凭什么将你很容易赚到的钱赔给他……"

这话说完之后，两个人都情不自禁地笑了。

沈驰狭长漆黑的眼睛看向她，此刻却含着浓浓的温柔与纵容，抬了抬眉："想不到你还挺抠门。"

"我这也不是抠门，咱们是夫妻，拥有共同财产，赔偿他十万的

话就等于我出了五万，我才不乐意呢。"

"成，"沈驰嘴角的笑容更深了，嗓音欠欠的，"那你就当个小守财奴，帮老公守护好财富。至于我呢，就努力替你赚钱。"

"对了，你怎么莫名其妙来我公司门口接我啊？"

"你不是想了解一下赛车？"沈驰语调懒散。

云黎点点头。

"趁着这个机会，去俱乐部看看。"

她笑了笑："其实我自己都忘了还拜托过你这件事情，你居然还想着啊。"

沈驰得意地"哼"了一声："是啊，我这一番好心想接你去俱乐部，却看到了不该看的场景，啧啧。"

这男人也太小气了。

云黎没想过 AT 俱乐部居然这么大。

一眼望不到尽头，十几种赛道模式，一百多个弯道，多种地形。

南城居然还有这么神奇的地方。

"沈驰，你们场地真够大的。"云黎惊讶地张大了嘴。

沈驰风轻云淡地开口："也还好，不过是国内目前面积最大的赛车俱乐部，耗资仅仅十几个亿罢了。"

云黎不敢想象这个数据，这得是多少钱？

"摩托车也挺帅气的啊，一看就好贵。"

一辆辆车在云黎面前疾驰而过，她甚至能感受到风的形状。

"猜猜我们这儿的车总价值多少？"

云黎想了想，格局得大一点，毕竟都是全国面积最大的赛车俱乐部了。

她尝试着说："八千万？"

沈驰嗤笑一声："三个亿。"

"啊？"云黎的世界快被震碎了，"这么多啊。"

怎么在他口中，几个亿就好像几百块钱一样？

平坦的赛道上，一排赛车手俯冲着前行，像一柄柄脱手的利刃，速度快到眼睛反应不过来。

赛车手们穿着统一的制服，摩托车却不是统一的款式，引擎声轰隆轰隆，发出巨响，排山倒海般的气势。

云黎紧紧盯着排名暂时第一的车手，男人一身黑色赛车服，勾勒出遒劲挺拔的身材，格外吸睛。

这场内部比赛就要结束了，五分钟后就比出了胜负，高个子男人赢了，扬起手臂震天呼喊起来。

"啊，渊哥真棒！"

"渊哥牛！"

沈驰和云黎就站在赛场的一角，场地太大了，他们两个人站在这里，根本不容易被发现。

也不知道是谁发现了他们，那一声"驰哥"如惊雷般炸响，随后，邓渊不再是话题的中心人物，大家都将视线投向了他们。

一个年龄稍小的少年像只猴子般跑到他们这边，看清二人之后，扬着手臂招呼大家快快过来。

"啊啊啊，是驰哥和嫂子！"

所有少年都跑了过来，大家穿着训练服，个子很高，围成一个圈，直白又好奇地打量着云黎，问着不同的问题。

"驰哥不近女色，我们还以为他骗我们呢，没想到真的有嫂子，嫂子你好漂亮！"

"嫂子，你今天为什么突然来俱乐部啊？"

云黎笑了笑："有点工作上的事儿，跟赛车有关系，所以来俱乐部了解一下，看看能不能有灵感。"

沈驰"啧"了一声："你嫂子脸皮薄，差不多得了啊。"

"大家看看驰哥，可满脑子都是嫂子啊！"邓渊调笑着。

"发生什么了？怎么一个个的都不训练了？"一道正经、略凶、听起来却没什么震慑力的男声传来。

穿着休闲服的年轻男人朝着他们走了过来，云黎看到了一张格外熟悉的脸。

是周子毅。

周子毅笑了笑："我说是谁呢，原来是嫂子。"

相较于大家而言，周子毅淡定多了，邓渊惊讶道："毅哥，你之前认识嫂子？"

其实云黎见到周子毅还有点忐忑，毕竟当年是她莫名其妙离开的。而且之后沈驰状态并不好，身为沈驰的朋友，他应该有点恨她吧？

没想到她想象的情况压根儿没发生，周子毅眼前一亮，依旧像当年那个没心没肺的少年一样，跟她聊起家常。

"话说，毅哥，能给我们爆点料吗？聊一聊驰哥高中时候跟嫂子的事儿！"

周子毅也没什么架子，当着云黎和沈驰的面随便聊了几句。

"你们驰哥那时候可疯了,逃课第一名,考试直接零分,比我考得还差,哈哈哈。不过呢,为了嫂子,居然开始努力学习了,最后还弄了个高考状元。"

所有人都笑个不停,支着下巴饶有兴致地听着,时不时爆发出几句感慨。

不过周子毅爆的都是一些比较甜的细节,对于他们六年的分别,一句都没提起。

云黎的心却有种莫名的失落感,听着别人聊起他们的过去,遥远得就好像在听别人的故事。

原来,她与她的青春相隔那么远,明明也没几年,却仿佛是上辈子的事了。

"话说,驰哥,你给嫂子露一手呗,嫂子应该还没看过你现场比赛吧?"

沈驰单手插着兜,挑了挑眉看向云黎,桀骜的眉目有种散漫的痞劲:"想看?"

云黎抿唇笑了笑:"想。"

"那就给你露一手。"

"驰哥,你都世界冠军了,我们看你夺冠都看腻了。"邓渊挠了挠头,"要不你给我们表演摩托车特技吧?"

云黎眨了一下眼睛,期待地看向沈驰:"那我想看他们说的特技表演。"

沈驰伸手揉了一下小姑娘的头:"成,听你的。"

沈驰迅速换了赛车服,穿好骑行靴,黑色赛车服更凸显出他宽阔的臂膀,嘴角笑意痞气又嚣张。

他单腿跨上摩托车座椅,目光却直直地看向云黎。

沈驰"啪"的一声按下护目镜,仿佛离弦的箭一般,"嗖"一声飞了出去,车头倾斜四十五度角,向前开了也就几米远,男人两腿突然离开了脚镫,整个人身体悬空。在云黎还没反应过来的时候,他一只手在前,另一只手在后,蛮横又霸道地驾驭着摩托,身子已经掉转了方向。

男人仰起头,双臂向后撑着,握着车把,车子依旧"突突突"疾驰,像头猛兽。

云黎心惊胆战,生怕下一秒沈驰就会摔倒。

身旁的邓渊笑了一声:"嫂子,这才到哪儿啊,您等着看。"

而后，摩托车来了更厉害的一招，车头高高地翘起来，后轮着地，两秒钟后，后轮高高翘起，车头着地，变换了几次之后，直接开始原地旋转，宛若潇洒又灵活的陀螺。

看着这一招高难度的动作，云黎的呼吸都快停滞了。

最后，沈驰驾驶着摩托冲到她面前，摘下头盔，挑了挑眉，表情嚣张到极致。

云黎紧张得小脸潮红，正想要说点什么，却听到沈驰低声笑了笑："知道你崇拜我，也不必这么惊讶。"

"驰哥，你什么时候再给我们表演一次啊？"一个青涩点的少年不好意思地问道。

沈驰看向云黎的目光轻佻又勾人，语气沉沉地说："等你嫂子下次想看的时候。"

众人：又被虐到了。

沈驰牵起云黎的手，似笑非笑地说："那今天就先这么着，我领着你们的嫂子到处转转。"

沈驰又带着云黎参观了几个其他的赛道，简单讲了些基本的知识，还说起自己入圈时的经历。

两个人继续往前走着，夕阳已经快要落幕，光影弥散，红云涌动。云黎百无聊赖地欣赏着周围的景色，时不时跟沈驰聊一些赛车相关的话题。

沈驰不知道突然从哪里拿出来一个红色丝绒小盒子，云黎看到的第一眼，直觉自己知道里面放的是什么东西。

果然，男人修长的手指轻轻一按，盒子被拉开，里面放了一枚耀眼的红宝石戒指。

宝石很大，色泽鲜艳又剔透。

这不就是前几天拍卖会展览的那枚戒指？

当时夏苏叶看上了一条薄荷项链，还问她喜欢哪个，她当时指着这枚戒指说还不错。

这枚戒指来自莫桑比克，二十五克拉，起拍价三千万美元，望而却步的数字，她也只是看了一眼就知道自己在做梦。

没想到这枚戒指如今就展现在她面前。

比图片更真实，更美丽。

云黎轻声问："你参加那次的拍卖会了？"

"没，"沈驰淡淡地说，"我有事没去，找人帮忙拍的，你不是喜欢吗？"

"这个太贵重了,我不能要。"纵使心中弥漫着一层又一层的感动,云黎也不能接受这么贵重的东西,想了想又补了句,"心意我领了。"

沈驰嗤笑一声,将戒指从丝绒礼盒里拿出来:"这回跟之前可不一样,心意领了可不够。"

云黎没懂什么意思。

只听见男人慢悠悠地开了口:"云黎,你怎么还没我一个男人有仪式感?"

"这是婚戒,给你就收着。"

云黎的心剧烈地跳动起来。

不知道是为面前价值连城的戒指,还是为面前一片赤诚的男人。

沈驰单膝下跪,骨节分明的手握住了她的,而后缓缓地为她戴上戒指。他漆黑的眸子对上她微微惊愕的眼,薄唇微启:"新婚快乐,沈太太。"

他嗓音磁沉又动听,眉眼褪去了桀骜,温柔如风。

云黎笑了笑:"你的仪式感,我收到了,很喜欢。"

风温柔地吹着,沈驰伸手将她的碎发别到耳后:"什么时候让我去看看奶奶?不然老人家还以为我亏待她宝贝孙女了。"

"以后有机会吧。"目前云黎还不想将沈驰带到奶奶面前,她想等时机再成熟点。

她伸开五指欣赏着红宝石,笑着说:"就这戒指,我下次见了奶奶得显摆一下。"

可能老人家一辈子也没见过这么珍贵的东西。

沈驰"啧"了一声:"能不能有点出息?"

"可是我们普通人确实没见过啊。"云黎讪讪地眨了下眼。

沈驰这会儿心情还不错,笑着说:"那我下次给你弄个更大的。"

云黎想说不用,别再破费,哪想到不小心绊了一下,恰好摔倒在沈驰的怀中。

"也不用这么感动吧?"沈驰懒洋洋地笑了,舌尖顶了顶左边脸颊,"感动到投怀送抱?"

云黎正想赶紧起身,别让他误会,哪想到这人一把扣住了她的腰,将她紧紧地搂住。他掌心灼热,像是带有魔力一般,云黎的脸都热了起来。

"不过呢,既然你主动,那我就不客气了。"他欠揍地开口,"毕竟过于推诿也会让你伤心,是吧?"

还没等她反应过来,沈驰就已经贴上了她的耳郭,薄唇一路左移,炙热气息一再逼近,移到了她温软的唇上。

暧昧悄无声息地上演。

云黎呼吸早就不顺畅了,男人的气息过于强烈,恨不得将她整个人占有,拆骨入腹。

她轻轻地嘤咛一声,眼睫颤抖着,额角沁出一层薄薄的汗,双手捶着他,想将他推开。可她身体发软,这点攻击压根儿算不上什么。

沈驰反而很享受她此刻的模样,按住小姑娘的头,磁沉的气息落在她耳畔,嗓音哑得勾人:"听话点,不然我可就做点别的了。"

晚上,沈驰亲自将云黎送到楼下,又亲眼看着她上了楼,直到灯光亮起才离开。

云黎回到家又修改了一下画完的存稿,这才心满意足地洗了个澡,准备睡觉。

她平躺在床上,点着一盏微弱的暗黄色小台灯,莫名觉得胸腔格外充盈。

临睡之前,沈驰发来了消息。

沈驰:忘了说,我明早得出差一趟。

沈驰:报备一下。

看到消息的云黎"扑哧"一声笑了起来。

还记得年少时的他们也是如此,沈驰晚归总会跟她报备。

每次少年晚归,她总会为他点起小夜灯,生怕患有黑暗恐惧症的他病情发作。

她那时候总觉得无须报备,她相信他,却也知道这种事情不能拒绝,否则就辜负了少年的一番好心。

云黎:好。

沈驰又慢悠悠地发来一条。

沈驰:忘了说,这趟出差也就一天半。

云黎:好吧。

沈驰:反应这么平淡?

沈驰:是觉得我这出差时间太久了吗?

沈驰:要不我把出差取消了也成。

云黎:别误会,我没这个意思。

两个人正聊着天,夏苏叶突然弹出一个微信视频邀请,云黎赶紧坐好,接了起来。

夏苏叶晚上卡大纲了,有个剧情怎么都梳理不通,特地给云黎打

电话想要聊一聊。云黎能明显感受到她被稿子折磨得不成样子。

"黎黎，我真的很崩溃，无数次问自己，为什么要选择这一行，实在是崩溃啊啊啊！"

云黎性格温和，情绪稳定，笑着安慰："其实创作就这样呀，卡剧情卡大纲，甚至有画面却画不出来都是常事，你好好睡一觉，或许明天就好了。"

"话说，为什么你不会因为创作而崩溃？"夏苏叶睁大双眼。

"每个人的成长环境不一样，所以我就养成了比较淡定的性格。"

"你到底是怎样的家庭啊？"夏苏叶犹豫了一下，还是问了出来。

她们也算是深交，可她从没听云黎提起过家人。

云黎其实不愿意提起私事，可这会儿夏苏叶还处于崩溃状态，于是说："我其实没有爸爸妈妈了……"

夏苏叶的脸色瞬间沉了下来，意外地捂住了嘴，赶紧疯狂道歉："对不起啊，黎黎，我不是故意提起你的伤心事。"

云黎笑着说："没关系。"

夏苏叶绞尽脑汁想让这个话题赶紧过去，晶亮的眼睛转啊转，突然注意到云黎无名指上戴的戒指，惊喜地说："黎黎，你这枚红宝石戒指好漂亮啊，快给我看看。"

糟了。

云黎心道不好，眉心跳了跳。

原本她洗澡之前就已经将戒指摘掉了，却又实在喜欢，刚才玩着手机，没忍住又从首饰盒里拿出来戴上了，谁想到大晚上的夏苏叶突然打来视频电话。

逃避更会惹人注意，她只好硬着头皮假装淡定地将手伸到屏幕面前，笑了笑："就这个。"

"哎，"夏苏叶果真反应过来了，"这不是拍卖会那天你看上的戒指吗？"

云黎咽了咽口水，假装惊喜地跟夏苏叶分享："好不好看？是不是很真？"

夏苏叶一愣："你这是假的？"

"不然呢？"云黎摊了摊手，"那个三千多万美元，我怎么可能买得起啊。"

夏苏叶捏紧衣角的手指松开，随后也笑了，捂着胸口舒了口气："吓死了，我还以为你买了真的。"

"不过你这个挺像真的，你从哪里买的啊？"

云黎硬着头皮瞎编了个地方才算蒙混过去。

两个人又聊了会儿漫画卡纲的处理办法,这才挂断了视频。

沈驰发来的消息已经快挤炸微信了。

沈驰:人呢?

沈驰:聊着聊着人还不见了啊?胆子不小。

还有好多个未接通的视频电话。

怕他着急,云黎立刻打电话过去:"刚才我朋友给我打来电话,聊工作来着。"

男人嗤笑一声,语气傲慢:"还抽不出来手回条消息?"

"……忘记切换到聊天页面了。"

沈驰倒也没深究:"成,原谅你一次。"

"你得睡觉了吧?这都要十二点了,你不是得赶明早的飞机吗?"云黎皱了皱眉,来不及纠结太多,赶紧催促他休息。

沈驰漫不经心地笑了一声:"这不是给媳妇儿打电话入迷了吗?"

"成,睡觉。"

第二天早上,云黎是被"嗡嗡"振动个不停的手机吵醒的。

她脑袋晕晕地拿起手机,迷迷糊糊地问:"喂,谁呀?"

对方格外着急:"哎呀,你可算接通了!你快去微博看一看,网友都急着讨伐你呢。"

熟悉又严厉的声音让头脑混沌的她彻底清醒,原来是雪飞,雪飞一般不会打电话,打来电话就必定是急事。

"好,我马上看一看。"

云黎虽然是小有名气的漫画作者,却一直没注册微博,生怕沾染上腥风血雨。

但她同时也是资深网瘾少女,没少上网,一直用小号刷微博。她按照雪飞的提示找到微博热搜榜,这才发现她的笔名词条已经达到了第三十五名,并且旁边还有个上升符号。

关联词条是——

△漫步 App 作者云 SS 虐狗

云黎的第一反应是昨晚她跟沈驰在俱乐部内部秀恩爱,但是怎么还能被人发到网上?

可再思考一下,就知道这里的"虐狗"跟她理解的"虐狗"完全是两个意思。

在这个词条下,她看到了一条最高热度的微博。

@12345SSS：现在的作者被读者催，编辑催，压力大，我理解，可压力再大也不能对着小动物发泄吧？我举报漫步App作者云SS在水榭山庄虐待小狗！

配图就是云黎与小狗的背影照片，照片做了特殊处理，她的脸模糊化了，只能远远地看到一道影子，但可以判断出来是她，还能隐约看出来她的手扯在了小狗的腿上，而小狗的身体没有模糊处理，能清晰地看到小狗的腿上有伤，还很严重。

自己明明救助了小狗，怎么网友还能把黑的说成白的？

眼看着热搜越来越高，网友的评论也越来越多，云黎无奈地叹了口气，她还没遇到过这样大面积的黑粉。

这几年大家越来越注重保护小动物，对于侵犯小动物生命健康权的事情零容忍。

科普她作品网站的网友越来越多，大家都来她的作品下打卡，越发热闹，可惜都是些谩骂的字眼。

云黎这辈子都没挨过这么多的骂名，评论刷新速度之快让她瞠目结舌。她一开始忐忑不安、不知所措，一个多小时后就逐渐麻木了。

去公司的路上，周心言给她打来了电话，问她到底什么情况。

云黎在地铁上，对面的玻璃倒映出女孩憔悴的面容，叹了口气："咱们前些天参加的漫画交流活动上，我看到C栋那边有几只小狗挺可怜，就拿了些牛肉干喂给它们。"

"没想到莫名其妙就演化成我虐待小狗了，可能因为小狗腿上有伤，被人误会了吧。"

周心言谨慎分析："我觉得这件事并非空穴来风，谁会莫名其妙拍你的照片啊，而且还做了特殊处理。我怎么觉得就是有人想把你的笔名搞臭？"

云黎攥紧了手机，缓慢垂下头。目前什么都不能确定，她不想把人想得那么坏。

主要她从没和人结过仇，整整一周的交流活动都过得非常愉快。

挂断电话后，她又重新登录微博，发现周心言已经在大清早用自己的作者号力挺她了。

故梦很A：SS是我最好的朋友，这次交流活动我也参与了，她绝对没有做坏事，请大家不要相信流言蜚语！网络环境鱼龙混杂，永远不要从别人口中了解一个人。

周心言的微博有十万粉丝，在少女漫领域的地位可谓是扛鼎，可惜，这次流言发酵速度太快，这条微博上了热门，路人却过来连她一起黑。

她的粉丝都控不过来了。

夏苏叶也发微博表示相信云黎,可惜夏苏叶刚红起来没多久,微博人气明显不够用。

不过,朋友们如此用心,云黎的心里也得到了稍许安慰。

云黎刚到办公室,雪飞就过来找她了,同她商量对策。

"飞飞,我们可以调监控吗?"

有了监控应该就可以证明她从没做过坏事了,比较简单粗暴。

"那个用户是凌晨五点多发的微博,我六点半就联系水榭山庄了,但是那几天的监控恰好坏掉了,我们找不到证据。"

原本云黎还不想阴谋论,一听没监控,也忍不住往阴暗处想了。

有没有可能真的有人羡慕嫉妒她,毕竟她新签约的连载漫拿到的福利可谓是绝无仅有,只要正常发挥,就可以卖出影视版权。

"那我们现在该怎么办?"

沉吟了一会儿,雪飞说:"咱们App一直是最大的漫画平台,发生这样的事情,对你、对平台影响都不太好,目前我们拿不出强有力的证据,只能努力降低事态影响。先这样,我怀疑那个用户有可能是同行,针对你的,公司法务联系不上她,你联系一下试试看,看看对方开出什么条件,先删博再说。"

"好。"

云黎没敢耽误雪飞太多时间,让她先去忙别的事。

云黎重新打开微博,点开最开始造谣的用户,用户名取得格外简单——@12345SSS。

IP地址在南城。

这个博主之所以能拍到这些照片,说明也去过江城的水榭山庄。

云黎更加确定这人一定是同行了,然而去参加的作者接近两百人,她怎么才能确定是谁呢?

她只好给这人私信,用真诚的语气解释自己并没有虐待小狗,告诉对方误会自己了。

对方回复得还挺快。

@12345SSS:都知道耳听为虚,眼见为实,我相信自己眼睛看到的,你不需要多解释,有本事拿出证据来。

云黎:能不能先删除微博?你这样散布谣言是要负法律责任的,等警方查明真相,你也会受到处罚。所以麻烦你把微博删了,我自然

会想出自证的办法。

下一秒,她被对方拉黑了。

雪飞也说了,公司已经报警了,可难就难在这个微博是个买来的小号,要想查出对方的身份,还需要一定的时间。

事情的真相或许一周之内就能查清,可云黎和平台都等不了太久。

本来《斗兽》即将完结,收入一再飙升,可今天已经跌了一半,更别提这事对整个 App 的影响了。

云黎头疼得要命,出门去茶水间倒了杯咖啡想提提神,刚刚喝完就碰到了夏苏叶。

"我正找你呢。"夏苏叶说。

"怎么了?"

"我编辑跟我讲了你发生的事,我有个办法,"夏苏叶说,"你救助了流浪狗,还给它们包扎了伤口,买了吃的用的对吧?"

云黎点点头。

夏苏叶拍了下她的肩膀:"你赶紧注册个微博,把那些截图放到微博上,肯定可以自证的。"

云黎犹豫了下,持怀疑态度:"这样有用吗?"

现在的网友说什么的都有,她担心网友会说她的图片是修的,或者骂她偷拿别人的截图,也可能会说她虐待小动物之后又故意准备好图片应对残局。

无论是哪一种,都会有不辨是非的网友相信。她不敢轻易发声,生怕陷入更可怕的境地。

夏苏叶目光深深地看着她,语重心长地道:"黎黎,做了要比不做好。往最坏的方向想,反正这一次路人缘基本败光了,最起码也要稳定一下粉丝的情绪吧?就当是给粉丝看的。"

的确如此,夏苏叶说得很有道理。

云黎想了想,回到办公室,按照夏苏叶所说的办法,截下了几张自己的网购订单图,注册了新的微博。

@云SS:原本我最不屑的就是陷入自证,可我朋友告诉我,总要对得起那些默默支持我的读者。我发誓,从未伤害过任何小动物,这些订单都是我来到水榭山庄之后购入的,当时看到小狗受伤了很可怜。没想到这一举动却被有心人利用,不过以后该行的善还是会行,此行不后悔。已报警,粉丝勿担心。

发送之后,她长舒一口气,不知道接下来面对的又是怎样的境况。

夏苏叶和周心言力挺她,立刻转发了,再次为她说了话。

夏苏叶发来微信消息。

夏苏叶：云黎，我怀疑是内鬼所为。

云黎此刻也非常赞同这个观点。

云黎：那几天我都和你在一起，也实在想不到怀疑目标，你觉得有什么人可疑吗？

等了一会儿，夏苏叶那边才回了消息。

夏苏叶：我也想不出来，可能有人当面一套背后一套的，表面都是温柔善良的小仙女，谁能想到背后耍这阴招啊。

夏苏叶：不过，我倒是有个方向可以提供给你，想来想去，也肯定是漫说计划与人结仇了。你想想，有哪些人原本是你那个特殊合同的备选。你动了谁的蛋糕，谁就想往死里整你。

云黎：可是备选人有很多啊……

每个编辑手下都有一大把符合条件的，平台里将近有一百位编辑，这数额太庞大了，根本排查不出来。

夏苏叶：对了，你的大纲弄得怎么样了？我记得让你这个月底交大纲对吧？

云黎：还没开始弄，只是有个大概的方向，不过我也没信心弄好，出了这事，现在更烦了。

夏苏叶：我总觉得这件事只是一个开始，以后可能还有更可怕的事情，感觉你已经被坏人盯上了。

云黎：当初还不如慎重考虑一下，这个合同或许不适合我。

夏苏叶：是啊，要不你重新再考虑一下。

云黎本以为自己身为新锐漫画家，也取得了一些成绩，应该会有挺多粉丝，哪想到她的澄清微博发出去之后，效果并不好，只有寥寥几十条相信她的评论，不过很快也被路人攻占了。

吃过午饭，雪飞说警方已经在加速处理了，平台也在官博发布了律师函，所有人都在努力。

一中午，云黎的情绪都不太好，原本打算睡个午觉，也没睡着。她整颗心都在微博上，手指划来划去，反反复复看着各种批斗她的微博，仿佛每个人都是真理的说客。

沈驰打来电话的时候，她才意识到自己没回复他的消息，而且不止一条，而是四五条。

都是一些拉力赛的照片，大概是沈驰身为主理人带成员去了京北参加一场拉力赛，不过这场比赛规格较低，他自己不参加。

"怎么不回消息？"沈驰哼笑了一声。

他那边格外安静，应该是找了清静的地方特地打过来电话。男人的嗓音低沉又好听，有种莫名的宠溺感。

"我今天在公司，准备新的连载。"云黎抿唇轻轻笑了一下。

沈驰笑了笑，懒散地问道："摩托车题材的那个啊？准备得怎么样了？"

云黎诚实地说："有了点灵感，但不够多。"

她调整了个更舒服的睡姿，想了想，问道："你打电话是有什么事吗？"

沈驰"啧"一声，嗤笑着："你这话说的，好歹是夫妻关系，我就这么见不得人？"

云黎赶紧解释道："没，我就想你在出差，应该没时间跟我打电话的。"

"没事儿，给对象打个电话还是有时间的。"沈驰欠欠地拖着腔调，好整以暇地说，"毕竟感情需要联络，是吧？"

"嗯，是这样。"

云黎还想说，假夫妻的感情联不联络就无所谓了，不过看沈驰的架势，似乎很享受夫妻间的小情趣，她也就不多干涉什么。

电话那头突然出现了一道响亮又尖锐的男声——

"驰哥，你怎么躲屋里打电话？兄弟们都找你呢！"

仔细一听，就知道是周子毅。

对方很快就意识到了什么，立刻说："哦哦，你跟嫂子聊天呢，打扰了打扰了，不好意思啊。"

兄弟们都在找他，那就是其实很忙？

云黎没忍住"扑哧"一声笑了出来，原来骄傲惯了的沈驰也会有翻车的时候啊？

她挑了挑眉，一字一顿地反问："这就是你所谓的有时间？"

沈驰叹了口气，慢悠悠地说："其实原本出差时间是五天的，我刻意缩短了，这帮兔崽子意见不小，这不，挑刺找我事呢。"

"还是要以工作为主。"

"工作算什么，媳妇儿跑了他们能负责？"

云黎这会儿莫名心情好了很多，同他开起玩笑："可以负责啊，到时候你让他们给你找个更漂亮的，毕竟我们C神的追求者那么多，从厕所门口等个人都能遇到小粉丝。"

沈驰语气淡淡地道："行啊，你开你老公的玩笑倒不手软。"

云黎脸蛋一热，赶紧转移了话题："所以你还没告诉我，突然打电话到底什么事呀？难不成你只是无聊，找我聊聊天？"

"我没那么无聊。"他拖腔带调地笑了笑，"就想问问你搬家这事，我联系好搬家公司了，你这两天能收拾出来吗？"

肯定没问题。

云黎租这个房子也没多久，她一个人住，行李也不多，两个小时就能收拾好。

她一口答应下来："可以的。"

"成，那过两天搬家公司会到你那边搬运行李。"

两个人聊天的氛围很好，云黎很想将今天发生的事情告诉他，却又不想让他操心。

她矛盾得很，于是换了一种说法，也算是交托了自己的真心话。

"对了，沈驰，我现在有点迷茫。"

男人磁沉的嗓音在电话那头徐徐传来，如静默流淌的月下溪流："你说。"

"我跟你讲过，我跟平台以及第三方签署了新的漫画合作，简单点说，那个漫画有可能让我卖出一系列版权。不过呢，在平台我资历比较浅，理论上这样好的机会不该落到我头上，可我确实被好运气砸中了脑袋。"

她阖了下眼皮，睫毛轻轻扇动着，口气带着淡淡的沮丧："这个合作对前辈们有一点不公平，她们会讨厌我，还可能会孤立我。"

其实这几个小时里，她都在翻来覆去地思考自己到底做没做错。

她什么都没做，却被资本选中了，碰到了这样的好运气，可凭什么被针对的人是她？她也是平台最努力的人之一。

云黎一直坚信，好运气也是需要靠努力换来的。

"我从来不相信运气这玩意儿，毕竟人定胜天，她们实力不够干脆找个地方哭去，或者想办法练级重来，比不过就是比不过，"沈驰的语气正经了许多，带出几分自然的沙哑，听得人耳根发麻，"更何况……

"怕什么啊，总还有老公为你兜底。"

跟云黎挂断电话后，沈驰连忙收拾了一下，往楼下去了。

AT俱乐部队员早已经整装待发，准备下午场的比赛了，周子毅喊着肚子疼，让大家再等他几分钟。

于是，沈驰双腿交叠，坐在酒店楼下的大厅里，不由得思考起刚

189

才和云黎的通话。

其实从电话接通的瞬间,他就感受到了,云黎不开心。

想到这儿,他给南城的朋友打了个电话,帮忙查询一下情况。

沈驰一身黑衣黑裤,轻轻靠着真皮沙发,眉头轻蹙,有种颓痞的矜贵,尤其是认真思考的模样,禁欲气息十足。

这次的比赛聚集了全国的优秀赛车手,也来了不少工作人员以及领队,大家都是圈内人,都认识沈驰,都以好奇又心动的目光看向他。

AMU俱乐部的女领队属意他许久,一直没机会接近,这会儿见他孤零零一人坐在那儿,踌躇几番,到底还是走了过去。

"C神,这次你居然亲自带队啊?"

沈驰轻微蹙眉,神情有些不耐烦。

女领队又说:"我听说你有女朋友了,是真的吗?"

沈驰掀起薄薄的眼皮看向她,嗓音冷淡:"跟比赛有关系吗?"

女领队有点尴尬,忙说:"就是想求证一下,没别的意思。"

沈驰摊了摊手,欠欠地笑了一声:"知道我为什么取名Cloud吗?"

女领队一愣。

其实这个问题不只是她好奇,不少圈内人都问过,不过沈驰一直没正面回答过,也就成了一个不解之谜。她没想到,沈驰居然在这个场合愿意主动告知。

还以为男人愿意跟她讲话,她眉梢一喜:"为什么?"

沈驰两条长腿散漫地交叠着,不咸不淡地开了口:"我媳妇儿的名字。"

下一秒,他脸上的笑容更加嚣张放肆:"有老婆,勿扰。"

沈驰的手机突然来了消息。

△驰哥,您交代的事情我问了,不过事情有点棘手,您看一眼微博就明白了。

沈驰快速点进微博,搜索了云黎的笔名,看完之后脸色一沉。

傍晚下班之前,谁也想不到这场闹剧会越演越烈了。

云黎从未想过,网友居然有如此强大的力量,愣是能把黑的说成白的。她身为话题中心人物,都快被气笑了。

网友又有了新的观点,说她傍大款。

还有理有据。

△你们没发现吗?即使云SS说的是实话,可她居然去C栋喂小狗呢。科普一下,C栋是招待资本大佬们的别墅,也就是水榭山庄最特

殊的地方，她一个普通作者跑去那边干什么？百分之百是为了找靠山、傍有钱人啊。

也有一些粉丝为她说话。

△我们大大也不是普通小作者啊，都快签约漫说计划了，影视版权预备役好不好？也太看不起人了吧？何况事情的真相还没查明白呢，都激动个什么劲啊？

可惜，在网友面前，粉丝的力量太小了，简直是微不足道。

乘电梯下班的时候，云黎碰到了夏苏叶，后者的眼神也带了点疑惑："话说，你为什么莫名其妙要去C栋啊？"

其实夏苏叶会怀疑也很正常，毕竟C栋与她们的活动范围压根儿不在一起，一般人谁也想不到去C栋。

"我其实是……"

云黎想说是去见朋友，可又想到别人怎么会相信她居然有住在C栋的朋友。

喉咙涌上一抹苦涩，她小声说："我就是偶然经过，被小狗的叫声吸引了。"

夏苏叶点点头，也没说什么。

"对了，黎黎，合同的事情你考虑得怎么样了？"

云黎淡定地笑了笑，清丽的眉眼涌上自信与从容，嗓音轻缓地说："我不放弃，资本选中我，那就说明我有潜力，我不该辜负每一个相信我的人。"

哪怕前方荆棘丛生，困难遍地，她也不会放弃。

云黎想起了挂断电话前，沈驰最后懒洋洋又透着痞气的一句话——

"怕什么，总还有老公为你兜底。"

是啊，她如今不再是一个人了。

下班之后，云黎先是把张梁送她的包送到了奶奶家，由奶奶负责还给张梁。

"奶奶，你帮我再跟他说一下，我真的结婚了，让他别再去打扰找了。"

自从她说自己结婚了后，奶奶看向她的眼神慈爱了许多，笑着说："行，我好好跟他说说。"

奶奶突然反应过来一件事："那男孩子……就是你旧手机里的那个男孩吧？"

云黎不假思索地点点头。

"怪不得这个婚你说结就结了,原来还是那个男孩啊。"奶奶长叹一口气,爱怜地摸了摸孙女的脸蛋,"你跟你爸爸一样,也是个长情的人,可惜,可惜。"

奶奶给云黎做了一桌子好吃的,云黎提前取好了钱,放到了红包里,趁着吃饭的时候,想要递给奶奶。

"黎黎,奶奶早就跟你说了,我有退休金,不缺钱花的,何况你现在结婚了,有了自己的小家庭,奶奶就更不能拖累你了,不然会被婆家看不起的。

"你以后别给我乱花钱了,让超市停止送货吧,家里的东西都快吃不完了,浪费了多可惜。"

云黎一愣:"什么超市送货?"

奶奶也愣住了,顿了三秒钟,拉着她往厨房的方向走:"不是你还能是谁?"

奶奶打开冰箱,里面满满当当,有肉有菜,还有营养品,连炒菜的调料都是没拆封的,整齐地摆在一起。

"这段时间,每隔三天就有超市的工作人员给我送东西,还说以后也会固定配送。我问这是谁送来的,那边告诉我说是云黎,不是你还能是谁呀?"

云黎脑子里有了个大胆的猜想。

云黎决定忽略网上那些流言,反正这件事她没做过,最多一周时间,肯定会真相大白。

她放下手机,回到家开始收拾行李。她深居简出,平时也不怎么爱买东西,不多久就收拾完了。

想了想,她又给房东发了一条退租的消息。

做完这一切,她一个人坐在空荡荡的房间里,莫名觉得有几分孤单。

当年离开了沈驰之后,她其实都是在孤军奋战,拼命赚钱,努力地活下去。她将自己逼得太紧,压榨干净所有的休息时间,因此从未觉得孤独过。

如今目标已经实现,不料却还是惹来了那么多的腥风血雨。

她突然有点想沈驰了。

明明中午刚通过电话,这会儿闲下来,不知为什么,突然觉得像是缺失了什么东西似的。

思考再三,云黎拨通了沈驰的电话。

"没打扰你吧?"

"没,"男人很快接起来,嗓音懒洋洋的,"这会儿闲得很。"

"有个事情想问你一下,今天奶奶说有人找超市给她送菜,我想问问是你吗?"

尽管是疑问的语气,可云黎已经百分之百确定,送菜的一定是沈驰。

沈驰笑了一声:"是。"

亲自确认又是另一种感受,云黎张了张嘴,过了几秒才问道:"你怎么突然想起来给奶奶送菜的?"

男人"啧"了一声,似笑非笑道:"好歹也是我奶奶了,你又不让我去看她,我不得用点自己的方式尽尽孝心?不然我可过意不去。"

云黎突然有点不好意思了。

似乎是自己想太多,其实奶奶也想见沈驰,以后还是让他们见一面吧。

"那个菜,你以后别让超市配送了,奶奶吃不了那么多,而且她也很不好意思,不让你乱花钱。"

沈驰口气透着点高冷:"不可能。"

云黎反驳:"可是吃不了会坏掉,丢了蛮多的,而且奶奶有退休金,生活得还不错,你不用担心。"

"听你这意思,"沈驰又懒懒地"啧"了一声,"我是白娶她孙女喽?她辛辛苦苦把小姑娘养得这么懂事,我孝顺一下,不应该?"

男人连续两个反问句,令云黎哑口无言,好像也有点道理。

云黎:"可是真的很浪费钱,我看冰箱里都塞满了,而且奶奶一个人住,压根儿吃不完。"

沈驰欠欠地回了句:"我给奶奶再换个大冰箱。"

云黎:"有你这么解决问题的吗?你可以跟超市那边再说一下,适度配送,不能因为有钱就浪费啊。"

"好。"男人还算好说话。

云黎弯唇笑了笑:"下午刚从奶奶那边得知这个消息的时候,我就知道肯定是你了,其实还挺感动的,毕竟没有人对我和我的家人那么好过。"

尽管缺失了六年,可有些东西似乎从未溜走。

"这就感动了?也太没出息了,给你的惊喜还在后头。"沈驰懒痞地笑了笑,"想见我吗?"

细细密密的感动泛滥开来,云黎的心此刻无比柔软,她没犹豫,

说了句:"想。"

"那就开门。"沈驰轻笑一声,低沉微哑的嗓音钻到云黎的耳朵里,酥酥麻麻的。

世界陡然安静下来,静谧得几乎只能听见自己浅淡的呼吸声。

云黎打开门,声控灯随即亮了起来,周围豁然明亮。

一身黑的男人沐浴在灯光下,单手举着手机放在耳旁,站姿有几分懒散,锋利的五官和面容轮廓在暖色调灯光的映照下,莫名显得温柔许多。

"你、你怎么在这儿?"她有点结巴了。

沈驰舌尖抵了抵脸颊,哼笑一声:"啧,这么想我啊?连句话都不会说了。"

小姑娘穿了件泡泡袖长款睡衣,脸颊白皙通透,长发散开,气质干净纯粹,琥珀色的眸子眨了眨,仿佛月光也坠入其中。

沈驰笑着进了门,定定地望着她,勾了下她的下巴:"有点出息行吗?"

"我就是太惊讶了,你怎么提前回来了?"

沈驰低沉的嗓音玩味又透着逗弄:"做援兵。"

云黎没听清楚,下意识重复了句:"什么饼?你想吃饼?"

"没,"沈驰淡淡地道,"没事儿。"

云黎也就没多问。

"你中途回来了,你们其他队员会不会很生气啊?"今天中午二人打电话时,她听到周子毅叫他,毕竟是俱乐部的主理人,他的角色似乎很重要。

沈驰不咸不淡地"啧"了一声:"我花那么多钱建立了俱乐部,还发高工资养着他们,凭什么生气?"

"也是。"云黎轻轻点了下头。

"那你怎么今晚突然来找我了?"云黎笑了笑,"不是说好了过两天再搬家吗?"

沈驰睨她一眼,将门关上,眉梢扬了扬:"那你这意思是说,我看看自己媳妇儿都不行了?"

"没……我就是奇怪我们好像见面太频繁了。"

沈驰凉凉地睇她一眼,而后嗤笑一声:"别的夫妻日日夜夜都见,咱们这还算是少的了。"

云黎不好意思地挠了挠头:"这样啊……"

沈驰直接坐到了沙发上,双腿交叠,掀开薄薄的眼皮看向她,颇有主人的架势。

"你也过来坐啊。"男人拍了拍旁边的位置。

"不用,"云黎说,"我坐旁边的凳子就可以。"

沈驰突然笑了一声,在安静的环境下显得格外突兀,有种似笑非笑的痞劲儿:"还是说,你想坐这儿?"

男人指了指自己的大腿。

云黎不自在地清了清嗓子:"我调个电视看看吧?"

她这房子不算大,一居室,客厅也就二十多平方米,何况现在天色已晚,年轻的男女共处一室本就带了层天然的暧昧,何况两个人已经结婚了,发生点什么也是正常的。

云黎紧张地攥紧了手心,神经紧绷着,赶紧打开了电视机,似乎有了嘈杂的背景音,环境不那么寂静,也就不至于那么紧张了。

云黎找了张凳子坐下,与沈驰保持着礼貌的距离。虽然两个人离得足够远,可云黎总觉得男人身上的松木冷香断断续续地传来,然后铺天盖地一般将她紧紧缠绕。

"这么紧张干什么?我又不吃人。"沈驰笑了一声,嗓音慵懒低沉。

"啊,我没紧张,我看电视呢。"她乖巧坐好,假装认真看电视。

"你以前最讨厌看综艺,能看进去?"

"还好吧,现在多少能看进去一点。"

"啪"的一声,沈驰按了下遥控器,将电视机关了,玩味地笑了笑:"坐过来,跟你讲正事儿,绝对不动你。"

云黎抿了抿唇,这下子也没什么理由拒绝了,只好坐到了沙发上。

沈驰沉着嗓子笑了笑:"这不是要搬家了嘛,我有几个备选,你看看想住哪套。"

"你选吧,这种事情你当家就好。"

闻言,沈驰挑了挑眉,从公文包里拿出几份文件:"我让助理做了几份分析,你可以看一看。"

云黎接过文件,发现这分析做得还真挺不错,图文并茂,每套房子的外观、内置、装修风格,以及地理位置分析、周边设施分析都有。

足足有十几页。

云黎佩服道:"你的助理好努力啊,好辛苦,这几套房子居然能分析出这么多东西,让我弄的话,肯定要搞砸。"

沈驰声音上扬了几分:"这可不是几套,仔细看看。"

云黎仔细看过去,这才发现,其实每一套房子助理都做了一页分析,一共十几页,也就意味着有十几套房子。

"这些房子,我会转移到你的名下。"沈驰嘴角弯出一个弧度,漫不经心的模样,"你这几天什么时候有空,跟我去不动产管理中心办理一下过户。"

云黎倒是没再说什么,因为这个问题两个人之前已经争论过一番了,那时候她也答应他了,她不想出尔反尔。

不过她想着,万一有一天,两个人走到了离婚的境地,她会将这些财产都还给他的。

云黎轻轻皱着眉,认真思考着,更严谨点来说,这不是十几套房子,而是十几套别墅,各有各的优点。

"话说你怎么在南城买这么多房子啊?"

沈驰的老家在汀溪,那里其实发展得不比南城差。

"喜欢呗,户型不错就买了。"男人心不在焉地说。

云黎仔细看了好几遍,筛选出四套自己比较喜欢的装修风格:"这四套我都挺喜欢的,但是我也不知道该选哪一套。"

沈驰掀眸瞥了一眼,直接将其中两套排除掉:"这一套在高新区,距离你工作的地方太远,不合适。"

云黎这才意识到自己看得不够细心,又问道:"那第二套呢?怎么也排除了?"

"这第二套距离你工作地点还不错,但是离你奶奶家太远了,奶奶年纪大了,万一身体哪里不舒服,咱们还是住得近些比较好。"

云黎有些感动,没想到沈驰考虑得比自己还要全面。

"剩下的两套,你帮我拿主意吧?"

闻言,沈驰思忖了几秒钟,懒洋洋地笑了一声,敲定了其中的一套:"就湖光公馆吧,位置合适,回奶奶家也方便,其次地段还不错,想要出去旅游,高铁站和机场都相对比较近,周边设施完善,附近四公里之内就有商场以及游乐场。"

云黎赞许地点点头:"还是你考虑问题周到。"

她突然又想到什么:"可是距离你的俱乐部比较远啊。"

说完之后,她摇了摇头,重新拿起文件,想要再筛选一遍:"我再看看有没有更折中一点的,这样我们两个都能更方便一些。"

沈驰按住了她的手,痞里痞气地低笑一声:"行啊,知道心疼人了啊。"

"我一大男人,不用你操心。"

沈驰和云黎约定好了第二天下午搬家。

兴许这几天太累了，云黎这一觉睡得很沉，睡醒之后，手机里多了一堆未读消息，有雪飞发来的，有夏苏叶发来的，也有周心言发来的。

三个人发来的消息内容都差不多——事态有了反转。

一个微博用户放出了几段监控视频，剪辑到了一起，清晰度还不错，只是视野有点狭窄。

都是云黎喂养小狗的细节展示，以及她是如何搭建起狗窝，并且蹲下来与小狗对话的。

画面没有加速进度，反而更能突出她的耐心与细心。

散着长发的漂亮小姑娘将牛肉干掰开，动作轻柔地喂给小狗，还笑着跟小狗对话。

很美好的场景。

三只小狗都很喜欢她，围着她，兴奋感都写在了摇来摇去的尾巴上。

狗最通人性，倘若她是坏人，小狗自然不可能与她如此亲近。视频并没有拍到她的脸，不过看身形还是能分辨出是她。

这是监控视频，最难动手脚。在强大的证据面前，网友终于选择了相信她。

云黎点开发布视频的微博主页看了一眼，注册时间就是今天，估计是个小号，IP地址也在南城，应该是公司找到了证据吧。

她的微博私信涌入了很多道歉信息。

云黎悠悠叹了口气，关了微博，雪飞的消息还在不断发来。

雪飞：恭喜啊，警方还没查出来，没想到反转速度这么快！是你找到的监控吗？用了什么办法啊？

云黎：没有啊，我刚在午睡，这个监控不是公司帮忙找的吗？

雪飞立刻打了电话过来，单刀直入地问道："云黎，这微博小号不是你的？"

云黎立刻说："不是我的，我用自己的账号发布了澄清微博，但是大家都不信我，后来我就没再看微博了。"

"那真是奇了怪了，不是你还能是谁啊？公司找山庄要监控，那边说监控坏掉了，无法提供，我还以为是你想办法搞到的。"

"所以到底是谁？"

雪飞和云黎都蒙住了。

雪飞说："这难不成是你哪个朋友查到的真相？是夏苏叶吗？她对这件事挺关心的，跑前跑后，可拼命了。"

云黎淡定地摇摇头:"不是,我刚才看了一眼聊天记录,她也在恭喜我沉冤昭雪,应该也是刚看到的微博。"

雪飞思考了几秒,又问:"你还有别的有权有势的朋友吗?

"我们都知道,传谣简单,辟谣难。我看了一眼,这个微博在一个小时之前发布的,可这会儿传播力已经超过了谣言的传播速度,只能说明这个小号博主也是有手段的,提前找好了水军。

"而且,你不觉得,这个监控视频也怪怪的吗?"

云黎毫不犹豫地说:"感觉到了。"

对方拼凑了十几段短的视频才凑成了这段不到十分钟的视频,好在剪辑手法还不错,而且视野格外狭窄,感觉像是平拍的,并不像是正常悬在上方的监控,总之角度很奇怪。

清晰度倒是还不错,可惜有的仿佛很远,有的又很近,刻意将焦点拉到统一标准。

雪飞:"不管怎么样,咱们已经有了强有力的证据,接下来的事情就好办了,公司那边去发布声明,以后就没有人敢再造谣了。"

云黎安下心,脑海中有了一个大概的猜测,刚想打电话给沈驰证实一下,夏苏叶就发来了消息。

夏苏叶:黎黎,你那段监控是公司给你找到的吗?不是说监控坏掉了吗?怎么找到的?

云黎这一觉睡得久,而且原本还约好了搬家公司,她生怕那边来人了她还没收拾好,于是马上回复。

云黎:其实我也不太清楚,我午睡了一觉,这事情就全解决了。

夏苏叶:所以这个好心的大侠到底是谁呀?会不会是你的哪个大粉啊?

云黎:有可能吧。

她不想撒谎,可也不想将沈驰带到大家面前。

夏苏叶:那等查清真相了,一定要告诉我,我蹲一下这位好心人,一定要请他吃饭!给他送好多好多礼物!

云黎:行。

心中的大石头落地,这段闹剧即将结束,接下来就是安心等待警方的消息,看看始作俑者到底是谁。

微博上已经没人再抨击云黎了,云黎的情绪就像是守得云开见月明,嘴角下意识弯起来,每时每刻都想笑。

似乎跟沈驰结婚之后,她的情绪好转了许多。

云黎发了会儿呆,沈驰的电话突然打了过来。

男人嗓音淡淡的:"搬家公司马上上来了,你那边准备好了吗?"

"准备好了。"

"成。"

电话就挂断了。

云黎快速将床铺整理好,将整个家还原成房东租给她时的模样。

大概五分钟之后,门被敲响,浩浩荡荡上来了十个人,穿着统一的蓝色制服,讲话很有礼貌。

就这点行李,云黎其实都不好意思用这么多人。

云黎这才发现,这一行人的后面,还跟着个英俊又透着桀骜的年轻男人。

沈驰挑着眉对她笑了笑,嘴角的笑意玩味,透着点散漫。

"沈驰,你怎么来了呀?"

"不放心,怕你再临阵脱逃。"

"我怎么可能会做这种事呀。"云黎笑着,"你工作那么忙,还来帮我,我挺不好意思的。"

"那可说不定,毕竟你可是会始乱终弃的。"沈驰调侃,"这次我可得看牢了。"

工人将云黎的行李搬上车,将她过往的画作都细心包裹好,有了专业的保护措施,能避免一些损耗。

湖光公馆距离这边不算近,这个时间恰好堵车,到达目的地,已经接近傍晚六点了。

公馆如其名,临湖而建,风景秀丽,美不胜收。

傍晚六点钟,天色半明半暗,夕阳的余晖洒在湖面,风掠过湖泊,泛起一层又一层涟漪,洒在湖面的星星点点像是鎏金碎片,折射出耀眼的光芒。

这栋房子一共有三层,面积很大。

云黎不知道,原来市区附近还有这么漂亮的别墅群,进门之后有个小公园,应该是请了专人打理,绿植长势规整而繁茂。

往里走,一楼是客厅、餐厅、厨房,以及主卧、卫生间,二楼有四间客房,以及两间书房,三楼则都是一些功能房间,比如健身房、棋牌室、影音室之类的。

整体装修是法式极简风格,每件家具以及摆件的材质都充满了品级感,楼梯口做了不规则的几何线条,木工雕刻工艺使得整个别墅更加和谐,主要色调为棕灰色,却并不暗淡,甚至还有种老电影的质感。

"这房子真漂亮!"云黎坐到沙发上,打量着周围的一切,发出一声感叹。

沈驰吊儿郎当地笑了笑:"原本还担心你不喜欢,想着重新装修一下的。"

云黎瞠目结舌:"重新装修?你这个房子的装修花了不少钱吧?要重装的话得多浪费。"

沈驰"啧"了一声,直呼她的大名:"云黎,注意一下用词。"

云黎下意识摸了摸自己的嘴,想着自己的用词好像没有错啊。

思忖了几秒,她犹豫着开了口:"是说浪费不对吗?也是,钱都是你赚来的,而且装修再怎么奢华可能对你来说都不是问题……"

沈驰摇摇头。

"那是哪里不对?"

顿了几秒,男人姿态闲散地往后靠了靠,不紧不慢地笑了笑:"什么叫'我这个房子'?"

"这不是你的房子?"他咬着牙,一字一顿。

"夫妻共同财产,懂吗?"沈驰捏了一下她的脸,"再这样,明天一早我就拉着你去办理过户。"

云黎赶紧摇摇头:"不行,明天我要去公司坐班的。"

这时,门铃响了。

是一位送餐员敲的门,依旧是沈驰常点的那家餐厅的,他是VIP客户,送餐员把他点的几个菜都摆放好,鞠了一躬才离开。

"饿了吧?"沈驰睨了云黎一眼。

"原本我还想下厨来着。"这房子太大了,她对房子的格局还不太熟悉,视线反复打量着才找到了卫生间的位置,一边洗手,一边笑着看向沈驰。

云黎身为全职画手,心思全部扑在了创作上,平时早餐凑合吃,午餐和晚餐要么点外卖,要么就随便做一点,冰箱里常备着各种速冻食品。她知道不健康,可为了赶时间,这也没办法。

不过她跟着菜谱做饭问题也不大,她还打算今晚简单露一手,表达一下对沈驰的感谢。

可男人轻笑一声,似乎有点看不上她的厨艺。

"你还会下厨?"

"会啊,从小就会一点,不过对这方面没天分,做饭不太好吃,你也不要抱太大希望。"云黎走到餐厅,拉开椅子,看着面前丰盛的饭菜，咽了咽口水，补充道，"反正，我只能说，毒不死人。"

"那算了吧，"沈驰淡笑，"我这人惜命。"

顿了顿，他一本正经地说："考虑到私人空间不喜欢别人打扰，所以我请的阿姨只在固定时间负责我们的三餐以及卫生清扫，你有意见吗？"

云黎："没意见。其实你不用问我有没有意见，一般情况下，我都没有意见。"

"得问，"沈驰慢悠悠喝了一口粥，"毕竟呢，现在成家了，这个家如今也不是我一个人做主。"

吃过饭后，云黎想要收拾桌子，被沈驰阻止了，他没几下就利落地整理干净了。

今天云黎有点累了，何况现在都到晚上了，明天还要早起上班，她打算先将睡觉前要用到的东西收拾好，剩下的以后再慢慢弄。

沈驰见她在行李箱里拿出了牙膏和牙刷，动作很轻，慢悠悠的，好像每个小物件都是珍宝。

"这玩意儿都带来了？"

通过语气能感觉出来，沈驰对她的Kitty猫牙杯非常不屑。

"当时买的时候不便宜，而且总不能因为用久了就丢了吧？"

"你这人还区别对待。"沈驰这话的暗示意味很足，"对待个小物件都这么爱惜，就欺负我是吧？"

"我没有……"云黎想着，还是要找个合适的机会把当年的事情解释清楚。

或许沈驰压根儿就不在乎当年的事情，可这事在她心里像根刺。哪怕他真的一点都不在乎自己，她也有必要让他知道真相。

沈驰上前一步，帮她重新拉好行李箱，将箱子立起来，扬了扬眉，自顾自地说："欺负也没事，有胆子就欺负我一辈子，半途而废可不是好习惯。"

两个人离得近，温热的呼吸擦过耳畔，云黎的耳郭灼热一片，心底暗流涌动。

心"咚咚咚"跳动起来，她下意识往后退了半步，佯装淡定地问："对了，你这里房间还挺多的，我睡哪间？"

沈驰忽然轻笑了一声。

他一把抓住了她白皙的手腕，深幽的眸光直勾勾地盯着她，像是要将她整个人都看透，嗓音还有几分若有似无的沙哑。

"你老公身心健康，暂时没有分居的打算。"

云黎的脸登时一热，这才意识到自己问了一个多么傻的问题。

当真的要住在一起了，她却刻意忽略了这个问题，甚至还期望着万一沈驰善心大发，不要求睡在一起呢？

云黎挠了下头，温暾道："哦，行。"

她的心跳鬼使神差地快起来。

沈驰又笑了一声："跟我睡一起，很难？"

云黎赶紧说："不难，我就是一时间有点不太习惯，不过你放心，我答应的事情肯定能做到。"

沈驰"哦"一声，挑了挑眉，语气调侃，明显还是不太相信："都领证两周了，还没适应？"

其实云黎适应能力一直都挺强的，性格也很独立，可猝不及防与沈驰重逢，又以最快的速度步入婚姻，她还没适应过来其实也挺正常的。

她咽了咽口水，淡定地道："对，我的适应能力不如你，还没有完全进入角色，不过我会努力的。"

"成，"男人笑了笑，"暂且相信你一回。"

话毕，沈驰带着云黎去了主卧。

主卧的装修风格与客厅基本一致，棕灰色调，几何线条简单，摆放的家具低调内敛，不过面积大，床也是。

她咬了咬唇，没经过大脑思考，下意识说："你这床还挺大的。"

沈驰在一旁双手抱臂，居高临下地睨她一眼，回道："床不大怎么睡得开？"

云黎准备将自己的睡衣放到柜子里，却发现里面已经摆满了沈驰的衣服，叠得整整齐齐，都是他常穿的，很眼熟。

她愣了一下："你是一直都住在这里吗？"

不然衣服怎么会放得这么整齐？

沈驰淡淡笑了一声："没，我之前一直住在俱乐部旁边的公寓，才搬来，就比你早了一天。"

想到两个人今晚要睡在同一张床上，云黎心底升起了浓浓的不真实感，洗澡的动作也慢了许多。她仔仔细细地搓洗着皮肤，比平时要用力几倍。

洗完澡，她在浴室里换好了衣服，没直接进卧室，而是去了客厅，像是有意逃避什么似的。

沈驰洗完澡也直接走了出来，抬眸定定地睨她一眼，嘴角勾了勾，看破小姑娘的心思，但没挑明。

云黎坐在沙发上，手机充好电了，她打开手机微博页面，发现道歉的私信源源不断涌来。

她这才想起有件事还没问沈驰。

沈驰正巧过来，揶揄的目光缓缓下移至她脸上，偏头盯着她几秒。

两人视线相撞。

"对了，沈驰，网上的监控是你发的吧？"云黎没头没尾地说了这么一句，其实是肯定的语气。

沈驰淡淡地笑着："现在发现还不算你太笨。"

云黎这才想到，昨晚在电话里，他似乎说了句"给你的惊喜还在后面"，原来这就是他给她的惊喜。

她怔了怔才说："我就知道是你，我们这些人愁得头都秃了，也就你有这个本事。话说，你是怎么弄到的监控啊？"

沈驰清了清嗓子："监控的确坏掉了，山庄没骗人，但是附近车辆不少，我找人调查了一下那几天停放的车辆，停车记录仪都是二十四小时监控，哪怕熄火之后也会继续录像。"

"怪不得角度那么奇怪，原来是停车记录仪啊……"云黎喃喃，"弄这些监控应该费了不少时间吧？"

沈驰掐了把她的脸蛋，莫名透出点亲昵意味："那可不。"

云黎咬了咬唇："都怪我，又浪费你时间了，以前我就总是给你添乱，现在我以为自己能力强一点了，没想到还是会打扰到你。"

沈驰"啧"一声笑了："如今身份不一样了，是我乐意。"

云黎这才想起来问他："对了，你是怎么发现网上这件事的？"

"打电话那会儿，你语气明显不太对劲，一查不就知道了？"男人用力了一点，勾了勾她的鼻子，口气带了几分幽怨，"以后有事情不要瞒我，反正没有我查不到的事儿。"

她乖巧地点点头："其实我不是故意瞒着你，我觉得自己完全可以处理，而且你那时候忙，工作多重要呀。"

"首先呢，我是你老公，其次才是俱乐部的主理人，你说哪个更重要？"沈驰懒洋洋地喝了口水，身子舒服地往后靠了靠，双腿交叠，透着散不尽的痞气。

"这俱乐部没了，我可以再建一个，无非就是花点钱，"男人像煞有介事道，"老婆没了就是没了，毕竟这世上，叫云黎的小姑娘也就这么一个。"

这次事件的反转，给云黎吸了不少粉丝，有人怜爱她被人陷害，也有人意外原来正当红的漫画家云SS居然是个女孩。

　　她的画风太过于豪爽大气，再加上剧情也都是打打杀杀的内容，很少有人把她往软妹的方向联想。

　　她的评论区以及私信已经炸掉了。

　　△大大，你居然是女孩子啊？没想到！好想看你的正面照，感觉背影气质好好！

　　△本人是男孩子，这一刻入坑啦，以后就是云大的铁杆粉丝！

　　云黎涨粉速度很快，大家还都呼吁她以后要多发微博，最好也爆个照。

　　不光她涨粉快，漫步App的服务器也因为这次事件几乎要崩了，程序员加班给服务器扩容才勉强维持住。

　　云黎看着评论区，嘴角忍不住勾起笑意。

　　沈驰："笑什么呢？"

　　云黎没经过大脑思考，直接就说："我现在粉丝涨了好多，还都夸我漂亮。"

　　沈驰侧头，语气骄傲得很："那是，我媳妇儿的气质就算是模糊的监控都挡不住。"

　　男人往她那边凑了凑，漫不经心的视线扫过手机屏幕，原本嘴角还带有笑意，这会儿脸色却直接黑了下来，读了几条评论之后，冷笑着开了口："这什么粉丝？"

　　一个个都想跟他抢老婆。

　　夸云黎漂亮有气质也就算了，居然还问她有没有男朋友。

　　甚至还有人问，如果有男朋友或者老公的话，能不能踹了，给他个机会。

　　沈驰的脸色差得都能滴出墨来，嗤笑着："拉黑吧。"

　　云黎怕他生气，但也不敢真的拉黑粉丝，赶紧把手机摁灭，藏到了身后，轻声劝道："你不用在乎这些，别人怎么想是别人的事儿，网友就是口嗨几句，再说了，他们也没不尊重我。"

　　沈驰脸色依旧很臭："起码得考虑一下你对象的感受吧？"

　　云黎忽然笑了笑，双手抱臂，饶有兴致地看向他："话说，C神，你也挺受欢迎啊。"

　　沈驰眼尾漫上一抹愉悦，口气傲慢，又带着点野性的高冷："你吃醋了？不过呢，按照你这么说，咱俩还真是天生一对。"

云黎晚上一般不会太晚睡，可睡觉的时间早就到了，她就是磨磨叽叽不肯进卧室。

沈驰大剌剌地进了房间，躺了一会儿，发现小姑娘还没有要进来的苗头，扯了下唇，喊道："还不睡觉？"

云黎深吸一口气，遏制住内心乱七八糟的想法，加快脚步，直接掀开被子一角，躺了进去。还好床足够大，她跟沈驰之间拉开了一点距离。

她很想将被子往上扯，将整个人埋进去，然而这样太过刻意，生怕沈驰以为她是在期待什么。

云黎努力克制着呼吸节奏，尽量使自己看起来淡定无比，可脸颊的潮红到底泄露了她的紧张。

沈驰突然往她这边凑，温热的呼吸逼近。

她双目紧闭，没躲藏，由着他逼近，看样子做足了准备，可还是紧张得额头沁出了细细密密的汗。

然而，想象中更大力度的动作没出现，温柔的吻却落了下来。

同时落下的，还有一道夹杂着淡淡笑意的嗓音："知道我魅力大，你倒也不必如此期待吧？"

云黎："我、我没有……"

沈驰抬手招了一把她的脸蛋："行吧，晚安，先放过你。"

云黎向来认床，第一次在湖光公馆住，这一夜睡得不算太好，第一天六点多她就醒来了。

窗帘拉得严严实实，外面的光线没有透进来半点。

也不知道什么时候，两人靠得这么近，她就枕在男人的臂膀下，以一个无比暧昧的姿势，几乎严丝合缝地贴到了一起。

云黎没敢在这里待太久，赶紧换好了衣服，出门吃了早餐，而后直接乘地铁到公司去了。

她是第一个到公司的，拉开百叶窗，空气正好，飞鸟啁啾。她伸了个懒腰，开启新一天的工作。

今早，她灵感旺盛，不仅给新的连载取了名字"跨时空骑士"，还一鼓作气将大纲写出来了。

她想讲述的，就是以男主为阵营的三人摩托车小分队，骑着一辆摩托跨越时空以速度与激情拯救他人的故事，并且在救人的过程中收获了友情、爱情，以及梦想。

看着屏幕上满满当当的大纲，云黎越看越满意，长舒一口气，接下来再搞定细纲以及脚本，就可以交给投资公司审核了。

办公室的门没关紧，夏苏叶见她在，敲门走了过来。

夏苏叶似乎有点紧张，还有些不自在，脸色不太对劲，像是踌躇了很久才鼓足了勇气，语气听起来也很为难："云黎，网上陷害你的人我找出来了……你做好心理准备。"

"是谁？"

夏苏叶沉寂了几秒才说："唐梦。"

云黎一愣。

云黎跟唐梦并不熟悉，也只是因为漫画交流活动才第一次打了照面。

唐梦常年戴着一副黑框眼镜，喜欢穿深色衣服，为人也比较刻板。她出道比较早，以勤奋著称，可惜后来也不知道怎么回事，似乎是跟不上潮流发展了，数据越来越糊。

云黎回忆着，只模模糊糊记得跟唐梦一起参加了交流会议，还玩了几个小游戏。

"你怎么知道是唐梦？"

夏苏叶犹豫了一下："你知道，我跟她比较熟，其实这几天她一直鬼鬼祟祟，不停地跟我打听事情的进展，后来我睡不着觉，突然一想就明白了，问了她，她也承认了。"

云黎无法形容内心的感受，明明早先就预料到了绝对是同一个平台的竞争者所为，可当真的知道真相的这一刻，她还是不想接受。

为什么看起来还不错的人要背刺她，不惜带乱网友节奏，只为了毁掉她？

夏苏叶："唐梦她吓得很厉害，跟我哭了好几次了，应该是真的知道错了……她说这是她第一次做坏事，也保证是最后一次了。"

这时，办公室的门被敲响，随后探头进来一个瑟瑟缩缩的脑袋，来人眼眶红红的，戴着黑框眼镜，穿着故意做旧款式的黑色 V 领 T 恤和牛仔裤。

毕竟是唐梦与云黎的事情，夏苏叶不太方便在这里，找了个理由就退出去了。

唐梦低下头，嗓音微弱："云黎，对不起，我错了，我不该没弄清楚事情真相就挂到网上让网友评判，害得你受了那么大的委屈，真的对不起。"

云黎掌心沁出细细密密的汗，说不清是愤怒还是别的情绪："是这样吗？"

如果只是单纯看不惯虐待小动物的行为，为什么偏偏要带那么多煽动性的标题，还买了那么多水军？

唐梦深吸一口气才一鼓作气说道："是我嫉妒你，嫉妒你才入圈两年就能取得这么好的成绩。

"那个漫说计划我求了编辑好多次，送红包又送礼，名额也没给我，本来我想指望这个合同翻身的……所以我越想越难受，没忍住做了坏事。"

"你从一开始就知道，我从没虐待小狗对吧？"

闻言，唐梦犹豫几秒："是。"

"那你凭什么捏造莫须有的罪名？"云黎气得站了起来，怒火燃烧，整个人几乎都在抖。

"对不起，真的对不起，我只是因为嫉妒，想要惩罚你一下，没想到后面事情收不了场，我只能继续扩大影响，想着你坐实了这个罪名就没关系了。

"而且你想象力那么丰富，画得那么好，怎么可能因为这一次事件就跌落谷底啊！"

云黎淡定地道："这些话，你留给警察去说吧。"

"不行，不行的！"唐梦眼睛蓦地瞪大，乌黑的眼里写满惊惧，上前一步，紧紧抱住了云黎的手臂，疯狂求饶，"云黎，对不起，真的对不起，我们私下和解好不好？"

"求你了，云黎，你不知道，我爸爸得了癌症，还躺在床上，我弟弟妹妹还在念小学，家里没了我不行的，我稿费虽然少，但是起码可以让家里人吃饱饭，"她几乎跪下来了，尊严全无，"如果我毁了，他们该怎么办啊？我爸爸会气死，妈妈也活不下去了……"

云黎没直接答应唐梦，她还得缓一下。当然，这件事她目前没告诉公司，因为一旦公司拿到了证据，便会立刻起诉唐梦。

下班之前，她把《跨时空骑士》的大纲打印出来，交给了雪飞，让总编部审核。

出办公室之前，雪飞看出来她情绪不太对劲，问她是不是发生什么事情了。

云黎摇摇头，什么都没说。

俱乐部晚上有点事，沈驰给云黎发了微信说会晚点回来，她一个人孤零零地用完晚餐，莫名的孤寂感袭击了她。

唐梦大概是真的错了，可她在这场网暴中受到的伤害又该如何弥补呢？

唐梦不停地发微信来道歉，云黎的心怎么都静不下来，干脆将唐梦的消息屏蔽掉了。

夏苏叶也发来了微信替唐梦道歉，云黎没回复。

她双手抱着膝盖，以一个没有安全感的姿势倚在沙发上，眼睫下垂。前段时间，网友们不惜用最肮脏的话语谩骂她，毫不夸张，这可以称得上是她人生中最痛苦的几个瞬间之一。

云黎想要找个地方躲起来，干脆将手机关机，到了楼上的书房。

沈驰说楼上有两间书房，其中北边的那间给她用，她还没上去看过。

一进去，云黎就愣住了。

这间书房与整间房子的装修极不搭调，整体为孔雀蓝色调，有五米多长的大书柜，玻璃门美观通透，内部还置有灯条，更方便找书。同样蓝色调的书桌平展光滑，还配置了颜色稍淡一些的直排沙发以及实木茶几，氛围感堆满，更能沉浸式阅读和办公。

这很明显是女孩子最喜欢的那种风格，最特别的是还专门做了星空房顶，刷了定制的珍贵涂料，关上灯，房顶散发出淡淡的光芒，模拟真实夜空，既成熟，又凸显着少女心。

云黎刚一进来就愣住了，她实在是太喜欢这间书房了，坐在沙发上往周围打量着，恨不得今晚就住在这里。

她突然想到了一个问题——

这间书房的设计风格很显然与整间房子不搭，而且这压根儿就不是沈驰喜欢的类型，那么他为什么会把房子设计成这样？

星空主题书房是每个女孩梦寐以求的，沈驰怎么会知道呢？

电光石火之间，云黎又想到了夏苏叶提到的白月光。

有没有一种可能，是沈驰喜欢过的哪个女孩提议他这样设计装修的呢？

半夜，云黎被好闻的饭菜香气唤醒。

半梦半醒之间，她看了眼手机，凌晨一点，这才意识到自己还没洗澡就躺在床上睡了过去。

她走出卧室门，听到厨房传来细微的动静。

沈驰正站在操作台前煮面条，衬衫袖口上挽，露出一截精壮的手臂，骨节修长，像是艺术品一样漂亮。

男人拿着长筷子拨弄了几下面条，或许听到了动静，偏头看过来，微勾着唇。

"一起吃。"

云黎摸了摸自己的肚子，空荡荡的，还真的有点饿，她晚上心情不好，没有食欲，几乎没吃几口。

"你怎么知道我饿了？"

沈驰睨她一眼，漫不经心地开口："我看到饭菜都还剩着，就知道你没吃几口。

"是阿姨做得不合胃口？"

云黎摇头："不是的，饭菜很好吃，是我心情不太好，就没怎么吃。"

沈驰面无表情地勾了下她的下巴，观察着她的神色，眉目微动："刚才就看出来你不太开心了。"

"沈驰，有件事，我不知道该怎么拿主意，只能请教你了。"

"成。"

想到沈驰的性格，云黎不免又有点担心。考虑几秒，她走过去抱住男人的手臂，深吸一口气："但是你得答应我，不能冲动，用理智思考问题。"

沈驰握住了她的手腕，指尖紧了紧，好笑地说："我在你眼里还挺冲动？"

云黎低下头，将唐梦的事情说了出来。

"事情就是这样，我也没想到是唐梦做的，其实之前知道肯定是同行，可是没想到那人居然离我那么近，我之前还以为她人很好。"

沈驰脸色沉了沉，他也一直在派人调查这件事，也锁定了几个目标，其中就有唐梦，不过结果还没出来。

倒是没想到，小姑娘居然先拿到了最终结果，看这样子，受伤还不小。

别人都无关紧要，沈驰只在乎她的情绪，目光沉沉地盯着她，伸手勾了下她的鼻梁："那你想怎么做呢？"

云黎摇摇头："我也不知道，所以想问问你。

"沈驰，你见过的人多，经历过的事情也比我多，肯定比我有经验，如果是你的话，你会怎么办呢？"

沈驰脸色微沉，嗓音冰冷得不近人情："这个事已经造成了严重后果，我肯定会把她送到监狱。"

听到"监狱"两个字，云黎下意识瑟缩了下，紧张起来，赶紧说：

"不要。"

"对啊,"沈驰愉悦地笑了一声,掐了把她的脸蛋,"我也说了,这是我的处理办法。"

云黎心头狂跳:"其实你已经知道我的想法了,对不对?"

沈驰笑了一声:"还挺聪明。

"你刚才只用了寥寥几句话说她对你的伤害,其余篇幅都在讲她如何可怜,家里离了她会分崩离析,天平偏向哪边也太明显了。

"好了,该吃饭了吧?陪聊这么久,我都饿了。"

面条都快坨掉了。

云黎立刻在面条里重新加了点热水,搅拌均匀,面这才勉强恢复了原样。

在如此宁静的夜晚,吃上一碗筋道鲜香的面条配上拌鸡蛋,简直可以称得上是享受。

云黎吃得很开心,话也比平时多了些。

"沈驰,我发现你也不太会做饭啊。"

男人掀眸看她:"怎么说?"

"你看,肉末是阿姨提前做好放冰箱的,就等于你只煮了面条和鸡蛋,拌了下,没怎么出力。"

沈驰闷笑一声,淡淡地反驳:"你不也不会?"

"是啊,我是不怎么会,我觉得还挺正常的,不过你不一样,你是C神,无所不能的C神啊,没想到厨艺也就这样。"

沈驰目光沉沉地看向她:"你想让我学吗?"

云黎这会儿很累,又是吃饭又是讲话,有点心不在焉,随意说道:"好像也无所谓,不过现在社会好像变了,结婚了的男人都会做饭,我记得我爸爸就是家里做饭的那个,比我妈妈厨艺好多了。"

沈驰眸光一动:"那我学。"

学做饭吗?她其实也没有强行要求,毕竟沈驰已经这么优秀了,总不能要求他既要赚大钱还要兼顾家务吧?而且家里还请了阿姨。

沈驰不置可否地笑了笑,懒洋洋的嗓音响起:"这还不简单,不就是沈太太一句话的事儿?"

第二天一早,云黎专门去了趟公司,就是为了跟唐梦面谈。

唐梦大概一夜没睡,眼下一片乌青,整个人像是老了十岁,表情怯懦又无奈:"云黎,对不起。"

经过一晚的沉淀,云黎冷静许多,眼神也冷漠:"我想好了,可以不走法律渠道。"

"真的吗?"唐梦狂喜,惊得张了张嘴。

云黎点头:"我的要求是,你微博置顶道歉,讲明事情原委,永远不能删除。"

唐梦身为老画手,一直经营着微博,人气还算不错,她的很多商务广告都是从微博接的,让她置顶道歉消息,也就等于这个账号废掉了。

她一脸惊恐,摇着头:"不行,我就靠微博混口饭吃了,我给你钱行吗?十万块钱,当作精神损失费,行不行?求你了。"

云黎轻笑,转身离去:"我就只有这一个要求,你要是不答应,那就法院见了。"

世上没有不透风的墙,这件事很快就传遍了公司的角角落落。

有几个比较熟悉的画手跟云黎聊起这件事,还觉得她太宽容了。

云黎笑了笑:"唐梦可不这么想。"

同事:"其实你这个要求不过分,她在微博造谣,就应该在微博置顶道歉,而且你还得要精神损失费,得狠狠让她赔一笔钱,这都是你应得的。"

"云黎!找你有点儿事。"雪飞在办公室门口朝云黎招了招手。

云黎告别了同事,朝雪飞的办公室走去。

雪飞拿出一沓文件:"你这份大纲总体很好,想象力还是一如既往的丰富,总编部对你情节的走向没意见,只是个别剧情可能不太接地气,我给你批注了下,你改好了拿去君恒投资公司给他们那边的负责人看看。"

云黎愣了下:"还要拿去投资公司呀?"

雪飞笑着看向她:"那不然呢?你这份合同其实是跟投资公司直签的,毕竟我们 App 还没有那么大的权限能保证你卖影视,君恒可是一棵大树,咱们公司也只有三个作者被君恒看上了。"

"他们那边会干涉我创作吗?"云黎只担心这个问题,她不想自己的作品被资本裹挟,充满了铜臭味。

当初之所以愿意签约漫步 App,也是因为这个平台不干涉创作自由,给予了每个漫画作者极大的空间,所以这几年她画得很开心,工作方面几乎没有烦恼。

"当然不会,君恒在业内的风评很好,那边估计就是走个过场,顶多提一些小的意见,这都是正常的。"

云黎点点头,将大纲收了起来,准备离开时,雪飞又叫住了她,

笑容温柔，突然没头没尾地说了句："云黎，我支持你的做法。"

云黎笑了笑，"嗯"了一声。

"我知道你为什么只让她在微博赔礼道歉，"雪飞眨了下眼，"你是为了她吧？"

云黎与雪飞相视一笑。

什么都不必说，对方自然会懂。

云黎昨夜研究了一下唐梦的作品，其实并不是因为唐梦入圈早，灵感耗尽，失去了创造力，而是因为她开始了各路商务合作后，失去了身为画手的初心，只想赚快钱，不用心雕琢作品，慢慢地，数据自然起不来了。

唐梦在早些年既然能红起来，那就说明她有实力，靠的并不是完全的运气。

这件事唐梦的确做错了，云黎要个道歉也理所应当，那就索性在微博道歉吧。

云黎期待蜕变的唐梦，期待有朝一日她们可以以竞争者的身份站在更高更远的舞台上握手言和。

唐梦那边也很配合，下午就挂出了道歉，道歉内容很长，足足有一千字，能看出来很有诚意。

又过了一会儿，云黎的银行卡收到了一笔十万元的转账，备注了一句话：对不起，我目前只剩下这些，我会努力赚钱，争取多弥补你，谢谢你的宽容。

云黎发自内心地笑了笑，抬头望，天朗气清，惠风和畅。

又过了两天，她将大纲修改完毕，又让雪飞过目，这才准备交给君恒。

云黎从没去过君恒投资集团，不过这个公司却一直活跃在她的耳边——国内数一数二的投资公司，仅仅创立两年就坐稳了国内龙头位置，其老板的手腕快准狠，眼光独到，横扫金融、影视、娱乐等产业链，如今商业版图已经遍布全球，比早些年最负盛名的沈氏集团还要出名。

君恒的老板更是最神秘的人物，据说年轻英俊，行事风格冷厉嚣张，还不到三十岁。大家对他的关注度很高，却挖不到任何花边新闻，于是这位老板便成了众多姑娘做梦的对象。

云黎提前跟君恒那边的负责人预约好了时间，她准备带上大纲和脚本，让那边的领导过目。

君恒总部离湖光公馆不算远，云黎打车半个小时就到了。

大厦是几何错落结构，构造别致，直插云霄，格外恢宏霸气。而且这一整座几十层高的大厦都属于君恒，足以可见其影响力。

云黎推开玻璃门，一位前台秘书接待了她。

她说清楚来意之后，秘书用鼠标在电脑上点了几下，发现确实有预约，礼貌客气地说道："好的，我马上带您上去见我们老板。"

老板？

云黎还以为自己听错了，就她这么一个小小的项目，至于让老板接待她？

"不好意思，我想问一下，这个老板指的是部门经理，还是公司总裁啊？"

秘书笑了笑："当然是我们总裁。"

云黎跟着秘书走进电梯，看着秘书按下第五十层的按钮。

她虽然在漫步App称得上名气正盛，可对于君恒这么大的公司而言，她就是普通得不能再普通的小透明。

她的项目，即使签约了影视，投资成本也不会很高，老板还能这么看重？

来到总裁办，秘书敲了敲门："张特助，云小姐到了。"

"好，云小姐跟我来。"

云黎抱紧手中的文件夹，走了进去。

总裁办很大，采光极好，透过落地窗几乎可以将整座城市的美景尽收眼底，能看清盘根错节的公路以及川流不息的车流。

装修风格格外简洁大气，分为里外两层，外面的办公室是总裁助理的办公处，十几个男助理正埋头工作，空气中充斥着敲击键盘的"咔咔"声，大家都一言不发，默默做自己的事。

这氛围令云黎更加紧张了。

张特助敲了敲门，里面传来一道清朗又低沉的男声："进来。"

云黎刚一进去，就闻到空气中弥漫着的松木香气，熟悉又清淡，低调却又蕴含着淡淡的禁欲气息。

格外熟悉。

坐在办公桌前的男人一身黑色，眉目桀骜英俊，领口略微松散，双腿交叠坐着，显出几分莫名的慵懒恣意。

居然是沈驰？

"沈驰，你怎么在这儿？"

云黎愣住了，怎么也没想到她绕来绕去要面见的人居然是沈驰！她有点不相信眼前看到的一切！

不对啊，沈驰不是 AT 俱乐部的主理人吗？难不成还是君恒集团的老板？

沈驰似笑非笑，眉峰很轻地挑了下："忘了介绍，君恒集团是我的副业。"

云黎还是不敢相信："可是你平时都在俱乐部啊。"

"是啊，"沈驰"啧"一声笑了，不徐不疾地说，"这边都有专门的负责人打理，我只是偶尔过来一下。"

云黎陡然间想起那次去水榭山庄参加活动，怪不得大家都喊他沈总，原来，人家确实是当之无愧的沈总。

"可是赛车俱乐部已经那么赚钱了，你怎么还想起来开个投资公司啊？"

沈驰吊儿郎当地笑了笑："主业收入不够，想着赚点外快。"

云黎看过 AT 的官网，俱乐部年创收十亿，这还不够吗？果真是有钱人的世界不敢想象。

"真巧，我过来交个大纲，居然是交给你……"

男人指尖很有节奏地敲击着桌面的文件，欠欠地开了口："不巧，我听说你要过来，专程来公司等你呢。"

这时，张特助敲了敲门，端进来两杯水："云小姐，请用茶。"

"给云小姐换成牛奶。"

张特助一愣："啊？"

公司茶水间没有牛奶啊，但良好的职业素养让他立刻笑着应下："好的，沈总。"

云黎还没从惊惧中缓过来，将文件夹放到沈驰面前："沈驰，这个大纲给你过过目。"

哪想到，她的衬衫一不小心勾到了桌角，她踉跄了几下，碰巧摔到了沈驰身上。

沈驰的喉结上下翻滚着，淡淡地撩起眼皮："云黎，专门摔我大腿上？"

他一把揽住云黎，摩挲着小姑娘的长发，抱住她柔软的腰身，将她圈在自己的怀中，勾唇笑着。

云黎心里打鼓，咽了咽口水，只能生硬地转移话题，指着文件对他说："你要不先看看这份大纲？"

沈驰睨她一眼，到底将她松开了，随意翻了几页文件，像是压根儿就没认真看，又停留在第一页她笔名的位置，停顿几秒，忽然笑了。

云 SS。

"有个问题我一直没问,你这笔名什么意思?这么多年,是忘不了我吗?"

男人意味深长的目光扫了过来,云黎内心咯噔一下:"就随便敲的字母,没别的意思。"

沈驰:"哦。"

"'哦'是什么意思?"

沈驰瞥她一眼,双眸眯了眯,坦荡道:"就是不相信的意思。"

"那你的英文名呢?我还不知道你为什么取这个英文名。"小姑娘毫不惧怕地对上他的视线。

沈驰舌尖抵了抵后槽牙,风轻云淡地开口:"就是你猜的那样,我用了你的名字,当作我自己的名字。"

Cloud,云。

是深爱,也是纪念。

这是沈驰第一次在别人面前回答这个问题。

云黎不自觉握紧了手心,心跳的速度突然加快,嘴唇抿得紧紧的,一句话都说不出口。

原来,真的是这个原因,她不敢想象、不敢面对的原因。

可云黎不敢继续再问下去了,比如:你为什么要用我的名字,是忘不了我吗?还是在没见的这些日子里,你一直都想着我?

男人眼睛一眨不眨地盯着她,目光有几分锐利,像是要把她整个人都看透。

云黎被他的视线盯得心虚,看向窗外,强行转移了话题:"话说,你的助理还挺多的,居然有一整排。"

沈驰还算配合,懒洋洋地哼笑一声:"那没办法,业务忙。"

"都是男助理……"

"我这人,招蜂引蝶惯了,"沈驰双腿交叠,不紧不慢地喝了口水,嘴角弯了弯,"从自身切断。"

灯光落在男人头顶,让他五官显得深邃许多。

"毕竟,如今结婚了,男德这块儿有必要拔得头筹。"

云黎被他的话一噎,也不知道该说点什么,顿了顿,回答:"你还挺自觉。我的大纲怎么样,你那边有没有建议?"

"这么着急?"沈驰皱眉看了眼腕表,心想这才几点啊,他都推掉了所有工作,还想着把这一下午的时间都留给小姑娘,哪想到人家压根儿就不情愿。

云黎不好意思地笑了笑:"我跟周心言约好了上去看电影,电影

院距离这里还挺远的,我担心会迟到。"

"这大纲挺好,你就这么创作吧。"沈驰简单看了几眼就将文件夹还给她,起身,闲散地坐到会客沙发上,双腿敞开,不紧不慢地对上她的视线,目光漆黑又勾人,"想不到你还挺有想象力,祝你好运。"

"对了,接下来的创作脚本,我应该不需要再交到这里了吧?"

毕竟现在也只是一个初始的大纲和脚本,之后还会进行细化,也会牵扯到和君恒集团的合作。云黎想着她和沈驰结婚了,两人住在一起,既然她这部漫画需要对接老总,那还不如在家里就把这个问题解决了。

沈驰嘴角微微掀了掀:"你倒还挺会省事。"

走出君恒大厦,云黎内心更多的不再是惊讶,而是自由,为大纲顺利通过而感到开心,解决了一桩大事。再过几天,她稍微存点稿,就可以开新的连载了。

跟周心言看完电影之后,两个人随便找了一家泰式餐厅,点了几个菜。

周心言问道:"最近还发生别的事了吗?我看你微信都没怎么回我,想吃瓜都吃不到。"

想到这里,云黎口气平淡地叙述了这段时间的经历——沈驰如何帮她解决了难题,还有两个人的暧昧互动,以及她今天意外发现跟她对接漫画的老总居然是沈驰。

她自己讲着不以为意,可听者有心,周心言激动不已,瞳孔骤然放大:"我的天啊,C神这是蓄谋已久啊!"

云黎一愣:"什么蓄谋已久?"

"C神绝对喜欢你,简直实锤了!他这是有意为之啊,想跟你合作,却不暴露自己,就在背后默默签下你的作品,就是为了得到你啊。"

云黎皱紧眉头:怎么那么熟悉?这是小说剧情才对吧?

周心言眼睛快速眨了几下:"不信就算了。"

她敲了敲桌子,有模有样地继续说道:"就沈驰这个身价,这个段位,你觉得他就非得找个妻子分他的财产?哪个有钱人这么闲?"

云黎的目光慢慢凝滞住,将所有的事情串联在一起,一个几乎不可能的真相呼之欲出,但她不敢承认,也不敢相信,生怕面对更大的破灭。

"那我就问你一句,黎黎,你喜欢他吗?"

云黎轻轻地开口:"喜欢。"

不是重新喜欢,而是从来都没有忘记过,是从一而终、难以忘怀的喜欢。

即使他们不再相遇,这份喜欢也会在她的心底安居一辈子。

第八章

给我个名分吧

云黎这一晚上都没看手机,手机也处于静音状态,到家门口时已经晚上八点钟了。

夜晚温度骤降,透凉如水,稀疏的几颗星星坠在穹顶,闪着微弱的光芒。

她刚推开栅栏门,正巧撞见一身黑衣黑裤的男人出来,手里拿着车钥匙,看样子是准备出去。

"沈驰,这么晚了,你还要出去啊?"

男人单手插兜,掀了掀眼皮,在月色与夜色的辉映下,眉目显得更加英俊了。

云黎离近了些,发现沈驰眸色深沉,有着说不清道不明的情绪,眼神里闪过几分担忧和匆忙。

沈驰冷笑一声:"嗯,出去。"

"出去干什么?"

"找你。"

"我这不是回来了吗？"

男人上前一步，惩罚一般掐了一把小姑娘的脸蛋，语气有点儿凶："发消息不回，打电话也不接，万一被坏人带走了怎么办？"

云黎低头看了一眼手机，这才发现手机里有一堆未读消息。她这才意识到，自己这么晚回来，居然忘记给沈驰报备了，白白让人担心了。

"要不这样吧，我再给你买块电话手表，天天给我戴着，"兴许真的担心她会出事，沈驰仍旧冷嘲热讽，"这样我就能第一时间联系到你了。"

十几岁的时候，沈驰就是因为担心她，专门给她买了块粉色的电话手表。她戴了好一阵子，哪怕到了蓝亭也没舍得摘，只是后来用久了，手表坏掉了，她去修理店找人修，店主说这个款式太久了，没必要花钱修。

她那时候没钱，只是犹豫了几秒钟，也愿意花重金来修，可惜店家最后也没修好。

那块手表后来就闲置了，现在跟旧手机放在一起，在奶奶家。

"我才不戴呢，电话手表太幼稚了，我同事都会笑话我的。"云黎声音放软了些，"那我以后手机及时充满电，出门也不开静音模式，行吗？"

沈驰眸光凉凉的："不够，我迟早得被你气死。"

云黎还是不太明白，不就是没及时接到电话，害他担心了吗？至于气死吗？这男人什么肚量啊？

沈驰上前一步，懒散地掀开眼皮，不紧不慢地冷笑一声，微微歪头看她。

"怎么，当沈驰的女人这么拿不出手？"男人磁沉的嗓音像是落雨一般，缓缓漫过她耳畔。

他继续掐了把她的脸蛋："我说云黎，该给我个名分了吧？"

云黎想要进门，可沈驰的手臂像是铜墙铁壁，将她牢牢禁锢住，掌心的温度缓缓传了过来。

风很轻，卷着特有的土木香，清新的味道扑面而来。夜晚静谧，不知名的树在风中摇动着枝丫，朵朵白花舒展开，像一盏盏小灯泡。

云黎耳尖红了："你……对我这么好，我会误会的。"

沈驰轻笑起来："误会什么？"

她心头壮跳，按捺住紧张的情绪，嗓音仍旧微微颤抖着："误会、误会你喜欢我。"

听见这话，沈驰忽地笑了，眉眼都舒展开了，整个人的心情好了很多。

男人的嗓音压得有点低，靠近云黎，一呼一吸之间，热气打在她的耳畔。

"难道不是？"

第二天早上，云黎原本打算回去看看奶奶，可雪飞给她发来了消息，说公司那边有事。

云黎赶紧去了公司，敲开雪飞办公室的门，雪飞正巧在丢垃圾，见到她时笑得眉眼弯弯。

"云黎，你猜我今天找你什么事？"

云黎有点无奈，摊了摊手："那么多选项，我哪里能猜得到呀。"

雪飞眨了眨眼："恭喜你啊，《斗兽》要卖出去小版权啦！"

云黎一愣，脑子转了几圈才反应过来，被漫天的欢喜冲昏了头，讲话都有点语无伦次了："你是说……《斗兽》要出版了吗？"

雪飞笑意盛开了些："对，而且给了你十个点。作为出版的新人，这个价格已经非常高了，首印也很可观。"

云黎嘴角的笑容越来越大，心情越发愉悦，她怎么也没想到自己的漫画居然会出版。现在出版式微，除非是一些很有名气的大佬，或者是在实体书市场有一席之地的老作者才有资格出版。

"并且，你这本咱们不是暂定了三季吗？那边是想要一次性签下。"

云黎更吃惊了："就是说，不管第一季卖得怎么样，都会给我出后续？"

雪飞无奈："还没上市呢，干吗对自己这么没信心？肯定会卖爆，直接飞升为实体书大佬！"

云黎不好意思地抿了下唇："我也这么希望，但现在出版确实不太好卖了。"

"我现在把合同传到你微信，你等会儿连同你的身份证一起打印出来，签好名字交给我，我负责走流程。"

"对了，飞飞，那个……我有个问题想问问你，我那个漫说计划的合同，到底是怎么签的啊？我有点不明白，那边的老板怎么就看上我了？"

雪飞皱着眉头回忆了一下，似乎事情太过久远，细节她也记不清楚了："其实，我也不太清楚，也是听从总编的安排行事，君恒的老板应该是我们的铁杆粉丝吧,所以看中你的潜力了。"

云黎犹豫了一下:"会不会存在暗箱操作?"

雪飞立刻笑了:"怎么可能啊,难道你认识君恒的老板?不过我倒是想起来一件事,之前我建议你去参加AT俱乐部的庆功宴,那个票是总编交代我帮你弄到的。"

理论上总编不该管这么多细节,云黎脑海存疑。

"那我能见见总编吗?"

"这个可能不太方便,不过你要是有什么问题的话,我可以在开会的时候帮你问一问。"

出版作品对每一个作者来说都是头等喜事,自从云黎开通微博以来,每天都收到很多读者的表白。她想了想,将出版的好消息分享到了微博。

一上午,云黎心情都很好,跟周心言打电话聊了会儿天,不停地询问周心言漫画书上市的流程,像个没出息的小朋友。

周心言非常有耐心地跟她分享出版的具体事宜,两个人笑得像个孩子。

周心言问:"你把这件事分享给你老公了吗?"

云黎:"还没有。"

周心言:"那你赶紧跟你老公分享一下,我不打扰你了。"

无奈,云黎只能打开沈驰的对话框。

云黎:沈驰,有个好消息分享给你。

云黎:我上本连载的漫画签了出版,应该年底就可以上市了,好开心。

发完之后,她愣愣地看着屏幕,有点怀疑自己是不是说得太多了,应该等到沈驰回复之后再继续说的。她讲这么多话,倒是显得自己有点过于主动了。

沈驰竟然直接给她转账二十万。

云黎:什么意思?

沈驰:单日转账限额二十万。

沈驰:就是恭喜你的意思。

云黎:啊,你恭喜人的方式还挺简单粗暴……

她想点击退还,毕竟这笔钱还挺多的,自己本就欠沈驰良多,但又想到沈驰不差这么点,何况如今两个人的关系比之前要好很多。

云黎:转账已接收。

沈驰：在忙，等我会儿。

云黎又等了一会儿，想看看沈驰还会不会再发来消息，哪想到男人没再发来信息了，可能是真的有要紧事处理吧。

她放下手机，想起来合同还没打印，赶紧将文件拷贝到U盘，跑去打印室打印合同。

打印室这会儿已经有三个人了，一人占用一台打印机，机器发出刺耳的声音。她在门口站了几秒，想着等没人的时候再进去。

哪想到这么一等，她就听到了她们在讨论自己。这三个人她也认识，不过只是点头之交的关系，据夏苏叶说，这三个人经常抱团欺负新人，所以云黎对她们的印象算不上好。

"你看到论坛的那个新帖子了吗？"

"什么帖子？"

"就是关于云SS的帖子啊？你没看到？上午刚发的，好像是她男朋友发的。"

云黎的心一凛：男朋友？我哪里来的男朋友？

她眉头不自觉地拧起来，稍微往后退了两步，将自己隐藏得更严实一点。

"发帖的那个人有图有真相，肯定假不了，不是男朋友那就是追求者。是追求者就更可怕了，那个男人送了云SS一个LV包包，云SS清高得很啊，说什么都不要，然后转手还了男人一个假包，还说什么要跟人家划清关系。"

"对啊，男人也精得很，不甘心被这种女人骗，所以挂到论坛上来了。"

云黎的心突突狂跳，压根儿忘记自己来打印室是有正经事要办，赶紧打开漫步App论坛，发现果真有一条新的帖子已经显示出"爆"字样。

这个帖子是张梁发布的，内容与三个女生讨论得大差不差，张梁没有指名道姓，只是说云姓作者收了他的包之后又归还了个假包，言语之间透着嫌弃云黎物质。

他虽然没有直说大名，但是漫步App的作者之中，姓云的也就只有云SS一个人了。

云黎告诉自己要冷静，她思考了一会儿，原本打算直接走掉思考对策。哪想到，她一低头，发现自己身前罩下一片阴影，熟悉的松木香气徐徐飘过来，不用想也知道身后这人是谁。

果真，沈驰大踏步地走了进去，敛去了一身的痞气和顽劣，表情冷漠，不苟言笑，傲慢却又矜贵自持。

"都说漫步的作者人品好，真是百闻不如一见。"

沈驰一声冷笑，满脸的嘲弄意味。

那三人常年在公司坐班，因此也见过沈驰几次，知道他是君恒的负责人，不敢得罪他，面色骇然，明显很惊惧。

"啊，沈总，你可能理解错我们的意思了，我们也没说别的，就是看到论坛的帖子，讨论一下。"

沈驰冷哂一声，嘴角玩味地勾起："你当我是白痴？"

云黎用力憋着才没笑出来，沈驰看人很准，虚假的人在他面前无所遁形，直接原形毕露。

"沈总，那个帖子其实还挺真实的，您可以看一看。那个男人被骗了，好惨哦，您试想一下，您要是送一姑娘包，万一退回来的是个假的，您什么感受？"

沈驰闷笑一声，眸色很深地看向她："首先呢，我要送包就不会想着退回去的事儿。

"其次，君恒给云小姐的签约费都够买几十个包了，你觉得云小姐会在乎区区一个假包？"

"我的天哪，就一本漫画连载的签约费居然能有几十万啊。"女人跟同伴小声咬耳朵。

"沈总，"另一个穿着白裙子的女人大胆问道，"能问问您为什么要这么维护云SS吗？"

沈驰抱着手臂轻哼，眉心微蹙："你说还能是为什么？"

"难道……难道你喜欢她？"白裙子女人瞳孔紧缩，几乎要被这个可怕的猜测砸晕了。

"你刚才不是说你在忙吗？"趁着没人，云黎将沈驰喊到了自己的办公室。

刚才沈驰一番不要脸的言论，她简直尴尬死了，却也必须承认，真的很爽。

"是啊，"沈驰偏头扫了她一眼，面无表情地道，"忙着开完会找我媳妇儿。"

"你怎么在这儿？是过来开会吗？"

沈驰懒洋洋地躺在沙发上，一身浑不惮的气质显露出来："嗯，本来该部门负责人过来的。"

"那你……"

沈驰笑着说:"这不是想着今天你也在这儿,我干脆就过来了,哪想到还围观了一出好戏。她们平时也这么欺负你吗?"

云黎怕他担心,赶紧说:"没,平时我们都没有交集,这几个人眼红我,之前背地里也黑过我,不过我都没理她们。这次也是碰上了张梁的事儿在背后碎嘴几句,不过她们不敢到我面前作妖。"

沈驰"哦"了一声:"送假包那小子交给我处理吧。"

云黎不自觉地弯了下唇:"行。"

她眉眼弯弯地笑着,睫毛轻微颤抖了下,漂亮的眼里仿佛倒映着山河湖色。

沈驰低头睨她一眼,闲散地笑了下,一把抱住了面前的小姑娘,大掌捏着她的下巴抬起来,迫使她与他的视线相对。

危险的气息陡然传来,云黎心底的哨声响起,心虚地舔了下唇,正想着怎么脱身,好巧不巧,沈驰的手机响了。

"好,我马上过去。"

晚上,沈驰加班,没回来。

阿姨做好饭就离开了,家里又恢复了往日的寂静。

云黎的手机响了一声,是邮箱消息。

云黎快速点开,是 wait 公司回复的邮件,她眉梢漫上喜色,快速打开。

可惜,并没有收到她想要的答案。

这家公司的宣传页是她以前在家附近无意间发现的,上面写的是可以资助贫寒学生的学费与生活费。最开始,她还以为是无良广告。她那时候刚刚脱离乔慧云,穷得连饭钱都没有,可她仍觉得小广告肯定是骗子,没当回事。后来连续看到了好几次那个广告,她便抱着试一试的态度,打了电话咨询。

后来,她提交资料,审核资料,一路都很顺利。她申请到了助学金和生活费,支撑自己一路到了大二。

其实那家公司给的补助足够她生活和学习,只是奶奶频繁住院,花销大,收入少,她才一贫如洗。

她大三时就已经可以赚钱了。那时候,她刚刚签约不久,收入还不太稳定,不过她觉得自己没必要占用贫困名额,便主动跟那边申请,取消了资助资格。

现在想想过往,她仍觉得感恩,也一直跟那边的负责人用邮箱联系。前段时间,她意外发现负责人的 IP 地址也在南城,因此就动了想要亲自当面表达感谢的念头，也尝试着在邮件里提出了这个要求。

等了好多天，对方才回复。

wait：云小姐，很开心能收到你的邮件，感谢，我已收到，倒不必太过客气，愿您常怀感恩之心，并将这份爱带给身边的人。祝好。

既然对方只希望幕后做好事不留名，那她也唯有尊重。

这时，夏苏叶发来了消息。

夏苏叶：黎黎，那个LV包包事件有反转啦，快去论坛看看！

她甩过来一条帖子的链接，热度比上午还要高，后排全是画手帮云黎顶了起来。

之所以产生这么大的反转，是因为周心言用自己的作者号在这个帖子里为云黎辟谣。

周心言贴了一张图片，并附言：云SS有那么多稀有皮，怎么会调包你一个入门款LV，哦，不对，还是个假包。

跟帖彻底歪掉，大家的关注点全错了。

△我的天，云SS是白富美吗？小姐姐好有钱啊，这些包至少上千万了吧？

△楼主，你晒的那只包是入门款，真货最多也就小一万，拥有稀有皮的小姐姐能看上你那只假包？

大家各种吹捧，看得云黎脸一红，格外不好意思。

不过，她突然想到了一个问题——周心言哪里来的她衣帽间的包包图？

她只是跟周心言吐槽过，沈驰给她买了不少稀有包，但是从没发过图片。

云黎想不明白，立刻打开对话框。

云黎：言言，你的图片怎么来的？

她原本以为这可能是周心言自己的图片，拿出来替她平反用，可她点开大图，发现图片的确拍自湖光公馆衣帽间。

周心言：你老公给我的。

云黎：不是，你们什么时候加的微信？

周心言发了条语音过来，大意是说，在水榭山庄外的酒馆，云黎喝醉了酒，周心言联系沈驰将她带走，就是那次加的微信。

不仅如此，周心言还甩过来一张聊天截图。

沈驰：在？有个忙需要你帮一下。

周心言：C神，您说就行，不用客气。

沈驰发来一张图片。

沈驰：我媳妇儿被黑了，你把这图发论坛。

周心言：什么？黎黎被黑了？

周心言：C神，我去一下，看看就回来。

周心言：好的！我马上发。等等，这些都是黎黎的包吗？

沈驰：嗯。

周心言：我的天，好多稀有皮！我的眼睛快要瞎掉了！

接着，周心言直接打过来电话，兴奋感溢于言表："啊啊啊，黎黎，我嗑疯了，你老公对你好好啊，如果这还不算爱，你告诉我什么才算爱？这么讲，我一个少女漫画手笔下的男主都很难比你老公做得更好！嗑死我了，呜呜呜！"

听到开门声，云黎赶紧将手机放下，果真，是沈驰回来了。

男人照旧穿着一身黑色，冲锋衣拉链拉到了领口处，遮住凌厉的下颌线条。见云黎仍坐在沙发上，他眉心动了动，俯下身揪了一把她的脸蛋，磁性的嗓音不紧不慢地响在她的耳畔："这么晚了，你还不睡？"

云黎笑了下："论坛太热闹了，勾得我睡不着了。"

沈驰在她旁边坐下，随口说："还能有点出息吗？"

云黎深吸一口气："沈驰，这件事情真的谢谢你了。"

"跟我客气什么？"男人勾了下唇，"这事儿其实还有后续呢。"

云黎一愣："什么？"

"这人人品不端，不知道被哪个正义人士将这事儿捅到了张梁的公司，公司那边也觉得影响不好，决定开除他。"沈驰看了眼手机消息，"我也是刚得到消息。"

云黎闷闷地开口："是你做的吗？"

"不是，"沈驰目光定定地看着面前的小姑娘，"我呢，充其量只是起到了助推的作用，将这件事扩大了影响力，至于他老板的决策，就跟我没关系了。"

云黎松了口气："那就行。"

虽然张梁这件事做得不对，可她就是不想让沈驰报复回去，总觉得因为这么一件事让张梁丢了工作，没必要。

不过如果扩大影响力的话，那就没什么了，毕竟张梁栽赃陷害她的时候，也理应想到有这一天。

"我知道，我老婆心地善良，"沈驰挑着眉看向云黎，"所以我就没轻举妄动。"

"沈驰，这件事真的谢谢你了，谢谢你愿意帮我想办法。如果没有你，我可能会想办法进行自证，可是那个包我后来还给他了，手里压根儿没有证据。"

男人睨她一眼，眉梢很轻地抬起："这说了半天了，还客气啊？我是你男人。"

空气突然静谧下来，沈驰的脸忽然靠近，近距离看着她，嗓音缓慢："那这么着，你亲我一口，不过分吧？"

这是云黎第一次主动亲吻沈驰。

两个人接吻无数次了，每次都是沈驰主动，她似乎不需要考虑该如何反应，一切听从本能即可，反正沈驰总会掌控局面。

望着男人沉沉的眸光，云黎深吸一口气，手下意识攥紧了些，白皙的额头也沁出点细细的汗珠。

她是真没经验，沈驰的唇微不可察地勾了勾，仍旧保持淡定的模样，生怕把她的节奏打乱了。

沈驰双腿交叠坐在沙发上，脊背放松地后仰着，等待着小姑娘亲过来。

几秒钟之后，云黎或许真的做足了思想准备，跪在男人身侧，身体慢慢前倾，小心翼翼地挪动着。

尽管接吻过很多次，可云黎此刻突然不知道该如何动作，她头脑晕晕的，只能凭借本能，将双臂环在了沈驰的脖子上。

两人贴得很近，呼吸相闻，空气安静极了，静得能听见彼此的呼吸声。

云黎脑海中出现沈驰吻她的模样，干脆心一横，手心扣住男人的后脑勺，生涩地吻上他的唇，毫无技巧可言。

沈驰倒是配合，用像是带着烈风骤雨的姿态将她牢牢攻陷。

"再主动点儿，听见没？"

云黎大脑一片空白，没办法思考任何问题，只能被动地承受着这个吻。

"怎么主动……"她浑身微微颤动。

"抱紧我。"男人的嗓音灼得她耳郭发烫，微微透着点沙哑，拨开她凌乱的长发。

云黎伸手擦了下嘴唇，本就红润的嘴唇经过擦拭，变得更红了，水光浮现，格外魅惑。

她稍微坐直了点，思忖几秒钟，小心翼翼地开口："那个，沈驰，我听说你之前好像有个白月光，是吗？"

云黎紧张地等待着沈驰的答案，心头浮起万千思绪。眼下沈驰对

她越来越好,她真的想弄清楚一切疑惑,解决所有的难题,好好地与沈驰爱上一场,把那些遗憾的、失去的、难过的通通弥补上。

沈驰嗤笑:"什么白月光?"

"好像是说,你有个特别喜欢却没得到的人。"云黎缓缓地垂下眼睫,"我听说是你在国外组建赛车俱乐部时认识的,想问问有这回事吗?"

"我什么时候有白月光了?"沈驰用舌尖顶了顶脸颊,笑得痞坏,灼热的气息吐在她耳郭上,"我从来不信什么白月光与朱砂痣,要我说,遇到喜欢的就直接抢来当老婆。"

抢来当老婆……

云黎是真的惊讶了。

他这话是什么意思?

她就是他抢来的吗?

也就是说,他喜欢她,所以才让她当他老婆,而不是为了堵住长辈的催婚?

一个大胆的答案呼之欲出,尽管这个答案身边的人已经强调了无数次,但这一刻,她仍旧不敢相信。

她那么普通,他们的身份简直云泥之别,当年她还那样对待过他,他没有理由还那么喜欢她。

"还不明显吗?"沈驰弯下腰来与小姑娘对视,眼中的光芒几乎要将她灼伤,"云黎,我喜欢你,没有哪一刻停止过。"

云黎呼吸停滞。

她嘴唇动了动,却好像失声一般说不出话来。

其实今晚这个问题,她只是试探性地提了出来,她不敢奢望沈驰喜欢她,更不敢想象在承受了那么多伤害后,他还能喜欢她好多年。

"看你这样子,是不想让我喜欢你?"沈驰抿了下唇,笑了,又坏坏地勾了下云黎的鼻子。

云黎鼻腔一酸,仿佛承受不住这个答案,全身都几乎颤抖着,泪水不受控制地涌了出来:"没,我喜欢这个答案。"

"我就是没想到,你还愿意喜欢这样的我。"她平复了一下呼吸,稳住身形,尽量不让自己显得过于狼狈。

"怎样的你?"沈驰皱了下眉,轻轻抬手,擦拭掉她眼角的泪水,"我家小姑娘长得漂亮,心地善良,怎么就不值得我喜欢了?"

"我偏要喜欢,喜欢得都要疯了。"他嗓音轻轻的,有点微哑。

仿佛一股气哽在喉间,不上不下,云黎垂下头,莫名的愧疚感涌上心头。

"沈驰,我也喜欢你。"她小声诉说着属于自己的秘密,"从我们重逢,你说想跟我结婚那时候,其实我就心动了。我并不惧怕奶奶的催婚,只是想找个理由,说服自己跟你在一起罢了。"

奶奶是世界上最疼她的人,怎么可能真的为难她,她只是找了个借口抚慰自己的心。

她那时候也想过,爱也好,恨也罢,都是她该承受的,她一点也不会逃脱。

不等云黎这话说完,沈驰突然抬手捏住她的下巴,让她承受了一个汹涌无比的吻。

深吻完毕,沈驰拥抱着她,将脸埋到她脖颈间,嗅了嗅她的气味,又亲了亲她的锁骨,磁沉的嗓音压得低低的:"有你真好。"

云黎听到沈驰胸腔里有力的心跳声。

原来,这场婚姻是云黎的借口,也是沈驰的蓄谋已久。

灯光在沈驰眼底碎裂,晕染出一片深邃的光影,她在其中看到自己的倒影,仿佛不系之舟正孤独地远游。

窗外是溶溶月色,室内温暖如春,云黎用尽全身力气撑开眼皮,在男人眼底窥见了一片汹涌的浪潮,是欲念在翻涌。

沈驰仅仅看她一眼,她就难以抵挡,千军万马都溃败,唯有心甘情愿缴械投降。

灯光不知道什么时候突然灭掉了,室内昏暗,暧昧丛生。

细细密密的吻再次落下,像是秋日里淅淅沥沥的雨水,淋漓不尽,缠绵不绝。

呼吸声变得清晰可闻,他们食指交缠,像是要将彼此以永恒的姿态缠绕进自己的生命里,从此再不分离。

第二天,云黎还要早起。

她出版书的合同还没走完,她上次去公司忘记带身份证,这次在家复印完毕,要和合同一起交上。

这一夜,云黎睡得格外舒服,是她为数不多睡过的最好的觉,一夜无梦魇,醒过来时神清气爽。

云黎醒得很早,她枕在沈驰的臂弯里看了眼手机,收到了周心言的消息。

周心言:黎黎,你知道吗?张荣那张嘴真的要告他们公司,说公司无故将他辞退,然后他的上司直接拿出他污蔑你的证明材料。哈哈

哈,你知道重点是什么吗?他那个上司是你的忠实读者,所以气不过,直接捅到了上层领导那里!

周心言:这个张梁真是活该,我简直看完了一场爽剧!我决定把这个剧情写成脚本!

云黎将手机摁灭,生怕打字幅度太大,把沈驰吵醒了。

窗帘拉得紧紧的,阳光仅仅从缝隙里浅浅地透出来,沈驰的脸陷落在阴影里,睫毛长而密,高鼻梁,薄嘴唇,皮相与骨相同等优越,好看得要命。

云黎想着悄悄起床,不惊醒沈驰。

哪想到,她刚把衣服穿上,就听到身后传来一道磁沉好听的声音,还带着清晨刚醒来的沙哑。

"怕我?"

云黎一激灵,赶紧起身,想要逃离这危险之地。

沈驰懒洋洋地笑了一声,在她逃离之前,伸出长臂将小姑娘抱在怀中。

"我又不会吃人。"

云黎到了公司,把身份证复印件以及合同交给了雪飞。

雪飞将文件收起来,问道:"对了,那个张梁有没有再找过你?"

云黎摇了摇头:"没有,怎么了?"

云黎有点意外,张梁的那个帖子可没公开他的姓名,雪飞又是从哪里知道的?

雪飞解释:"今天是我值班,刚才我接了个投诉电话,就是那个张梁,他说你害得他丢失了工作,要求我们跟你解约。"

雪飞说完这话自己都笑了:"这什么奇葩男人啊。"

"所以你怎么处理的?"

"就说我们不可能解约,他要是不高兴让他报警去。"雪飞摊了摊手,嗓音多了几分活泼。

云黎"扑哧"一声笑了出来:"我倒是希望他能报警。"

二人相视一笑。张梁要真敢报警,就得先把自己背后造谣的事抖出来,报警不成还得惹一身骚。

云黎想到奶奶跟张梁住同一个小区,担心他会对奶奶做什么,赶紧给奶奶打了个电话,先说了一下张梁在论坛的所作所为。

奶奶惊呼一声:"哎呀,没想到这个小子这么大胆啊,亏我一开始还以为这是个老实小孩,幸好我们黎黎没跟这种人谈恋爱。"

云黎问道:"奶奶,这两天你见过他吗?"

奶奶说:"见过啊,我今早去楼下倒垃圾,还碰见他了,他还跟我打招呼了呢。"

云黎松了口气:"奶奶,您防着点,多个心眼准没错,如果他要是敢伤害您,立刻给我打电话。"

奶奶揶揄地笑了起来:"你一个小姑娘家,也没有力量跟张梁搏斗啊。"

一听奶奶的笑声,云黎就知道她想说什么,也不藏着掖着,立刻回了句:"您放心,奶奶,我忙完这几天就带他去看您。"

"哎,我可就等着这一天了,到时候你提前给奶奶发个消息,我给你们多做几道好菜。对了,他可真是个气人的孩子啊。"

云黎一秒钟就反应过来,奶奶用的是嗔怪的语气,那就不是真的责怪沈驰。

"怎么了?"

"那孩子不是隔三岔五就让超市给我送货吗?是不是你跟他说以后不用送了,冰箱装不上?"

云黎捕捉到别的信息:"是啊。"

"然后没几天,超市就给我送了个超大冰箱。我一个人住,哪里用得着这么大的啊。"奶奶哭笑不得,"于是菜送得更勤了,兴许是觉得我冰箱大吧。而且这菜好贵啊,今早送的那个雪花牛肉是顶级的,水果蔬菜都是进口的。

"年轻人也不能这么浪费钱啊,你们这样不行的,以后有了孩子,花销大得很啊。"

云黎无奈地弯了弯唇:"奶奶,您不用担心,这个菜呢,他肯定会继续送,南城进口的大型连锁超市都有他的股份,给您送东西其实都花不到钱,您享受就行。"

刚刚挂断电话,云黎将手机收进包里,肩膀突然被人拍了一下。

是夏苏叶。

云黎脸色发生了细微的变化,也不知道夏苏叶在这里待了多久,有没有听到她打电话。

"黎黎,恭喜呀,又卖出去一个版权。"夏苏叶勾着红唇,靠近了云黎一点,小声问道,"能问问你出版社给的价格吗?"

理论上这都是商业机密,雪飞也交代了不能外传,可云黎觉得她们毕竟是经过考验的朋友,便如实跟夏苏叶相告。

夏苏叶大吃一惊:"你是说,你一个出版界的小新人,这三季算

下来能拿到小一百万？"

"对，不过我后面两季得明年画完了，上市也得等后年了，还不知道有没有变数。"

她现在给《跨时空骑士》存稿都有点忙不过来，更别说后续两季的《斗兽》了。

不过既然出版社愿意相信她，那她就将实体版权签掉。

夏苏叶脸上重新挂上笑容："那可真不错啊，如果卖爆了，可以直接稳定为一线漫画家了。"

两个人没再继续这个话题，夏苏叶的漫画数据还可以，但是不知道怎么回事，就是缺了点运气，她在微博说过好多次想要出版，可奈何一直没机会。

云黎不想以成功者的姿态象征性地说几句安慰的话，她清楚，那种安慰是虚假且无效的，她能做的就是低调一点，少说话。

夏苏叶问道："你那枚红宝石戒指是沈驰送的吧？"

云黎一愣："什么？"

"就你跟我讲是高仿的那个，我想了想，那个成色真不像高仿，而且我后来打听了下，那枚戒指最后到了沈驰手里。黎黎，你也别介意，我真没别的意思，就是遇到个行内的朋友，就顺口问了一下戒指的下落。"

夏苏叶不好意思地笑了笑，又解释道："我听说沈驰在打印室说追你不成功的事儿了，所以才联想到之前的戒指。沈驰真的在追求你吗？"

这个问题有些棘手，像是小石头砸到身上，云黎思考几秒才说："你别听别人乱说。"

"黎黎，没事啊，沈驰虽然已经结婚了，可是你跟了他也没坏处。"夏苏叶低低地惊呼一声，"云黎，你不会是很早就跟了他吧？"

云黎一蒙："什么意思？"

夏苏叶说："你签约的《跨时空骑士》啊，沈驰投资的，这不会是走的后门吧？"

云黎摇摇头："不是的。"

这个真不是，她签约《跨时空骑士》的时候还没跟沈驰重逢。

可夏苏叶明显不太信："那不然你衣帽间那些包怎么来的？光那几个稀有皮，没个几千万可下不来。"

云黎后来越想越不对劲。

首先，夏苏叶的话让她很不舒服，再次，夏苏叶不相信她，居然一厢情愿地认为《跨时空骑士》是她接受潜规则换来的机会。

云黎一向不是特别果决的人，她心思细腻，人也耐心温柔，总是以最大限度的好来揣度人心。

她没办法直接跟夏苏叶断掉关系，毕竟人家前前后后帮了她许多，也不能因为这么一件有意见分歧的小事失去一个朋友。

不过云黎有意跟夏苏叶少联系了。

夏苏叶似乎也敏感地意识到了云黎的避让，也减少了跟她的联系，除了一些必要的工作沟通，两个人的交流屈指可数。

云黎不知道自己这样做对不对，找了个时间跟沈驰讲了这件事，想要听听他的建议。

"事情就是这样了。"

沈驰"哦"了一声，掀开薄薄的眼皮，笑容欠欠地说："原来我到现在还没有个正式名分。"

云黎赶紧说："我还没找到合适的机会，等有机会，我一定会跟大家说的。"

后来的日子越发平静，倒也没发生新奇的事，《跨时空骑士》正式开始连载。

这个题材格外新颖，云黎花费了不少心思，内心忐忑不安，生怕数据达不到预期。

然而没想到的是，这本漫画居然超过了她以往任何一本的成绩，也就意味着有了数据的加持，漫说计划能给她带来一笔更为可观的版权收入。

看到《跨时空骑士》在 App 新作榜爬到第一名的时候，云黎在书房刚刚把这一天的任务画完，沈驰也在她的书房办公。

他明明有自己的书房，却偏偏喜欢跟她挤在同一间，她坐在书桌前画漫画，男人则靠在沙发上，面前放着台笔记本电脑。

雪飞给云黎发来消息，说内部刚刚评估版权价值，她这本书有望突破两百万。

云黎心里一喜，恨不得立刻把这个好消息分享给沈驰。

"沈驰，我这本书如果赚了一笔，就分你一半好不好？"云黎关闭电脑，伸了个懒腰。

她当然知道沈驰不差这一星半点，只是他对她太好了，她也想用自己的方式对他好。

她现在手里也没多少现金，只能寄希望于接下来的漫说计划了。

男人笑了:"你这小姑娘还挺聪明,用我发给你的钱分我一半,稳赚不赔啊。"

云黎摸了摸鼻子,这才想起来漫说计划也是跟君恒合作的。

"那算了,其实我就是想对你好点,"云黎抿唇笑了笑,"你不需要也没关系。"

"你要是真想对我好呢,就在别的方面补偿一下好了。"沈驰双腿交叠,漆黑的目光直勾勾地黏在她身上。

她明显感觉到一股不对劲,立刻站了起来:"很晚了……我去洗个澡。"

十一月底,沈驰给云黎带来了一个新的消息。

"乔安和李鸣,还有陈远山回国了,正巧周子毅跟我都在南城,他们想过来找我们玩。"

云黎点点头:"那就去,毕竟好不容易才见一次。话说当年毕业后,他们几个一起出国了吗?"

沈驰懒散地掀了掀眼皮:"是呢,毕竟不是每个人都能像你对象一样随便考个状元。"

云黎想了想,记得高中那时候,这几人学习就特别差,甚至都比不过周子毅。

好在他们家庭条件优越,再加上彼此也都认识,家里人就合计着把他们送出国了。

"他们出国之后,我们每年也就见一次。你跟我去吗?"男人狭长的眸子看向她。

云黎犹豫了一秒:"你希望我去吗?"

沈驰:"当然。"

云黎正想问他理由,哪想到,他睨着她,哼笑一声:"这几个人到现在都还单着呢,而我如今都是有家室的男人了,不得好好秀一把?"

乔安几人是在一个周末回来的,沈驰在南城包下了服务最好的度假庄园,准备好好招待他们一番。

沈驰跟云黎先到,两人在包间里坐着,准备为他们接风洗尘。

飞机于早上九点降落,周子毅负责开车去接。

天气渐凉,云黎穿了件驼色大衣,下身是一条较为修身的黑色裙子,又配了双米色的高跟鞋。

她化了淡妆，皮肤本来就白，经过简单修饰之后，如羊脂白玉般细腻，看起来比平时成熟了不少。

"跟我在一块儿都不怎么打扮，原来我这几个朋友在你心里都比我地位高。"沈驰双手抱臂，带着点儿欠揍。

云黎立刻否认："你想想，这好歹是见客人，化妆也是对客人的尊重吧。"

她多少有点儿心虚。她平时懒散惯了，再加上底子又好，在家里都不化妆，她眉形生得好看，连支眉笔都用不到。

沈驰表情散漫，微眯起眼："之前咱俩还没结婚的时候见面，你也没化妆啊，也就领证那天稍微收拾了一下。"

她没想到这人记忆力居然这么好，她咽了咽口水，脸不红心不跳地说："你要是喜欢我化妆的话，那我可以天天化给你看。"

反正也不麻烦，不就是多花费二十分钟的事儿嘛。

沈驰冷笑："不用了，我可不想吃化学残留物。"

"其实卸妆水是可以卸干净的，几乎没有残留物。"

"可我随时都得亲你，一分钟都忍不住。"

眼看着男人眸中闪现出促狭之意，按照云黎对他的了解，不出几秒钟他就会亲过来。

果真，男人朝她走了过来，伸出一条长臂撑在她身后，正准备按住她的后脑勺……

这时，敲门声不合时宜地响了起来。

"哎呀，驰哥！终于见到你啦！太久没见了，好想你啊！"

三个高高壮壮的男人走了进来。

云黎一眼就认出了李鸣，她在汀溪每天上学骑的自行车就是从李鸣的店里买的，当时沈驰直接说了个最低的价格，把她都震惊到了。

这些年过去，李鸣的面容并没有发生什么变化。

乔安和陈远山就需要多辨认几眼了，不过云黎也认出来了，个子更高一点的是乔安，笑起来的模样依旧跟当年一样，傻平平的。陈远山比高中那会儿精致了许多，戴着金丝边框眼镜，穿着走潮男风格，应该能迷倒不少小姑娘。

沈驰吊儿郎当地笑了笑："不用想我，我媳妇儿在这儿呢，免得吃醋。"

服务员敲了敲包厢的门："您好，先生，可以上菜了吗？"

沈驰点点头："可以了。"然后笑着看向大家，"今天让大家尝尝南城的特色菜。"

周子毅也笑着附和道:"兄弟们,咱们驰哥专门把整个山庄都包下来了,大家在这里放心住下就行,想玩几天就玩几天,晚上咱们一起去泡温泉,这边的棋牌室可高级了,比咱们汀溪的强太多了,这次我也是沾了你们的光,要不驰哥都不带我到这边来玩。"

陈远山站起来为大家的杯子添水,笑着看向沈驰:"话说,驰哥,你是什么时候结的婚啊?我们都没有听到动静,你不声不响就结婚了。"

沈驰闲散地靠在椅背上:"低调。"

周子毅替他回答:"其实,你们别看我一直跟着沈驰,我都说不准他到底哪天结的婚。突然有一天,他告诉我们有嫂子了,我当时就有个直觉,肯定是云黎。"

又过了一段时间,沈驰将云黎带到了俱乐部,周子毅一看,果真是的。

陈远山说:"哦哦,那这样的话,还没办婚礼是吧?等办婚礼的时候,别忘了邀请我们。"

沈驰"啧"一声笑了:"肯定忘不了啊。"

周子毅笑道:"驰哥,那啥,你看在我一直跟你干的分上,份子钱给我免了呗,你收他们几个的就行。"

沈驰一脚踹了过去,笑得痞里痞气:"按你这么说,我既给你发工资,还免你份子钱,干脆天天做慈善呗?"

周子毅不好意思地挠了挠头:"嗯,我觉得这样挺好的。"

云黎手里捧着一杯果汁,百无聊赖地搅拌着里面下沉的果肉,听几个男人侃大山。

她找了个机会去卫生间。

包厢里只剩下几个男人,话题便更加大胆起来。

"你是还喜欢沈江夏吗?"李鸣见周子毅的脸色瞬间沉下去,便清楚了答案,"你俩都分了那么久了,想不到你还挺长情啊。"

周子毅说:"有的感情,一辈子都忘不掉。"

就在这时,李鸣突然意识到乔安一直没怎么说话。

从进来到现在,乔安只是平淡地打了个招呼,并没有老友相逢的兴奋感。

他安安静静地找了个位置坐下,一个笑容都没露出来,表情分外严肃,看着似乎跟大家不处在同一时空。

李鸣拍了乔安一下:"安子,你咋回事?上学那会儿你最黏你驰哥了,怎么今天这么安静?"

沈驰双手抱臂，目光深邃地看向乔安。

乔安冷笑了一声："我就是想不明白，驰哥，你找什么样的女孩找不到，为什么偏偏要找一个伤害过你的？"

乔安给人的感觉一直都是傻乎乎的，没有心机，考虑问题简单，因此在这几个人中，他成了一个开心果的角色，大家都喜欢找他逗乐，所以都没想到这么单纯的他居然还因为当年的事情耿耿于怀。

"驰哥，咱们也都是二十几年的交情了，从小，兄弟们谁都不服，就服你，没想到你在感情上那么没出息。你忘了吗？当初她把你害得那么惨……"

影影绰绰的灯光下，云黎去完洗手间，正准备进包间，却陡然听见这么一句。

她心口一紧，就没进去。

乔安："我从网上看到有个词叫斯德哥尔摩，驰哥，你要不查查你有没有这个病吧？不然全世界那么多人，你干吗非得找一个抛弃过你的人？

"云黎她凭什么？凭什么让你这么为她付出？"

沈驰一声不吭，居高临下地看着乔安，神色逐渐冷凝下来。

乔安："这些话我早就憋在心里了，说出来痛快多了。"

也是这时，沈驰注意到了门口的那道熟悉的身影——只要云黎在的地方，他就看不到别人。

不知道小姑娘听到了多少，会不会很伤心？

想到此，沈驰站了起来，轻轻蹙眉，扫了眼乔安："安子，你跟我出来一下。"

云黎到底还是进了包间。

她其实今早就想过此刻的场景了，当年是她狠心抛下了沈驰，而这几位又都是沈驰最好的朋友，他们怎么可能喜欢自己？

气氛陷入持久的沉默，喝酒夹菜的声音清晰可闻。

云黎简单跟大家打了个招呼，坐下来喝了口果汁。

李鸣看向她，他在这群人中最年长，性格也相对比较成熟，语气平静地问道："妹妹，刚才乔安的话，你都听到了吧？

"你千万别生乔安的气，别看过了这些年，这小子也还是跟当年一样不成熟，我在家里还经常揍他呢。他刚才的话不对，我替他给你道个歉。"

云黎轻轻地摇了摇头："没关系的，乔安其实没说错，当初是我

不对。"

"刚才听乔安的意思,当年好像发生了什么事,是怎么回事?"云黎鼓起勇气,手指紧紧地攥在一起,问向大家。

李鸣惊讶:"沈驰没告诉过你?"

云黎:"没有。"

失去的那六年时光,两人都默契地从没提过,似乎不提,就意味着他们从未走散。

可近日遇到过往好友,尘封许久、避而不谈的过往,终于在这一刻被揭开,重见天光。

当年,云黎跟沈驰决裂之后,沈驰一蹶不振。

骄傲的少年被碾碎了傲骨,每日浑浑噩噩,颓废到极致,学也不上了,熬夜打游戏,还生了一场大病。

可他毕竟是沈严唯一的孩子,沈严不允许他出事,便重新打了把他送出国的主意。

可沈驰不同意。

那时候的沈驰躺在医院里,嘴唇发白,人清瘦了许多,却也显得更加利落成熟了。

沈驰为了表明决心,跟沈严许下承诺,保证自己高考会拿到状元,否则任凭处置。

沈驰那时候的成绩也仅仅刚提上来,距离状元差了十万八千里,所有人都觉得这是一个不可能完成的赌注,可沈驰偏偏完成了。

那应该是沈驰过得最艰难的一年,他放弃了所有的娱乐活动,每天听话地背着书包上学放学,假期也全在家里学习做题,反反复复。

一个不学无术、零基础的学渣疯了一样地学习,学得太刻苦了,几乎豁了出去。有一次夜里,他晕了过去,住了十几天的院,医生叹着气,说再这样不分昼夜地努力,底子再好也会把身体熬坏的。

等李鸣再次见到沈驰的时候,他已经拿到了高考省状元的称号,可他的脸上并无喜色。

李鸣的眉眼模糊在烟雾中:"云黎,你知道沈驰为什么死活不同意出国吗?"

云黎的心脏狠狠跳动了几下,双唇轻轻颤抖着,等待着答案。

李鸣到现在都还记得那时候的场景。

那时,沈驰大病初愈,脸色苍白。李鸣与乔安去看望沈驰,他们觉得出国未尝不是一条好出路，也建议沈驰出国。

可沈驰神情落寞地摇了摇头，他目光很淡，敛去了往日的不正经与吊儿郎当，尾音都发着颤："我不能走，如果我走了，就没人能保护她了。"

第九章

全世界都是他爱她的证据

云黎有种想要落泪的冲动。

她张了张嘴,喉咙干涩得要命,眼眶泛红,却发不出任何声音。

她低头,不想落泪,一滴滚烫的眼泪却砸在手背上,是那样疼。

经常听人说起沈驰光辉的履历,可她从未想过,他的状元居然如此来之不易,而且兜兜转转竟然是为了她。

李鸣说:"沈驰他一直都喜欢你,喜欢得没有理智,毫无道理,可这样的喜欢才是最真实的。

"你们的合照,一直被他好好地珍藏着。"

云黎一愣:"什么合照?"

她怎么不记得他们有过合照?

李鸣笑了一声:"就是你们俩为咱们学校官网拍的那张照片,也是你们唯一一张合照。"

原来是那一张。

随着他们的毕业,汀溪私高官网的那张照片被换掉了,换成了别人的。云黎想起要保存那张照片时，却发现已经来不及了，她带着这个遗憾直到现在。

可李鸣告诉她，沈驰早就拿到了照片，还洗了出来，稳稳当当地保存着。

云黎垂下头，内疚无比。她到底有多对不起沈驰啊，哪怕用余生弥补都不够。

"我记得有一次，我们几个聚餐，吃完了饭又去KTV唱歌，一边唱一边喝酒，大家都醉了，就直接躺在那里睡着了，只有沈驰没喝酒。我半夜迷迷糊糊醒过来，发现他盯着那张照片流泪。"

毫不夸张地说，那是李鸣第一次见沈驰流泪。

这些年来，沈驰轻狂坦荡，随性恣意，可这样骄傲到不可一世的少年，居然为了一个女孩而流泪。

李鸣什么都没说，假装没看见，在心底默默叹了口气，背对着沈驰继续睡觉。

他第二天醒来时，沈驰照旧还是原本的嚣张模样，似乎昨夜只是他的梦，可他知道，他不小心窥见了沈驰最脆弱的一面。

沈驰是真的爱云黎。

用生命去爱，抛弃自尊去爱，爱疯了。

安静空旷的室外，繁星点点，树影萧疏，枝丫被风吹得疯狂摆动。山庄很大，一眼望不到尽头，山前流水潺潺，沈驰看向漫无边际的景色，眸里情绪深沉。

乔安："驰哥，我不会为我刚才的话道歉，我刚才说的全部是真心话。咱们那么多年的交情，我肯定站在你这边，我说的任何一句话，都是我深思熟虑过的。

"驰哥，我是真为你感到不值。"

其实，从他得知沈驰跟云黎结婚的那一刻开始就觉得沈驰疯掉了，跟谁结婚不好，为什么偏偏是云黎？

沈驰嘴角弯了弯，嗓音淡得像风："可我觉得，这就是我最好的结局了。"

乔安不可理喻地看向他："驰哥，我不懂，你是被云黎洗脑了吗？当年她不过借住在你家里半年，这份感情能有多深？"

沈驰不紧不慢地开口："刚才，周子毅有句话说得挺对的。

"有些感情，是一辈子都忘不掉的。

"你还没遇到那个人，所以不懂这种感情，是非她不可，换任何

一个人都不行。"

跟云黎相比，自尊与骄傲都不值一提。

只要能跟她在一起，他可以什么都不要，哪怕当个最普通的人。

岁月经年累月在他心底留下疮疤，不知从什么时候起，云黎成了他唯一的瘾症。

男人眼底一片赤诚。

这么多年过去，乔安发现那个意气风发的沈驰似乎又回来了。

意气风发的沈驰，也是最爱云黎的沈驰。

乔安无奈地叹了口气："可是驰哥，你就不担心重蹈覆辙吗？"

男人轻轻摇了摇头："不会。"

"她不会走，我相信她。"沈驰身上带着淡淡的清冽酒气，懒散地将手插进裤兜，抬眸看向乔安，"我俩能在一起一辈子，你等着看好了。"

昏暗的灯光与月光交叠，暗淡的云影低沉徘徊，轻轻的风将男人的话送到了乔安耳边，乔安这辈子也忘不了这句话——

"是我爱她，是我不能没有她。"

"行了，就说这么多吧。"兴许不太习惯说矫情的话，沈驰不自在地抿了下唇，瞥乔安一眼，"你是不需要给我道歉，毕竟咱们认识那么多年了。"

可是，乔安觉得自己刚才的话多少有点不尊重云黎，不知道小姑娘会不会在乎，自己还是有必要澄清一下。

沈驰恢复了以往的吊儿郎当，直截了当地丢给乔安一句："滚过来给我媳妇儿道歉。"

乔安无可奈何地喟叹一声："行。"

从小到大，他最听沈驰的话，沈驰交代的事情他肯定第一个完成。

两个人重新回到包厢，包厢内氛围正好，云黎跟李鸣他们正讨论着南城的特色小吃，还说明天要带他们去逛逛。

沈驰松了口气。

乔安看了一眼沈驰，向前走了两步，来到云黎面前，后者诧异地笑了一下。

云黎是觉得自己对不住沈驰，可乔安当着大家的面那样讲话，还偏偏被她听见了，她也有点不太自在，只能假装无事发生。

"乔安，怎么了？"

"嫂子！"乔安给自己倒了一杯高度数白酒，不自觉地挠了挠颈后,"刚才的话多有得罪,希望您别跟我计较!"

乔安将酒杯一举,"咕咚咕咚"一饮而尽,烈酒入喉,辛辣刺鼻,二人相逢一笑泯恩仇。

"以后您依旧是我最敬爱的嫂子。嫂子,祝福您和驰哥百年好合,白头到老!"

大家都纷纷为乔安的大气鼓掌,他拿得起也放得下,脾气或许冲动,却也能舍下面子赔礼道歉。

几个人都重新回到了座位上,这个小插曲解决之后,氛围明显比之前还好。

后来,不知道怎么又聊到了过去,说起李鸣那时候自主创业,开了家卖自行车的店铺。

李鸣摇摇头,说:"笑死了,那时候我跟着别人学自主创业,最后全赔了。"

云黎想到自己那时候骑的那辆墨绿色、少女心十足的自行车,就是在李鸣店里买的,那辆车质量很不错,她每天都骑,一次都没坏过,后来要不是因为不方便,她肯定是要带回蓝亭的。

云黎喝着果汁说:"我记得,我那辆车骑着可舒服了,而且价格还很低。"

当时沈驰主动讲价,那辆自行车她一百块买了下来。

李鸣猛地拍了一下桌子:"我这才想起来那件事,当时你马上就从微信上把余款补给我了。"

那时候李鸣还在想,这小姑娘跟沈驰到底什么关系啊,至于让沈驰这么卑微地变着法对她好?

云黎脑海里闪过一个问号,她想问题有点慢,到现在她还以为那辆自行车的确是沈驰以一百块拿下的,原来背后还有这么一段故事。

她惊讶地抬睫看了沈驰一眼。

沈驰一眼就注意到了她的小表情,大掌抚了抚小姑娘的头顶,一脸坦荡地笑了笑:"很意外吗?"

云黎点头:"嗯。"

沈驰自然又亲昵地揉了几下她的耳朵,拉住她的手,笑着说:"还用我直接说?

"我对你一见钟情,见到的第一眼就想抢来当老婆了。"

两个人在桌下手拉手,云黎脸颊热乎乎的,男人垂眸睨着她的一举一动,宠溺地笑了笑。

第二天，周子毅提议吃烧烤，几个人便去山庄后院准备了一番。

这地方远离市区，生活节奏慢，空气清新，和着泥土和青草清淡好闻的香气，是个适合放松的好地方。天边的云彩洁白柔软，漂亮得像是动漫里的场景。几个人在室外架起烤炉，又找保洁收拾了一下地面，铺好小桌子以及小毯子。

李鸣说起最近的计划，他出国镀了金，学历有所提升，的确好的工作机会都朝着他涌来。

"我想着吧，如果确定在南城工作，就在南城买套房子。我记得你前几年买的那套湖光公馆的房子位置就挺好啊，距离我那个公司还挺近，那边还有空闲的房子吗？"

沈驰说："有，不过现在房价涨了。"他伸手比了个数。

李鸣沉默了一下："这价格不行，太离谱了，买不起。"

李鸣他爸这些年做生意没少赚钱，但是跟沈驰这种非同寻常的人相比，还是差得远了。

李鸣叹了口气，又说："你说，湖光公馆的装修整套你都按照法式轻奢多好啊，非得把书房弄成孔雀蓝少女风干什么？不搭调啊。"

当时李鸣在国外的小房子也准备装修，问沈驰要参考意见，沈驰就将湖光公馆的装修图册发了过去。

没想到好几年过去，李鸣对他的装修风格依旧耿耿于怀。

"云黎喜欢蓝色，"沈驰轻笑一声，"她经常在书房工作，弄她喜欢的风格，对身心都好。"

李鸣原地石化："什么？可是你们那时候都还没在一起啊。"

沈驰挑了挑眉，没说话。

李鸣摇摇头："你真的丧心病狂，装修房子都考虑她的喜好！"

云黎在一旁静静听着二人的聊天，身体一僵。

她看着身旁身材高大、肩膀宽阔的男人，感动一丝一缕地漫上身体的每一个角落。

她之前怀疑过，还以为那么不搭调的装修风格是因为沈驰的白月光呢。

原来，一切都是为了她。

就像沈驰说过的那样，从来就没有白月光，自始至终，栖居于他心上的姑娘，就只有她一个。

在二人未曾相遇、情路不知归处的时候，他已经固执地将她划入了自己的未来。

原来，全世界都是他爱她的证据。

沈驰的爱，比她想象的深重太多了。

在这段感情中，她一直都是亏欠的那一个，沈驰不主动提及过去，她便也不会提，仿佛无事发生过。

只是云黎心底清楚，两个人始终隔了一道天堑，她当年讲的那些难听的话，也成为午夜梦回之际，她难以逃避的梦魇。

她原以为沈驰也会在乎，毕竟像他这样的天之骄子，从没有人有资格这般折辱他。

可似乎跟她想象的不太一样。

男人始终将她捧在珍宝一样的位置，如同月亮永不坠落。

云黎心头悸动不已，深吸一口气，什么也没说，只沉默地看了沈驰一眼，过了一会儿才勉强将奇怪的情绪压了下来。

几个人也都还有工作，毕竟都是成年人了，总要为前程奔波，只待了五天就回去了。

云黎与沈驰也回到了湖光公馆。

云黎这几天也累得不轻，既要兼顾漫画连载，还要招待好远方的朋友。回到家，她先是舒舒服服地睡了一觉，睡醒时已经傍晚六点钟了。

太阳西沉，天边呈现出一片壮美的玫瑰色系，太阳像是淌油的鸭蛋黄，在广袤恢宏的宇宙中熠熠生辉。

沈驰做了两碗面条，普通的蔬菜面，依旧配着一碟拌鸡蛋。

云黎原本没抱太大希望，简单尝了一口，发现味道还算不错。

毕竟这几天都在山庄居住，享受着五星级大厨的服务，本以为吃这碗普通的面条会产生落差感，没想到食物进入胃里，只觉得舒适无比，没一会儿她就全部吃干净了。

云黎说："面条口味还不错，有进步。"

沈驰冷哼一声，欠欠地开了口："那还用说。"

他那模样自信爆棚，云黎怔怔地看着他："不过我不明白啊，咱们每天都在一起，你这是去哪里进修了吗？"

沈驰似笑非笑地看着她，说："这是我的看家本领，自然不能跟你讲了。"

云黎又想起李鸣的话，问道："沈驰，那个书房的装修，我没想到你居然是为了我。"

沈驰将小姑娘抱在怀中，懒洋洋地睨着："我还以为你看到的第一眼就明白了。"

"明白什么？"

"蓝色是你最喜欢的颜色。"

"我只是觉得你不会想着我。"

云黎甚至都不好意思说，因为书房特殊的颜色，她还结结实实吃了醋。

沈驰垂眸深深地瞧着她："你对我不自信没关系，起码对你自己得自信点。"

云黎："书房真的好漂亮，我好喜欢。"

沈驰笑了："那你有空去看看另外几套房子的书房，保证你也会喜欢。"

"别的房子也都有两个书房吗？你都按照我的审美设计了？"

"那不然呢？万一这套设计得不够让你满意，再非得跟我离婚怎么办？"

男人像模像样地哀叹起来："这年头媳妇儿不好找啊。"

云黎被他逗笑了，假装伸手往他脸上打了一下："这话别人说我会信，你说我才不信呢。"

沈驰正色道："行了，不开玩笑了。我买房子首先看书房，如果就一个书房，都不带考虑的。"

阳光晴好的周末，雪飞给云黎打来电话，说《斗兽》第一季已经通过了出版社的审核，拿到了书号，准备预售，让她准备准备去出版公司签扉页。

云黎没想到出版社的效率这么快。

"那我还需要准备什么吗？"

雪飞说："那边公司都有准备，只是有一点，你可能得连续来公司好几天。"

云黎问道："公司地址在哪里呀？"

"不远的，就在南城所属的喜川县，开车大概两个小时就到了。考虑到签名工作比较烦琐疲劳，那边提供了酒店住宿，你到时候记得带好行李就行。"

出版公司一般都靠近印厂，会选址在地方宽阔、人烟稀少的县城，喜川县就是这样的地方。

"对了，"临挂电话时，雪飞又说，"还有个消息，唐梦之前那个笔名不再用了，她偷偷找责编换了新的笔名，现在都连载到第二本了。"

短短两个多月，居然连载到第二本，说明她非常勤奋努力。

云黎也不免好奇："数据怎么样？"

"数据比她之前进步多了，谁也没想到，没有老作者名号的加持，她居然会进步，那就说明她也是置之死地而后生了。日后她成为大神，第一个要感谢的就是你，是你没有赶尽杀绝，给了她重生的机会。"

云黎闻言轻笑一声，说："没有的，也可能她这辈子都不想见到我了。"

没想到，雪飞居然来了句："跟你想的还真不一样呢，我那次碰到唐梦的责编，她责编跟我说，其实唐梦还挺想再见你一次，好像还有什么话要说。

"我估计应该是道歉吧，南城就这么大，要真是碰见了，你听她说说也无妨。"

想到两天之后，自己就要去喜川县了，云黎迫不得已把与沈驰一起回奶奶家的行程提了上来。再不一起回去，估计耳朵就真的要被奶奶唠叨出茧子了。

俱乐部加上君恒，沈驰忙得脚不沾地。

毕竟这人要求高，还得好好准备一番才肯前往。

原本云黎一直觉得沈驰是个充满松弛感的人，这么一看，好像也不全是。

他也会因为见长辈而紧张，生怕得不到长辈的认可。

沈驰亲自去商场挑选了不少礼物，价格昂贵不说，还是男人花费了一个下午的时间亲自选的。

"沈驰，你准备的这些东西还挺讲究的。"云黎看着男人将一个一个礼盒搬到后备厢，衬衫袖口挽起，不时因为他的动作露出一截好看的腕骨。

沈驰今天还穿了一身西装，将扣子扣得工工整整，喉结突出，有种散漫的禁欲感。

两人特地早到了一会儿，想着奶奶一个人忙活一桌子菜肯定会累得不轻，这样两个人还能帮点忙。

哪里想到，他们到的时候，只剩下汤在炉子上煲着，其他的菜全部做好了。

十几个菜，摆盘精致，客厅打扫得一尘不染，明亮如新。

沈驰搬了两趟，才将所有的东西带上来，摆了小半个客厅。

奶奶出来迎接他们："哎呀，总算把你们盼来了，小沈，快进来

坐吧。"

云黎明显感觉到奶奶有点紧张,也有点激动,不过脸上的笑容却很真实,眼角眉梢都笑开,就连皱纹都变深了。

沈驰站在云黎身前,西装革履的男人面容淡定,敛去了往日的痞气,一本正经地回答:"奶奶,早就该来看您了。"

云黎赶紧替他补充了一句:"其实领证的第一天,他就说要来看您了,我那时候觉得时机还不对,找借口拒绝了。"

奶奶笑着看向云黎,伸手作势要打她:"小丫头,这才结婚多久,就这么护着你对象呀?"

云黎调皮地吐了吐舌头。

几个人坐到了沙发上。

云黎拿出茶壶,弯下腰准备倒茶,哪想沈驰不声不响地把茶壶接了过去,倒完了才坐下。

几个人寒暄了一会儿,沈驰感觉到奶奶是个温柔和善的人,可能也只有这样的老人才能养出云黎这么好的性格吧。

"小沈,你们是不是很早就在一起过呀?"

"没,她以前直接把我拒绝了。"沈驰懒洋洋地掀起眼皮睨了云黎一眼。

云黎被他的目光弄得有点不好意思:"奶奶,我们那时候还在读书,没想那么多,是后来才觉得是互相喜欢的。"

"这会儿又承认互相喜欢了?"沈驰"啧"了一声,笑了,"也不知道哪个小姑娘死活不肯承认。"

"哎呀,"云黎根然地抱头,恨不得找个地缝钻进去,"都陈年旧事了,我都记不清啦。"

沈驰微微勾唇,饶有兴致地观察她的反应:"记不清没事儿,回家我帮你好好回忆回忆。"

奶奶突然问道:"对了,小沈,我一直忘了问你,你是做什么职业的呀?"

沈驰侧头看了一眼云黎,牵住小姑娘的手,他没想到到现在她都没告诉奶奶他的具体职业。

沈驰微微颔首:"我主业是摩托车赛车手,副业搞投资。"

听起来好像普普通通,云黎眨眨眼,迫不及待地说:"奶奶,他很厉害的,今年夏天刚刚拿到世界冠军,他那个公司也很牛,这么说吧,我的漫画版权要不要开发,其实是投资公司说了算。"

可奶奶明显对他的主业更感兴趣:"现在有摩托车赛车手这个职

业吗?开着摩托车比赛吗?"

云黎有点无奈,打开电视,找到体育频道,这会儿正直播美洲的一场摩托车拉力赛。

场面险象环生,奶奶吓得不轻,捂住了胸口:"小沈,你这个职业可危险得很哪!有没有出意外的赛车手?"

沈驰说:"是很危险,很多人出过意外。"

他也曾经九死一生,只不过怕小姑娘担心,他从没讲过。

奶奶脸上写着显而易见的担忧:"那可怎么办啊?你们还这么年轻,我就看这么一会儿比赛就吓得心脏都快跳出来了……"

沈驰坐姿笔直,正色道:"奶奶,我已经打算退役了。"

云黎眼皮重重一跳。

这件事沈驰从没跟她说过。

她是个只求平稳的普通人,当然希望沈驰不从事如此危险的工作,可她也清楚,沈驰从小就热爱赛车,很早就拿到了青少年组的世界冠军,让成绩斐然的他在黄金年龄退役,是多么残忍的一件事。

沈驰嘴角勾着淡淡的笑意,继续说道:"我想过了,如今,我的命不再是我自己的,我有家了,云黎就是我的全部。

"所以我决定退役,当好俱乐部的主理人,不会再参加任何一场赛车比赛。"

云黎无法形容内心的悸动,她的心突突狂跳着,脸颊滚烫,用不忍的眼神看向沈驰,艰难地张了张嘴:"你想清楚了吗?"

"嗯,"沈驰轻笑着,牵她手的动作重了些,目光专注认真,"早就想清楚了。

"奶奶,为了云黎,我愿意放弃我的一切,何况只是区区的赛车。"

赛车是他十八岁之前的梦想,而云黎是他余生的梦想。

用十八岁的梦想换取整个余生,怎么想都值得。

奶奶也被他的真诚打动了,在心底给这个年轻人竖了大拇指。怪不得自己的宝贝孙女总是夸他,这么多年念念不忘,他的确有这样的魅力,也值得孙女交付一生去爱。

"好,那我现在彻底放心了,小沈会对黎黎好,我们黎黎也会疼小沈,你们就是天造地设的一对。"

"对了,沈驰,你给奶奶看看咱们的结婚证。"云黎眼角晕开笑意。

沈驰无奈地看她一眼,从西装内侧口袋里掏出来一张红色的证件。

云黎情不自禁地笑了,这人果然是任何时候都会把结婚证带在身

上啊，幼稚鬼一个。

沈驰将证件打开，递给奶奶，这时云黎才注意到结婚证里面夹着一张照片。

是他们之前唯一的合照。

沈驰穿着规规矩矩的校服，皮肤冷白，单眼皮锋利，笑容轻狂嚣张，头发被吹乱了些，明亮干净的少年意气几乎要从照片里溢出来。

她站在他旁边，像一株百合花，温和安静，岁月静好。

两个人是学校的代言人，更是青春的代言人，那时候的她哪里想过，她会成为他的妻子。

这张照片有些旧了，边缘泛黄，大概是主人时常抚摸的缘故。

云黎看向沈驰，她不敢想象，分别的这些年里，沈驰过得有多么艰难。

沈驰揽住了小姑娘的肩膀，眸光深了些，声线平直："奶奶，您放心，我会用我余生的全部疼爱她。"

"咱们准备开饭吧？"奶奶收拾好心情，站了起来，笑眯眯地看向两个年轻人，然后起身去厨房里关了火，准备盛汤。

沈驰连忙起身帮忙。

午后的阳光从窗外肆无忌惮地洒进来，沈驰穿着简单的白衬衫和西装裤，身姿挺拔，鼻梁高挺。

他一只手端一碗汤，干净又利落，烟火气息十足，令云黎的心不由得狂跳。

他依旧是那个举手投足都会让她心动的人，转眼间成了会陪伴她一生的男人。

吃过饭，云黎看不得奶奶太辛苦，主动帮忙刷锅洗碗。

沈驰想抢她的活，然而这次，她说什么都不让，奶奶也不允许。

"小沈呀，来者是客，哪里有让客人洗碗的？"

看着老人家真心实意，沈驰就不好再说什么了。

云黎在厨房收拾，他坐在沙发上陪奶奶聊天。

两个人聊了一会儿，奶奶忽然笑了："你这孩子，眼珠子都要黏到我们黎黎身上了。"

沈驰只是看上去在陪奶奶聊天，其实心都在云黎身上，没想到这都被老人家看出来了。

沈驰也不尴尬，轻咳一声："奶奶，我没让黎黎做过家务，我怕她做不好。"

怕她打碎碗，伤到自己。

沈驰也觉得自己太过于小心了，把云黎捧在手心里怕摔着，含在嘴里怕化了。

奶奶笑了一声："黎黎这小丫头从小就聪明，学什么速度都快，我记得那时候别的小孩还不会数数，她就已经会基本的加减法了。你放心，她能干好的。"

奶奶突然想到了什么："我记得，我柜子最下面还有一摞黎黎小时候的照片，我给你找来看看。"

云黎小时候的照片啊……

沈驰勾唇淡淡笑了，他倒还挺感兴趣。

奶奶起身往卧室方向走，见沈驰依旧坐在那里，挑眉笑了一声："小沈，奶奶这是给你机会看黎黎呀，还不快过去？"

沈驰失笑，有了老人家的许可，这才放心往厨房走去。

房子不算大，厨房比较靠内，封闭式的，形成一堵密闭的、无人打扰的安静空间。

云黎垂下头，认认真真地洗着盘子。窗外明净的阳光透进来，给她的侧脸打下一圈淡淡的光晕，头发丝都好像在发光。

沈驰忍不住轻咳一声，倚靠着墙面，吊儿郎当地看着她。

云黎转过身："你怎么来了？"

"不放心你。"沈驰慢悠悠地笑了一声。

云黎笑了，将刚刚洗好的盘子举高给他看，邀功似的："你看，是不是洗得挺干净？"

"还行。"男人不动声色地朝她靠近了几分。

"都不愿意夸我几句。"云黎不悦地抿唇。

沈驰盯着她红润的唇，眼底却闪过一丝促狭的情绪。他松了松领口，从身后抱住她，温热的呼吸打过小姑娘的耳畔，宽阔结实的胸膛紧紧抵着她。

"你别抱我啊，奶奶还在外面呢。"男人从身后紧紧地抱住她，她紧张得不行，想要将他推开，然而手上还沾着洗洁精，一时半会儿也洗不干净。

沈驰不紧不慢地说："没，奶奶去给我找你小时候的照片了。"

"怎么会突然想到给你找照片呀？"云黎不解。

沈驰伏在她耳旁，磁沉微哑的声线缓缓响起："可能是给咱们创造机会吧。"

云黎蒙了一瞬："创造什么机会？"

"创造相处的机会。"

收拾完后,奶奶让云黎去超市买点盐和醋。

云黎不解,奶奶"哎"一声:"让你去你就去,我习惯吃这个牌子的还不行?"

云黎调皮地笑了笑,听话地下楼去了。

沈驰知道奶奶有意支开云黎,是有话对他说,果不其然,奶奶站了起来:"小沈,你跟我进来一下,我有话对你说。"

奶奶带着他进了另一间稍微小点的卧室,简单的蓝色风格活泼俏皮,一看就是小姑娘喜欢的类型。

"这个呢,是黎黎的卧室。"

奶奶从床头柜里拿出一个盒子,里面放着不少旧东西,其中最显眼的就是一块粉色的旧电话手表,还有一部旧手机。

没想到,和他有关的旧物件,云黎还好好地保存着。

奶奶将旧手机拿给沈驰:"小沈,你看看这里面的东西吧。"

沈驰下意识皱了皱眉,这手机他认识,是云黎高中时使用过的那一部。

这部手机的手机卡早就拔掉了,不过里面的界面还维持着六年前的样式,未曾更新过。手机里也没几个软件了,大概运行内存太卡,都被她卸载掉了,只留下了微信和QQ。

他打开之后,发现微信和QQ只留下了他们的聊天记录。

他一页一页地翻过去,全部是最熟悉的对话。

那时他们年少,他将满腔善意毫无保留地给了她,少女看似退让,可其实也用同样的方式回馈着他。

短信的草稿箱里,全是属于云黎脆弱的少女心事。沈驰每翻过一页,就觉得心脏深处像是被人凿了个大洞,"哗啦哗啦"吹进来凛冽的风。

△驰哥,我好想你啊,我真的好怀念一起学习的日子。

△每天梦里都是你。

△白天想见也见不到的人,或许只配梦里相见吧?

△驰哥,他们对我不好,我想回去找你,可是我对你那么差,你还愿意接受我吗?

△我的情绪生病了,每天都在哭,怎么会有那么多的眼泪呢?如果你在,一定会抱抱我吧?

△再也没有人像你一样对我那么好了。

△我跟姨妈决裂了,我没有吃饭的钱,也没有路费去找你,或许,你已经把我忘记了,也或许,你身边已经有了别的好朋友。

…………

第三年。

△我找到了热爱的事物,还是没能忘记你。

第四年。

△我还是那么喜欢你。

第五年。

△我决定要把你忘记,可我忘不掉。

第六年。

△我还是会想你,想起你心脏就隐隐作疼,可你还记得我吗?

沈驰心头突然涌上一股难以言喻的冲动:"奶奶,黎黎这么多年……"他从没有哪一刻像现在这样迫切,"我想知道,当年黎黎为什么要跟我分开?"

当年,沈驰纵使怀疑过,可也没查到任何端倪,这些年过去,两人爱意不减,哪怕重逢之后,云黎想要提起当年也被他拒绝了。

他觉得过去不重要了,什么都不重要,没有什么能比得上两颗年轻的心脏给予的鲜活爱意。

只要她愿意回头爱他,过往的爱恨就随风去吧。

奶奶叹了口气:"当时我病得很严重,黎黎担心我的身体,一个人处理了一切,所以我也不清楚。"

"这些年,小姑娘一直都喜欢着你,追求她的人那么多,从没见她跟哪个异性多说过一句话。"奶奶目光深深地看向沈驰,"你们刚一重逢,她就答应跟你结婚了。

"黎黎她爱你,可能她平时不太爱表达,可是我看得明白啊,除了你,她没爱过任何人。

"你如果想知道真相的话,就去问问她吧,她已经把你当成了生命中最重要的人,应该很乐意分享曾经的那些痛楚。"

沈驰眼尾一片红,嘴唇抿得很紧,沉默不语。他并不是个情绪外露的人,可这次,心潮的悸动久久难平。

"小沈,奶奶给你看这些东西,也没别的意思,我只是想让你知道,这几年里,黎黎都不曾忘记你,也希望你不要辜负她的这份喜欢。"

奶奶话语殷切,苍老的眼珠中闪烁着泪花。

那些年里,她起夜时,总会看到宝贝孙女倚在床头一字一句地在旧手机的信箱里打字,这些发不出去的短信都是女孩爱他的证据。

沈驰目光专注又沉静:"奶奶,您放心,我绝对不会让黎黎受任何委屈,我永远永远都会冲在最前面。"

云黎受的委屈已经足够多了,他舍不得他的小姑娘再承受任何生活的苦。

沈驰眸子垂下去,手心紧紧地攥着旧手机,再开口时,声线带着明显的颤意:"谢谢您,奶奶。"

谢谢您让我看到云黎的另一面,让我更清楚以后该如何小心翼翼地爱她。

爱她明月好,憔悴也相关。

见证了她每一个踽踽独行的时刻,也更加明白了这段感情的来之不易。

会陪伴她到永远,从青葱年少到暮雪白头。

生死不负,直到终老。

离开的时候,太阳快落山了。

两个人跟奶奶告别,还答应以后有时间会经常回来坐坐。

落日余晖洒落,云黎全身都晕染着细碎的金色光影,风轻轻将她的发梢扬起,小姑娘笑容沉静,被黄澄澄的残阳渲染得更加漂亮了。

上车前,云黎跟奶奶挥手说再见,明明说了无数次让奶奶别送下楼,奶奶还是非得下来。

"我出去买盐的时候,你跟奶奶聊了什么啊?我怎么感觉你脸色不对劲?"

要说明显的不对劲好像也没有,总觉得比起之前的沈驰,他眸色深邃了许多,像是在克制着某种情绪。

男人双手撑在方向盘上,懒散地勾唇笑笑:"没什么,奶奶让我对你好。"

云黎似乎有点失望:"就这个啊?"

沈驰偏头扫她一眼,喉结动了动,眉梢轻挑:"那不然你还想让我们聊什么?"

云黎默默叹了口气,索性放弃了挣扎:"那你怎么回答的啊?"

沈驰笑了笑:"我就说,我会加倍对你好。"

小姑娘琥珀色的眸子眨啊眨,往旁边靠了靠,两条胳膊勾住了男人的脖颈,将脑袋埋到他怀中,软下声音,如同撒娇一般:"沈驰。"

他怀抱温柔，暖融融的，仿佛一轮小太阳。

这还不够，云黎咽了口口水，像是做出了一个重大的决定。在沈驰还没反应过来之前，她飞快地在他脸上吻了一下。

"就这？"

沈驰轻笑一声，打了一圈方向盘，找了个地方将车停下，将车窗升了上去，掐了把小姑娘的脸蛋，略带强势地按住她的后脑勺，一个灼热的吻落了下去，若有似无的清浅气息洒在她的颈侧。

第十章

十八岁想娶的人

看完了奶奶，也完结了一桩大心愿，云黎跟出版公司确定好了签名日期，准备前往。

尽管路程不算远，云黎也不打算每日来回，开车两个小时也够折腾了，她不希望宝贵的时间都浪费在路上。

她提前一天收拾好行李，正准备合上行李箱时，一双骨节分明的大手拦住她，又塞了几件男士衬衫进去。

沈驰说："我也去。"

云黎撇了撇嘴，一脸不解："我是去工作，你凑什么热闹？"

沈驰语气平淡："我有说自己不是去工作？"

云黎惊讶："你去喜川干什么？我可不信那里能有什么工作……"

主要是重逢以来，两个人总是以各种方式偶遇，似乎她永远都绕不过沈驰，很难不怀疑这人有意为之。

沈驰舌尖抵了抵脸颊："这次你还真猜错了。"

说罢，他得意扬扬地打开手机邮箱，调出来工作文件。

云黎皱着眉头看了一眼，发现他这次出差的地点还真是喜川，君恒想要投资一个度假山庄，喜川正巧有一块好地方。

"不对，你是老板，老板哪里需要出差啊？这么点小任务，部门经理去就好了。"

沈驰挑了挑眉："你猜得没错，原本是不需要我去的，但是，看在你那么喜欢我的份上，我勉为其难去一趟吧。"

上午，他们出发了。

出版社给云黎安排了住宿，原本都到了定好的位置，可沈驰非说环境太差，又订了其他的酒店。

沈驰拉着行李箱，刷了房卡，刚一进去，她就被震撼到了。

她虽然是全职漫画家，但也经常要各地学习或旅游，捕捉更多的灵感，还真没住过这么漂亮的房子。

整个套房的色调都是深蓝色的，刚一走进去，就仿佛踏进了神秘的深蓝水域。而且，酒店前有一片湖，从楼上往下看，仿佛住在了湖中心，梦幻感加重。

"这里环境真不错啊！"云黎由衷感叹道。

"这会儿不嫌我事多了？"沈驰笑着反驳。

云黎乖乖闭嘴："你怎么找到这么漂亮的房子啊？"

"助理找的。"

"助理还帮你找房子？"

"这么奇怪吗？"沈驰笑了，"君恒开的是业内最具有竞争力的工资，帮我找个房子有什么难的？"

"再说了，"沈驰语气暧昧，"只要能让我媳妇儿开心，找个房子算什么……

"我把这地方给你买下来都成。"

这倒是不用，再漂亮的地方也总会住腻，她也没那么贪心。

休息了一天之后，云黎就去出版公司报到了，那边的编辑和领导都格外热情，给她准备了单独的办公室，办公室里放着许多小零食和饮料，甚至还有一台大电视。

编辑让工人搬来了一箱又一箱要签的扉页，云黎瞠目结舌，之前就清楚自己要签两万张，可亲眼看到两万张扉页，又是另一种感受。

估计这几天忙完，她的手腕要废掉了。

办公室安安静静，没人打扰，云黎安静地签名、盖好印章。

忙活了两个多小时没看手机，还以为完成了很多，哪想到，她粗

略地数了数，也才不到一千张。

原来工作效率这么低啊。

她叹了口气，只觉得手臂酸，脖子酸，眼眶也酸。

于是，她给沈驰发了条消息。

云黎：好累。

后面还跟了个"哭"的表情包。

其实她很少发这种类似于撒娇的消息，今天也是着实觉得疲累，才想让沈驰安抚她一番。

发完之后，她才想到沈驰可能也在忙，哪有时间看微信，便又把消息撤回了。

沈驰：老公给你吹吹。

后面也有个表情包。

看着屏幕上可爱的小兔子为另一只兔子吹着伤口，云黎的心一软，嘴角也勾了起来。

云黎：没想到你还会发这种表情包。

沈驰：喝奶茶吗？

云黎舔了舔嘴唇，人在疲劳的时候，总会想吃点甜食。

云黎：要，黑糖珍珠！

沈驰：等着。

云黎又乖乖签了会儿名，感觉工作了很久，可扉页的厚度几乎纹丝不动，她默默叹气，盯着门口的方向，心想二十分钟过去了，外卖员怎么还没把奶茶送来。

她都渴得不行了。

敲门声突然响起。

她还拿着签字笔，猛地站了起来，准备给外卖员开门，哪想到居然是沈驰进来了。

男人穿着一件黑色的休闲装，眉目桀骜，线条刚毅，浑身透着沉着迫人的气场，手里却偏偏拎着一杯包装得花里胡哨的奶茶。

有种奇怪的和谐。

看着这个场景，云黎不由得笑了。

她赶紧低头把最后一个笔画写完，哪想到动作过猛，笔尖擦过下颌。

不轻不重的痛感传来，她才意识到自己将笔墨蹭到下巴上了。

她手边也没镜子，想想这个画面就觉得尴尬。

沈驰已经坐到她面前，将奶茶放到桌面上，饶有兴致地挑了挑眉梢:"见到我还挺激动啊。"

"你怎么来了?"云黎慢吞吞地说,"我以为是外卖员。"

"你不想见我?"

云黎抬睫认真地看着他:"没,我就是觉得意外嘛。你那么忙,送奶茶这种小事我以为外卖就可以解决的。"

沈驰笑了:"不好意思,或许做别的事情没空,但是给我媳妇儿送杯奶茶还是完全可以的。"

"不过,"沈驰狭长漆黑的眸子注视着她,嘴角笑意徐徐荡漾开来,"你用你脸蛋签名是什么意思?"

"在这么好看的脸蛋上签名,可惜了。"他大掌在她头顶缓缓揉了下,"想签的话,给我签。"

"那我能签你脸上吗?"云黎嗓音娇娇软软的。

"能啊,"男人紧了紧后槽牙,"只要你敢。"

"那我真的签了有什么后果吗?"

沈驰自下而上缓缓打量着她:"你说呢?"

云黎喝了几口奶茶,又默默地继续签名,男人就在一旁看着,看她笔走龙蛇,字迹潇洒漂亮。

签了一会儿,她猛地想起来脸上的笔迹还没擦,刚才一喝奶茶,就把这事给忘干净了。

她打量着四周,想找湿巾,却没看到。

沈驰默默将小姑娘的动作收纳眼底,轻叹一口气,又从旁边的架子最下层找到了一包清洁湿巾,抽出一张,目不转睛地盯着她下颌处。

云黎不知道到底脸上有多少划痕,目光所及之处,只余男人坚毅的眉眼。

"现在是不是还挺丑的?"

盯着小姑娘脸蛋被涂黑的部分,沈驰似笑非笑地勾起了嘴角,回道:"好看。"

"哪里好看了?"云黎嘟起嘴,喃喃低语,"没有人在脸蛋上乱画还能好看的。"

"我喜欢,"沈驰扬眉笑了,"只要是你,我都喜欢。"

云黎无意间听到出版社编辑说起这附近有个祈福寺。

每天签名太无聊了,她都快把自己累垮了,实际上又没什么效率。

忙活了一儿大,云黎发现自己才签完其中一捆。

有空闲的编辑过来帮她贴贴纸,可工作量太大,云黎还是忙不过

来，索性不再焦虑。

"沈驰，你跟我去祈福寺玩吗？"

沈驰笑着勾了下她的鼻梁："去。"

两个人在一个傍晚前往祈福寺，望着一尊尊森严的神像，云黎的内心突然紧张起来。

沈驰牵着她的手，想要拾级而上。

云黎抿了抿唇，没敢直视男人："沈驰，不去了吧。"

沈驰偏头，对上小姑娘含着几分紧张的眸子："为什么？"

云黎有点不好意思，缓缓垂下头，慢吞吞地开了口："其实有一年，我拜过，一点儿都不准。"

"哪次？"男人促狭的眸色看向她。

云黎说起大二那年的经历。

大二那年，她的漫画事业没有起色，奶奶住院，兼职又忙又累，老板还拼命压榨她，工资也不及时发放，那是她最艰难的一年。

她穷得凑不齐奶奶的医药费，每天总会偷摸哭泣，差点儿就撑不住了。

一个周末，她跟同学去了南城大学附近的寺庙。

她是坚定的唯物主义者，原本不想求的，也不相信求了之后能使她的生活发生分毫改变，可看着肃穆的佛像，心不禁蠢蠢欲动，跪下身也不想太过贪心，只想许下一个心愿。

其实她有太多太多心愿了，比如，连载的漫画数据变好，兼职老板拖欠她的工资速速结清，再比如买到最新最高级的画画设备。

可当她跪在蒲团之上，闭上眼睛时，内心却是一片安宁与虔诚。

"鬼使神差地，我那时候突然觉得自己没有别的心愿了，只求老天能让我再见你一面。"她眼角染上一片红，嗓音轻轻的，"不管是什么境况，我想你，只求见你一面。"

"可是，从没见到。"云黎释然地笑了笑，"从那之后，我就不想跪任何神佛了，一点儿都不准。"

沈驰将下巴抵在她的发顶，风轻轻拂过，男人的嗓音温柔又坚定："神听到了你的诉求。"

云黎一愣："什么？"

沈驰云淡风轻地笑了："是准的。还记得给你送花的小男孩吗？"

云黎不可思议地点了点头，惊诧地看向他："那束花是你让他送给我的？"

这么说来，一切都说得通了。

仿佛拨云见日，云开雾散，这一刻什么都看得清晰了，原来，都是沈驰。

"嗯。"

"你……为什么不亲自送？"

沈驰的手掌覆盖在她的发顶，轻轻揉了几下，敛去所有的不正经，类似怜惜一般轻轻叹息："我以为你不愿意见我，会再次将我推走。"

面对爱情，纵使是叱咤风云的沈驰也不自信。

她当年带给他的打击太大了，可即便如此，他还是愿意弯下腰，主动爱她。

"你经常来南城大学看我吗？"不知为何，云黎脑海中突然出现了这个可能。一旦出现，这个念头就越发清晰，甚至看似是问句，其实在她心底已经有了肯定的答案。

沈驰眉毛微微一挑，嘴角勾着点笑容："是。

"我大学在北清读的，我来南大找你的次数，比我回汀溪的次数都多。"

南大是她的学校，可汀溪是他的家啊。

电光石火之间，云黎想到了一个细节——

她大三那年的五一节，没回家，在图书馆画了一天的稿子，傍晚才出来，捏了几下酸涩的肩膀，整个人疲惫得没有生气，垂着头恹恹地往宿舍楼的方向走。

她在路上碰到了舍友，舍友一脸惊奇地问："你是不是从图书馆过来的？"

她说："是。"

舍友激动到爆炸，摇着她的肩膀："那你在那边有没有看到一个超级帅的男人啊？那个人穿着一身黑，酷炸了，单眼皮，身高得有一米九，有点儿桀骜不驯，说不上来的那股劲儿！"

瞧着云黎一脸蒙的样子，就知道她画画用脑过度了，舍友连连叹气："算了，黎黎，就算看到了你也不会注意的。不过，真的太可惜了，好像不是咱们学校的，要是咱们学校的，就这个颜值，一天还不得上八百遍表白墙啊。"

可莫名地，对异性向来不感兴趣的云黎用余光往图书馆的方向看了一眼。

暮色四合，天边是壮丽的玫瑰色，暖风熏得人陶醉，日暮的光影为她的背影镀上一层光，她胸腔猛然一颤，似乎有烈阳降落在她心间。

最寻常的傍晚，人声鼎沸处，她回头，什么都没有看到，可她突

然喜欢上了这样的傍晚。

原来真的是她的驰哥。

这世界或许存在神明,可神明的光从不会照在她的身上。

她不信神明,只信她的驰哥。

无人所知处,是他一次又一次地往返于北清和南大,像是迷路的旅人执着地寻找着什么,却一张机票都没留下。风风雨雨,一千多公里的距离泯灭不了绵绵的情意,他从没留下一个身影给她——

因为爱,总是静默无声的。

云黎身体颤抖了几下,像是承受不住汹涌的情绪,泪水终于决堤:"对不起,沈驰……"

真的对不起,甚至到如今,她都没有脸面来请求他原谅自己当年的任性。

沈驰低下头,与她额头相抵,声线微微沙哑:"云黎,你不需要向我道歉。

"是我先喜欢了你,先动心的人就注定输掉。我堂堂正正、心甘情愿为我的心动买单。"

他痞坏地笑了一声,勾起她的下巴,在她唇上印下深深一吻。

她嘴唇软得过分,沈驰想多停留一会儿,却被她挡开了。这地方是公众场合,当众亲吻,亵渎神灵,不好。

"沈驰,其实当初……"

沈驰轻轻叹了口气,温柔地为云黎拭去眼角的泪痕,可云黎鼻腔酸酸涩涩,整个人都很低落。

明明是好事,有人在她看不到的地方记挂着她,可为什么,她会这么难过呢?

她觉得自己配不上沈驰这么好的爱。

云黎抬起头,面前的男人表情关切,薄唇挺鼻,黑眸狭长又深沉,睫毛很长,阳光之下,他皮肤白,二人离得近,甚至能看清他皮肤上细小的绒毛。

她终于鼓起勇气,回忆起最黑暗、了无生路、恨不得自己死掉的那一年。

云黎一直逃避那些过往,她像是被海风吹打得七零八落的贝壳,看似光滑的外表下有着一颗支离破碎的心。

她东拼西凑,勉强将一颗心拼凑完整,每提起一次过往,就等于将分崩离析的心撕裂给人看。

"沈驰,我好像还没跟你讲当年的事情。我记得刚结婚的时候,我鼓起勇气想要主动跟你讲,却被你拒绝了,你为什么从来不问?"

沈驰点了下她的额头,语气宠溺:"我这人从不纠结过去。

"老天已经把全世界最好的送到我面前了,我能做的就是好好爱护她,宠爱她。

"云黎,我过去不会纠结,未来更不会,如果过去没那么快乐,就不要再回忆了。"

云黎张了张嘴,正准备说话时,突然看向了一旁的祈福树,不少年轻人都踮起脚往上面挂福牌。

福牌在风中"叮叮当当"响,一个穿着黑色丝绒长裙的年轻女人正准备挂上福牌。

她与女人四目相对。

云黎脸色一沉,对沈驰说:"我看到夏苏叶了。"

男人蹙眉,也循着她的目光看了过去。

"我觉得不太对劲,"云黎说,"她刚才肯定看到我了,离得也不算远,她都没跟我打招呼。"

"你们最近不是很少联系了吗?"

"是很少联系,不是不联系,平时她卡脚本都是找我顺剧情。"云黎叹了口气,"也不知道她有没有看到我和你在一起。"

沈驰"哦"了一声,揉了一把她的长发:"没事儿,不在乎这无关紧要的人。"

"我也不是在乎,就是心里有种不踏实的感觉。"

两个人明明都眼神交会了,为什么夏苏叶假装没看到自己呢?其实她都准备跟夏苏叶打招呼了,可人家直接将头转一边去了,她真的搞不懂。

夏苏叶又不是内向腼腆的性格,平时就是一朵欢乐的交际花,理论上哪里热闹就往哪里凑。

算了,思考这些最伤神,云黎揉了揉眉心,不再去想。

两人从寺庙出来,又在景区处用了晚餐。菜口味一般,汤很咸,云黎没吃多少,有点儿口渴。

"沈驰,我出去买水。"

这家餐馆外不远处就有个自动售卖机,云黎扫码之后,机器里就掉出来两瓶矿泉水。她一只手拿着一瓶,嘴角荡漾着笑意,正准备回餐馆时,一道清甜好听的女声叫住了她。

"黎黎!"

云黎转身，觉得这声音无比耳熟，却又不太确定。看到对面这人一张俏皮的娃娃脸，她才惊喜出声："夏夏！"

始料未及的是，她居然在喜川与沈江夏重逢了。

之前受周子毅之托，如果遇到沈江夏，帮着他说点好话，促进二人复合，可几个月过去，哪里碰到过啊。其实云黎也想过要不要主动联系沈江夏，在汀溪的那半年，沈江夏带给她不少美好的回忆，也是她有错，单方面切断了联系。

故人重逢，喜不自胜。

两个小姑娘像是没有芥蒂一般，还如年少时那般手牵手地走进了咖啡馆叙旧。

云黎将咖啡搅拌均匀，不好意思地先开了口："对不起，夏夏，这些年都没主动联系过你。"

沈江夏扁扁嘴，类似于撒娇般的语气："黎黎，其实我从没有怪过你。"

"你是我的朋友，我当然永远都是向着你的。"沈江夏握着云黎的手，努了努嘴，"我原本以为，即使你回了家，我们也会一直保持联系，会做一辈子的好朋友。"

谈起往事，尽是遗憾。

云黎摇着头，很认真地看向沈江夏："对不起，这几年，我都特别想你，用回了之前的QQ，有好几次打开对话框，想给你发消息，问问你过得怎么样。

"但我想到，肯定有很多女生抢着跟你做朋友，你可能早就把我忘了。"

沈江夏搅动咖啡的勺子一顿，抿了抿唇，认真地看向云黎眼底："黎黎，直觉告诉我，你并不是会抛弃朋友的性格。能告诉我吗？当年你跟沈驰到底怎么回事？"

云黎缓缓地垂下了头："夏夏，我姨妈对我很不好。"

眼看云黎的眼泪就要落下来，沈江夏紧张得心都提了起来："黎黎，你别哭呀。"

云黎一落泪，她就不知道如何是好了。

"我不哭，没事的，都过去了。"云黎强撑着笑容，一时间还不知道该从哪里说起。

"我跟我姨妈回家之后，她拿出来一份旧报纸给我看，告诉我是沈家骗我爸爸入局，坑我爸爸的钱，也就是间接害死我爸妈的凶手。

"后来，我跟我姨妈决裂之后才发现，其实骗我爸爸的是沈驰的叔叔,他早就被沈爷爷驱逐出去了。我爸爸被骗,也跟沈氏集团没有关系,是那个坏叔叔打着沈氏的名义招摇撞骗,而沈爷爷也没有包庇他,早就把他送到牢里了。"

沈江夏听得一愣一愣的,不由得张大嘴巴:"原来,居然发生了这么多事情。"

云黎苦涩一笑:"不止这些。"

有时候,她觉得自己的人生像是一部夸张的戏剧,或许正是前路的坎坷颠簸,才换来了后半生的圆满。

"我姨妈原本都同意让我在汀溪住一年,突然又变卦成半年,甚至就连最后几天都不让我待。

"你知道是为什么吗?"

沈江夏也有种不祥的预感。

咖啡馆门前的风铃被风吹动,悦耳的声音漫过耳畔。

云黎擦了下发红的眼角,顺势往门口看去。

身材颀长的男人正站在门口,距离她们很近很近,黑眸情绪深沉,唇线紧绷,单手插兜,视线定在云黎身上。

云黎的心重重地跳动着。

她这才想起自己只是出来买瓶水,却意外跟沈江夏一同到了隔壁咖啡馆,手机又处于静音状态,沈驰找不到她,肯定担心得不轻,这才找了过来。

夕阳西下,霞光万丈,淡淡的光晕笼罩在男人身后,为他打上一层圣洁柔净的光。

两个人一同回了酒店,一路沉默无言。

云黎原本打算今天将过去的事情解释清楚,却没想到竟然以意外的方式被沈驰听到了。

说起来倒是公平,她偷听了沈驰那么多次,他也听回去一次。

回到酒店,云黎洗了个澡,慢吞吞地换了件衣服,出了浴室,发现沈驰双腿交叠坐在沙发上,像是沉思着什么。

"云黎,现在我想听一听,当年到底发生了什么?"沈驰双眸微微眯起,目光中满含担忧。

"你应该听到我和夏夏的对话了吧?"云黎问,"当初离开你,是因为我以为我爸妈去世和你家有关系。"

"你跟你姨妈决裂了!"

这些年,沈驰一直在暗中帮助她,也清楚小姑娘的成长轨迹,他

知道她和她姨妈关系不怎么好，却不清楚其中的细节。

云黎轻叹一口气："其实，我姨妈从收养我的时候就没安好心，她想把我捆绑在家里，照顾我哥一辈子。"

"可是你哥哥是智障儿。"沈驰的嗓音掷地有声。

"是啊，她哪里会管我的死活，她眼中只有她的儿子，"她咬了咬唇，试图将苦涩的情绪压抑下去，"所以我下定决心跟她决裂。"

云黎回忆起那个夜晚的情形。

她夜里上厕所，无意间听到了乔慧云和周忠说话。

夜色潇潇，裹挟着凉风从窗外灌进来，寂静的夜，争吵声显得那么清晰。

"周忠，我都那么努力让黎黎回来了，黎黎的心还是不在这儿。"乔慧云的嗓音听起来有几分愤怒。

周忠拍了拍她的肩膀："也别逼太狠了，现在的小孩都叛逆。"

乔慧云气不过，咬牙切齿地说："早知道这样，当初就不该收养她！"

周忠也压低了声音："你也清楚咱们为什么收养她，咱们对她要求也别太高了，毕竟她也还是个孩子。"

云黎怔住了。

"慧云，你也不要太过分了啊，我害怕太过分会遭天谴！"周忠连连叹气，"咱们这房子都是靠着黎黎她爸爸的赔偿金买的，要是没有那笔赔偿金，咱们的公司也运作不起来……

"以后等她长大了，咱们给她选择权吧，她要是不愿意照顾南南，咱们也别强求了。"

"不行！"乔慧云情绪几近崩溃，有点歇斯底里的意味，"我收养她就是为了让她照顾南南一辈子！"

一辈子……

原来这才是乔慧云收养她的原因。

怪不得乔慧云对她的态度若即若离，时好时坏，原来，乔慧云从未有过真心。

云黎站在门口，嘴唇哆嗦着，风中的凉意渗透骨髓，血液凉得几乎冻结。

她拳头握在一起，牙齿咬得紧紧的，感觉世界瞬间分崩离析。

"沈驰，你知道吗？"云黎有点颤抖，断断续续地说，"我之所以站在那里，不是为了继续偷听，而是怕他们吵架，因为姨父气急了，会打姨妈。"

沈驰心疼地摸了摸云黎的头，喉咙突然一紧，心口泛起细细密密的痛。

他声音沙哑："从那之后，你就跟他们决裂了？"

云黎自嘲地笑了笑："没有，我不敢打碎美好家庭的幻境。又过了一段时间，我姨妈对我更糟糕了，我跟她吵了一架，我说我要住校，以后不再回去了。"

她紧紧地揪着衣角，耳边一阵嗡嗡，像是无法回忆当时的情形。

"我姨妈居然让我赔钱，说不能白养我那么久……"云黎哽咽着开口，"我就说，让她先把我爸爸的赔偿金给我，她死不认账，说从没有赔偿金，还让我拿出证据。"

云黎没想过，曾经给予过她温暖的家庭最后竟然毫不留情地将她抛弃了，还是以这样一种狼狈的方式。

后来，她的生活就比较艰难了。

她自己赚钱读书，勉强度日，直到大二那年，成了漫步 App 的签约作者。

沈驰嘴唇抿得紧紧的，很久没说话，再开口时，嗓子像是刀割一样疼。

"为什么不来找我？"

云黎咬了下唇："我没脸再回去找你了，这样不堪的我，曾经说过那么难听的话伤害你，我觉得你肯定不会喜欢我了。"

沈驰为她擦掉脸上的泪珠，嗓音哑得厉害，语气坚定地说道："不会，我永远当你的避风港。"

"云黎，你不知道我有多想你。"

他轻轻抚摸着云黎的脑袋，眼中充满爱怜。

直到这一刻，云黎的心理防线彻底被击垮，哭得几乎崩溃。

沈驰无奈地笑了，指腹无措地擦着她的眼泪："黎黎，你别哭。"

云黎摇了摇头："决裂之后，我就没再跟他们有任何联系了……沈驰，还好熬过来了。"

云黎垂下头，心跳快得几乎蹦出胸腔。

她嘴角扯过一丝笑意："那时候觉得未来没有盼头，想着一辈子也就这么过去了，没想到，兜兜转转，依然还是我们。"

沈驰吻上了她的唇。

男人吻过她无数遍，对她的身体比对自己的还要熟悉，可没有哪次的吻如这次深邃、炽热，像是想将她彻底融入自己的生命中。

沈驰将小姑娘抱在怀中，一遍一遍爱抚着，嗓音缱绻温柔："都过去了。

"让老公抱抱。"

云黎跟沈江夏恢复了联系,两个人又连续约了几顿饭。

她原本以为,毕竟多年没联系,多少会有点罅隙,没想到两个人还是像当年一样要好,像是从没经历过离别。

不过,沈江夏和周子毅的感情问题,却是如人饮水,冷暖自知。

在云黎的努力之下,两万张签名总算搞定了。

过了两天,云黎收到了雪飞发来的消息。

雪飞:恭喜啊,《跨时空骑士》居然破了我们网站的纪录!

破纪录?

云黎头脑一蒙,她从来都没想过自己可以破纪录。

她兢兢业业创作,一直觉得自己是最平庸的一个。

雪飞:目前是浏览量最快破千万的作品!

云黎平时专心画画,除了偶尔看几眼收入,几乎不怎么关注后台,因此并不清楚《跨时空骑士》已经火热到这个程度。

雪飞:你这姑娘呢,什么都好,就是太佛系了,做人佛系,创作也佛系,其实有时候不该这么佛系。

云黎没懂雪飞的意思,发了个问号过去。

雪飞打过来电话:"唉,其实我也不知道该不该对你说,最近咱们公司开始传你的一些谣言了,都是空穴来风,当然,咱也没必要在乎那些疯言疯语。"

云黎呼吸一滞:"什么谣言?"

"其实也没什么,大概就是人红是非多吧,你这本书一飞冲天,嫉妒你的肯定少不了。"

云黎叹了口气,一猜就是这个方面。

"不管是论坛还是茶水间,都有人说你红了之后就踹掉了自己的好朋友,说你飘了之类的。"雪飞有点疑惑,"指的应该是夏苏叶,咱们频道内也就你们最好。"

云黎也不想让私事成为别人茶余饭后的谈资,犹豫了一下,委婉地说:"没有绝交,只是最近都忙,联系变少了而已。"

"这样啊,"雪飞叹了口气,"但你也不能任由别人给你泼脏水,该反驳的时候要反驳,哪怕适当地在微博虚假营业也可以。你看明星不都是这么弄的吗?"

"行,我尽量吧。"

云黎当初之所以不愿意开通微博,就是不想把粉圈这一套带到自己的生活中,她更愿意纯粹创作,专心创作。

十二月下旬的南城比往日更加寒冷,寒风凛冽刺骨,像是想将人的骨髓钻出一条缝。

沈驰组局又约了几顿饭,喊上了之前的朋友们,来的人不全齐,但是在南城的都过来了。

沈江夏也来了。

饭桌上,她跟周子毅的氛围最奇怪,她有意避免和周子毅说话,可周子毅非得凑过去。他情商不够高,也不太会说话,因而总会惹得一次次尴尬。

沈江夏背地里跟云黎吐槽:"下次再组局,周子毅还去的话,我就不去了。黎黎,你记得通知我。"

云黎拍了拍她的肩膀,语重心长地说:"其实周子毅还挺可怜的,你们都分开四年了,他一直没谈恋爱。你应该能想到,他不接受别人的原因是什么吧?"

沈江夏嘴唇颤了颤,仿佛被刺了一下。

"黎黎,可是……我真的受不了他的占有欲。"

他们分手的理由,云黎多少也知道一些。

沈江夏出国之后很受欢迎,也喜欢参加一些娱乐社交活动,人的精力和时间都有限,自然而然就忽略了当时身为男朋友的周子毅。周子毅醋意大发,时常怀疑沈江夏其实已经有了别人,又是查聊天记录又是查密码的。

沈江夏受不了病态的爱,干脆提了分手。

这几年里,她都换了四五个男朋友了,哪想到周子毅仍然停留在原地。

云黎轻轻叹了口气:"我了解苦等一个人的滋味。"

"黎黎,这些年,你一直在等沈驰?"

云黎垂下眼睫,苦笑一声:"是啊,我一直在等,向老天求,在心里求,可我从没主动迈出一步。"

沈江夏望着云黎,沉默了一会儿才说:"周子毅其实这几年一直都在找我,他跟我保证过,再也不会出现之前的情况。"

只是她还缺乏勇气,不敢一头扎进去,生怕受更重的伤,到时候就覆水难收了。

"我考虑考虑吧。黎黎，谢谢你愿意劝我。"

吃完饭，云黎又回了公司。不知道为什么，一整个下午，她都精神不济。

《跨时空骑士》已经爆红，这是不争的事实，同行中有人羡慕她，也有人嫉妒她。

羡慕她靠着这本漫画起飞，卖版权，嫉妒她年纪轻轻就有了如此成就。

不过云黎已经不在乎别人的看法了，她只顾走好自己的路。

一下午，她连两格都没画完，就收拾收拾桌子准备下班了。

刚一下楼，冬日的寒风顺着衣服的缝隙透进来，这风如锋利的小刀一般，刺得脸颊生疼。

云黎往地铁站的方向看了一眼，准备乘地铁回家，哪想到一眼就看到一辆熟悉的车大摇大摆地停在那里。

男人将车窗开了一半，手臂垂在窗沿上，模样有几分懒痞。

云黎下意识环顾四周，赶紧打开车门，钻进了车里。

车里空调开得很高，暖融融的氛围让她四肢百骸都舒适起来，她身体回暖才问道："怎么突然来接我下班了？"

临近元旦，沈驰这段时间应该很忙。

男人冷笑了一声，下颌收紧，情绪莫名有点不太对劲，说出的话也带着刺："接你去吃个饭，不行？"

"沈驰，你好像不太对劲。"云黎皱皱眉头，探手想摸一摸他的额头。

沈驰面不改色："没有，毕竟我就是个拿不出手的老公。"

听到这话，云黎才意识到他为什么这么奇怪了。

"你什么时候拿不出手了？"

沈驰挑了下眉："刚才你上车那样子鬼鬼祟祟的，不知道的，还以为我是男小三呢？"

下了车，面前是一家粤菜馆，云黎越来越觉得眼熟，轻轻蹙眉几秒钟，突然眨了眨眼，笑了："这好像是我在微博种草的餐厅，咱俩还真是心有灵犀啊。"

"我才不信心有灵犀一说。"

云黎抿了抿唇："可事实就是这样啊，我刚种草这家餐厅，你就带着我来了，难道不是心有灵犀吗？"

沈驰嗤笑一声，伸手勾了下她的鼻梁："比起心有灵犀，我更相信事在人为。"

云黎："我明白了，你是看到我微博点赞这家餐厅，就特地带我来的吗？"

这家餐厅最近特别火爆，而且这种火爆还不是营销出来的，位置很难订，云黎都没信心一定能订到。

"那不然呢？"

云黎眉开眼笑，紧紧挽住了男人的胳膊："沈驰，你对我真好。"

吃完饭后，两个人走出餐厅，经过大厅拐角的时候，云黎碰到了一位不想见到的人——张梁。

张梁跟几个朋友过来吃饭，几个人有说有笑。在看到云黎的时候，张梁神色一顿，迅速屏退了朋友，冷笑一声。

云黎原本想要假装不认识他，谁知道这人直接挡住了她的去路，微微眯起眼，仇视着她开口："云黎，我一直好奇你为什么拒绝我，原来还真是为了他啊。"

沈驰微微歪头似笑非笑地打量着张梁，漫不经心地把玩着车钥匙，笑容夹杂着三分痞气："我是云黎的老公。"

云黎生怕沈驰看不惯张梁，再与他产生冲突，也不想让沈驰做出什么出格的事，便悄悄对沈驰说："你先去车里等我好不好？"

沈驰蹙眉。

云黎软着嗓音，撒娇一般对他说："你放心，我这么大人了，还能连这点事都处理不好？而且这里有那么多服务生，安保设施也好，没事的。"

沈驰点点头，没再说什么，用冷厉的眼神剜了张梁一眼才出去。

张梁见沈驰离开了，更加得意扬扬，脸上是挡不住的喜色，扫视着云黎，不依不饶："云黎，你既然早就结婚了，为什么不从一开始就告诉我？我给你送包的时候你怎么不说？"

云黎语气轻缓："张先生，我从没有接受过你的追求，而且我个人的婚姻没必要跟你报备吧？

"我们甚至连邻居都算不上，更不是朋友，何况你去我奶奶家的时候，我也说明过我快结婚的消息。"

哪想到，张梁嗤笑一声，显而易见的嘲笑意味，指向门外："刚才那个男人也未必是你老公吧？"

他脸上有种小人得志的神色："刚才那男人气度不凡，一看就不

是普通人能高攀得起的，你也就是一画画的，除了长得还行点，也没别的优点了。我听你奶奶说，你性格保守，连饭也不会做，更不是贤妻良母，我不相信这样的男人会愿意娶你。"

到了撕破脸的时候，张梁才说出他的心里话。

不过云黎并不意外，从他嫁祸她调包的时候就已经认清他的真面目了。

云黎觉得好笑："你信不信都跟我没关系，就像咱俩，本身也没关系，希望张先生以后再看到我不要再跟我打招呼了，因为……"

她慢条斯理地笑了笑："我嫌晦气。"

云黎第二天醒来，照旧先看了一会儿微博。她刚点进去，手机就卡顿了一下。

她莫名产生一种不祥的预感。

紧接着，她收到了无数条消息。

她点开了几个比较熟悉的 ID 发来的私信。

△大大，是真的吗？我不愿意相信您做了这样不好的事情……可是有图有真相，我真的……

△啊啊啊，SS，之前虐狗事件中，我冤枉过您，对不起，可是这次的事情我不知道该怎么评判了。这次是私德产生了瑕疵，一个人的私德并不能取代公德，可是您这个行为让我好失望啊。

△大大，虽然您从没有爆过照，但是通过视频，我能感受到您是个气质非常好的漂亮小姐姐。C 神虽然很牛，可毕竟他是个有家室的男人啊，您这样堂而皇之当第三者，良心真不会受到谴责吗？

云黎一脸莫名其妙，这些人都怎么回事啊？

她又断断续续看了几条私信才明白，原来，有人将沈驰与她在祈福寺接吻，以及在酒店走廊的照片发到了一些小群里。

后来又经过扩散，她的粉丝都知道了这件事。

好事不出门，坏事传千里，一传十，十传百，粉丝们都发来消息，想来问清楚真相。

毕竟沈驰一直都是备受瞩目的赛车手，他结婚的消息早就被网络传播出去，几乎尽人皆知，只是太太的身份从未曝光。

有人说沈太太是高官子女，与 C 神一见钟情，也有人说沈太太来自港圈上流社会，在维港与 C 神来了场致命邂逅，还有人说沈太太出身古老神秘的家族，因为家世原因很少来内地。

而云黎，只是个小有名气的漫画家，自然没人想到他们就是夫妻关系，于是被冤枉成所谓的"第三者"。

她昨天还跟沈驰说起，找到合适的机会就公布二人的关系，没想到机会这么快就来了。

她正准备发微博，在大脑中构思着措辞，无意间点开热搜榜，看到一个词条以肉眼可见的速度上升，迅速上升到了第一位，并且呈现出"爆"字样。

△C神发微博澄清

△C神的太太居然是云SS

△我的天，这是什么绝世CP

云黎点开最火爆的那一条微博，是沈驰发的。

沈驰：@云SS 我媳妇儿，再传谣，法院见。

下面附带着一张结婚证的照片。

一直以来，云黎都知道，沈驰的微博几乎长了草，已经两年没更新过了。他的微博也没有私人的东西，都是转发俱乐部的商务合作，可即便如此，随便一条就会有几千万评论，甚至超过了很多风头正盛的明星。

尽管沈驰从未正式曝光过正脸，可他的身材和气质都是娱乐圈最为罕见的类型。

他的身材就足够好到令人遐想他究竟长了怎样一张震惊世人的帅脸。

云黎默默地看着沈驰发的澄清微博，简单、霸气，依旧还是他的风格。

还挺好，还知道给彼此的身份证号以及姓名打马赛克，只留下了照片。

评论区也全是夸赞。

云黎正准备退出微博时，才注意到沈驰的微博背景墙。

关于他的微博背景墙，周心言还吐槽过，说他的背景很土，几万年没换过，说好像是几本书……

原来是几本高中时代的参考书。

《0基础学物理》和《0基础学数学》，那是云黎唯一送给他的东西，不值钱，却被他视若珍宝一般地保存着，当成了微博的背景照片。

只是很遗憾，她到今天才发现。

云黎转发了沈驰的微博，并附上了字：今日宜官宣，愿往后都是喜欢。

就在这时，眼尖的粉丝发现了"华点"。

△你们两位不会是暗度陈仓许久了吧？一个叫Cloud，一个叫云SS，C神的名字中包含了大大的姓，大大的笔名中也包含了C神的名字，我的天，好浪漫！

大家的评论方向迅速从单方面嗑CP转变到全方位嗑糖，大家举着显微镜寻找蛛丝马迹。

△还有还有！你们知道这段恋情是怎么爆出来的吗？是一个小群里有人恶意传播，颜值逆天的二位去祈福寺上个香居然都要接吻，啊啊啊！

△算一下时间，C神用这个英文名得有六年了，也就是说两个人在一起至少六年了？六年不得成老夫老妻了啊？居然还这么恩爱？震惊我瞳孔！

云黎没想到，一向高冷的沈驰居然回复了这条评论。

沈驰：没有在一起六年。

粉丝：既然没有在一起，那C神为什么取名Cloud？

沈驰：是我单相思。

粉丝：被C神单相思的女孩子得美好成什么样啊！羡慕哭了。

粉丝：下辈子我只想成为云SS！有一份成功的事业，还遇到了一个绝顶好的老公！云SS，你就是我们万千女孩子最想成为的人！

"先生，太太，该吃饭了。"阿姨在叫他们。

云黎赶紧放下手机，下了床，简单洗漱之后，坐到了餐桌前。

她小心翼翼地吃着蟹黄汤包，生怕汁水溅在自己脸上："你怎么这么迅速？"

男人痞里痞气地笑了："我等这个机会不知道等多久了。"

云黎嘴角上扬，笑容明媚。

也是，沈驰一直以来都想要个名分，如今终于得偿所愿。

"总算澄清了，只是黎黎委屈了。"

"委屈什么？"

沈驰皱眉："有人编造你坏话。"

他已经让公司法务搜集证据了，到时候挨个举报，严重造谣者肯定会判刑。

沈驰脸色一沉："这次在小群散播流言的事，估计和张梁脱不了干系。"

云黎不解："为什么？"

"时间一致，"沈驰淡淡开口，"昨天我们刚见过张梁，他当晚就开始造谣。"

"的确有可能,但是我们还没拿到证据。"

造谣的小群在完成传播谣言的任务之后就被迅速解散了,一看就是有意为之。

而群主的QQ也没实名认证,估计得需要点时间才能查清身份。

不过沈驰已经利用自己的人脉去调查张梁了,这两天肯定就有结果。

云黎却轻轻摇了摇头:"我直觉不是张梁,他已经蠢过一次了,不可能还蠢第二次。

"他起码得过上几天再散播流言,不会在这个节骨眼上。

"在网上造谣的绝对不是张梁,你记得粉丝提到的照片吧?"

不管是祈福寺接吻照,还是二人在酒店走廊的照片,正是这样亲密的照片才能坐实云黎第三者的身份。

"酒店和祈福寺都在南城的喜川县,谁能拿到这些照片?"沈驰问道。

电光石火间,云黎脑海中浮现出几幅画面,一个女人的形象缓缓清晰起来。

两人几乎不约而同地说道:

"夏苏叶。"

"夏苏叶!"

有了方向,沈驰那边也就更容易展开调查。

又过了两天,沈驰拿到了一些证据,交给了警方。在警方逮捕夏苏叶之前,云黎约夏苏叶去咖啡馆见面。

夏苏叶像往常一样打扮得格外漂亮。她摘掉墨镜,将一头金色的长发往后捋了捋,殷红的唇绽放出笑意,端起咖啡抿了一口:"黎黎,你找我做什么啊?"

纵然云黎已经消化了两天的情绪,可见到夏苏叶的这一刻,眸中仍有愤怒浮现,更多的是恨铁不成钢。她想不通,夏苏叶为什么在自己身边潜藏那么久,为什么要装出一副假惺惺的模样做她的朋友?

为什么自己会如此轻易相信别人,与坏人交了朋友?

云黎垂眸喝了口咖啡,试图按捺住情绪,没说话。

夏苏叶搅动着方糖:"对了,忘了恭喜你,祝你新婚快乐。

"哦,不对,不是新婚,你们已经结婚蛮久了对吧?能嫁给C神,这是多少女孩子羡慕不来的好事啊,为什么要隐瞒呢?"

云黎说:"隐瞒才是好事。"

夏苏叶不解:"隐瞒怎么可能是好事啊?"

"当潮水退去,才知道身边的人是好还是坏。"

夏苏叶假惺惺地笑了:"你是指唐梦吗?"

云黎舔了下唇,淡定地道:"说到唐梦,我想起来前天晚上唐梦给我打了通电话。"

夏苏叶:"她跟你道歉吗?哎,我说过了是不是?唐梦这个人本性并不坏,她只是一时间鬼迷心窍走错了路,只要你肯原谅她,她未来肯定不会让你失望的。"

云黎漂亮的眸子一眨不眨地盯着她:"唐梦跟我说,当初虐狗事件其实并不是她的主意,是别人一手指导她做的,到最后也是许以重金不让事情暴露。

"当初唐梦也是觉得那人于她有恩,觉得替那人承认了错误可以还了恩情,原本以为这件事之后那人就此知错,没想到故技重施。"

"不过没关系,"云黎温柔地笑了,"唐梦那边还保留着虐狗事件的证据,随时可以提交给警方。"

果不其然,夏苏叶的脸色精彩极了,青一阵白一阵,也是这时,她才意识到,或许云黎已经调查清楚所有的真相了,今天只是特地与她对质。

夏苏叶佯装淡定地道:"哦,这样啊,那得赶紧把坏人送到警察局才行。"

云黎笑着看了一眼手机:"我也这么想。

"沈驰已经报警了,现在警察已经在来的路上了,你准备接受调查吧。"

夏苏叶瞳孔骤然一缩,这时她才意识到事情的严重性:"你说什么?"

"我想了想,在喜川,我除了见过你,也没别人了,当时你没跟我打招呼,眼神躲闪,很明显就是在酝酿坏主意。"云黎嘴角挂着冷笑,"何况,能拍到我在祈福寺照片的,除了你,还有谁?"

没想到夏苏叶竟然在背地里做了这么多坏事,一桩接着一桩,似乎非要将她整垮才得意。

夏苏叶颓然地坐回椅子上,情绪已经开始崩溃:"我以为查不到我头上的。"她握紧拳头,低声咒骂,"都怪这个唐梦,成事不足,败事有余!"

云黎不免觉得好笑:"唐梦始终都是无辜的,她已经替你背了一次黑锅,你总不能指望人家替你背一辈子吧?

"我扪心自问,之前跟你不熟,也从没做过对不起你的事情,为什么你要跑过来假惺惺地跟我交朋友?"

既然一开始就想伤害她,那还不如大大方方地伤害,何必以友情之名呢?

到了最后的时刻,夏苏叶也没再隐瞒,只是脸上没有丝毫的悔恨之色。

"云黎,其实最开始,君恒看上的作品是我的,有资格提交漫说计划的也是我,论资历,论水平,论效率,我都不比你差,可最后时刻,我没想到为什么选上的是你。"

她笑容有些张狂:"凭什么啊?我觉得不公平,你肯定有后台,果真如此。你行啊,背地里把沈驰钓到手了也不跟朋友说……我傻傻地布局,却掉进了你们的陷阱里。"

云黎懒散地靠着椅背:"你做这些事的时候有把我当朋友吗?"

当初她被冤枉虐狗,夏苏叶还假惺惺地帮她调查,就连调查出来凶手是唐梦也是夏苏叶告诉她的。

夏苏叶只是费了不少口舌,在背后周旋让唐梦顶罪罢了。

"我努力那么久,就是为了那个机会,你不知道我为了这个机会打点了多少人,受了多少委屈……却轻而易举就被你抢走了,凭什么啊?"夏苏叶抱着膝盖,以一种没有安全感的姿势失声痛哭起来。

可云黎的内心没有丝毫动容。

"云黎,"夏苏叶擦了把眼泪,恶狠狠地瞪着她,"你现在虽然成绩很好,也没必要骄傲,在我面前,你也不需要耀武扬威,你背后是沈驰,你也是靠着沈驰才有的这次机会。

"你的背后是沈驰,怪不得你会入选漫说计划,我不是输给了你,而是输给了沈驰。

"像他那样的人,谁能斗得过?"

云黎消沉了好几天,对什么事情都提不起兴趣,每天蔫蔫地画两格漫画,然后躺在床上休息,直到日暮。

这天傍晚,她躺在床上看着手机,被子突然被掀开一角,然后身后一双手突然揽住了她。

沈驰结实有力的身体靠过来,在这寒冷的冬日格外有安全感。

熟悉的清冽气息将云黎包围,云黎很喜欢他的靠近,也喜欢他身体淡淡好闻的松木香味。

"你怎么今天回来这么早？"

沈驰笑了笑："陪我老婆，老婆心情不好，我哪有心思上班。"

他们已经报警了，夏苏叶就交给警察处理了。

云黎心情也很低落："这几天夏苏叶的父母一直给我打电话，请求我的谅解。"

沈驰："那你怎么考虑？"

她叹了口气："我把他们的电话全部拉黑了，让法院决定吧，该怎么判就怎么判。"

说完后，她小心翼翼地抬起脸，观察着沈驰的神色："你……会不会觉得我很没有人情味啊？"

其实她也挣扎了很久。

当初她选择谅解唐梦，是因为唐梦至少真实恳切地道过歉，可夏苏叶一点歉意都没有，还轻飘飘地说等再归来，会把一切都抢回去，简直走火入魔了。

她实在是不想面对如此难堪的局面，夏苏叶的父母也已经五旬高龄，让老人低声下气地祈求，她良心过不去，可又没办法就这么放弃追责。

沈驰揉了揉云黎的头："说什么呢？我倒是担心你会放弃追责，你耳根子太软。"

云黎不禁好奇："那我如果真的放弃追责了，你会怎么办啊？我看你好像还挺恨夏苏叶的。"

沈驰欠揍地笑了一声："我呢，万事都以黎黎为重，支持你的一切决定。"

云黎靠在他肩头，嗓音微微发颤："对了，沈驰，夏苏叶一直跟我说，我之所以被你们公司看上，是因为我和你的关系。"

她小心地抬眸，剔透分明的眼睛看着他，细碎的眸光浮现："是这样吗？"

沈驰语调轻缓："那个时候的确提交了她的作品作为备选，跟她一起备选的还有两个作者。

"我对你当然有私心，毕竟你是我喜欢了那么多年的姑娘，要说没有私心，简直有违常理。"

他捏了一把云黎的下巴："不过，后续所有评选的过程都公平公正，我也不屑暗箱操作。"

云黎眨眨眼："你敢发誓吗？"

沈驰"啧"一声笑了，坦荡道："我当然敢。"

"云黎,"他勾了勾她的鼻梁,眸中一片清明,"你对你自己这么没自信?"

云黎不知道,她的那部《斗兽》收获了全公司的一致好评,选上她,也是万众期待,而《跨时空骑士》的连载成绩也证明了大家的眼光没有错。

云黎将脸埋进沈驰的胸膛,听到他沉稳有力的心跳声,动荡不安的心慢慢被抚平。

"我平时还是比较有自信的,可能因为夏苏叶说的话吧,导致我有一点点怀疑。"

"你不需要因为坏人的话怀疑自己,你很好,值得最好的一切,也值得被喜欢,"沈驰扬了扬眉,笑容又坏又痞,"不然我怎么可能愿意等你六年?"

一提到这个,云黎的愧疚感就迅速上升。她抹了把眼泪,嗓音也有股泫然欲泣的意味:"沈驰,你怎么那么卑微啊?"

沈驰扬了扬眉,嗓音里全是放纵与温柔:"因为你值得。

"这世上,没有比你更加干净温柔的灵魂。黎黎,因为你是你,所以我喜欢你。"

沈驰讲话向来放荡不羁,鲜少说如此矫情的话,说完之后,他不太自在地蹭了一下她的脸颊:"行了啊,别用这种眼神看我。你要再这么看我,把我勾起来,我可就要做点什么了。"

因为有了沈驰的安抚,云黎的情绪好了很多。不过她依旧跟公司请了几天假,没去坐班。

沈驰担心她情绪不好,又打电话给周心言,让周心言过来陪她。

周天下午,云黎午睡醒来,发觉自己睡了很长很长的一觉,都已近黄昏了。

冬日天黑得早,她拉开窗帘,远处高楼的灯火长夜不熄,巨大的印着明星照片的广告牌在天幕上闪烁,发出荧荧光亮。

暮色四合,推开窗户,她眺望着偌大的城市,凛冽的寒风灌进来,月光照在她脸上,蒙上一层浅淡的光晕。

云黎水灵灵的眸子巡视着寂静的环境,突然一下就想开了。

她为什么要因为坏人惩罚自己?

她凭什么意志消沉,凭什么惩罚自己?

她到书房画了会儿画,头脑空前清爽,灵感像泉水似的不住涌现。

正画在兴头上,她的电脑突然黑屏了。

云黎叹了口气，摆弄了一会儿也没弄好，只好将外接设备取了下来，到沈驰的书房连接他的电脑，准备再画一会儿。

她画了一会儿后，心猿意马，胡乱打量着沈驰的书房，电脑主页的邮箱吸引了她的注意。

这个邮箱很眼熟——

因为太罕见了，沈驰平时工作用到的邮箱她清楚，并不是这个。

云黎眸光一闪，几乎没有犹豫，立刻点开了邮箱。她的心紧紧地卡在了喉咙里，呼吸几乎凝滞——里面只有一封已读邮件，是她发的。

云：您好，不知道您是否还记得我，我是一直受贵公司资助的云黎。正是因为您的资助，才让我顺利完成学业，有了一份顺心的工作。我如今生活如意，能见一见您吗？想亲自表达感谢。如有打扰，请见谅。

原来，从高中开始一直默默资助她的居然是沈驰。

wait 公司从不存在，是由沈驰一手编造出来的，因为以公司的名义才更容易让她接受资助。

怪不得不肯见她，也不肯接受她的礼物，原来默默在背后做这一切的人是沈驰。

云黎的心跳在这一瞬间乱了节奏，头脑也一片空白，乱七八糟的情绪汹涌而来。

老天啊，沈驰究竟在背后做了多少她不知道的事情？

她到底欠了他多少？

还记得她十六岁那年说，这世上再也不会有人比沈驰对她更好了。

如今二十二岁的她，对这个观点仍然深信不疑。

云黎紧紧盯着邮箱，眼泪丰盈，视野逐渐变得模糊。

她心跳的速度快到不可思议，浑身过了电似的，身体滚烫，像是发了一场高烧。

她无法想象，沈驰居然会那么执着地等在原地，坚定不移地治愈着她。

云黎吸了吸鼻子，关上电脑，从书房走出去，正好碰上沈驰进家门。

"怎么了？"沈驰皱着眉，连公文包都来不及放下，赶紧走上前，握住她的手，"谁又欺负我家小姑娘了？"

云黎这会儿情绪还没缓过来，见到他的反应，"扑哧"一声笑了出来："当然是你啊。

"我刚才用你的电脑画画，不小心看到了你的邮箱。"

看了别人的电脑，自然有点不太好意思，云黎情绪放不开，没有抬眸看他。

沈驰轻笑一声。

他的笑声很好听，磁性低沉，甚至是一种极好的享受。

"我的就是你的，没什么秘密，随便看。"

可云黎紧张得手心已经沁出了一层薄汗，她小声说："原来你一直在背后资助我。

"你是资助了很多人吗？"

沈驰吊儿郎当地笑了："君恒其实一直在做好事，有个社会资助部门，不过呢，我用那个邮箱一对一的资助，就只有你一个。"

"那时候我们都不联系了，那你是怎么精准到我的呀？"

"有些事，只要想做，就肯定能想到办法，难不倒我。"沈驰说，"那份传单你记得吧？是我专门针对你设计的，就在你家附近张贴，只要你视力没问题，迟早会看到。"

云黎仍有些疑惑："你怎么确定我一定会联系你啊？"

沈驰懒散地笑了一声："赌呗。

"赌个运气，就算输了也不亏。那时候你很烦我，我又不能直接给你转钱，只能想这种迂回的办法。

"好在，如我所愿。"

沈驰挑了挑眉，讲这话时，眼角眉梢有少年意气浮现。

云黎眼角湿润，轻轻抱住了沈驰："沈驰，有你真好。"

"至于这么感动？不就是一点儿资助？"男人淡笑。

云黎摇摇头："不是的，你不知当时的资助对我来说意味着什么。那些钱让我度过了最艰难的一段时光，如果没有那些钱，我恐怕都饿死街头了。"

沈驰挑了下眉："其实那时候我想多资助你一点儿，但是，再多的话，就暴露了。"

"你资助的那些已经非常多了，至少我从没见过这么高额度的助学金，比我们学校的最高奖学金都要高出好多。"

当时云黎也怀疑过，怎么会有公司这么好心，为什么给的数额那么大，不会是骗子吧？

后来，她发现资助的程序非常正规，而且也会在公司官网公布，也就没再存疑惑，只当是一家好心的公司。

原来，背后做这一切的人是沈驰。

沈驰微抬下巴，不咸不淡地冷笑一声："我要是知道你那时候过得那么难，非得多编造出几个公司贷助你。"

"我过得再艰难,也肯定不会表现给别人看呀。"云黎弯了弯琥珀色的眼睛,"你如果再编造几个公司,估计我就发现端倪了。"

沈驰眯了眯眸子:"发现了会怎样?"

云黎思考几秒钟:"大概会远离吧。"

那时候的她过得太狼狈,更加配不上他。

沈驰脸色一沉:"还以为你一感动,愿意给我个机会。"

云黎一笑:"这都是没发生的事情,谁也说不准,不过我已经觉得现在就是最好的安排了。"

《斗兽》第一季的预售日期定了,就在平安夜。

这也是出版公司今年冬天最大的一个项目,云黎虽然是出版界的新人,粉丝体量却格外庞大,公司很看好她,也给了最高级别的宣发。

这段时间,不管是哪个网络平台都是铺天盖地地营销《斗兽》,又将云黎的知名度提高一层。

随着新书的预售,《斗兽》又爬上了App的收入榜第二名,与位列第一的《跨时空骑士》并排,一时风头无两。

大家对她的评价也很高。

她看着每一条评价,很想笑。

这段时间的确很安静,自从夏苏叶落网,再也没有乱七八糟的谣言了。

十二月二十四日晚,《斗兽》第一季正式开启预售。

云黎提前在微博上公布了新书预售链接,这条广告博文竟然上了热搜,吸引了不少路人的关注。

云黎紧张得不轻,毕竟这是她进军出版界的第一部作品,能否打开市场,持续输出,就看这本书的成绩了。

这天,沈驰一整天都没去上班,专心在家里陪着云黎。

云黎都笑了:"你同事不介意吗?这么点事就不去上班了。"

"要不怎么都想当老板?不就是图这点自由?老婆的事才是天底下最大的事儿。"沈驰说,"谁要敢有意见,直接开除。"

他观察着云黎的神色,皱了皱眉:"你还挺紧张?"

云黎抿了抿唇:"被你看出来了。"

"紧张什么?你的书还能卖不好?"

似乎沈驰对她,比她对自己还有信心。

云黎轻轻叹了口气,看了眼墙上的挂钟,距离开售时间只有不到三分钟了。

她打开微博，消息刷屏不断，读者都在发消息，说已经守候在手机面前，就等着抢签名书了。

虽然她粉丝体量大，但都在 App 看过了，不一定愿意为了价格不菲的实体书买单。

马上，就是她接受大众检阅的时刻。

眼看着时间一分一秒流逝，云黎闭上了眼。

"我先眯一会儿，不管销量好不好，你都不要透露给我。"

沈驰点点头："行。"

也不知道过去了多久，云黎的心一直忐忑不已。为了缓解紧张，她专门戴上了耳机，循环播放歌曲。

然而，再喜欢的歌曲她也听不进去，满脑子都是图书预售的事情。

沈驰忽然笑了一声。

此刻，她耳畔像是戴了自动的扩音设备，任何动静在她面前都放大了千万倍。

云黎紧张兮兮地问："你笑什么？"

"看手机。"沈驰语调傲慢又欠揍。

云黎赶紧打开手机，发现出版公司的编辑以及雪飞给她发了不少消息。

她的心跳声震耳欲聋。

△绝啊绝啊！签名本全部售空！

△两分钟之内全部卖干净，刷新我们社的销售记录了！

△我的眼光果真没错，就知道 SS 的粉丝购买力很强！你是今年当之无愧的黑马作者！

△我还想签下《跨时空骑士》的实体版权，我马上就去跟漫说负责人沟通，免得被抢走了，哈哈哈。

放下手机，云黎才发现沈驰一直在旁边偷看她聊天，目光很揶揄。灯光落在男人的头上，衬得他更显英俊桀骜。

"看我干什么啊？"被兴奋冲昏了头脑，云黎的舌头有点打结。

沈驰眯了眯锋利的眸子："看你高兴。"

云黎："哦，然后呢？"

沈驰笑了："你高兴，我也高兴。"

沈驰玩味一笑："所以我决定给公司员工发点奖金。"

云黎不由得乐出声："你还挺大方，我都想进你公司了。"

沈驰抬手捏了一把她的下巴："成，你进来直接踩我头上，把我建立的威信全给弄没。"

云黎问道:"那你会怎么办?"

"能怎么办?"沈驰低沉的嗓音透着点逗弄,"老婆奴,没办法。"

两人距离很近,男人的语气认真又宠溺,云黎的耳根似乎都酥软下来。

沈驰凑过来,呼吸逼近,她莫名好像被掠夺了呼吸,眸子闭得紧紧的。

温柔的吻落了下来。

云黎指尖不自觉攥紧,心如小鹿乱撞,脸色潮红了几分。

"我还想看微信呢,言言又给我发来消息了,呜……"

"等会儿。"沈驰直接将她的手机丢到了一边。

《斗兽》预售成绩太好,大大出乎众人的意料。

这是今年出版的漫画中首售最好的一本,是在漫长的出版寒冬季里,独属一份的骄傲瞩目成绩。

漫步 App 为云黎举行了一场小型庆功宴,就在元旦这天。

万物更迭,气象更新。

庆祝的地点就在公司的宴会厅,由雪飞负责布置场景,打造了热闹又温馨的氛围,云黎感动极了。

好几天之前就有人问过沈驰会不会来,云黎如实回答,于是,这次来参加庆功宴的人出奇多。

云黎特地化了淡妆,穿了条香槟金的礼服裙。

她身材凹凸有致,线条清晰,皮肤白得像是泼了一层牛奶,整个人透着若有似无的媚。

云黎携沈驰一同出席,两人刚一进去,就听到大家带着惊叹的议论声,以及"咔咔咔"的拍照声。

"哇,两个人真的好般配啊。"

"其实最开始我就觉得 SS 好漂亮,就像是富养出来的女孩,明明可以走颜值路线,才华却也那么出众!"

"真的绝配,简直是视觉盛宴。"

大家你一言我一语,声音已经压到最低,却还是清楚地传到了云黎的耳朵里。

云黎轻轻扯了下沈驰的袖口:"她们好像都在看我们。"

沈驰挑了挑眉:"习惯了。"

也是,她跟他比不了,他一直都是视线的中心,受到的关注度从来都是空前绝后的。

云黎低声说："不过我还挺紧张的。"

不就是书籍销量高点吗？为什么雪飞还非要公司办一场庆功宴啊？早知道就干脆拒绝掉了。

云黎悄悄观察了下男人的神情，发现他神色自若，嘴角还挂着一丝若有似无的笑容，不禁好奇："你今天还挺……和善？"

想了半天，她才想到这个形容词。

怎么说呢？沈驰平时唇线抿直，气势凛然，看起来很不好惹，今天明显不太一样。

沈驰挑了挑眉，口气有几分得意："她们说咱俩很配。"

庆功宴结束之后，沈驰也不着急回去，非要云黎带着他参观参观她工作的地方。

云黎认为全世界的公司格局都差不多，没什么好看的，可看着沈驰那饶有兴致的模样，只好带着他到处看看。

"看到了没？这就是我们开会的地方。"云黎指着会议室说，"你应该没来过这里的小会议室，像你这个身份，都是总裁亲自接待。"

"那个是我的办公室，也比较小，"云黎抿了抿唇，"不过比较安静，采光也好，我还挺喜欢的。"

沈驰点了点头："还行。"

云黎怔了怔："什么还行？"

沈驰嘴角的笑容扯开了："你这儿的工作环境还行。最近呢，君恒想把漫步收购了，我正考虑可行性。"

云黎一惊："啊，不要不要，这样我们就成一个公司的了。"

那样的话，她受到的关注度会更多，更没办法安心认真创作了。

"瞧你着急的样。"沈驰抬手捏了一把她的脸蛋，毫不客气道，"我看你在这儿工作挺如意的，这个企划案我就不通过了。"

云黎松了口气，捂着胸口轻轻舒了口气："那就行。"

沈驰单手插兜，垂下眸子居高临下地看着她："我说云黎，跟你老公一个公司这么痛苦？

"我可是做梦都想跟你一个公司。"

云黎眨了眨眼，认真地看向他："沈驰，你知道我画漫画的这一路都挺不容易的，一直以来我都是默默努力，好不容易才有了今天的地位。

"明明漫说计划是靠我的实力争取下来的，可因为我们的关系，好多人觉得我是靠着你才有的机会，所以，我特别不希望跟你一个公司，我担心会再有人说我走后门。"

沈驰笑了笑："成，都依你。"

回家的路程不算远，沈驰却在一间咖啡馆旁停了车。

咖啡馆是典型的中式雅致风格，删繁去简，简单干净的奶油色调，一走进去，就感觉清新感扑面而来。

云黎莫名有种熟悉感，却想不出来这熟悉感从何而来，觉得自己似乎之前来过这个地方，却不记得了。

不过奇怪的是，这个时间，咖啡馆内空无一人，就连老板和店员都不在。

云黎往前走了几步，正想问沈驰来这里干什么，总不能大半夜品咖啡吧？

"沈驰……"

她刚要问，却被门口的动静震颤了耳膜。

盛大的烟火才刚刚开始序章，宛若星辰，照耀得整片天空亮如白昼。火光轰然炸开，剥落出一簇一簇的流星，有节奏地溅开、飘落，点燃了天幕，点亮了这座冰冷的城市。

如此盛大恢宏的场景让她惊叹，她转过身，想要拉着沈驰一起看，却落入一双温柔到极致、只容得下她的深邃双眸。

沈驰突然单膝跪地，手心捧着一个黑色的丝绒盒，里面是一颗闪闪发光的钻戒。

这时，云黎才想到，为什么向来不羁的沈驰会在今天打扮得如此正式，西装革履。若说是因为小小的庆功宴，并不足以说服她。

"还记得吗？这是我们重逢的咖啡馆。"

闻言，记忆缓缓复苏，云黎突然想起她被奶奶逼迫和董维奇相亲，就是在这里与沈驰再次相遇的。

也是在这里，沈驰提出了"不如直接结婚"的建议。

"我还欠你一个求婚。"沈驰笑着看向云黎，尾音拉长，说不出的低沉动听，"别人有的，我家小姑娘一样也不能少。"

他眸光潋滟，像是藏着白雪春花，笑容从嘴角蔓延到眉梢，看得云黎心里也暖洋洋的。

沈驰目光坚定又认真，收敛起了昔日的吊儿郎当："不过，我们目前这个关系，似乎问要不要嫁给我不太合适。

"黎黎，你愿意永远陪伴我吗？直到白发苍苍，依旧不悔和沈驰结为夫妻。"

云黎站在原地，泪水早就模糊了视线。她捂住眼睛，可眼泪却从指缝中溢了出来。

她轻声说:"我愿意。"

烟火很美,沈驰却不看烟火,只弯着眸子看向身旁的小姑娘。

"这一幕,我从跟你相遇的时候就想着了。"

云黎又想哭又想笑,却嗓音轻柔,温柔得像是月光:"那时候你就满脑子都是这事儿?"

"是啊,从遇到你开始,我的心愿就只剩下这一个。好在,心愿达成,剩下的就是好好疼你,照顾你。"

男人目光深情,眸中的温柔如热火燎原。

今夜无星也无月,可最美的都已经在他眼前,今生已无苛求。

这段爱情,是他的处心积虑,也是她的一腔孤勇。

无畏四季枯荣,亦无畏生老病死。

正如骄阳永不落幕。

他们在最好的年纪相爱,也永远风华正茂。

番外一
运动会

汀溪私高的秋季运动会在十一月份举行。

每年的运动赛事都是学校热度最高的活动,热闹空前绝后。

汀溪私高有一组有名的田径队,之前跑进过省级赛事,别提多耀眼瞩目了。

课间,沈江夏就和云黎聊起过这组田径队。

"你知道咱们学校的体育生吗?"

云黎想了想:"是放学后在操场训练的那些男孩吗?"

沈江夏点点头:"对,那你有没有近距离看过他们?"

云黎:"没。"

沈江夏抱着她的胳膊疯狂摇摆:"啊啊啊,黎黎你是不喜欢看帅哥吗?田径队有好几个运动员颜值特别高。"

云黎淡淡地道:"不是特别感兴趣。"

在一旁趴着假寐的沈驰冷嗤一声,声线带着淡淡的颗粒感:"沈江夏,别带坏云黎。"

沈江夏不服气，骄傲地将头扭到一旁，像煞有介事地道："黎黎这么单纯可爱，我哪有一点把她带坏的想法啊？"

她发誓，她只是拥有一双欣赏美、发现美的眼睛，并且只是想把这份美好分享给自己的好朋友罢了。

沈驰"啧"了一声，语气并不和善："云黎忙得很，不需要看运动员。"

周子毅赶紧把沈江夏拉到一边，又交代道："夏夏，你别乱操心了，没看出来驰哥都生气了吗？"

沈江夏丈二和尚摸不着头脑："他生的哪门子气啊？"

周子毅探了探她的头，冷哼一声，无奈地笑了："这么说吧，你有事没事看那运动员我也挺生气的。"

这么说沈江夏就明白了，那张白皙的小脸上缓缓浮起一抹红晕。

她抡起拳头捶了周子毅一下，像只被踩了尾巴的猫迅速跑远了。

班级这两天一直在讨论一周后的运动会。

云黎光顾着学习，再加上转学不久，对班级情况还没摸得那么透彻。不过，这几天从同学们的讨论声中，她明白了——

原来高二（9）班的男生体育都特别差，每次运动会都会被其他班男生血虐，也不知道是受了什么诅咒，高一的两次运动会都是直接垫底。

云黎回到教室的时候，看到班长坐在她的位置上，苦口婆心地劝说沈驰报名参加运动会。

"沈驰，不对，是驰神，"班长双手合十，恳切祈求，一双大眼睛闪烁着盈盈水光，"求求你啦，您帮咱们班一次吧，相信只要您肯参加运动会，咱们班一定可以一雪前耻。"

沈驰双腿交叠，手里转着一支笔，漫不经心地说："没兴趣。"

"在运动会上获得名次可以加学分，对你之后保送有帮助……"话说到一半，班长自觉捂上嘴。

沈驰次次考倒数，要这点学分有何意义？

沈驰挑了挑眉，声线带着几分痞气："你回去吧。至于运动会，我绝对不会参与，别浪费口舌了。"

班长失落地叹了口气，只好走了。

云黎心里也不是滋味，回到座位上，问起沈驰为什么不愿意参加。

沈驰嗓音懒散，手指有一搭没一搭地轻叩着桌面："参加这无聊的东西对我有什么帮助？"

云黎愣了愣,仰着头瞧他,好半晌才说:"也不能做任何事情都要看对自己有没有帮助吧?有时候只是为了集体荣誉,哪会考虑这么多……"

沈驰上下打量她几眼,似笑非笑道:"要不你参加?"

云黎赶紧摆摆手:"我就不用了,我体育成绩很一般,别说给咱班争光,不丢脸就是好的。"

沈驰笑起来:"那你很想让我参加?"

云黎抿了下唇,老实回道:"没有,我就是看班长挺不容易。"

"还挺疼惜别人?"沈驰"啧"了一声,"有这个时间,还不如心疼心疼我。"

云黎瞠目结舌:"你自己说说看,你有什么好让人心疼的?"

大少爷吃得好喝得好,众星捧月,天之骄子,她实在想不出来他有任何一点需要人心疼的地方。

沈驰换了个坐姿,慵懒地搭起腿,有种疏离冷淡的斯文:"自己寻找。

"我要是直接告诉你了,不就显得我没一点儿神秘感了吗?"

云黎没想到,三天后,班长居然会主动来找她。

班长也明白,劝说沈驰这件事还得让云黎出马。

云黎推三阻四一番,可班长何等聪明,一来二往,又把这事推了回去。

她只好答应下来,不过也如实告诉班长,她只能保证尽力,没办法承诺结果。

一连三天,云黎都不知道如何张口。

沈驰的态度特别明显,他懒得参加运动会,心中更没有班级荣誉这回事,其实云黎能理解他。

这天晚上吃过饭之后,沈驰去楼上打游戏,云黎在房间里安静地写作业,写着写着,越发心神不宁。想起班长的嘱托,她深吸一口气,破釜沉舟般起身,敲响了沈驰房间的门。

少年的刘海有几分凌乱,戴着耳机,正沉浸在游戏之中。见她进来,他眉头轻蹙,视线冷淡又危险。

"大晚上的,怎么还主动进我房间了?"沈驰勾了勾唇,肆无忌惮地笑着,向后仰了仰。

之前云黎不喜欢他进她房间,她一向规规矩矩,跟他保持着距离,这次反而是自己先逾矩了。

沈驰缓缓起身。

云黎心里一惊："你不打游戏了？"

她看不懂游戏页面，却能判断出此刻游戏到了关键阶段，马上就要赢了，这人居然说放弃就放弃。

沈驰挑了下眉，离她越来越近。她生怕他靠近，只能本能地后退，直到她瘦弱的身体紧紧贴着门板。少年居高临下地望着她，眼神炽热又揶揄。

云黎浑身紧绷，只觉得感官被无限放大。她咬了下唇，结结巴巴地道："那个，沈驰……我能求你一件事吗？"

耳畔传来少年磁沉的笑声，她的心跳如骤雨般急速砸落。

"你说。"

"你能参加运动会吗？"云黎闭上眼睛，一鼓作气说完，"参加什么项目都可以，最好是接力赛和一千五百米长跑，因为这两个项目加分最高。"

沈驰意味深长地问道："你能给我什么好处？"

云黎窘迫得脸蛋发烫："这你得找班长谈。"

"不了，我想要的只有你能给。"

云黎的心"怦怦"直跳，脸颊通红："参加个运动会而已，对你来说就是小事一桩，居然还要讨价还价。"

沈驰勾起她的下巴，居高临下地睥睨着她，慢悠悠地道："好不容易逮到个机会，可不得找你多讨要一些？"

云黎冷哼一声："那算了吧，我什么都给不了你。"

沈驰不参加她也没办法了，反正她尽力了，沈驰这种顽固的性格，也不是她轻易就可以撬动的。

云黎的手已经搭在了门把手上，正准备离开，哪想到少年轻慢的声线再次响起："为什么想让我参加？"

——因为班长的嘱托。

不过她清楚不能这么回答，现在或许就是她唯一的机会了。

沈驰又问："为了班级荣誉？"

云黎眨了眨清凌凌的眸子，指尖捏紧衣服下摆，心一横，干脆说道："想看你在赛场上意气风发的样子。"

这话似乎取悦了沈驰，他神情松弛下来，漆黑的眸子一动不动地望着她，眼底落满光亮。

"那我考虑考虑。"

转眼就到了运动会这天,全班同学都坐在看台上,叫苦连连。

"沈驰不肯参与,那咱们班这次又输定了,本来看比赛是一件多开心的事啊,怎么硬生生变成了折磨?"

沈江夏悄悄问云黎:"沈驰会参加运动会吗?"

云黎托着下巴想了想:"他今早都没来学校。"

沈江夏嘟了嘟嘴:"那够呛了,他可能趁着这个机会出去玩了。"

一眨眼,开幕式开始了,先是升国旗,而后校长致辞,宣布运动会正式开始。

今天上午全部是跑步项目,九班的男子和女子一百米跑、三百米跑全部输掉,还没比几项,九班的积分就已经倒数了。

很快就到了最刺激的接力赛环节。

赛场上,男生们都已就位。

沈江夏先发现了不对劲:"怎么回事,咱们班怎么少一名同学?"

比赛马上就开始了,其他班级都是四位运动员,怎么唯独九班只有三位?

班长从不远处跑过来,气喘吁吁地说:"好消息,好消息!沈驰愿意参加接力赛啦!"

"怎么这才同意?"有人问道。

班长也不明所以,不过眉眼间流露出明显的兴奋:"不太清楚,我刚收到的消息,然后我赶紧把之前定好的运动员替换成沈驰了。"

放眼望去,站在跑道最外侧的少年最耀眼瞩目。

秋日的阳光松软干净,照拂着少年清朗的眉眼。沈驰眉目英俊,穿着运动服和运动鞋,肩膀宽阔瘦削,身形高大,如松似柏,意气风发。

似乎注意到了云黎的目光,沈驰挑了挑眉,朝她笑了笑。

澄明清澈的空气中,二人目光相接,少年安静地凝视她,那眼神让她心跳加速。

哨声响起。

九班的前三位运动员水平都很一般,等到沈驰拿到接力棒的时候,已经落后其他班级五十米了。

在接力赛中,五十米已经相当要命了,大家都屏气凝神,紧张地想:隔着那么远的距离,沈驰还能夺冠吗?

应该不太能了。

虽然沈驰运动天赋不错,拥有扭转乾坤的能量,但是也不能将这么大的差距拉平吧?

沈驰拿到了接力棒。

少年拼尽全力，脚下生风，用力狂奔，像是一头追赶猎物的猎豹。

云黎这是第一次在沈驰身上看到力量感，短短几秒钟的冲刺，让她像是欣赏了一次精彩到极致的表演。

沈驰跑得飞快，她竟然都看不清楚他的双腿是如何交替的，少年像是跑出了残影，爆发力在这几秒钟里体现无遗。

那道凛冽又张扬的身影与对手的距离越发近了。

还差二十米。

还差十五米。

十米。

五米！

三米！

沈驰宛如闪电一般向前冲刺。

最后一秒，即将闯入终点线的那一秒，沈驰咬紧牙关，直直闯了过去……全场观众发出排山倒海般的欢呼声。

不止九班同学，其他班的同学也为沈驰的实力感到震惊！

"啊啊啊！居然真的夺冠了！沈驰好帅啊！"

"天哪，我这是第一次看到差距这么远还能被救回来！"

"不愧是我驰神，也太帅了吧！"

云黎肾上腺素飙升，眼眶火热，也非常感动。即使九班最终没赢，可沈驰如风的身影也扎根在她心底，永远不可能消逝。

之后，沈驰又参加了一千五百米比赛，毫不夸张地说，他跑了多久，人群就欢呼了多久。

云黎从小到大也看过很多场运动会，这是第一次见到居然有人有实力到从第一步就开始冲刺，一直到最后一刻，速度不仅没慢下来，反而越发猛烈。

毫无悬念，沈驰获得了一千五百米男子组第一名，取得的成绩还刷新了学校历史纪录。

最终，在他两项成绩的加分下，九班一雪前耻，拿到了倒数第五的成绩。

对于九班来说，这已经是非常令人满意骄傲的成绩了。

沈驰这次成绩最为瞩目，校长为他颁奖，主席台上的少年站姿松松垮垮，眉眼间透着桀骜不驯，灿烂的阳光将少年冰冷的气质驱散了许多。

"沈驰同学，你取得了如此骄人的成绩，现在开心吗？有没有什

么话想分享给大家?"

沈驰挑了挑眉梢,淡声说道:"没感觉,受人之托而已。"

说完之后,不等校长继续问话,他直接走下了主席台。

"先撤了。"

全场哗然。

"竟然都不说点获奖感言吗?"

"沈驰大佬还是一如既往的酷啊!"

"他刚刚的话是什么意思啊?受人之托什么意思?这么狂妄的人还能受别人的嘱托?"

"到底受了谁的嘱托?大佬能不能一次性把话说完啊?"

云黎站在台下,低着头,心里直打鼓。

刚刚沈驰的话是对着她说的,少年眼底勾着点薄薄的笑意,让她心底泛起了酥麻痒意。

晚上,云黎回到家,就见自己常坐的小沙发上放着沈驰今天刚得到的奖杯。

奖杯外观华丽又内敛,在灯光的照射下熠熠生辉,上面还刻着他的名字。

她心底刚浮现几分疑惑,就听到身后一道散漫的男声传来:"送你了。"

云黎有点蒙:"我不要奖杯呀,这是你取得的荣誉,你能参加运动会我就很开心了。"

沈驰靠近,动作自然地将她垂落的碎发别至耳后,漆黑的瞳孔里似乎浸满了月光,声线低沉又克制:"运动会不是你逼我参加的?"

"……是。"

她不太想承认,可事实好像就是这样。

少年懒洋洋地勾唇笑了笑,嚣张地捏了捏她的脸蛋:"那这奖杯就是你的。"

他不由分说地将奖杯塞到她怀中。

云黎正欲拒绝时,又听到沈驰开了口:"看着这奖杯,时刻回忆起我,懂吗?"

她"扑哧"一声笑了出来。

原来他是这个意思。

"行吧,那我就收着这个奖杯,暂时帮你保管,你要是哪天想要回去记得跟我说,我绝对第一时间奉还。"

沈驰"啧"了一声，挑眉欠欠地笑了："我是这么出尔反尔的人？走，跟我出去看看。"

云黎不明白他葫芦里卖的什么药，可还是老老实实跟他一起出去了，哪想到出门的一瞬间，就听到"轰隆"一声响，天际满是烟花。

无数盛大的烟火在上空绽放，像是流星一般拖着长长的尾巴，为漆黑如墨的天幕增添了最浓墨重彩的一笔。

云黎揉了揉眼睛，这才发现今晚的烟火正是从沈家别墅放的。

"沈驰，今晚怎么无缘无故还放起烟火来了？"

她虽然是疑问的语气，可话语里透着显而易见的惊喜。

沈驰站姿笔挺，单手插兜，嘴角微微勾了下："这不是夺冠了吗？庆祝。"

"我可没看出来你夺冠有什么情绪起伏，校长想让你多讲几句你都不肯。"

他对这次比赛明明就抱着无所谓的态度，怎么会愿意专门放烟火庆祝？

沈驰抬手掐了下云黎软嫩的脸颊，懒散道："要不是取得了冠军，我才懒得放烟花。

"你这是沾了我的光，怎么样，喜欢吗？"

云黎的心脏"扑通扑通"直跳，想起赛场上风驰电掣的少年，心中又燃起细微的幸福感。

她抿唇笑了笑："喜欢。"

"那就多看看。"沈驰慵懒地睨她一眼，语气欠欠的，"我知道我帅，你也不必一直盯着我看。"

云黎哑口无言。

这不是在跟他说话吗？如果不看向他，岂不是又要被扣上一顶不尊重人的帽子？

云黎继续欣赏烟火，不再理会臭美自恋的某人。

"还真不看我了，这烟火能比我好看？"说完，沈驰轻哼一声，唇线紧抿。

云黎懒得理他。

"云黎，你看看我。"

"不看。"

少年声线沉下来："你要是再不看我，我可就生气了啊。"

云黎轻轻叹了口气："所以你到底是想让我看你，还是不想让我看你啊？"

295

沈驰勾了勾她的鼻梁，音色带着点沙哑："你得自己把握。"

云黎："嗯？"

"所以烟火和我，谁更好看？"沈驰不依不饶。

想到今天少年的表现，干脆就取悦他一次，云黎毫不犹豫地回答："你更好看。"

沈驰慢条斯理地转过头，对上她的眸子，强行克制住内心的欢喜，象征性弯了弯唇："审美还不错，继续保持，听见没？"

"听到了。"

"大点声。"

云黎被他折磨得一点办法都没有，无奈地笑了笑，尽量把声音放大一些："听到啦！"

番外二

重回汀溪

过年时,沈驰带云黎回了一趟汀溪。

到家第一天,云黎就想去看沈爷爷。

沈爷爷葬在汀溪陵园,沈驰开车带她过去,仅仅二十分钟的车程。

汀溪陵园很大,山环着山,地形略微崎岖,两个人一个台阶一个台阶往上走,一路都很安静,四周几乎没人。

寒冬萧瑟,天空广袤旷远,凛冽的冬风从很远的地方吹过来,令云黎有种深深的割裂感。

来这里的一路都热闹无比,处处张灯结彩,庆祝着新年的到来,可陵园内空寂肃静,就连鸟雀都很少飞过,形成鲜明的对比。

云黎闷闷的嗓音突然响起:"爷爷在这里会不会很孤单啊?"

沈驰发觉她情绪不对,轻声安抚她:"爷爷小时候就住在山上,那时候生活很贫穷,打过仗,吃过苦。可是后来创立沈氏集团赚到钱了,他经常跟我说,他最怀念的还是小时候的日子。

"所以,在选择墓地的时候,我说什么都让我爸选在了山顶,也

算是完成爷爷最后的心愿吧。

"所以爷爷不会孤单的。"

男人目光深沉地注视着云黎,语气放缓了许多:"而且,今天他孙媳妇来看他了,他开心都来不及呢。"

云黎垂眸,握紧手中的一束白菊,这是在陵园门前的花店里买的。如此美丽的花,居然在寒冬怒放,这得是有多大的强大的生命力啊。

"爷爷对我真的很好。"两人慢悠悠地往山上走,云黎的语气依然很沉重,"那时候姨妈逼着我回去,爷爷偷偷问我的意见,说我如果喜欢这里,可以永远留下来。

"我还以为,对于沈家来说,我始终是个外人,可爷爷居然说愿意供我读书,说只要沈家在,就可以给我提供好的生活。"

可惜,那时候她的选择出了错误。

她低估了乔慧云的恶意,再加上奶奶还在,于是不敢不回去。

只是一个小小的选择上的错误,就害得她跟沈驰错过了六年,人生又有几个六年可以重来啊?

沈驰伸手蹭了一下她软嫩的脸蛋:"爷爷也有他的私心。"

云黎没琢磨这句话,随口问道:"什么啊?"

"我毕竟是跟着爷爷长大的,我什么心思他还能看不透?"沈驰笑了一声,"他想让你留下,当他的孙媳妇。"

云黎噘起嘴,作势推了沈驰一下:"哎,这个时候,你还在开玩笑啊?"

"成,不闹你了。"

说着,沈驰伸出手帮她整理了下手套,天气太冷了,也没有上山的缆车,好在山也算不上很高,再过一会儿就到了。

"冷不冷?"

云黎笑了笑:"不冷。"

顿了顿,她又问:"那我要是说冷的话,你有没有办法?"

沈驰思忖两秒钟:"我就把你的手放我腹肌上取暖。"

"你能正经一点吗?"

沈驰挑眉笑了,微微仰起头,下颌线条流畅且坚毅:"不好意思,正经那是对外人的。累不累?"

云黎实话实说:"有一点点。"

这话才刚说完,她就感觉双脚突然离地,猛烈的失重感让她紧紧抱住了身边的人。

沈驰已经将她背了起来。

他抱过她无数次,这还是第一次背她。

比起南城,汀溪的冬天湿冷感更甚,好像无边无际的寒气趁着衣服的缝隙往身体内灌,深入骨髓。

云黎与沈驰身体贴近,莫名觉得男人的身体滚烫,如火势燎原,是最具有安全感的温度。

沈驰背着云黎往山上走,这一路很短,却又漫长得要命,云黎将头搁到他肩头,眼睛眯了眯,像是要睡着了。

男人感知到她的疲惫,默默将每一步路走得更稳了些。

到了爷爷的墓碑前,沈驰将云黎放下。

云黎将那束白菊花放在墓碑前。

墓碑上贴着一张小小的黑白照片,照片里是年轻时候的沈建安,眉目英俊,风华正茂,仔细看,沈驰跟爷爷倒是有几分相像。

天空灰蒙蒙的,是个适合祭奠的日子。

"爷爷,我带着黎黎来看您了。"沈驰牵着云黎的手,嗓音无比低沉。

"爷爷,我想您了,对不起,我到现在才来看您。"云黎垂下头,强烈的愧疚感几乎将她淹没,她喉咙艰涩,发音艰难。

沈驰安慰说:"黎黎,其实爷爷去世之前还念叨着你呢,他说没机会吃他孙儿的喜酒了。"

他永远都记得沈建安去世之前的情形,原本身体硬朗的老人家在短短的半年时间内被疾病折磨得越发消瘦,形容枯槁,却依旧和蔼,双眼盛满温柔。

沈建安拉着沈驰的手,一遍一遍地说:"小驰,我放心不下你呀,你要听话,听你爸爸的话,不要让你爸爸操心了。

"小驰,爷爷走后,你不要难过,大步朝前走,爷爷只是去天堂陪你奶奶啦,去的是好地方。

"还有黎黎那丫头,最近也不知道怎么回事,我总是频繁梦见她,不知道小丫头如今怎么样了,有没有人欺负她。"

沈驰的眼眶浮起一片红,紧紧地握着老人家的手,生怕下一秒鲜活的生命就消失不见了。

少年身体僵直:"爷爷。"

沈建安浑浊的双眼看向窗外,老树又要抽出新芽了,可惜他再也见不到新的一年花开了。

老人家长叹了一口气:"我最遗憾的,要属吃不到你跟黎黎的喜酒了。"

沈建安是沈驰最重要、尊重的家人，也是最懂他的人。

这些年，纵使沈驰再也没提过云黎的名字，可沈爷爷清楚，他不提、不说，不代表忘记，只是有些往事适合藏在心底。

沈驰早就将云黎放在了心底最熨帖的角落，每每想起，情绪总会轰然崩盘。

云黎的心越发沉重，声线轻轻颤抖着，还带着一丝不易察觉的哽咽："爷爷，对不起……"

"是我来晚了。"

悄悄地，云黎握紧了沈驰的手。她余光悄悄地掠过身旁的人，从年少轻狂、肆意坦荡的少年，到如今成熟英俊的男人，岁月辗转流连，她都以不同的身份陪伴着他。

小姑娘一字一顿，掷地有声："爷爷，您放心，我会好好爱驰哥，从前他有您，往后他有我。"

下午三点，二人回到了沈家别墅。

云黎晚上就要见沈严了，说不紧张是假的。

沈家上上下下，给人压迫感最强的莫过于沈严。

为了转移注意力，云黎窝在房间里玩了会儿手机。沈驰不在家，好像出去处理工作了。

傍晚六点多，沈驰敲了敲门，进来："我爸回来了。"

多年过去，其实沈驰与沈严的关系缓和了许多，或许因为沈驰成长了，也或许因为沈严年纪大了，性格偏和蔼了。

云黎早就换好了大气体面的衣服，闻言，她整了整衣服，站了起来："好。"

两个人坐到了沙发上，沈严却不在，估计是去书房处理工作了。

外人都觉得沈严这辈子无比风光，守住了沈建安留下的基业，还将沈氏集团做大做强，任谁都会夸他一句有手腕，有魄力。

可也只有沈家人了解他的辛苦。

用人将一道道摆盘精致的菜肴摆在了餐桌上，香气四溢，看着格外有胃口。

见云黎的眼神飘了过去，用人说："云小姐，前几天沈总特地交代我们，要做您喜欢的口味。"

云黎琥珀色的眸子平视着对方，笑着说："谢谢。"

这时，沈严也从书房出来了，他穿着一身西装，头发理得工工整整，看起来眉眼之间含着几分疲惫。

六年过去，沈严老了不少，脸上的皱纹多了很多，可能是因为工作太过操劳。

云黎站了起来，主动微笑着跟沈严打招呼："沈叔叔好。"

沈严一眼就看到了她，做了个手势算是示意，往她这边走了几步，笑着说了一声："好久不见，云黎。"

云黎相当意外，甚至有点受宠若惊了，她没想到沈严居然对她笑了，要知道，记忆里这位沈叔叔最为严肃，是她见到了都想躲一躲的严肃。

沈严招呼他们过去吃饭："你们俩还不坐过来？饭菜都快凉了。"

沈驰懒散地笑了一声："我早就饿了。"

三个人围坐在餐桌周围，一共有二十四道菜，三个人吃，其实有点奢侈了。

食材非常丰富，都是一些贵重的食物，除了国内一些常见的菜品，还有阿根廷空运的龙虾、橡果饲养的伊比利亚黑猪火腿、美国加州的红鲍，甜食则是凯撒的蛋糕奶酪。

沈严指着奶酪说："听沈驰说你不太吃很甜的，我又考虑到女孩子普遍喜欢甜食，因此让厨师没放太多糖。"

云黎没想到沈严还特地花了心思，因此有些感动，弯唇笑了："嗯，其实我都可以的，谢谢叔叔。"

"还叫叔叔啊？"沈严一改往日严肃的形象，放下筷子，笑了一声，面容和蔼了许多。

云黎紧张得心都提了起来，她只是没想到，沈严接纳她的速度如此之快。

可那声"爸"像是哽在喉咙里，怎么都叫不出来，她已经太久太久没喊过这个称呼了。

沈驰感知到她的紧张，伸手帮她顺了顺气，抬手在发怔的小姑娘面前打了个响指："这么害羞啊？"

云黎咽了咽口水，没去理会"扑通"直跳的心，望向沈严深邃又带着褶皱的双眸，心一横，那一声"爸"脱口而出。

沈严神色松弛，笑容蔓延，"哎"了一声，赶紧拿出提前准备好的红包。

"黎黎，给你红包。"

云黎不好意思收，可这笔钱沈严必须给，推搡了几番，她只好收下了，说了一声："谢谢。"

她摸到红包里是一张卡，她不了解汀溪的规矩，只知道蓝亭那边

改口费一般都是一万零一，寓意为万里挑一。

不过可能因为沈家条件好，所以给的数目偏大，才给了银行卡。

"沈驰，你这几天多带黎黎出去转一转，别成天憋在家里，多没意思。"沈严又交代起沈驰。

沈驰往松软的椅背上靠了靠，玩味地勾起嘴角："爸，我还能不知道疼我媳妇儿？"

沈严无奈地笑了一声："你小子直接在我面前秀起恩爱了啊？"

云黎有些不好意思，轻轻用胳膊蹭了沈驰一下。

沈严又说："沈驰，你这几年也没怎么回来，咱们汀溪建了几个新的商场，还有一条仿古商业街，晚上热闹得很，你到时候领着黎黎去转一转。"

沈驰慢悠悠地笑道："我知道。"然后又"啧"了一声，"其实我今晚就想领着她出去玩的，可惜啊，您今晚回来。"

说完，他垂头为云黎夹了点菜。

沈严瞥他一眼："听你话里这意思，我不该回来了？"

沈驰挑了挑眉："我可没这么说啊。您老有肚量，可不许冤枉我啊。"

看着父子之间的互动，云黎动荡不安的心缓缓平稳下来。

她的记忆停留在六年前，那时候的沈驰顽劣不堪，而沈严又望子成龙，再加上池湘的死是沈驰心头的伤疤，他对沈严有天然的敌视。

可他们毕竟是父子，是世间最为亲密的关系之一，互相憎恨又有什么用，冤冤相报何时了？

她毕竟在这里住过，也曾经是这个家的一分子，沈严聊起天，就不可避免地回忆起从前。

"黎黎，其实沈驰这小子，我一度以为他人生玩完了。那时候他学习差得很，估计连个本科都读不了，还不肯出国。"

想起从前，沈严眉宇之间浮现出几朵愁云，那时候公司正急着扩张版图，他忙得恨不得将自己分成三个人用，可儿子叛逆，死活不肯出国。

云黎摇了摇头："不至于的，那时候他只是学习不太好，还不至于那么糟糕，况且他很有魄力，即使不读书，也能有好的出路。"

沈严点点头："我没想到这小子出息得很，居然给我弄了个高考状元。"

沈驰吊儿郎当地笑了："就这点事，您吹了多少次了？"

沈严咳了一声，正襟危坐："值得骄傲，怎么能叫吹呢？"

"其实我那时候不懂你为什么那么强烈排斥出国,很久之后才明白的。"

沈严慢慢笑了:"原来你都是为了黎黎啊?

"你小子行,从小就是老婆奴。"

沈驰侧眸睨了云黎一眼,笑得痞里痞气:"那可不?十八岁我就确立了人生目标,娶云黎。"

云黎脸上浮起一抹红晕,推了推他,想让他不要再说了。

沈驰却丝毫不在乎,眸光带着玩味:"这怎么了?实话实说还不允许了啊?"

"行行行,"沈严摆了摆手,"别在我这里秀恩爱了。不过你小子倒是出息,不声不响就领证了。"

他还没反应过来,儿子居然结婚了。

沈驰缓慢地说:"没事儿,反正会通知您。"

沈驰低笑一声,看向云黎的眼神很是宠溺:"结婚这事呢,是我跟我媳妇儿之间的事,您现在知道了,那就算不得晚。"

沈严摸了摸下巴,无奈地摇了摇头。

突然,云黎脑子里闪过一个问号。

她到现在还记得,跟沈驰重逢那天,沈驰破坏了她的相亲。

那时候,沈驰面容高冷,给出的理由是想立刻结婚,因为他爸催得急。

看沈严此刻的态度,似乎从未催过他结婚。

而且如果真的是沈严催婚的话,他们领证之后,沈驰肯定第一时间就把结婚的消息告诉沈严了。

云黎脑子里一团乱麻,突然理不清楚思路了。

几个人又聊了会儿别的话题,沈严放下筷子,表情愧疚地看向云黎:"黎黎,你父母的事情……说起来,到底是我们沈家对不起你。"

云黎一愣。

没想到沈严对这件事居然心知肚明,她的心起伏了一下,赶紧说:"跟您没关系。"

"虽然我那个坑蒙拐骗的弟弟早就被逐出沈家了,可他毕竟姓沈,我替他跟你道个歉。"沈严的口吻无比诚恳,"虽然道歉并不足以弥补对你的伤害,可我还是得跟你道歉,是我们沈家没有教育好他,才导致他设下那么大一个骗局,害得你爸爸出了意外。"

沈驰牵着云黎的手,眼神越发深沉。

"黎黎,说实话,可能我也是年纪大了,这几年想到这些事,越

想越觉得抱歉，你原本有个幸福的家庭，都怪我们沈家……

"以后，你有什么需要，只要是我能做到的，都会弥补你。"

沈严的这番话让云黎格外惊讶。

她怎么也想不到，一向高高在上、不苟言笑的沈严能说出这样卑微的话。

她没查清楚事情真相之前，是真的怪罪过沈家，可后来弄清楚了真相，也清楚了跟沈驰的父亲和爷爷没有一丁点关系。

"您不用感觉亏欠，跟您没关系，是坏人作恶，从某种程度来说，沈家也因此受了牵连，也是受害者。"

当初沈驰的叔叔打着沈氏集团的幌子招摇撞骗，也害得沈氏的股价跌了又跌，官司缠身。虽然那些事跟沈氏没关系，可沈建安还是出了不少赔偿金给受害者的家属。

这些事情，云黎早就看开了，否则也不会在沈驰提出结婚的时候直接答应。

"而且，这也都是过去的事情了，如果我紧抓着过去的事情不放手，遗憾的将会是我的后半生。"

沈驰握住她的手，将层层叠叠的温暖传递过来，漆黑的瞳孔中有隐隐约约的感动。

"爸，你放心，"沈驰说，"我会用尽全部对我老婆好。"

"我知道咱家欠她的，我也欠她的。"他掀唇笑了笑，"这辈子呢，我也不打算放开这小姑娘的手了。

"我要用我的一生去补偿她。

"就算让我给她摘天上的月亮，我也愿意试一试。"

其实云黎不知道，下午沈驰抽空去找了沈严一趟。

沈驰这几年跟沈严的关系好了很多，很大部分原因是沈严的转变。

沈严不再管沈驰管得那么严格，沈驰大学期间组建了自己的车队，也就是AT俱乐部的雏形，沈严最讨厌他玩赛车，可那时候沈严却没说什么。

下午，沈驰到沈严办公室的时候，沈严刚刚从会议室出来，眉眼间还带着几分疲态。

"爸。"

沈严有些意外："你怎么来了？"

从上飞机，再到从墓地回来，云黎一直很紧张，虽然她嘴上不说什么，可沈驰何其了解她。

他特地偷偷来找自己的父亲，就是为了提前通通气。

两人走进办公室，沈驰大剌剌往沙发上一坐，双腿交叠："那自然是有事找您。"

沈严揉了揉眉心："你说。"

"我带黎黎回来了。"

沈严的右眼皮无端跳了下："我知道。"

沈驰站了起来，收敛起所有的玩世不恭，深吸一口气："我希望您能对她好一点。"

尽管是提出请求，可男人的口气却是满满的不容置疑。他神色宁静，眸色深邃："爸，我知道您不喜欢她，您觉得是她害得您儿子差点儿一蹶不振。

"可是我爱她，这世界上再也没有人能像她一样吸引我。分别了六年，我对她的爱意只增不减……"

沈驰垂眸，长睫毛遮挡住浓重的情绪，嗓音清淡却掷地有声："她是我的命。"

沈严转了转手上的戒指，颇有几分意外地看向自己的儿子，然后笑了一声："小驰，你还是不了解你爸爸。

"咱们沈家欠她的，你要是敢对她不好，我也会拿走你的命。"

沈驰猛然抬头，惊愕不已。

这顿饭三个人吃得都格外愉快，沈严待云黎很好，像是亲切和蔼的长辈，时不时还会提出一些有用的建议。

吃过饭后，云黎跟沈驰去楼上休息。

云黎忍受不了一团乱麻的脑袋，问出了心中的困惑："咱们最开始领证结婚，你说是因为爸爸催婚，是这样吗？"

沈驰不紧不慢地笑了，抱住了软乎乎的小姑娘："他没催。他的想法新潮得很，我就算一辈子不结婚他都不会管我。"

云黎说："我是被我奶奶催，那时候你跟我说你爸爸也催你，所以咱俩才结婚的。"

沈驰抬手勾了下她的鼻梁，笑容蔫坏，语气轻描淡写的："你还这么单纯啊？

"看不出来是我套路你的吗？

"为了迅速跟你结婚，编造这点谎言算什么？"

"啊啊啊……"云黎嘟起嘴，使劲捶男人的胸膛，像是在发泄情绪，"你当初说得可认真了，我都当真了，好生气。"

沈驰眉眼带着几分无奈，就静静等待着小姑娘发泄，其实心里知道她也不是真的生气。

他轻轻将她的碎发别到耳后，嗓音诱哄一般，哑得出奇："黎黎，我只是想快点跟你结婚。

"忍了六年了，我忍不下去了。"

番外三

永恒的爱人

沈驰和云黎回到了南城。

《跨时空骑士》完结之后,云黎没再急着赶下一季的稿子。

她已经好几年没有彻彻底底地休息过了,每天都在画画,没有给自己放过一天假。

她怕读者受不了,只好解释说自己的身体不太允许高强度的创作。

读者直接将话题越扯越偏。

△不会是好事将近吧?

△啊啊啊,我现在超级激动,我就说嘛,SS是我见过的最勤奋的漫画家,怎么脚步突然慢下来了,肯定是因为怀了小baby呀!

原本云黎宣布自己推迟两个月连载的微博只有一千多条评论,哪想到,自从网友歪了楼之后,这条微博直接爆了,评论越来越多,达到了一万条。

她赶紧在楼里回复大家。

云SS:没有怀孕,也没有怀孕计划,纯属创作疲惫,想要休息两

个月而已。

然而没有人听见她的呼唤,大家只看到了自己想要的信息。

沈驰的电话突然打了过来。

沈驰是君恒的总裁,自然比寻常人都要忙碌,平时他一般都是午休的时候会跟云黎发条消息或者打个电话,这个时间段他应该是在开会的。

"云黎,你身体不舒服?"

男人的嗓音从听筒里传了出来,满满的担忧意味。

云黎有点蒙,不安地舔了下嘴唇:"我现在还好呀,没有哪里不舒服。"

沉默几秒钟,沈驰定定的声线传来:"你微博。"

"你居然看我微博了?"

沈驰冷哼一声:"难不成不能看?"

云黎没想到他会时刻关注自己的微博,生怕他担心,赶紧跟他解释:"我没有哪里不舒服,就是最近休息不太好,也没有胃口,想起来还要连续创作有点儿心累,压力大。"

不过这些好像是社会人的通病,谁还没有点儿不舒服了?

本以为这个话题到此为止,没想到沈驰口气越发凝重:"这么严重?怎么不告诉我?"

云黎:"我觉得可能是因为工作压力大,我休息一段时间肯定就缓过来了。"

沈驰:"那咱们就不工作了。"

云黎:"嗯,我也是想着先休息两个月,之后再计划下一季度的连载。"

沈驰嗓音沙哑了几分,有些凶巴巴的:"我养着你,你什么都别画了。"

云黎:"不行,我喜欢画画,而且你也了解我的性格,我不可能情愿被你养着的,女孩子也得有自己的事业。"

"明天跟我去医院。"

云黎拒绝:"我不想去医院,让家里的阿姨做点有营养的,补一补就好了,如果没效果的话,咱们再去医院吧。"

沈驰非常强硬:"不去也得去,哪有像你这样不拿自己身体当回事的?"

云黎:"我见到医生就会害怕,可能我没病也会给我瞧出病来。"

"不可能。我刚才让助理约好了南大附属医院的医生,明天早上八点,你跟我过去检查一下。"

没想到他效率这么快。

云黎只好答应了,即使这次推托过去,沈驰肯定会更加担心,还不如认真检查一次,彻底了了他的心思。

云黎又想起一事,口气弱了几分,同他商量道:"你以后能不能少看我微博啊?不要盯着行不行呀?"

沈驰斩钉截铁:"不可能。"

云黎:"就不能商量商量吗?"

沈驰口气冷硬:"做梦。"

第二天一大早,云黎尚在睡梦中,就被毫不留情的沈驰喊醒了。她揉了揉眼睛,发现这才刚刚清晨,天色才堪堪泛起鱼肚白。

耳畔传来沈驰磁沉的嗓音:"还不起床?忘了今天约好的去医院了吗?"

她大脑晕晕乎乎的,嗓音也迷茫:"没忘,不过是不是太早了一点啊?"

"不早,张大夫早上八点上班,咱们现在赶过去,正好第一个见张大夫。"

云黎机械地点点头:"好吧。"

这位张大夫可谓是声名远扬,是南大附属医院的活招牌,还是南大医学院的客座教授。

到了医院,云黎先简单地说了一下自己的情况。

张大夫:"没了?"

云黎一愣:"没了。"

张大夫皱皱眉,扶了扶眼镜,声音倒是很和蔼:"你这么年轻,而且我看你气色也挺不错,没事儿,回去多多休息,多吃点桂圆、枸杞、红枣之类的,少熬夜。"

张大夫觉得她没什么问题,让她直接回去就行。

云黎有些意外,也有点如释重负,仿佛一身的石块都卸掉了,她连忙站起来,想要说声"谢谢",然而沈驰单手将她摁了下去。

"张大夫,我媳妇儿真没事吗?"

"真没事。"

"大夫,麻烦您还是给她安排一些检查项目吧。"

一听要做检查,云黎下意识嘟起嘴,拽了拽他的衣袖,示意自己不想做检查。

张大夫点了下头，下笔如风，迅速安排了一些基础的检查："可以，这会儿还没人排队，你们正好可以先过去抽一下血。"

云黎一点都不满意，明明人家医生都说她没事了，沈驰为什么偏偏还要找事啊？

出了诊室的门，沈驰发现云黎不开心，探手揉了揉她的头顶："要抽血了，等下别哭。"

她"哼"一声："我才不会哭呢。

"倒是你，医生都说我不需要做检查了，你非要做这个检查干什么啊？"

沈驰挑了挑眉："不就是抽几管子血吗？这么胆小？要不你改名叫云三岁得了。"

这个人有时候幼稚得就像个小孩，见她嘟着嘴不说话，那股子得意劲儿上来了，他又好笑地喊了两遍："云三岁，云三岁。"

云黎不再搭理沈驰，径直迈大步往抽血诊室走。

她嘴上不理他，可当针管扎下来，感觉到疼痛时，她仍旧下意识抱紧了身边人的手臂。

沈驰常年健身，身体比同龄人结实很多，任凭她怎么晃动，怎么使劲掐他，他都不为所动。

沈驰心微动，抬手勾了下她的鼻梁，温声说："马上就好了，再坚持一下，宝贝。"

莫名地，云黎的心像是突然被一双拳头攥紧了，变得软绵绵的，这是沈驰第一次这么称呼她。

男人看着桀骜不驯，她以为他不会像别人的男朋友一样喊出如此腻歪的称呼。

原来，在特定的场合，他也可以。

或许这个称呼帮助云黎转移了注意力，后来又抽了三管血，她都一点儿没放心上，不知不觉就抽完了。

又做了两项其他的检查之后，云黎饿得不轻，两个人立刻去食堂买饭。

吃了饭，两个人又在附近逛了逛，接到了医院的电话，说检查结果出来了。

云黎的心卡在了嗓子眼，只觉得头皮紧紧的，瞄了一眼检查单的最下面，全部都写着"健康状况合格"。

只是血液检查有几项数据或高或低的，得看看医生怎么说。

张大夫看了眼检查单，又看了几眼电脑里云黎的过往病历："先生,你太太身体没问题,这回您放心就行。

"至于这个验血数据有几项高低啊,这个不碍事,会受心情、饮食的影响,而且也没超出太多,您不用担心。

"您太太毕竟有抑郁病史,你平时多关心一下她的情绪。"

沈驰神色陡然凝重,目光中像是淬了千年的冰雪:"什么?抑郁病史?"

张大夫扶了扶眼镜:"您不知道吗?您太太有过半年多的抑郁症病史。"

其实来之前,云黎就害怕这件事情会暴露。

一直以来,她都没跟沈驰讲过自己当年得过抑郁症的事情,她不愿意撕开伤疤。

何况那件事早就过去了。

上一代人的仇恨,她也不想追究太多了。

她跟沈驰,六年漂泊,两个人的日子都不好过,也不想回望不堪回首的过去。

出了医院大门,进了车里,两个人都依旧沉默。

沈驰薄唇紧紧抿起来,看起来情绪不太好,不过他什么也没说,云黎也就没开口。

直到男人启动车子,轻轻叹了口气,云黎才抬眸看向他:"叹气干什么?"

沈驰身体往后靠了靠,嗓音低沉,蕴含着让人摸不清的情绪:"你怎么从没告诉过我你得过抑郁症?"

这个问题让云黎一愣。

两个人重逢、结婚之后,她好像从没考虑过将这件事情告诉他。

得病的那些日子,自然很不好过。

每天无助地掉泪,明明没发生什么难过的事情,可眼泪就是很不争气地往下掉。

大把大把地吃药,整夜不眠,昼夜颠倒,上课学不进去,课后也没办法欢笑,却要装作正常人的模样,好累好累。

那时候她想着死掉算了,反正未来也没有盼望了。

她跟最喜欢、最珍视的人永远都没办法相遇了,更不可能在一起。

天意不容,她也不容。

可痛苦到极致的时候,又好像抓住了一道光。

她不想死。

似乎是生命本能的求生欲望，云黎将这微毫的欲望放大，放大，再放大。

她抓紧最后一根可以抓住的稻草，积极配合医生治疗，拼命活了下来。

"那时候，我就靠着那部旧手机撑了下来，那里面有我们所有的聊天记录，难过的时候我就看一看。"

至少，她曾经被人真心以待，被人赤诚不计回报地爱过，那些成为了她漫漫长夜的强力支撑。

云黎垂下头，苦涩地笑了笑。

她从没跟沈驰讲过自己的那部手机，那部手机对她而言有着非同一般的意义。

那里面记录着她的过往，也因此让她重生。

其实云黎骨子里也有点小羞耻，当年的事情积压太多，她情绪崩溃才生了病，这也时常让她觉得自己是个无能的人。所以在康复后的人生里，她再也没和别人提起过这段历史，就连她奶奶都不知道。

"你不要怪我没告诉过你，这些都是过去的事情了，我不在乎过去，我只在乎我们的未来都是好的。"

云黎强打起精神，整理了一下略微凌乱的头发，嘴角勾起了一抹笑意。

沈驰很久很久都没说话。

云黎抬起眸子看他，那一瞬间，惊讶住了。

沈驰居然哭了。

她从未见过他哭。

男人很少展露太多情绪，然而此刻他太过于心疼云黎，眼泪根本控制不住。

云黎心慌得不成样子。

"沈驰，你别掉泪呀。"她笨拙地抬手，想要抚平他紧蹙的眉心，擦掉他的眼泪。

男人眼角一片猩红，呼吸发颤地将她搂入怀中，紧紧攥住她的手，声线也不平稳，只是一遍一遍地重复着："对不起，黎黎，是我来晚了，是我不够好。"

是我害你吃了那么多苦，我恨我自己没能在你最需要的时候陪伴在你身边。

男人眼角湿润，漆黑的眸子里像是深藏着万水千山，用再正经不过的嗓音对她说："黎黎，我会对你好的。

"用尽生命对你好。"

云黎鼻腔涌起一股酸涩:"沈驰,你从不欠我什么。"

这话完全发自内心,当年的事情,沈驰真的不欠她什么,是她将他推远,自作主张给这段关系判了死刑。

沈驰目光深深地睨着她,凑了过去,碰了下她的嘴唇:"以后我们都好好的,什么事情都不许瞒着我,行吗?"

"好。"

被他浅吻的嘴唇灼热,云黎觉得像是有小虫子啃噬着心脏最柔软的角落。

他勾起一侧薄唇,孩子气地笑了:"那拉钩,一辈子都不许变了。"

"嗯。"

拉拉钩,永远在一起。

互敬互爱,我们是永远的朋友,也是永恒的爱人。

热火
燎原